DER BA

Rainer Martin Mittl, geboren 1960 in Stuttgart, aufgewachsen in Berlin, verschlug es 1982 nach Mannheim. Inzwischen lebt er mit Frau und Tochter in Ludwigshafen. Er ist ausgebildeter Modellschreiner, Orchestermusiker und Krankenpfleger. Im Emons Verlag erschien »Mannheimer Dreck«.

Dieses Buch ist ein Roman. Handlung, Personen und manche Orte sind frei erfunden. Ähnlichkeiten mit lebenden oder toten Personen sind rein zufällig.

RAINER MARTIN MITTL

# BRÜDERCHEN KOMM STIRB MIT MIR

DER BADISCHE KRIMI

Emons Verlag

Umschlagzeichnung: Heribert Stragholz
Druck und Bindung: Clausen & Bosse GmbH, Leck
Printed in Germany 2007
ISBN 978-3-89705-488-2

*Nicht was wir erleben,*
*sondern wie wir empfinden,*
*was wir erleben,*
*macht unser Schicksal aus.*
Marie von Ebner-Eschenbach

Es war einer dieser Aufträge, die Voss schon immer gehasst hatte. In die Pampa rauszufahren und dieses Objekt zu begutachten würde ihn den Großteil seines Tages kosten und letztlich nichts einbringen. So was konnte sich nur dieser blöde Biehl ausdenken. Wer wollte da draußen schon was kaufen? Der ganze Kram würde wieder monatelang angeboten werden und letzten Endes doch keinen Käufer finden. Und wenn, dann vermutlich weit unter Preis. Dadurch würde aber nicht nur die Courtage geringer ausfallen, sondern auch seine Provision zum Witz werden.

Voss sah sofort, dass sich seine Befürchtungen bestätigten. Sicher, das Areal war riesig, und die alten verkrüppelten Apfelbäume konnte man fällen. Außerdem lag es auf einer Anhöhe, und der Ausblick war in Ordnung – weit und breit nur hügeliges Land und dazwischen Felder und Wiesen von Getreide- und Obstbauern. Und direkt hinter dem Anwesen verlief die Waldgrenze. Von dort aus erstreckte sich ein mehrere Hektar großes Gebiet dichten Mischwaldes. Insgesamt also idyllisch gelegen.

Aber da war dieses Haus und die Liegenschaften. Selten hatte er etwas derart Heruntergekommenes gesehen. Abrissobjekte, klarer Fall. Wer hierher ziehen wollte, würde komplett neu bauen müssen. Aber wo, in Herrgotts Namen, sollte jemand in dieser Gegend Arbeit finden? Und ein Gewerbebetrieb würde sich hier auf gar keinen Fall niederlassen – dazu lag das Anwesen zu abseits, und die Verkehrsanbindung war beschissen.

Unvorstellbar, dass hier noch bis vor Kurzem jemand gewohnt hatte. Die alte Frau sollte bis zu ihrem Tod in dem Haus gelebt haben und ohne Warmwasser, Bad und WC ausgekommen sein. Voss sah sich um. Hinter der verrotteten Scheune, im letzten Winkel des Grundstücks, entdeckte er tatsächlich eine Brettertür mit einem herzförmigen Guckloch. Dahinterschauen wollte er nicht. Er war schon zu lange in dem Beruf und wusste, welcher Anblick ihn dort erwartete.

»Hallo, Sie. Sind Sie der Makler?« Die Stimme kam vom Wohnhaus her, und als Voss sich umdrehte, sah er, dass von dort ein alter, von der Sonne dunkel gebräunter Mann auf ihn zukam. Er hatte imposante O-Beine, und sein dünnes schlohweißes Haar lag wirr auf seinem Kopf. Er schob ein in die Jahre gekommenes, lehmverkrustetes Fahrrad neben sich her, dessen ausgeschlagenes Vorderrad bei jeder Umdrehung Schleifgeräusche von sich gab.

»Ja, genau. Guten Tag. Ich arbeite bei ›Immo-Biehl‹, Mannheim. Sind Sie der Besitzer?« Voss hatte tags zuvor mit dem Eigentümer telefoniert, ihn dabei allerdings erheblich jünger geschätzt.

»Nein, aber sein Nachbar.« Der Alte deutete mit einem gichtgekrümmten Finger nach unten auf einen weit entfernt liegenden Hof, dessen Haupthaus und anliegende Nebengebäude von hier oben wie eine Ansammlung kleiner Legohäuschen anmuteten.

»Er wird sich ein bisschen verspäten. Ich soll Ihnen schon mal aufschließen.«

Innen im Wohnhaus war alles wie erwartet. Zuerst schlug Voss ein Geruch von Schimmel und fauligem Holz entgegen. Unter dem mehrfach notdürftig geflickten Linoleumbelag des Korridorbodens knarrten lose Dielen. Im Bereich der Fußleisten und oben an den Deckenkanten hatte sich die Tapete schon beträchtlich abgelöst. Darunter befand sich sandiger Putz, der beim Berühren der Wand sofort herunterrieselte. Die Zimmer waren eng, muffig und dunkel und so niedrig, dass er sich in der Wohnstube den Kopf an der Deckenlampe anstieß. Soweit er erkennen konnte, war dies das einzig beheizbare Zimmer im Erdgeschoss. Darin stand ein alter Allesbrenner, der grausam nach Heizöl stank. Als er in die Küche kam, stellte er fest, dass sie noch mit einem alten Kohleherd versehen war, und über der rissigen Keramikspüle trat nur ein dünner Kaltwasserhahn direkt aus der gekachelten Wand heraus.

Er war auf diesen Sohn gespannt. Am Telefon hatte er normal geklungen. Aber war einer normal, der seine Mutter so hausen ließ?

Eine schmale Holztreppe führte zum oberen Stockwerk. Er stieg hinauf, obwohl er sicher war, dass es sich nicht lohnte.

Durch die schrägen Decken wirkten die Zimmer des Obergeschosses kleiner, als sie ohnehin schon waren. Und da ihre Türen nach innen aufgingen, war der wenige Platz zum Stellen von Möbeln nochmals reduziert. Selbst in der geräumigsten dieser Mansarden, einem winzigen Schlafraum, hatten nur ein Einzelbett, eine Kommode und ein einfacher Schemel Platz. Voss vermutete, dass von diesem Zimmer auch der modrige Mief ausging, der auf dieser Etage herrschte. Auf dem Bett lag eine Matratze, deren Bezug ganz und gar durchgelegen und im Liegebereich schmutzig gelb verfärbt war. Trotz heftiger Abneigung entschied Voss, sich in dem Raum genauer umzusehen.

Ihm fiel auf, dass die Luft in diesem Zimmer trotz der sommerlichen Hitze und Trockenheit, die draußen herrschte, unangenehm klamm und kühl war und dass diesem Raum und seinem Interieur eine fürchterliche Tristesse anhaftete. Das Mobiliar war von ausgesprochen schäbiger Qualität und zudem abgenutzt. Direkt neben dem Kopfende des altersschwachen Bettes stand dieser Schemel, der sich nun, bei genauerem Hinsehen, als klappriger Stuhl erwies, dessen Rückenlehne irgendwann weggebrochen war. An der Wand über dem Kopfende hing ein hölzernes Kruzifix, darunter ein Rosenkranz mit dunklen Perlen. Am meisten stach Voss die in düsteren Ölfarben gehaltene Mariendarstellung ins Auge, die fast die gesamte Wandfläche über der schwarz gebeizten Kommode einnahm. Auf deren schwulstig verziertem Holzrahmen lag ebenso wie auf dem Jesuskreuz und dem Rosenkranz eine dichte Staubschicht, deutlich dicker als auf dem Gebrauchsmobiliar. Voss schob das Gemälde an einer Ecke ein wenig beiseite. Die helle Farbe der dahinterliegenden Tapete bestätigte seine Vermutung, dass es seit Urzeiten an dieser Wand hing.

Auf der Kommode gruppierten sich um einen dunkelbraun lackierten Kerzenständer eine Sammlung gerahmter Schwarz-Weiß-Aufnahmen sowie einige verblichene Farbfotografien. Direkt neben diesem Ensemble stand eine geöffnete Holzschatulle, in der sich wertloser Schmuck, ein weiterer Rosenkranz und mehrere Kunststoff-Haarspangen befanden.

Die Fotografien waren zum Teil vergilbt oder hatten einen bronzenen Ton angenommen. Auf einigen war eine unscheinbare dunkelhaarige Frau abgebildet. Sie konnte zum Entstehungszeitpunkt der Aufnahmen noch gar nicht alt gewesen sein, war aber auf jeder ausgesprochen farblos gekleidet und blickte immer auffällig schwermütig und verbittert drein. Dann gab es Bilder von einem Kind, das ebenso freudlos in die Kamera starrte. Auf manchen waren sie gemeinsam abgelichtet, wirkten aber auch da keineswegs fröhlich. Auf den späteren Aufnahmen, als aus dem Kind schon ein stattlicher Junge und junger Mann geworden war, war noch immer eine traurige Leere in seinem Gesichtsausdruck zu erkennen, selbst auf den Fotografien, die unscharf waren.

Eines der Farbporträts zeigte ihn im Alter von Mitte zwanzig. Er hatte sich vor dem Haus auf einer Holzbank sitzend ablichten lassen. Auch da schaute er wieder griesgrämig drein. Voss fiel beim Anblick dieser Fotografie noch etwas auf. Da das, was er darauf zu erkennen meinte, jedoch unmöglich sein konnte, nahm er das Bild in die Hand und betrachtete es genauer. Seltsam: Er war sich absolut sicher, niemals zuvor in dieser Gegend gewesen zu sein und auch niemanden zu kennen, der von hier stammte. Und dennoch: Dieses Gesicht hatte er schon einmal gesehen. Es gab keinen Zweifel. Zumindest war die Ähnlichkeit verblüffend.

»Ach, da sind Sie ja. Haben Sie sich schon ein bisschen umgesehen?«

Voss riss erschrocken den Kopf herum. Der Mann auf dem Bild stand in der Zimmertür. Er trug nun einen fusseligen dünnen Vollbart und hatte eine andere Frisur. Aber er war es. Eindeutig. Voss kannte diesen Mann. Selbst die Stimme war dieselbe.

# 1

Fünf Jahre später

*Bald jährt sich der Tag, da die kleine alte Dame über mich gebeugt meine Wangen tätschelte. Sie fragte, ob sie etwas für mich tun könne, ob ich Hilfe bräuchte. Ich weiß noch: Sie trug einen hellblauen Morgenrock, und ihre grauen Haare waren ungekämmt. Und ich weiß auch noch, was mir in dem Moment durch den Kopf ging: Ich dachte, dass niemals wieder etwas so sein würde, wie es war – alles würde sich verändern. Von nun an würde ich allein sein, schrecklich einsam. Und ich dachte, dass diese Frau vielleicht die letzte Person in meinem Leben sein würde, die mich um meinetwillen berührt. Ich hab ihr erklärt, dass es nur ein kleiner Schwächeanfall war.*

*Dann, im Sitzen, konnte ich mich gerade so aufrecht halten. Und ich hätte gern noch einmal geschrien, nur um diesen penetranten Druck hinter dem Brustbein loszuwerden. Sie wollte einen der Ärzte holen, aber ich bat sie, einfach nur zu gehen und mich in Ruhe zu lassen. Eine Weile hat sie mich daraufhin unsicher angeschaut, ist schließlich aber doch davongetrippelt. Danach habe ich eine Ewigkeit nur auf den Boden vor meinen Füßen gestarrt. Ich habe alles noch genau vor Augen: Es waren schwarze und weiße Steinfliesen, ein Schachbrettmuster, genauso wie dreißig Meter entfernt, wo es zu den OP-Sälen ging.*

*Aus einer der großen weißen Flügeltüren war er eine gute Stunde zuvor getreten, der Herr Doktor, und hatte mir seine Nachricht überbracht: Hirntod gestern Nachmittag. Gleich in der Nacht dann – Multiorganexplantation.*

*Sie hatten den Jüngsten geschickt, die Wichtigen waren zu beschäftigt. Auch er hätte wieder an seine Arbeit zurückkehren können – der Terminus technicus hatte alles gesagt. Er schien aber nicht restlos zufrieden mit sich gewesen zu sein, vielleicht weil bei mir die zu erwartenden Zeichen von Bestürzung, Betroffenheit oder Trauer zunächst ausblieben oder einfach weil er mein Schweigen für inadäquat hielt. Jedenfalls, geschult, wie er war, hatte er darin die Notwendigkeit einer erweiterten Aufklärung erkannt.*

*Ich dürfe mich nicht wundern, hatte er sachlich vorgetragen, bei derart schweren Schädel-Hirn-Traumata, wie du es davongetragen hattest, würden immer wieder auch nicht verletzte Hirnareale in Mitleidenschaft gezogen. Starke Blutungen oder sich rasch ausbreitende Ödeme führten in solchen Fällen unweigerlich zu heftigem Druckanstieg innerhalb der Schädelkalotte, wodurch letztlich auch gesundes Gewebe irreversible Kompressionsschäden erleiden könne.*

*Du hättest zu Lebzeiten per Spendeausweis eingewilligt, hatte er nachdrücklich betont, und dass man, als es soweit war, äußerst rasch habe handeln müssen. Das wäre in solchen Fällen völlig normal. Deine Organe sollten in möglichst guter Kondition bleiben.*

*Eines meiner Augen hatte zu tränen begonnen. Du hattest diese Einwilligung schon vor Monaten zurückziehen wollen.*

*Vermutlich hatte er gemeint, mich trösten zu müssen, denn er erwähnte mehrmals die große organisatorische Leistung, die hervorragende Zusammenarbeit des Entnahmeteams und dass man nun das Leben vieler anderer retten könne.*

*Sie hatten es schon am Tag zuvor gewusst, Marianne. Ich bin absolut sicher. Da hatten sie etwas von »erweiterter neurologischer Diagnostik« gemurmelt.*

*Bei all seinen Ausführungen hatte der junge Mann nicht ein einziges Mal deinen Namen erwähnt. Ich war nicht in der Lage gewesen zu sprechen, sonst hätte ich ihn danach gefragt, hätte ihn allzu gern kompromittiert.*

*Multiorganexplantation – die feine Sprache der Mediziner. Ein Hohn, denn untereinander lassen sie es zünftiger zugehen, das weiß ich inzwischen. Da erinnern sie sich gern der größeren Bildhaftigkeit ihrer Muttersprache: Ausräumung. Ja, sie haben dich ausgeweidet. Meine Marianne, mein Alles – im Zeitlimit. Du warst ein Ersatzteillager, und hätte ein Schwein wie Bahlbach etwas davon benötigt, hätten sie auch ihn beschenkt.*

*Der junge Arzt hat ordentlich geschwitzt, als er sich brav verabschiedete. Und kurz bevor sich die weiße Flügeltür hinter ihm verschloss, erwähnte er noch schnell, dass ein offizielles Dankschreiben folgen würde.*

*Ich erinnere mich noch, was ich daraufhin tat: Ich bin den Gang hinuntergegangen, so weit, bis sich das Schachbrettmuster unter meinen Füßen zu bewegen begann. Dann habe ich mich auf eine der herumstehenden Sitzbänke gelegt und geschrien. Ich habe so lange geschrien, bis sich eine erleichternde Ohnmacht einstellte.*

*Auch daran erinnere ich mich: Später, zu Hause, habe ich stundenlang am Küchentisch gesessen, habe nichts empfunden, habe nichts gespürt, nichts gefühlt. Ich habe während dieser Zeit auch an nichts gedacht, sondern nur stumpf vor mich hingestarrt. Erst eine heftige Weinattacke, bei der sich all meine Gesichtsmuskeln verkrampften, riss mich zurück ins Leben. Und obgleich ich mich nicht entsinnen konnte, mich auch nur ein Jota bewegt zu haben, fand ich mich von unzähligen Stofffetzen umgeben. Ich hatte sie mit einer Schere aus der Tischdecke geschnitten. Tiefe Löcher und Risse auf dem Bezug unserer Küchenbank besagten, dass ich hemmungslos auf sie eingestochen haben musste.*

*Irgendwann bin ich aufgestanden und habe Alben und Ordner in die Küche getragen.*

*Zuerst habe ich unsere Fotografien und Postkarten betrachtet. Irland 1997: Du, am Rand einer Klippe sitzend – in Jeans und einem anthrazitfarbenen Janker. Du lässt die Beine von der Klippenkante herabbaumeln. Von oben fotografiert, schaust du zur Kamera hoch. Ein starker Wind zerzaust deine blonden Haare. Damals waren sie noch lang und flogen wie Rotorblätter eines Helikopters um deinen Kopf. Weit unter dir brechen gewaltige Wellen gegen die Klippenwand. Im Hintergrund: das graugrüne Meer und die Schaumkronen der zurückgespülten Gischt. Oder – weißt du noch? – Portugal 1999, Algarve, schönes Wetter. Du, bis zum Hals im hellen Sand des Strandes eingegraben, lachend. Neben deinem Kopf steht ein kühles Getränk. Am stark beschlagenen Glas laufen verheißungsvoll Kondenswassertropfen herunter. Der geknickte Strohhalm befindet sich so weit von deinem Mund entfernt, dass du ihn gerade eben erreichen kannst. Du streckst deinen Hals, so stark du kannst, und lachst dich halb tot dabei. Dann, unsere Bilder von Frankreich, Provence 2000: im Hintergrund Flam-*

*men und viel schwarzer Rauch. Vorn: du mit ernstem, beinahe ängstlichem Gesichtsausdruck. Du deutest auf ein noch weit entferntes, aber schon lichterloh brennendes Waldstück.*

*Die Aufnahmen unseres zweiten Irlandurlaubs wollte ich mir nicht ansehen. Ich wusste: Darunter befinden sich Fotos, auf denen du unbekleidet abgebildet bist. Dein wunderschöner Körper, Marianne – ich hätte ihn für alles in der Welt so gern noch einmal gesehen, berührt, gestreichelt, liebkost. Aber was hatte der junge Doktor gesagt? Man habe sich bemüht, die Integrität des Leichnams zu bewahren – er würde dennoch abraten.*

*Schließlich habe ich die blaue Mappe aufgeschlagen. Die, die wir gemeinsam erstellt haben. Du weißt, welche ich meine: »Schwein Bahlbach«. Kannst du dich noch an den Denkzettel erinnern, den wir ihm verpassen wollten? Dass wir vorhatten, ihn vor aller Welt zu blamieren, ihn bloßzustellen und zu erniedrigen? Ihn, diesen Unmenschen, der dich jahrelang nur rumgeschubst, dich drangsaliert und so tief gedemütigt hat? Und kannst du dich auch noch an unsere Zweifel erinnern? Daran, dass wir dieses Unterfangen immer wieder für zu gewagt hielten und nie sicher waren, ob unsere so schön erdachte Maßnahme wirklich in angemessenem Verhältnis zu seiner Schuld stände? Und dass wir nicht einmal sonderlich geknickt waren, als wir feststellen mussten, dass unser Vorhaben nicht in geplanter Weise umsetzbar war?*

*Herrgott, Marianne, was waren wir für arglose Naturen, was für unglaublich naive Menschen. Es steht nun leider fest, dass alles, was unsere grenzenlos einfältigen Hirne erdacht hatten und womöglich noch erdacht hätten, bei Weitem zu harmlos ausgefallen wäre. Scherze wären es geradezu gewesen, Lausbubenstreiche mit absolut unzureichender Wirkung und viel zu geringen Folgen für diesen Kerl.*

*Inzwischen weiß ich, dass er nicht nur ein übler Despot war, sondern eine abscheulich wütende Bestie. Dieser Mann war schon immer Abschaum, den man nicht grausam genug hätte bestrafen können, selbst wenn er dich nicht aufs Gemeinste missbraucht und in den Tod getrieben hätte – in diesen furchtbaren Tod, über den hinaus sich auch noch diese Finsterlinge in Weiß an dir vergingen.*

*In den Tagen nach deinem Unfall habe ich nichts sehnlicher ge-*

*wünscht, als dass Bahlbach auf möglichst grauenvolle Weise stürbe. Seit jenem Nachmittag jedoch, als unsere blaue Mappe geöffnet vor mir lag, weiß ich, dass egal wie und wodurch dieser Mann den Tod fände, er in jedem Fall unangemessen gering bestraft wäre. Nein, Marianne, mir ist seither klar, dass diese Ausgeburt des Drecks es nicht verdient, einfach nur zu sterben. Er hat weitaus Schlimmeres verdient. Er hat verdient, dass man ihm etwas zeigt, was niemand vor ihm je sah, und dass er Dinge erfährt, die noch kein Mensch zuvor erfuhr. Und er hat verdient, dass all dies ihn zur ärmsten und bedauernswertesten Kreatur auf dieser Welt macht.*

*Es ist so weit, Marianne. Fast ein Jahr habe ich mit den Vorbereitungen gebraucht. Heute wird endlich der Anfang gemacht. Ich werde damit beginnen, diesen Widerling zu zerstören.*

Gerade als er die vorgebogene Eichenholz-Planke an die Spanten anbringen wollte, läutete es an der Haustür.

»Ich komme gleich«, rief er. Er konnte nicht sofort gehen. Die Planke musste mit wenigstens zwei Zwingen fixiert sein. Er setzte die erste an.

Dann ging die Klingel wieder.

Er antwortete nicht – zog die Zwinge fest.

Erneut klingelte es.

»Ja, Herrgott noch mal. Einen Moment, ich komme ja gleich«, schrie er diesmal. Dann setzte er die zweite Zwinge an.

Der Besucher war unerbittlich. Es läutete zum vierten Mal.

Er konnte es nicht fassen. Was war das für ein verdammter Idiot, der nicht kapierte, dass im Moment niemand an die Tür gehen konnte? Die zweite Zwinge griff nicht, fiel auf den Boden.

»So eine Scheiße!«

Dann klingelte es schließlich Sturm.

Jetzt rutschte ihm auch noch die Planke aus der Hand. Das reichte. Wutentbrannt lief er zur Tür und riss sie auf.

»Sagen Sie mal, Sie Voll...« Weiter kam er nicht. Etwas sauste auf ihn herab. Er wich zurück, kam ins Straucheln, stolperte über seine Füße und fiel der Länge nach hin. Als er aufsah, kam das Beil noch einmal auf ihn zu.

# 2

Guido Sperling spähte über das Wasser. Diesmal stimmten alle Voraussetzungen. Auch er selbst war so weit. Er hatte endlich die notwendige Energie, um sein Werk zu vollenden. Beherzt griff er nach den Gummistiefeln.

Es war noch nicht lange her, da hätte er am liebsten alles hingeschmissen, sich von seinem Vorhaben verabschiedet. Nichts wollte ihm gelingen, und monatelang hatte er nicht eine brauchbare Idee hervorgebracht. Nun jedoch schien die Zeit der Apathie, der inneren Leere vorüber. Beim Anziehen der Stiefel jedenfalls stellte sich ein seit Langem nicht mehr empfundenes Wohlbehagen ein. Schon als kleiner Junge hatte er es genossen, mit frischen Strümpfen und warmen Füßen in trockene Gummistiefel zu gleiten. Angenehm hatte ihn dabei die Vorstellung berührt, danach jede Art kalten, nassen oder glitschigen Milieus durchwaten zu können, ohne dass die Haut damit in Kontakt kommen würde. All die wüsten Schlammwatereien seiner Kindheit und die von den Eltern verbotenen Pfützensprünge waren zudem immer von der süßen Einbildung begleitet gewesen, dass ihn diese dünne thermoplastische Gummischicht nicht nur vor einer unwirtlichen Außenwelt, sondern vor *allen* Unbilden dieser Welt schützte. In solchen Momenten hatte sich der kleine Guido unverwundbar, frei und stark gefühlt. Dann hatte er auf die Eltern und ihre Obhut gepfiffen, und anstelle einer natürlichen Ehrfurcht vor ihnen war ein glückseliger Übermut getreten.

Aber Guido Sperling war noch nicht wirklich über den Berg. Das spürte er, weil sich gleichzeitig mit den Erinnerungen an die Glücksmomente der Kindheit auch eine tiefe Wehmut einstellte. In seinen jungen Jahren hatte alles noch eine gewisse Leichtigkeit gehabt. Von den profanen Ansprüchen des Lebens und der Bewältigung alltäglicher Notwendigkeiten noch nicht ausgebremst, hatten sich seine Werke damals durch eine ganz besondere Frische und Lebendigkeit ausgezeichnet. Die Zukunft war ihm wie ein müheloser Gang bergauf erschienen.

Mit den Jahren war seine Kunst jedoch schwerer und ernster geraten. Aber diese geradezu zwangsläufige und völlig normale Entwicklung hatten die Heuchler der sogenannten Fachwelt und die Ignoranten von der Presse nur mit üblem Spott quittiert. Der Tenor ihrer Rezensionen war schließlich sogar gemein und boshaft geworden. Und da sich seine Verletzbarkeit mit zunehmendem Alter ebenso verändert hatte wie seine Kunst, war er bald in den Strudel eines grausamen und zerstörerischen Prozesses der Selbstzerfleischung geraten, der Verbitterung und Selbstverachtung nach sich zog und beinahe zur Selbstzerstörung geführt hätte.

So packte Guido Sperling in dieser dunklen und recht kühlen Septembernacht zwar noch nicht die Unbekümmertheit früherer Tage und schon gar nicht der Übermut seiner Kindheit, aber zumindest spürte er wieder eine gewisse Euphorie und Schaffenskraft. Und seinen Drang, keine Zeit zu vergeuden, wertete er als gutes Zeichen. Zudem schien das alte leer stehende Mannheimer Strandbad genau der richtige Ort, um sein neues Projekt zu verwirklichen.

Nachdem er sich erhoben und seine Tasche über die Schulter gelegt hatte, knirschte er zielstrebig durch den groben Kies des Strandes, direkt auf den schmalen Sandstreifen am Uferrand zu. Dort trat er an den dünnen schaumigen Wassersaum heran, beugte sich leicht vor und lauschte konzentriert über den Fluss hinweg in die stille Nacht. Und schon nach wenigen Augenblicken war er sich endgültig sicher: Die Bedingungen waren tatsächlich ideal. Hier und heute würde er sie einfangen – seine *Wellenwinde.*

Er setzte den Kopfhörer auf und ging zwei Schritte vorwärts. Das schwarze Wasser des Rheins umspülte dabei lautlos seine Füße, sodass es ihm für einen Moment schien, als wenn der Fluss stillstehen würde. Dann aber spürte er im Inneren der Gummistiefel doch das leichte Säuseln der Strömung.

In einer Hand hielt er ein kleines Richtmikrofon, während die andere den Gurt der ledernen Umhängetasche umfasste. Darin befand sich sein in die Jahre gekommenes Aufnahmegerät.

Er beugte sich noch mal vor und hielt das kleine silberne Mikro vorsichtig über das Wasser. Der an diesem Morgen besonders leicht über den Rhein hinwegziehende Wind schien wie geschaffen, um sich, wie an der Kante eines Flötenmundstücks, an den winzigen, kaum wahrnehmbaren Wellenkämmen zu brechen und dabei Klänge von nie zuvor gehörter Art zu erzeugen. Den Aufnahmeknopf seines Rekorders niedergedrückt, horchte er aufmerksam, ob er ebendieses akustische Phänomen im Kopfhörer vernehmen würde. Der Vorgang dauerte seine Zeit. Mehrere Sekunden vergingen. Schließlich drückte er die Stopptaste. Dann richtete er sich in Windeseile auf, ballte eine Hand zur Faust, streckte sie hoch gen Himmel und stieß einen gewaltigen Freudenschrei aus. Er hatte sie! Schon beim ersten Anlauf hatte er ihren feinen silbrigen Klang vernommen. Er hatte also recht gehabt: Es gab sie – die *Wellenwinde*.

Nun würde er es allen zeigen, all denen, die ihn beschimpft und so schmählich hatten fallen lassen. »Kako – das dritte phonische Hörwerk« würde diese Stümper wachrütteln, und die letzten fünfundzwanzig Takte würden sie niemals in ihrem Leben wieder vergessen. Dort, direkt im Anschluss an jene furiose Stelle im letzten Satz, wo es zur Apokalypse, zum gänzlichen Zusammenbruch alles Irdischen kam, würde er für das gesamte Orchester ein Tacet über vier Takte, ein Schweigen aller Stimmen, aussetzen. Und danach würde er nur noch die Aufzeichnung seiner Wellenwinde sowie ein leise hauchendes Cello sprechen lassen – sozusagen als Reminiszenz an ein einstmals intaktes System mit einer inneren Ordnung, aber auch als Erinnerung an den Anfang seines Werkes, wo sich alles Leben und die Elemente noch in stabilem Gleichgewicht miteinander befunden hatten.

Guido Sperling war außer sich. Wieder beugte er sich vor. Er musste sie noch mal hören, bevor er mit der Aufnahme beginnen würde. Erneut hielt er das Mikro dicht über die seicht dahingleitenden Wogen des Rheinwassers. Sein Puls stieg an, und er spürte, dass sein Herz kräftiger schlug.

Aber irgendwas war diesmal faul. Obgleich sich keine der Voraussetzungen geändert haben konnte und er den Vorgang exakt wiederholte, wollte es nun einfach nicht mehr gelingen. Nur ganz kurz konnte er hören, wie es im Kopfhörer summte, aber dann war plötzlich Schluss. Fortan war nichts mehr zu hören, außer dem leisen Eigenrauschen des Mikrofons. Es war fürchterlich. Er versuchte, das Mikro noch etwas näher an die Wasseroberfläche heranzuführen, versuchte dasselbe auch an verschiedenen anderen Stellen, aber sosehr er sich anstrengte: Im Kopfhörer blieb es still.

Er spürte, dass er nervös wurde und sein Körper zu schwitzen begann. Es hatte alles so gut begonnen, und nun? Eine Katastrophe. Die einzige Möglichkeit, die ihm einfiel war, noch weiter ins Wasser zu gehen.

Nach zwei oder drei Schritten hörte er auch tatsächlich wieder etwas. Nur waren es bei Weitem nicht jene Klänge, nach denen er suchte. Es waren noch nicht mal welche, die er mit dem Element Wasser in Verbindung bringen konnte, sondern Geräusche, die an Kratzen oder Schlurfen erinnerten. Und als er das Mikrofon ein wenig zurückzog, wurden sie lauter und deutlicher. Er richtete sich auf und hielt das Mikro mit ausgestrecktem Arm vor sich in die Luft. Dabei wurde es zuerst wieder leiser in seinem Kopfhörer, aber als er seinen Körper ein wenig herumdrehte, nahm die Lautstärke deutlich zu. Die seltsamen Geräusche schienen vom Strand herzukommen. Er schaute auf. In der Dunkelheit fiel es ihm nicht leicht, etwas zu erkennen, aber schemenhaft konnte er dennoch wahrnehmen, wie in einiger Entfernung jemand einen großen dunklen Gegenstand die Böschung hinunterschob. Es war eine Art Karren, ein Kasten auf Rädern, und was das Mikrofon nun übertrug, klang, wie wenn Reifen auf Kies rollten. Plötzlich aber rumste es, und die Geräusche hörten abrupt auf. Das Gefährt war offenbar recht unsanft abgesetzt worden.

Einen Moment später sah Guido Sperling, dass hinter dem Karren eine dunkel gekleidete Gestalt hervortrat. Zuerst schien sie dort nur stehen und kurz verschnaufen zu wollen. Aber dann drehte sie sich plötzlich um und lief hastig den Strand hinauf, schräg hoch in Richtung Strandrestaurant und Parkplätze.

Der Karren blieb zurück.

# 3

Es war wieder eine dieser Leichen, die man nicht unbedingt gesehen haben musste. Der Anblick, den der Tote in dem dunkelblauen Kinderanhänger bot, war fürchterlich, und Hauptkommissar Frieder Kindlein fragte sich zum wiederholten Male, warum so viele Leichen unbedingt in der Nacht gefunden werden mussten. Schon am Tage hatte ihr Anblick etwas Beklemmendes, aber bei Dunkelheit erschreckte der fahle Schimmer ihrer blassen Haut, und sie wirkten dann noch lebloser, noch abstoßender.

Diese Leiche hier war beinahe grau. Der nackte Körper war völlig haarlos. Sie erinnerte an eine demontierte Schaufensterpuppe, denn ihr fehlte der Kopf, und die Beine waren kurz unterhalb des Beckens abgetrennt worden. Der Leichnam war männlichen Geschlechts und mittleren Alters, und er saß aufrecht auf dem kleinen Sitz des Anhängers, sodass die kurzen Stümpfe nach vorn zeigten. Die Amputate hatte der Täter direkt neben dem Toten auf der Sitzfläche postiert. Mit den Schnittflächen nach unten senkrecht aufgestellt, lehnten sie an dessen rechter Körperseite. Sie ragten beinahe kerzengerade in die Höhe, denn der rechte Arm des Opfers hielt sie im Bereich ihrer Knie fest umschlungen, was ein Durchknicken verhinderte. Zudem war um das Grundgelenk der rechten Hand eine Wäscheleine geknotet und mehrmals stramm um den Körper und die Beine des Leichnams geschlungen worden. Auf dem Rücken dieser Hand imponierte ein rhombusförmiges Muttermal. Der linke Arm war nicht mit eingewickelt worden. Er hing schlaff herab. Ihm fehlte die Hand. In der linken Brusthälfte des Leichnams klaffte eine auffällig tiefe und unschöne Wunde.

Mit zwei Spanngurten war das komplette Leichenpaket am Sitz des Anhängers festgeschnallt worden. Davor, im Fußraum, stand ein dunkelbrauner Pappkarton. Ein Mitarbeiter des Untersuchungsteams hatte ihn schon geöffnet. Darin lag der Kopf des Toten. Einzig die linke Hand blieb verschwunden.

»Ich sag, das ist ein Franzose.« Die Stimme kam aus Kindleins direktem Umfeld. Er drehte sich um. Ein älterer, etwas dicklicher Kollege von der Schutzpolizei blickte ihn mit grinsendem Gesicht an.

»Ein Franzose?«, fragte Kindlein. »Wie kommen Sie denn da drauf?«

Der Mann sah sich um, versicherte sich, dass noch ein paar Kollegen seinen Ausführungen folgen würden, und meinte dann: »Na ja, wegen den beiden Baguettes im Arm.« Dann prustete er los.

Sonst fand das niemand komisch, weder die Kollegen von der Kriminaltechnik noch die der Spurensicherung. Und von den anderen Schutzpolizisten musste auch keiner lachen. Der Spaßvogel indes konnte sich kaum halten. Mehrmals krümmte er sich und wieherte ungeniert vor sich hin. Und es dauerte relativ lange, bis er die Stille bemerkte, die ihn umgab. Dann erst nahm er wieder eine menschenähnliche Haltung an. Schließlich stand er beinah stramm, räusperte sich mehrmals verlegen, und selbst im Dunkeln war sein roter Kopf zu erkennen.

Kindlein wartete, bis der Mann ihm in die Augen sah. Dann deutete er auf einen Punkt in der Ferne.

»Und wer ist das dahinten an dem Baum?« Ein junger Streifenpolizist übergab sich dort gerade an einer Weide.

»Mein Kollege, Herr Hauptkommissar. Wir beide waren die Ersten hier.«

»Ach, das ist Ihr Kollege. Noch ziemlich jung, nicht wahr?«

»Ja, schon.«

»Dem geht's aber nicht so gut wie Ihnen, scheint mir.«

»Na ja.« Dem Mann stand jetzt der Schweiß auf der Stirn. Wieder blickte er sich um. Noch immer schwiegen alle.

»Ich denke, wenn es Ihrem Kollegen derart schlecht geht, dann sollten Sie am besten gleich mal zu ihm rübergehen und auch ihm diesen lustigen Witz erzählen.«

»Herr Hauptkommissar, entsch...«

»Nein, das tue ich nicht. Setzen Sie sich bitte auf der Stelle in Ihren Wagen. Dort warten Sie, bis Ihr Kollege kommt, und dann fahren Sie ihn am besten gleich nach Hause.«

»Aber ...«

»Nichts aber. Hauen Sie endlich ab.«

Während der Polizist mit gesenktem Haupt davonschlich, ging Kindlein zu der Weide rüber. Dort legte er dem jungen Polizisten die Hand auf die Schulter.

»Hallo, ich bin Kriminalhauptkommissar Frieder Kindlein. Ich habe eben gehört, dass Sie und Ihr Kollege als Erste hier vor Ort waren. Darf ich Sie dazu kurz was fragen?«

Der Mann war kreidebleich. Uniform und Schuhe waren völlig verkotzt. Mit rot unterlaufenen Augen schaute er Kindlein an.

»Sie wollen wissen, wer uns hierhergerufen hat, stimmt's?«

»Genau.«

Der junge Mann gab Kindlein ein Zeichen, dass er ihm folgen solle. Dann liefen sie hoch in Richtung Strandrestaurant. Nicht weit davon entfernt befand sich der inmitten eines dichten Baumbestands angelegte Parkplatz des Strandbads. Als sie dort ankamen, war zwischen zwei großen ausgewachsenen Platanen auch der Streifenwagen der beiden Polizisten auszumachen. Die Fahrertür stand offen, und von dem Fahrzeug ging ein unglaublicher Lärm aus. Da es unter dem dichten Laubwerk der alten Bäume noch stockfinster war, reichte das Licht der kleinen Soffittenlampen völlig, um Kindlein schon von Weitem einen Eindruck davon zu vermitteln, was sich im Innenraum des Wagens abspielte. Vorn saß der Komiker von eben und hinter ihm im Fond zwei weitere Personen. Einer der beiden trug eine Polizeimütze – noch ein Kollege von der Streife. Der hielt sich die Ohren zu und schrie den dicken Kollegen am Steuer an. »Georg, sag dem Idioten endlich, dass er die Schnauze halten soll. Es ist nicht mehr zu ertragen. Georg, mach was.«

Die Gestalt neben ihm brabbelte und brabbelte in einem fort. Es war wirrer Kram, eine Art Singsang, den der Mann von sich gab und der über den ganzen Parkplatz tönte.

*»Milch des Mondes fiel aufs Kraut! Spinnweb' ist mit Blut betaut! Uhui! Uhui! Eh' noch wieder Abend graut, ist sie tot, die zarte Braut! – Eh' noch wieder sinkt die Nacht, ist das Opfer dargebracht! Uhui! Uhui! Uhui!«*

»Ach herrje, was ist denn da los?«, fragte Kindlein den jungen Polizisten.

»Das ist der Typ, der die Leiche gefunden hat. Er hat uns übers

Handy verständigt. Hat uns erzählt, dass irgendein Kasper am Strand erschienen sei und Samiel ein Opfer dargebracht habe. Und als wir hier ankamen, hat uns dieser Spinner empfangen und uns das ›Opfer‹ gezeigt.« Dem jungen Mann wurde offenbar wieder übel, jedenfalls drückte er sich schlagartig die Hand auf den Mund und rannte in Richtung Buschwerk davon.

Als Kindlein sich dem Streifenwagen näherte, fuhr gerade ein Pkw auf den Parkplatz. Vom grellen Licht der Scheinwerfer geblendet, zog er seinen Kopf ein und hielt eine Hand vor die Augen. Den wirren Insassen schien die starke Beleuchtung ebenfalls zu irritieren. Er wurde lauter, und seine Stimme klang nun geradezu dämonisch.

*»Bei des Zaubrers Hirngebein! Samiel! Samiel! Erschein!«*

Der Pkw hatte angehalten. Das Scheinwerferlicht erlosch. Und obgleich es nun wieder dunkel war, nahm Kindlein dennoch wahr, dass der Schreihals im Fond des Streifenwagens nun wild gestikulierte und dabei so viel Platz für sich in Anspruch nahm, dass sich der Polizist neben ihm dicht an das Seitenfenster drücken musste. Unterbrach der Mann mal für einen kurzen Moment seine Ausrufe, dann waren von den Büschen am Rande des Parkplatzes her die Würgegeräusche des jungen Polizisten zu hören.

Der Dicke am Steuer stierte völlig apathisch vor sich hin. Und wie wenn er es zerquetschen wollte, hielt er das Lenkrad fest im Zangengriff, sodass die Knöchel seiner Hände weiß hervortraten. Der Kerl auf dem Rücksitz ähnelte mit seinem blassen hageren Gesicht und dem zerzaustem Vollbart einem Waldschrat. Er starrte Kindlein zunächst nur mit irrem Blick an, zeigte dann aber plötzlich mit einem langen dürren Zeigefinger auf ihn und schrie aus voller Kehle: *»Sechse treffen«* und gleich darauf: *»Sieben äffen.«*

Erst zuckte Kindlein zusammen. Dann hätte er beinahe angefangen zu lachen, wurde aber durch einen Zuruf abgelenkt.

»Mann, Frieder, das ist ja eine super Vorstellung hier.«

Er drehte sich zur Seite. In der Ferne versuchte er eine Person auszumachen, aber dort war außer nächtlichem Dunkel nichts zu erkennen.

»Das klingt ja wie in einer Geisterbahn«, hörte er dann. Nun wusste er, zu wem die Stimme gehörte: kraftvolles, tiefes Bassregister, voluminös mit warmem Timbre. Kurz darauf nahm er erste Umrisse wahr und schließlich die komplette unverwechselbare und wohlvertraute Silhouette seines Partners und Vorgesetzten.

Konrad Morgenthaler, seit knapp einem Jahr erster Kriminalhauptkommissar der Mannheimer Kripo, war ein außerordentlich kleiner und überaus stämmiger Mann von Mitte fünfzig. Er kam aus der Richtung des Pkws marschiert, und sein strammer Schritt zeugte trotz der frühen Stunde von Energie und Tatenfreude. Und als er näher kam, sah Kindlein sein allzeit frech gelauntes Gesicht.

»Schön, dass du da bist, Konrad«, sagte Kindlein. »Geisterbahn ist gut. Aber ich finde, dass es hier eher zugeht wie in der Klapsmühle.«

»Tut mir leid, dass ich so spät komme, aber von mir aus dauert es eben ein bisschen.«

Morgenthaler war Mannheimer, hier geboren und aufgewachsen. Seit vielen Jahren lebte er jedoch in Ladenburg, einem kleinen Städtchen etwas außerhalb von Mannheim und etwa eine halbe Stunde vom alten Strandbad entfernt. Er sah sich gleich in alle Himmelsrichtungen um, und Kindlein merkte, dass seine Augen einen frischen Glanz annahmen, wie immer, wenn er von etwas außergewöhnlich beeindruckt oder begeistert war.

»Herrgott, ist das eine prachtvolle Kulisse. Einfach herrlich. Ich glaube, ich bin seit meiner Jugendzeit nicht mehr hier draußen gewesen. Was für fantastische Sommertage ich mit meinen Eltern an diesem Ort erlebt habe! Ich weiß nicht, wie viele Sommer wir uns hier am und im Wasser des Rheins getummelt haben, aber sie zählen zu meinen schönsten Kindheitserinnerungen. Erst später haben wir erfahren, dass dieser stolze Fluss damals eine einzige Kloake gewesen ist. Aber das Flair dieses Ortes, Frieder – einfach unvergesslich. Jeder Tag an diesem wunderschönen Strandbad war ein Erlebnis. Ich weiß sogar noch, wie der kalte Nudelsalat und die Frikadellen meiner Mutter geschmeckt haben und wie köstlich es immer roch, wenn der Duft von warmem Popcorn und frisch gebrühtem Kaffee über die Strandpromenade zog.« Dabei deutete Morgenthaler in Richtung des stillgelegten Strandrestaurants und zog dann sanft lächelnd und mit geschlossenen Augen Luft durch die Nase.

Kindlein konnte sich vorstellen, was Morgenthaler meinte. Obwohl er gut zwanzig Jahre jünger und in Ludwigshafen, also jenseits des Rheins, aufgewachsen war, war auch ihm das alte Mannheimer Strandbad von Kindesbeinen an ein Begriff. Seine Eltern hatten immer davon geschwärmt und mit ihm Ausflüge hierher unternommen. Aber zu dieser Zeit hatte sich der Rhein schon nicht mehr zum Schwimmen geeignet, sodass sich das Strandbad in einem Dornröschenschlaf befunden hatte und nahezu alle Einrichtungen entlang der Promenade außer Betrieb gewesen waren.

Auch Kindlein schaute jetzt in Richtung Strandrestaurant. Lange Jahre hatte es nach der Schließung des Bades noch überlebt, aber inzwischen war selbst dieses letzte Überbleibsel der einstmals für die Mannheimer Bürger errichteten Freizeit- und Erholungsstätte nur noch ein baufälliges Zeugnis längst vergangener Zeiten.

Zwischen Restaurant und Parkplatz war alles mit dichtem Strauchwerk bewachsen. Trotz der Dunkelheit war deutlich zu erkennen, dass sich darin etwas bewegte und Mitleid erweckende Laute von sich gab.

»Was ist das denn für einer?«, fragte Morgenthaler, als er erkannte, dass es sich dabei um ein menschliches Wesen handelte.

»Das ist ein junger Kollege von der Streife. Körperlicher Zusammenbruch. Kotzt sich gerade die Seele aus dem Leib. Kann ich verstehen, bei dem Anblick unten am Strand.«

»Übel?«

Kindlein stöhnte und nickte. »Extrem übel.«

»Na, da bin ich ja mal gespannt. Ist ja richtig was los hier. Und dieser Rasputin da im Auto? Wer ist das?«

»Ach der. Der hat die Leiche unten am Strand gefunden. Bei dem tippe ich eher auf geistigen Zusammenbruch. Ich glaube nicht, dass wir den heute Morgen noch vernehmen können.«

Der Mann schrie nun auch wieder aus voller Kehle: *»Du weißt, dass meine Frist – schier abgelaufen ist. Samiel! Uhui! Uhui!«*

»Siehst du, was ich meine?«

Morgenthaler nickte. »Ja, trauriger Fall. Komm, lass uns zum Strand runtergehen.«

Inzwischen war es kurz nach vier. Die Morgendämmerung hatte eingesetzt, und unten am Fundort war nun schon deutlicher das emsig arbeitende Team von Spezialisten zu erkennen. Hinter einer rot-weiß gestreiften Absperrung beschäftigten sie sich mit dem Kinderanhänger. Einige von ihnen hockten neben dem Gefährt und nahmen Spuren ab, während einer von ihnen in vornübergebeugter Haltung den Innenraum inspizierte. Ob es sich dabei um einen Rechtsmediziner oder jemanden von der Technik handelte, konnte Kindlein aus der Entfernung nicht erkennen. Alle trugen diese weißen, glatten Einweg-Schutzanzüge mit Kapuze. Das Areal war an manchen Stellen mit nummerierten Wimpeln gespickt, die immer dort im Kies steckten, wo man eine Spur oder ein Fundstück entdeckt hatte.

Als Kindlein und Morgenthaler den Strand hinunterliefen, kam ihnen Jürgen Leibig, der Leiter der kriminaltechnischen Abteilung, entgegen. Kindlein war ihm schon begegnet, hatte da aber noch nicht mit ihm reden wollen. In den letzten Wochen war Leibig jedes Mal, wenn er ihn traf, entweder gesundheitlich angeschlagen oder in großer Hektik gewesen. Besonders schlimm war es vor einigen Monaten gewesen. Da hatte seine Frau sich von ihm getrennt, woraufhin Leibig zornentbrannt aus der ehelichen Wohnung auszog. Und da er ahnte, dass es seine Zeit brauchen würde, eine neue Bleibe zu finden, hatte er beschlossen, bis dahin im kriminaltechnischen Institut zu übernachten. Das hatte wiederum zur Folge gehabt, dass er dort jeden noch so popeligen Untersuchungsauftrag erledigte, der an die Abteilung herangetragen wurde. Auf diese Weise hatte er zwar seinen Trennungsfrust einigermaßen verarbeiten können, sich dafür jedoch körperlich beinahe ruiniert. Und für seine armen Mitarbeiter hatte das bedeutet, ihn von morgens bis abends ertragen zu müssen und täglich mehrmals angeblafft zu werden. So waren sie natürlich heilfroh gewesen, als Frau Leibig eines Tages im Institut auftauchte, ihren Mann mitsamt seiner schmutzigen Wäsche ins Auto einlud und wieder mit nach Hause nahm.

Jedenfalls war Kindlein erstaunt, dass Leibig sich diesmal von sich aus und sogar in gesittetem und ruhigem Ton an sie wandte.

»Hallo, ihr beiden. Gut, dass ich euch noch treffe. Ich muss nämlich leider schon zum nächsten Fall. Einbruch bei einem Juwelier in der Innenstadt, in der Kurfürsten-Passage. Ein Teil meiner Jungs bleibt aber noch eine Weile hier.«

»Und, habt ihr schon was gefunden?«, fragte Morgenthaler.

»Na ja, wie man so will. Am interessantesten dürfte wohl der Kinderanhänger sein. Zu der Marke kann ich noch nichts sagen, weil ich mich da nicht auskenne. Das gilt auch für die Polyester-Spanngurte, mit denen die Leiche festgezurrt wurde. Aber es gibt massenweise Fingerabdrücke und eine ordentliche Menge anderes Spurenmaterial, wie Haare und Stofffasern. Außerdem haben wir eine Unzahl noch näher zu überprüfender Flecken gefunden. Und in den Reifenprofilen steckt auch einiges fest. Da haben wir festgetrocknete Erde gefunden. Kann sein, dass wir die einer bestimmten Gegend zuordnen können.«

»Hm. Ist denn schon klar, wie der Anhänger hierher transportiert wurde?«

»Ja, und zwar ganz frech. Mit dem Fahrrad. Auf dem Parkplatz wurde der Anhänger vom Rad entkoppelt, dann ein Stück die Strandpromenade entlanggezogen und in Höhe des Restaurants runter zum Rhein geschoben.« Leibig verwies auf einen langen, beiderseits abgesperrten schmalen Streifen, der sich vom Parkplatz bis hinunter zum Fundort erstreckte. Im Kies des Strandes waren deutlich Radspuren zu erkennen. »Das Reifenprofil ist da oben ohne Probleme erkennbar, genauso wie die Schuhabdrücke. Sportschuhe, Größe zweiundvierzig. Der Täter hat keine Anstalten gemacht, irgendwas zu vertuschen. Warten wir es also ab.«

»Du sagst Täter, Jürgen? Meinst du damit, dass es ein Mann gewesen war? Oder kommt auch eine Frau infrage?«

»Klar, bei der Schuhgröße ist beides möglich. Aber nachdem ich das Opfer gesehen habe und vor allem den Zustand, in dem es sich befindet … Ich weiß nicht.«

»Und das Fahrrad?«

»Den Reifenspuren nach müsste es sich um ein ganz normales Tourenfahrrad gehandelt haben. Also nichts Besonderes, kein Mountainbike oder Trekkingrad oder so was. Aber auch das müssen wir uns erst noch näher ansehen.«

»Okay, danke. Viel Spaß noch bei dem Schmuckfutzi. Wir hören voneinander«, sagte Morgenthaler.

Als Leibig gegangen war, wandte sich Kindlein Morgenthaler zu.

»Was war denn mit dem los? Der war heute ja scheißnett.«

Morgenthaler zuckte mit den Achseln. »Ich glaube, der ist frisch verliebt.«

»Echt? Ich dachte, der wäre jetzt wieder mit seiner Frau zusammen?«

»Genau. Das meine ich ja.«

Von der Strandpromenade aus kam gerade eine Bohnenstange von Mann im weißen Overall direkt auf sie zugelaufen. In der linken Hand trug er einen gewaltigen schwarzen Kunststoffkoffer. Trotz festgezurrter Kapuze erkannte Kindlein ihn sofort. Professor Dr. Wesselin war Leiter des rechtsmedizinischen Instituts in Heidelberg und schon aufgrund seiner Körperlänge von über zwei Metern von niemandem zu übersehen. Dazu kam, dass er ungeheuer lange und dünne Arme hatte, die ihm im Stehen fast bis zu den Knien reichten. Im Laufen schlenkerten sie normalerweise wie gar gekochte Spaghetti hin und her. Jetzt aber streckte er ihnen schon von Weitem den freien Arm gerade und steif entgegen, um ihnen die Hand zu reichen.

»Guten Tag, Herr Kindlein. Tag, Herr Morgenthaler. Mein Gott, da oben geht's ja wild zu. Da scheint einer vorzuhaben, den Parkplatz zur Wolfsschlucht zu machen«, meinte er und deutete dabei mit ausgestrecktem Daumen in die Richtung, aus der er kam.

»Ach, meinen Sie den Flaschengeist da oben? Ja, den hat's bös erwischt. Stehen die Kollegen etwa noch immer da?«

»Stehen nicht gerade. Einer kniet vor einem Gebüsch, und zwei andere sitzen im Auto und schreien mit dem Freischütz um die Wette.«

»Ach du Schreck. Soll das etwa sein Name sein?«

»Keine Ahnung. Aber er rezitiert immerhin daraus. ›Der Freischütz‹. Kennen Sie das nicht? Von Carl Maria von Weber. In der Oper gibt es eine wunderbar schaurige Szene. Da braucht einer ein paar verzauberte Kugeln für sein Gewehr und ruft dafür den

Beelzebub herbei. Das alles geschieht natürlich bei Vollmond in der sogenannten Wolfsschlucht.«

»Ah ja«, sagte Kindlein und sah Morgenthaler fragend an. Der zuckte nur mit den Schultern.

Dann übertraten die drei die Absperrung.

# 4

Dieser Montagmorgen versprach für alle Mitarbeiter der Abteilung der Beginn einer arbeitsreichen Woche zu werden. Nachdem Morgenthaler und Kindlein ins Präsidium gekommen waren, hatten sie als Erstes die Kollegen zu einer Lagebesprechung zusammengerufen.

Morgenthaler informierte den kleinen Kreis über den Leichenfund am Strandbad und die ersten Hinweise, die sich am Fundort ergeben hatten. Dann verteilte er Aufgaben für den Tag. Allerhöchste Priorität hatte zunächst die Identifikation des Leichnams. Dazu sollten auch die Medien eingeschaltet werden. Danach würde man sich erneut treffen und weitere Schritte abklären. Schließlich ging er zu Petzold, dem Dienststellenleiter, um auch ihn zu informieren und mit ihm die anstehende Pressekonferenz vorzubereiten.

Kindlein forderte zunächst Vermisstenmeldungen aus dem gesamten Bundesgebiet an, die sich auf Personen mit ähnlichen Identifizierungsmerkmalen bezogen, wie sie der Tote vom Strand aufwies. Da sich der Mann durch ein auffälliges Muttermal am rechten Handrücken und, wie sie inzwischen herausgefunden hatten, auch noch durch das Fehlen des linken Ohrläppchens auszeichnete, ging er davon aus, dass das nicht allzu viele sein konnten. Es kam dann aber doch relativ schnell eine erstaunlich umfangreiche Liste herein, sodass er Fred Seiters, einen jüngeren Kollegen der Abteilung und zuverlässigen Recherchespezialisten, damit beauftragte, Hintergrundinformationen zum Verschwinden dieser Personen einzuholen.

Dann versuchte er mit dem Mann zu sprechen, der den Leichnam gefunden hatte. Dieser Guido Sperling erschien ihm anfangs wider Erwarten doch vernehmungsfähig, und seine Angaben klangen durchaus glaubhaft. Als der Mann jedoch beschreiben sollte, wie die Person aussah, die den Anhänger zum Strand hinuntergeschoben hatte, kamen Kindlein erhebliche Zweifel. Weiß habe sie ausgesehen, sei nackt und am ganzen Körper haarlos gewesen.

Ihr sollte die linke Hand gefehlt haben, und mit der rechten habe sie den Kinderanhänger vor sich hergeschoben. Beine habe sie nicht gehabt, sei dafür aber von kleinen roten Wolken getragen worden.

Morgenthaler kam gegen eins ins Büro zurück, und etwa eine halbe Stunde später erhielten sie Besuch von einem älteren Herrn. Er machte einen völlig aufgelösten Eindruck und gab an, dass seit Samstag, also vorgestern, jegliches Lebenszeichen von seinem Sohn fehle. Soeben hatten er und seine Frau die Zwölf-Uhr-Nachrichten eines lokalen Radiosenders gehört und dabei vom Toten am Strandbad erfahren. Die Beschreibung der Leiche und ihrer äußeren Merkmale habe genau zu ihrem Sohn gepasst, sodass sie sich seither ernsthaft Sorgen machten.

Sowohl der Sohn als auch dessen Frau waren das Wochenende über nicht zu Hause gewesen, da es im Unternehmen des Sohnes viel zu tun gab und die Schwiegertochter von Freitag bis Montag auf Chorreise in Polen war. Die beiden Kinder hätten das Wochenende deshalb bei ihnen, den Großeltern, verbracht.

Dass ihr Sohn während dieser Zeit nicht bei ihnen anrief, habe sie nicht weiter beunruhigt, da er vorher schon angekündigt hatte, äußerst beschäftigt zu sein. Erst heute Morgen, als sich eine Angestellte seiner Firma bei ihnen zu Hause meldete und sich nach dessen Verbleib erkundigte, seien sie stutzig geworden. Als dann um zwölf diese Nachricht im Radio kam und kurz darauf auch noch der Kindergarten bei ihnen anrief, um mitzuteilen, dass noch niemand gekommen sei, um die beiden Enkelkinder abzuholen, hatten sie es mit der Angst zu tun bekommen. Es war mit dem Sohn vereinbart worden, dass sie die Kinder am Montagmorgen in den Kindergarten brächten und er sie um zwölf von dort abholen würde, da die Schwiegertochter erst gegen sechzehn Uhr am Frankfurter Flughafen ankomme. Als der Alte daraufhin bei seiner Schwiegertochter in Polen anrief, erfuhr er, dass auch sie ihren Mann das ganze Wochenende über nicht habe erreichen können. Sie habe sich aber ebenfalls keine Sorgen gemacht, da er für beide Tage eine große Zahl geschäftlicher Termine geplant hatte.

Dann legte ihnen der alte Herr aktuelle Fotos und eine Geburtsurkunde seines Sohnes vor. Seine Beschreibungen waren sehr ausführlich und stimmten bis ins Detail mit den persönlichen Merkmalen des Toten vom Strandbad überein. Somit blieb den beiden Ermittlern nichts anderes übrig, als mit dem Mann nach Heidelberg zu fahren, um den Leichnam zu identifizieren.

Dort, im Sektionssaal des rechtsmedizinischen Instituts, hatte man den Toten so aufgebahrt, dass Spuren von Misshandlungen nicht einmal zu erahnen waren. Er lag da, als wenn er, bis zum Kinn von einem Leinentuch bedeckt, friedlich schliefe. Der Alte erkannte seinen Sohn auf Anhieb, obwohl der Schädel vollkommen kahl rasiert war. Er brach auf der Stelle in Tränen aus und konnte sich schon bald nicht mehr auf den Beinen halten. Da er die wesentlichen persönlichen Merkmale des Leichnams vorher exakt beschrieben hatte, bestand kein Anlass, ihm den Anblick des geschundenen Körpers zuzumuten. Sie ersparten ihm deshalb den Blick unter das Leichentuch. Bei dem Toten handelte es sich definitiv um Frank Bahlbach. In zwei Wochen wäre er fünfunddreißig Jahre alt geworden.

Nachdem sich Kindlein und Morgenthaler noch kurz mit Professor Wesselin unterhalten hatten, fuhren sie den alten Herrn zurück nach Mannheim. Während der ganzen Fahrt weinte er ununterbrochen und war nicht in der Lage, zusammenhängende Sätze zu bilden. Erst später, als sie an seinem Haus im Stadtteil Neckarau ankamen, schien er sich wieder ein wenig gefangen zu haben, denn er bat darum, erst einmal mit seiner Frau allein sein zu dürfen. Vom Gehweg aus beobachteten die beiden Ermittler den völlig geschwächten Mann noch einen Augenblick, wie er langsam und mit gesenktem Kopf auf sein Haus zuging. Sie wurden deshalb Zeugen, wie ihm eine kleine grauhaarige Frau die Haustür öffnete und er ihr still und leise in die Arme fiel. Über die Schultern ihres Mannes hinweg starrte die alte Dame mit vor Entsetzen geweiteten Augen zu ihnen herüber. Kurz darauf veränderte sich dieser Blick: Er wurde flehend, und ihm war zu entnehmen, dass sie nur eine einzige Frage hatte – *die Frage*. Als Morgenthaler sie mit einem stummen Kopfnicken beantwortete, schloss sie ihre Augen, presste ihre bebenden Lippen aufeinander und umfasste sanft die Schulter ihres Mannes. Dann brachte sie ihn ins Haus.

Später, als die beiden wieder zurück im Präsidium waren und diese ersten deprimierenden Eindrücke schon ein wenig verblasst waren, wollte Kindlein über etwas sprechen, was ihm seit Heidelberg nicht mehr aus dem Kopf ging.

»Hast du eine Ahnung, was da vorhin los war, Konrad?«

Morgenthaler ließ sich mit einer Antwort Zeit. Zuerst ging er zum Büroschrank, öffnete eine der beiden Türen und holte eine weiße, mit bunten Lettern beschriftete Papiertüte daraus hervor. Zurück an seinem Schreibtisch griff er tief in sie hinein und entnahm ihr ein mit dickem Zuckerguss glasiertes Plunderstück. Kindlein arbeitete nun schon länger mit Morgenthaler zusammen und wusste deshalb sehr genau, welches Prozedere nun folgen würde. Und tatsächlich machte Morgenthaler erst einmal Platz auf seinem Schreibtisch, indem er den Pflanztopf mit der langblättrigen Sansevieria ganz an den rechten Tischrand schob, setzte sich dann auf seinen Bürostuhl, kippelte diesen so weit als möglich nach hinten und legte schließlich die Beine auf die Schreibtischplatte. Daraufhin legte er das klebrige Gebäckteilchen für einen Augenblick auf seinem dicken Bauch ab, um den Stuhl mit seinen Händen noch ein wenig zurechtrücken zu können. Erst als er richtig gemütlich saß, den Plunder wieder in seiner Hand hielt, einen kräftigen Bissen davon genommen hatte und die ersten Krümel an ihm herunterrieselten, äußerte er sich.

»Hm. Ich hab nur gesehen, wie Wesselin reagiert hat.«

»Dem ist ein Fehler passiert, oder?«

»Ich weiß nicht, Frieder. Vielleicht? Fehler sind immer möglich. Wieso soll unserem Paracelsus nicht auch mal einer widerfahren?«

Kindlein gefiel die Antwort nicht.

»Klar, aber zwei Tage Differenz? Bei der kurzen Zeitspanne? Das ist schon merkwürdig. Seiner Schätzung zufolge war der Mann schon etwa fünf Tage tot, als er gefunden wurde. Das hieße ja«, er zählte an seinen Fingern rückwärts, »seit letztem Mittwoch. Aber der Vater hat seinen Sohn eindeutig identifiziert und gibt an, ihn am Freitagmorgen, also vor drei Tagen, noch unter den Lebenden gesehen zu haben.«

»Und wenn schon, Frieder, das wird alles geklärt. Es war, wie du selbst schon gesagt hast, nur seine erste Schätzung. Die Obduktion steht ja noch aus, und die kann völlig andere Ergebnisse hervorbringen. Aber tot bleibt dieser Bahlbach deswegen trotzdem. Und einen Mörder hatte er auch. Den zu finden muss uns mehr interessieren. Und ich bin mal gespannt, wie viele Fehler *uns* da passieren werden.«

»Na ja, stimmt auch wieder.«

»Eben.«

Kindlein stand auf, ging zum Fenster, öffnete beide Flügel und streckte seinen Kopf ins Freie. Draußen war es mild, aber keineswegs warm. Die Meteorologen hatten für diesen Tag dreiundzwanzig Grad prophezeit, aber es war schon später Nachmittag, und er bezweifelte, dass sich diese Prognose heute noch bestätigen würde. Überhaupt war dieser September bisher außerordentlich frisch gewesen. Bis auf die erste Woche des Monats, die sehr sonnig gewesen war, hatten dicke, bedrohlich wirkende Wolken das Regime am Himmel geführt. Die meisten Leute unten auf der Straße trugen dennoch sommerliche Kleidung, wohl, weil sie von einem September mehr erwarteten. Auch hatte die Zahl der Fahrradfahrer noch nicht nachgelassen.

Ihm war das Wetter recht. Die diesjährige Hitzeperiode hatte bis weit in den August gereicht und war nun endgültig vorüber. Jetzt konnte er wieder seine geliebten Jacketts tragen, ohne dabei zu schwitzen. In ihnen fühlte er sich einfach wohler. Nur in kurzärmligen Hemden oder T-Shirts herumzulaufen, vermied er, wenn irgend möglich. Ihr Schnitt verlangte seiner Ansicht nach eine männlich-athletische Statur mit breiten Schultern. An ihm hingen sie indes nur labberig herunter und verloren dabei jegliche Form. Er fand, dass er darin kraft- und saftlos wirkte und um Jahre jünger aussah. Genau das wollte er bei seiner hochgewachsenen, schlaksigen Gestalt und seinem kargen Bartwuchs jedoch vermeiden. Er war mittlerweile vierunddreißig und der Ansicht, dass man ihm das ruhig ansehen sollte. Ein Großteil seiner Kindheit – aber vor allem seiner Jugendzeit – als »Kindlein« war nur für andere lustig gewesen.

Plötzlich schoss ihm ein Gedanke durch den Kopf.

»Sag mal, Konrad. Eigentlich hätte der Täter doch einkalkulieren müssen, dass sich da unten am Strandbad Leute aufhalten. Ich meine, das Areal ist schließlich für jedermann offen zugänglich und in den Sommermonaten auch nachts stark frequentiert. Bei den derzeitigen Temperaturen mag es vielleicht nicht allzu viele dorthin ziehen, aber ein paar Hartgesottene gibt's doch immer. Die lungern dann vor dem Strandrestaurant rum oder sitzen einfach nur unten am Kiesstrand und genießen den Blick auf den Rhein. Manche von denen gehen sogar wieder darin schwimmen. Egal, was auch immer die da treiben mögen, Konrad: Jemand, der mitten in der Nacht einen Kinderanhänger den Strand runterschieben will, muss dort Besucher einkalkulieren.«

Morgenthaler biss gerade in seinen zweiten Plunder. Der enthielt eine puddingartige Füllung, jedenfalls lief dem Kollegen ein Klecks hellgelbe Creme am Kinn herunter. Auch die Nasenspitze blieb nicht verschont. Er schien das aber nicht zu merken, denn er antwortete Kindlein, noch während er kaute.

»Ich glaube nicht, dass das ein Problem ist. Erstens war dieser Hofkomponist laut seiner Aussage dort tatsächlich völlig allein, und zweitens kommen da häufig Leute hin, die ein ganzes Arsenal an Kram mit sich schleppen, um da unten Party zu machen. Manche haben nur eine Decke oder eine Luftmatratze dabei, andere sogar ein Zelt. Wieder andere kommen mit einer ganzen Wagenladung voll Zeug zum Strand: Grill, Holzkohle, Klappstühle und was weiß ich was. Auf jeden Fall sind die außer an ihrem Spaß an nichts anderem interessiert. Schon gar nicht daran, was für Gegenstände andere dahin karren. Von daher glaube ich, dass es gar kein schlechter Ort ist, um nachts jemanden abzuladen und dann schnell wieder zu gehen. Im Gegenteil: Wäre dieser Sperling heute Nacht nicht völlig allein im Strandbad gewesen, hätte er von der Aktion unseres Täters vermutlich überhaupt nichts mitbekommen oder sie zumindest nicht als besonderes Ereignis registriert.«

Etwas von der Creme tropfte nun auf Morgenthalers Hose. Er versuchte, den Fleck sofort mit der Hand abzuwischen, verrieb ihn dabei jedoch nur und vergrößerte ihn beträchtlich. Schließlich gab er auf, wischte sich die Hand an seinem Hemd ab und sprach weiter.

»Gerade weil es dort so ruhig und dieser Sperling der einzige

Mensch weit und breit war, ist ihm überhaupt was aufgefallen. Das Phänomen kennen wir doch. Aus dem gleichen Grund melden sich doch immer diese nächtlichen Waldspaziergänger bei uns. Denen fallen bei ihren Wanderungen auch immer die außergewöhnlichsten Begebenheiten auf. Ihre erhöhte Aufmerksamkeit, oder nenne es von mir aus Anspannung oder Nervosität, ist daran schuld. Gott sei Dank spielt die ihnen in den meisten Fällen nur einen Streich, aber mitunter hatten wir der doch so manchen Fund zu verdanken, der ansonsten erst Wochen, Monate oder Jahre später ans Licht gekommen wäre. Aber ich gebe dir natürlich recht. Eine gewisse Kaltschnäuzigkeit scheint unser Täter schon zu besitzen.«

Es klopfte an der Tür. Statt jedoch auf eine Aufforderung zu warten, öffnete der Besucher sie sogleich mit großem Schwung. Morgenthaler schwang blitzartig seine Beine vom Tisch und schaffte es gerade noch rechtzeitig, eine aufrechte Sitzposition einzunehmen, bevor der Mann im Raum stand.

»Na, Konrad? Da habe ich dich aber erschreckt, oder?« Es war Kriminalrat Petzold, ihr Dienststellenleiter und Vorgesetzter.

»Mann, Ludwig, du Arschgesicht. Ich hab schon gedacht, es wäre jemand Wichtiges.«

»Nein, falls du Staatsanwalt Driesmann meinst: Der kommt erst morgen aus dem Urlaub zurück.«

Petzold hatte diesmal eine seiner schlankeren, sachlich-eleganteren Pfeifenmodelle im Mund. Das war nicht immer so. Manchmal wagte er sich auch an Freehand-Formen heran, meist riesige, konfus geformte, asymmetrisch-bauchige Gebilde mit Wurzelanmutung, die weder zu seinem Vogelgesicht noch zu seinem Bürstenhaarschnitt und schon gar nicht zu seiner kleinen schmalen Gestalt passten. Mit diesen Dingern war er dann auch nie zu verstehen, da sie derart kopflastig waren, dass er seinen Mund nicht richtig öffnen konnte, wenn sie zwischen seinen Zähnen klemmten. Mit diesem Modell ging's.

»Ich wollte eigentlich nur mal nach euch sehen und das hier vorbeibringen.« Er legte eine dünne Plastikmappe auf Morgenthalers Schreibtisch. Eine Wolke seines Pfeifenqualms erreichte dabei Kindleins Nase. »Außerdem wollte ich mal hören, ob es seit unserer Pressekonferenz Neuigkeiten in dieser Strandbadgeschichte gibt.«

»Na ja, ein bisschen was ist noch hinzugekommen. Neu ist, dass das Opfer noch lebte, als es die linke Hand verlor. Die wurde laut Wesselin mit einem Beil vom Körper getrennt. Wo sie sich befindet, wissen wir allerdings noch nicht. Todesursache ist auf jeden Fall ein Hieb in die linke Thoraxhälfte gewesen. Der Mann soll auf der Stelle tot gewesen sein. Die Beine und den Kopf hat der Täter post mortem und erst einige Stunden vor dem Auffinden der Leiche abgetrennt. Die Rasur des Schädels und des Körpers erfolgte wohl auch erst zu diesem Zeitpunkt. Welche Bedeutung dieser Sachverhalt hat, wissen wir noch nicht. Was wir inzwischen aber definitiv wissen, ist der Name des Opfers. Sein Vater war vorhin bei uns. Er hat den Leichnam schon identifiziert. Bei dem Toten handelt es sich um einen Mann namens Frank Bahlbach. Er ist vierunddreißig Jahre alt, verheiratet und hat zwei Kinder im Alter von fünf und vier. Er ist Inhaber eines mittelständischen Betriebs hier in Mannheim. Seine Firma stellt Backwaren aller Art her: Brot, Kuchen, Kleingebäck und so weiter. Hat mehrere eigene Filialen, beliefert aber auch andere Unternehmen über die Region hinaus mit seinen Produkten. Er ist weder vorbestraft, noch liegt sonst was gegen ihn vor. Seine Frau kommt …«, Morgenthaler sah auf die große Uhr an der Bürowand, »nein, *kam* vor einer knappen Stunde am Frankfurter Flughafen an. Sie war mit ihrem Chor auf Konzertreise in Polen. Ihre beiden Kinder haben sich übers Wochenende bei den Großeltern aufgehalten. Das war eigentlich schon alles, Ludwig. So gegen Abend werden wir die Frau besuchen. Sie wohnt im Stadtteil Lindenhof. Vielleicht ist sie ja zu einer Vernehmung in der Lage, wer weiß.«

Kindlein hatte es nicht anders erwartet. Schon häufig war er Zeuge eines ihn immer wieder verblüffenden Phänomens gewesen. Morgenthaler ratterte seine Rapporte stets ohne Zuhilfenahme irgendwelcher Notizen herunter. Hätte Petzold nach weiteren Details gefragt, so hätte er auch diese lückenlos und ohne zu stocken aus dem Ärmel geschüttelt. Es war eine äußerst bemerkenswerte Fähigkeit Morgenthalers, sich alles Mögliche über einen enorm langen Zeitraum merken zu können. Obgleich sich Kindlein schon an diese Eigenart seines Kollegen gewöhnt hatte, erstaunte sie ihn noch immer. Vor allem, wenn der sein grandioses Gedächtnis mit einem albernen Puddingklecks auf der Nasenspitze demonstrierte und von Letzterem nicht einmal etwas ahnte.

Petzolds Tabak roch heute irgendwie anders, hatte was von verbranntem Herbstlaub. Kindlein war froh, dass das Fenster noch offen stand. Wieder musste er ein kleines Wölkchen aus seinem Gesichtsfeld wedeln.

»Englische Note, Herr Kindlein. Da ist ein ordentlicher Schuss Latakia drin. Kommt aus Syrien. Mit das Edelste, was man kriegen kann. Und Perique aus Louisiana, um ihm eine süße Würze zu verleihen. Gut, nicht wahr?«

»Interessant, mal was völlig anderes«, erwiderte Kindlein. Er wusste, dass er, egal was er sonst antworten würde, mit einem Referat über Pfeifentabake, Maserungen von Pfeifenköpfen oder dem Unterschied zwischen Acryl- und Ebonit-Mundstücken bestraft werden würde. Auch diesmal funktionierte die Taktik. Petzold stopfte kurz mit einem kleinen zylinderförmigen Gegenstand in seiner Pfeife rum, schmauchte noch ein paar Züge, um ihren Brand in Gang zu halten, und ging dann gemächlichen Schrittes auf die Bürotür zu.

»Na dann, ihr beiden. Nichts für ungut. Ich werde euch mal wieder allein lassen. Ihr habt ja noch zu tun.«

Als er draußen war, schaute Kindlein kopfschüttelnd zu Morgenthaler rüber.

»Ich weiß, was du sagen willst«, sagte Morgenthaler. »Aber er ist der beste Chef, den man sich vorstellen kann.«

»Klar, das weiß ich inzwischen auch. Manchmal würde ich mir nur ein bisschen mehr Interesse wünschen.«

»Jeder Mensch ist anders. Ludwig gehört eben nicht zu denen, die ständig alles hinterfragen. Aber der weiß besser, was in unserer Abteilung los ist, als wir ahnen. Dem entgeht nichts. Der interessiert sich nun mal in erster Linie für seine Mitarbeiter und würde für jeden von uns seine Hand ins Feuer legen. Das kriegen nur nicht alle mit.«

»Das stimmt schon. Und auch das weiß ich. Aber die fachlichen Aspekte unserer Arbeit bewegen ihn nicht gerade, das musst du zugeben. Und es gibt nicht wenige Kollegen, die ihn schon allein deshalb ›Die Pfeife‹ nennen.«

»Richtig, solche Kollegen gibt's. Leider. Es gibt immer noch Leute, die nicht verstehen wollen. Natürlich gebe ich zu, dass Ludwig unsere Fälle nur so weit interessieren, als dass er weiß, an was wir gerade arbeiten. Dafür setzt er eben andere Prioritäten. Er führt einen Stab von Mitarbeitern, die schwere Arbeit zu leisten haben. Und damit die ihren Job gut machen können, sorgt er dafür, dass die Rahmenbedingungen stimmen. Und wir haben verdammtes Glück, dass uns jemand vorsteht, der begriffen hat, dass nur in einer entspannten Arbeitsatmosphäre ein hohes Qualitätsniveau erreichbar und zu halten ist. Für ihn sind wir keine Nummern, sondern fleißige und achtenswerte Persönlichkeiten mit Würde. Er hat grundsätzlich ein positives Bild von uns. Deshalb bin ich froh, dass wir ihn haben.«

Kindlein sah die Sache im Grunde genauso, aber er dachte auch, dass sich für Petzold das Leben natürlich recht einfach darstellte. Über Qualität brauchte er sich keine Gedanken zu machen. Morgenthaler war eine kriminalistische Ausnahme-Erscheinung; ihm unterstand ein gut funktionierendes Team und er brachte seine herausragenden Fähigkeiten vor allem dann zum Einsatz, wenn man ihm nicht den Spaß an der Arbeit verdarb. Da war es kein Kunststück, sich liberal zu geben und in erster Linie darauf zu achten, dass alle bei Laune gehalten wurden. Und da gut gelaunte Mitarbeiter zudem wenig Stress verursachten, blieb für Petzold viel Zeit, sich in seinem Büro der Pflege seiner Pfeifensammlung zu widmen oder, was er seit Neuestem ganz offensichtlich tat, kleine Mittagsschläfchen zu halten. Niemandem in der Abteilung war sein plötzliches Interesse an Ergebnissen neuester arbeitsphysiologischer Studien entgangen. Jedem, ob er es hören wollte oder nicht, hatte er in den letzten Wochen davon berichtet, und keinem war entgangen, wie sehr sich vor allem der Begriff des »Power-Napping« bei ihm eingebrannt hatte, des kurzen, regenerierend wirkenden Nickerchens zwischendurch.

Ihr gemeinsamer Vorgesetzter war ein Thema, über das sie lange hätten reden und diskutieren können. Aber Kindlein hatte mitbekommen, dass Petzold eine Mappe auf Morgenthalers Schreibtisch gelegt hatte. Er nahm sie in die Hand und las darin. Nach einer Weile legte er sie wieder auf Morgenthalers Tisch zurück. Es war ein erster vorläufiger Bericht von Leibig.

»Guck da mal rein, Konrad. Von der Kriminaltechnik. Ich glaube, einen Angriff aus dieser Richtung können wir uns ersparen. Der wäre zum Scheitern verurteilt.«

»Wieso?«

»Na ja, lies mal.«

Bei dem Kinderanhänger handelte es sich um ein älteres Modell des »Ritschie« der Firma Weber, eines der meistverkauften Fabrikate in Deutschland. Anhand der Seriennummer im Rahmen des Anhängers hatten Leibigs Mitarbeiter sofort Kontakt mit dem Hersteller aufnehmen können und mit dessen Angaben letztlich die Anschrift des Einzelhändlers ausfindig gemacht. Der Anhänger war an ein Fahrradgeschäft in Mannheim-Rheinau ausgeliefert worden. Dieses Geschäft gab es inzwischen jedoch nicht mehr. Der Inhaber hatte es vor vier Jahren aus Altersgründen aufgegeben. Das komplette Inventar hatte er vorher zu günstigeren Preisen verkauft, ohne es jedoch mit den Rechnungen noch allzu genau zu nehmen. Somit endete die Spur an dieser Stelle.

In dem Anhänger war zumindest zeitweise ein Hund transportiert worden, worauf der Fund entsprechender Haare im Innenraum hindeutete. Menschliche Haare hatte man auch gefunden. Aber die waren so wenig einer bestimmten Person zuzuordnen wie die Unmenge von Fingerabdrücken. Keiner dieser Abdrücke war in irgendeiner Fahndungsdatei gelistet. Der Anhänger war mit einer zusätzlichen Plane überzogen gewesen, vermutlich um den Einblick in das seitlich offene Gefährt unmöglich zu machen. An ihr hatten sich ebenfalls Fingerabdrücke befunden, aber auch sie waren nirgendwo registriert.

Bei den Flecken im Innenraum handelte es sich im Wesentlichen um getrockneten Hundespeichel, andere stammten vom Leichnam – wohl aus den Stümpfen und Amputaten ausgetretene Körperflüssigkeit. Das musste jedoch alles noch genauer analysiert werden.

In den Profilen der Reifen hatte sich zwar Erdmaterial befunden, aber dieses konnte aus allen möglichen Ecken der Welt stammen. Zum jetzigen Zeitpunkt war Leibig noch nicht klar, ob und wie er und seine Leute hier erfolgreich tätig werden konnten. Das Gleiche galt für die Reifenspuren des Fahrrades. Es waren die von Dunlops Allerweltsmänteln.

Die Schuhabdrücke stammten von einem Sportschuh älteren Typs der Firma Puma. Die Schuhgröße zweiundvierzig hatte sich bestätigt. Ansonsten konnte aber auch hier nichts Außergewöhnliches festgestellt werden.

»Na, das ist ja nicht eben viel«, meinte Morgenthaler. »Im Moment bringt uns dieser Bericht rein gar nichts. Aber wir sollten Leibig noch ein bisschen Zeit lassen. Häufig hat der später noch Dinge gefunden, die sich vorher kein Schwein vorstellen konnte.« Dann sah er auf die Wanduhr.

»Komm, Frieder, lass uns losfahren.«

*Vor einem Jahr wäre ich zu so etwas nicht in der Lage gewesen. Hätte jemand etwas anderes behauptet – ich hätte ihn für wahnsinnig erklärt. Und nun? Nun ist mir alles so leicht von der Hand gegangen, dass ich mich frage, warum ich früher immer so viele Skrupel hatte – warum wir so viele Skrupel hatten. Uns wäre so viel erspart geblieben, Marianne.*

*Ich habe es geschafft, Bahlbach an den Ort zu bringen, an den er gehört. Er war noch einfältiger, als ich gedacht habe. Und ich freue mich, weil er dort, wo er nun ist, unfassbare Qualen erleiden wird. Sollte es eine Hölle geben, so befindet er sich jetzt genau dort.*

*Den Leichnam habe ich in der letzten Nacht ohne Zwischenfälle entsorgt. Für den Transport habe ich den Kinderanhänger benutzt – eine Tatsache, die mir auch in anderer Hinsicht nützlich sein könnte, denn ich habe, wie du weißt, noch einiges vor.*

*Überhaupt verlief bisher alles reibungslos. Nicht ein einziges Mal habe ich mich beeilen müssen, bin nie kopflos geworden und hatte bei allem, was ich tat, immer genügend Zeit, mir Gedanken über mein weiteres Vorgehen zu machen. Ich bin fast ein bisschen stolz auf mich. Ich bin geradewegs zu ihm gefahren, habe ihn überrascht, und habe dann alles genauso durchgezogen, wie ich es vorher geplant hatte. Nicht einen Moment habe ich gezaudert und auch keine Zeit vergeudet. Hätte ich erst mit ihm gesprochen, ihm vielleicht noch in die Augen gesehen, wäre alles kompliziert geworden. Stattdessen habe ich mich einfach auf mein Ziel konzentriert und bin dann in einer Rigorosität vorgegangen, die ich von mir eigentlich nicht kenne.*

*Ich weiß, du hörst das nicht gern, Marianne, aber wieder einmal hat mir mein ökonomisches Talent geholfen. Ich habe meine Kräfte gut eingeteilt und festgestellt, dass ich mehr davon habe, als ich dachte. Jedenfalls war es mir möglich, den schweren Leichnam nach der Tat in den Kofferraum zu hieven und ihn später, zu Hause, sogar wieder aus dem Wagen zu zerren.*

*Für den Abtransport zum Strandbad habe ich ihn etwas präparieren müssen. Aber auch das war nicht so schwer, nachdem ich mich an seinen eigenartigen Geruch gewöhnt hatte. Sicher, mit den Beinen hatte ich Mühe. Selbst mit jenen Messern, die wir immer für besonders scharf gehalten hatten, ist es noch harte Arbeit gewesen. Und eine bessere Säge hätte mir das Durchtrennen der kräftigen Knochen sicher erleichtert. Aber ich hatte ausreichend Zeit, habe mich also auch da nicht beeilen müssen.*

*Es war erstaunlich, wie stark er sich in den wenigen Tagen seit seinem Tod verändert hatte. Vielleicht war schon einiges an Körperflüssigkeit verdunstet, jedenfalls war seine Haut faltiger und ausgesprochen zäh geworden. Ich war froh, ihn schon in frischem Zustand gefilmt zu haben, sodass ich mir bei dieser Aktion nicht noch Gedanken über sein äußeres Erscheinungsbild machen musste. Aber letztlich wäre es darauf nicht angekommen, denn meine Videoaufzeichnungen sollen ja nicht der Darstellung seiner Person dienen, sondern der Dokumentation seines Schicksals.*

*Doch, ich bin zufrieden. Es ist bisher gut gelaufen. Jetzt kann ich mich in Ruhe den nächsten Stufen meines Plans widmen. Ich hab noch Bahlbachs Kleidung und die Hand. Vor allem aber habe ich vor, noch weitere, völlig andere Aufnahmen zu machen – was mir nicht leichtfallen wird und durchaus gefährlich sein könnte. Aber ich werde es schaffen, Marianne. Ich werde einfach genauso unverfroren, aber diszipliniert vorgehen wie bisher und mich stets daran erinnern, dass ich alles, was ich tue, dir – nein, uns beiden – schuldig bin.*

# 5

Auf dem Weg nach Lindenhof hatten Kindlein und Morgenthaler jenes klamme Gefühl, das sich jedes Mal bei ihnen einstellte, wenn sie zu einem trauernden Menschen fuhren. Sie kamen sich vor wie Aasgeier, die sich ohne Respekt über das hermachten, was andere liegen gelassen hatten. Diesmal stimmte der Vergleich sogar. Ein Mörder hatte einem Menschen etwas genommen und die Reste einfach abgeladen. Natürlich würden sie über die fehlende Hand erst einmal nicht reden, und auch die Sache mit dem Kopf und den Beinen möglichst unerwähnt lassen. Aber die Radiostationen hatten inzwischen stündlich über den Fall berichtet, sodass es unwahrscheinlich war, dass Frau Bahlbach noch nicht über diese Einzelheiten informiert war.

Jedenfalls schwiegen sie, als sie den kurzen Weg vom Präsidium runter in Richtung Rhein fuhren. Normalerweise pfiff Morgenthaler bei ihren Fahrten immer schief zu irgendwelchen Melodien aus dem Radio, aber jetzt hatte er es ausgeschaltet und räusperte sich nur hin und wieder mal.

Als sie in Lindenhof ankamen, sahen sie vom Gontardplatz aus, dass mitten auf der Meeräckerstraße ein großer Lkw mit eingeschalteter Warnblinkanlage stand und von mehreren hastig arbeitenden Leuten entladen wurde. Dahinter hatte sich schon eine ordentliche Schlange aus wartenden Autos gebildet. Sie entschieden deshalb, lieber zum Stephanienufer runterzufahren. Dort kamen sie dann sehr gut voran, trotzdem hier für einen normalen Wochentag außergewöhnlich viele Menschen unterwegs waren. Es war nicht gerade warm, aber es gab etliche, die am Rheinufer spazieren gingen, Fahrrad fuhren oder einfach nur die Wiesen bevölkerten, sich ausgelassen irgendwelchen Spielen hingaben oder im Gras liegend den Ausblick auf den Rhein genossen.

Unter einem der großen Parkbäume machte Kindlein eine türkische Familie aus, die sich auf orientalisch bestickten Decken zum Picknick niedergelassen hatte. Der Mann brach gerade ein Fladenbrot entzwei, und die Mutter, eine dickliche Frau mit

Kopftuch, verteilte aus einer Thermoskanne Getränke – vermutlich Cay – in die Plastikbecher ihrer Kinder. Nicht weit von dieser Familie entfernt räkelte sich ein junges Paar wild auf seinen ausgebreiteten Jacken. Sie rollten sich einige Male eng umschlungen hin und her, bis sie schließlich in einer Art Liebespose verharrten. Der Mann lag dabei auf seiner Partnerin, während die seine Taille mit den Beinen fest umschlungen hielt. Sie lachten vergnügt, wodurch ihr im Grunde laszives Herumtollen eher dem ausgelassenen Spiel herumalbernder Kinder glich als dem Liebestreiben Erwachsener. Und wie bei Kindern schien auch für sie die Welt um sie herum vergessen zu sein.

Als Kindlein den Blick von der Szenerie abwandte, stellte er fest, dass sie schon zum Waldparkdamm hochfuhren. Gleich würden sie die Schwarzwaldstraße erreicht haben. Er hielt deshalb Ausschau nach der Adresse. Der alte Herr Bahlbach hatte gemeint, dass man die Hausnummer von außen nicht sehen könne, dass es aber ein auffällig gelbes Haus im Bungalow-Stil sei.

Sie fanden es sofort. Es lag zwischen der Drachenfels- und der Weinbietstraße. Die Farbe war tatsächlich auffällig. Wie aus einem Guss wirkend, stand der Flachdachbungalow aus den Sechzigern auf einem rasenbewachsenen flachen Hügel. Es war ein fantasieloses Gebilde aus Betonfertigwänden mit großen, sprossenfreien Isolierglasfenstern aus weißem Kunststoff. Skrupellos hatte man es einst mitten in den schönen Stadtteil mit seinen Jugendstilhäusern, Bäumen und Parkanlagen hineingepflanzt. Als Vorlage für dieses architektonische Konzept musste der Anblick einer in den Wald geschmissenen Plastiktüte gedient haben. Hätte der alte Mann ihnen nichts von der Farbe erzählt, so wären sie sicher einige Male daran vorbeigefahren, und sie hätten das Bauwerk vermutlich für einen Kindergarten, eine Schule oder ein Gemeindehaus gehalten.

In zwei Fenstern hingen tatsächlich bunt getüpfelte Gardinen. Außerdem klebte dort eine stattliche Zahl halb transparenter Fensterbilder mit kindlichen Motiven an den Glasscheiben. Und in jedem hingen mit Tesaband fixierte Buchstabenreihen aus Bastelpappe, aus denen die Namen zweier Kinder hervorgingen. Für Linda und Jonas war neben dem Haus ein kleiner Spielplatz mit einem Buddelkasten und einer roten Plastikrutsche angelegt worden.

Kindlein spürte einen Kloß im Hals, als sie die Klingel an dem schwarz lackierten, brusthohen Metallgitterzaun bedienten.

»Bitte ersparen Sie mir Details«, war das Erste, was die Frau sagte, bevor sie die beiden begrüßte und den breiten Korridor entlangführte. Sie war also schon informiert.

Anita Bahlbach war rothaarig, hochgewachsen und schlank – eine äußerst attraktive Frau von circa Anfang dreißig. Sie trug einen eleganten kakifarbenen Hosenanzug, in dem sie für ihr Alter allerdings etwas streng wirkte. Ihr langes kräftiges, stark gewelltes Haar lag schwer auf den breiten Schulterteilen des Blazers. Ihr fester Blick und ihre aufrechte Körperhaltung ließen auf eine in Anbetracht der Situation außergewöhnlich beherrschte Frau schließen. Ihr Gesicht war unaufdringlich geschminkt. Äußere Anzeichen von Trauer waren nicht zu erkennen. Auf den zweiten Blick war ihr aber doch eine innere Anspannung anzumerken, da sie im Gehen auffällig oft und mit fahrigen Bewegungen über die Ärmel ihres Blazers strich, so als wenn diesen oder gar ihrer Person etwas anhaftete, das sie unbedingt von sich streifen wollte.

Das Wohnzimmer hatte ungeheure Ausmaße und war dank der riesigen Fenster lichtdurchflutet. Aber der helle glänzende Natursteinboden und die akkurat geometrische Ausrichtung der sehr funktionalistisch anmutenden Designermöbel ließen den Raum kalt und wenig einladend wirken. Dieser strenge Purismus und die Tatsache, dass sich hier alles in einem Zustand absoluter Sauberkeit befand, sorgte für ein beinahe klinikähnliches Ambiente. Selbst die Luft schien gereinigt und gefiltert.

Kindlein wagte kaum, auf der cremefarbenen Sitzlandschaft Platz zu nehmen. Der samtige Lederbezug des exklusiven Stücks zeigte nicht an einer einzigen Stelle Gebrauchsspuren, weshalb das extrem teuer anmutende Möbel den Eindruck vermittelte, dass man der erste Primitive sei, der es zum profanen Zweck des Daraufsitzens missbrauchte. Zaghaft und darum bemüht, keine Falten oder gar Knicke zu erzeugen, setzte er sich schließlich doch auf das kostbare Stück und ließ seinen Blick noch einmal durch das Zimmer schweifen, bis er schließlich auf Morgenthaler fiel. Der hatte keine Probleme. Er fläzte sich völlig hemmungslos in einen der Zweisitzer und wippte mit seinem Gesäß einige Male auf und nieder. Dann drückte er seine großen kräftigen Hände in die Polsterung und begutachtete das Sitzelement mit kritischem, ja geradezu abschätzigem Blick. Offensichtlich hielt das Möbel seinen Prüfungen nicht stand, denn er verlor weder ein Wort über die Qualität noch über das Design, was sonst garantiert der Fall gewesen wäre. Morgenthaler hatte ein ausgesprochen gutes Gespür für Material und dessen Verarbeitung und nach Kindleins Dafürhalten auch ein ausgesprochen gesundes ästhetisches Beurteilungsvermögen. Seine Umgangsformen und sein Auftreten zeugten von guter Erziehung, und seine Bildung war auf vielen Gebieten enorm. Desto unverständlicher war Kindlein, wie wenig Morgenthaler auf sein eigenes Äußeres Wert legte. Abgesehen davon, dass es seiner gedrungenen Gestalt gut getan hätte, ein paar Kilo weniger auf die Waage zu bringen, war ihm auch seine Kleidung und deren Zustand völlig egal. Noch immer war der große Puddingcremefleck auf seinem linken Hosenbein zu sehen, den er einige Stunden zuvor so schön mit dem Handteller vergrößert hatte. Auf dem hatte sich inzwischen eine harte glänzende Kruste gebildet, die nun, da Morgenthaler saß und sich der Stoff seiner Hose an den Oberschenkeln stark dehnte, aufbrach. Kleine schuppenförmige Vanillepuddingcremepartikel rieselten deshalb bei jeder Bewegung auf Frau Bahlbachs teure Designercouch herab. Das Einzige, was Kindlein beruhigte, war, dass sie auf dem nahezu gleichfarbigen Möbelbezug nicht sofort zu sehen waren.

Was Kindlein anfänglich schon vermutet hatte, bestätigte sich nun. Frau Bahlbach war trotz der Stabilität, die sie nach außen hin demonstrierte, innerlich keineswegs ruhig. Ihre Augen flackerten leicht, und ihre Hände waren noch immer ständig in Bewegung. Zudem machte sie den Eindruck, dass sie das Gespräch mit den beiden Kommissaren eher kurz halten wollte. Zumindest schien sie aktiv auf dessen Verlauf einwirken zu wollen, indem sie ziemlich unvermittelt geradeheraus fragte: »Was möchten Sie wissen, meine Herren?«

»Nun, Frau Bahlbach, wir haben uns heute Morgen ja schon

mit Ihrem Schwiegervater unterhalten«, antwortete Morgenthaler ebenso prompt, aber sehr vorsichtig. »Von daher sind wir über die persönlichen Daten Ihres Mannes recht gut informiert. Was uns jedoch fehlt, sind Angaben, die uns ein differenzierteres Bild von ihm vermitteln. Zum Beispiel, ob er in der letzten Zeit mit Problemen zu tun hatte, die ihn in besonderem Maße beschäftigten. Ob Ihnen irgendwas an ihm außergewöhnlich erschien, ob er vielleicht Äußerungen machte, die bemerkenswert waren. Oder ob er vielleicht auffällig oft oder intensiv über bestimmte Menschen sprach, mit denen er in privatem oder geschäftlichem Kontakt stand. Kurz gesagt, Frau Bahlbach, sind für uns besonders jene Informationen hilfreich, die nicht in seiner Vita stehen. Aber vielleicht können Sie uns auch erst einmal sagen, wann Sie Ihren Mann das letzte Mal gesehen haben.«

»Das war am Freitagmittag. Er hat mich nach Frankfurt zum Flughafen gefahren.«

»Ihr Schwiegervater hat uns erzählt, dass Sie mit Ihrem Chor in Polen waren. War das demnach eine Art Konzertreise?«

»Ja, ich bin Mitglied in einem Laienchor, dem Orpheus Chor Mannheim. Letztes Jahr waren wir Sieger beim Landeschorwettbewerb und sind deshalb für dieses Jahr von der Stadt Bydgoszcz, einer der Partnerstädte Mannheims, eingeladen worden. Es waren drei Konzerte und eine Stadtbesichtigung vorgesehen.«

»Und da sind Sie von Frankfurt aus direkt hingeflogen?«

»Nein, man muss in Warschau umsteigen. Aber ich sage es gleich, da Sie es sowieso erfahren würden: Ich war bei der Konzertreise nicht dabei.«

Morgenthaler sah die Frau verwundert an.

»Das ist nicht so leicht zu verstehen, Frau Bahlbach. Können Sie uns das bitte etwas genauer erklären?«

Frau Bahlbach stand hektisch von ihrem Sessel auf, lief zu einer Anrichte, holte dort aus einer Schublade eine Packung Zigaretten hervor, setzte sich wieder hin und nestelte schließlich umständlich an der Packungsperforation herum.

»Mein Mann und ich haben seit Längerem Probleme miteinander. Diese Chorreise war für mich das ideale Alibi, um mal ein paar Tage von hier, und vor allem von ihm, wegzukommen. Ich habe deshalb meine Anmeldung zur Teilnahme an der Fahrt vor zwei Wochen zurückgezogen, ihm davon aber nichts erzählt. Und da mit meinen Schwiegereltern schon lange vereinbart war, dass sie die Kinder für die Zeit zu sich nehmen, wollte ich diese Möglichkeit nutzen.«

»Ah ja. Und was haben Sie dann stattdessen getan?«

»Ich bin am Freitag direkt vom Flughafen aus in die Frankfurter Innenstadt gefahren, habe mir dort ein Hotelzimmer genommen und endlich mal in Ruhe über mein Leben nachgedacht. Ganz einfach.«

»Ihr Leben mit Ihrem Mann?«

»Ja, Herr Morgenthaler. Mein Leben mit diesem Mann. Es gibt keinen anderen, falls Sie das meinen.«

Ihre Hände zitterten nun stark. Es war nicht abzusehen, ob sie es schaffen würde, ihre Zigarettenpackung zu öffnen. Kindlein merkte, dass Morgenthaler sie ebenfalls beobachtete. Sein Kollege trug heute mal keines seiner geliebten Poloshirts. Die waren immer zwei Nummern zu groß und ungebügelt. Stattdessen hatte er sich für ein langärmeliges, wenn auch allzu farbenfrohes und im Bauchbereich etwas knappes Hemd entschieden. Die Knopfleiste stand gewaltig unter Spannung, sodass zwischen den Knöpfen ein Teil seiner starken Bauchbehaarung hervorlugte.

»Ihr Schwiegervater hat angegeben, dass Sie während Ihrer Abwesenheit in telefonischem Kontakt zu ihm und seiner Frau standen. Vom Handy aus, denke ich, oder?«

»Ja. Hätte ich übers Festnetz mit ihnen telefoniert, hätten sie auf dem Display erkannt, dass ich nicht von Polen aus anrufe.«

»Natürlich. Nun wissen wir aber von Ihrem Schwiegervater, dass Sie versucht haben, bei Ihrem Mann anzurufen. Was haben Sie gedacht, als Sie ihn nicht erreichten?«

»Hm«, meinte Frau Bahlbach und zuckte dabei mit den Schultern. »Dass er nicht erreichbar sein wollte, weil er zu beschäftigt war.«

»Verstehe. Aber irgendwann müssen Sie doch gemerkt haben, dass auch von seiner Seite aus keine Versuche unternommen wurden, mit Ihnen in Kontakt zu treten. Kam Ihnen das nicht seltsam vor?«

»Nein, ich habe mein Handy ja sogar auf Stumm geschaltet, um nicht durch Anrufe von ihm gestört zu werden. Und erst als ich heute Morgen meine Mailbox abgehört und die Anruferliste durchgesehen habe, ist mir aufgefallen, dass er sich nicht ein Mal gemeldet hat. Aber seltsam fand ich das nicht. Denn, wie gesagt, wir verstanden uns zurzeit nicht sehr gut.«

»Aber heute Morgen haben Sie wieder mit Ihrem Schwiegervater telefoniert. Und der hat Ihnen mitgeteilt, dass Ihr Mann weder in seiner Firma erschienen ist noch die Kinder vom Kindergarten abgeholt hat. Haben Sie sich da noch immer keine Sorgen gemacht?«

Frau Bahlbachs Miene verfinsterte sich auf diese Frage hin.

»Was heißt Sorgen? Ich war stocksauer. Er hatte sich laut meinen Schwiegereltern das ganze Wochenende über nicht ein einziges Mal nach dem Befinden unserer Kinder erkundigt. Und dann hatte er auch noch vergessen, sie vom Kindergarten abzuholen. Ich fand, das war das Letzte. Aber ich konnte ja schließlich nicht ahnen, dass er ...« Ihre Stimme versagte, und sie begann wieder an ihrer Zigarettenpackung herumzunesteln.

»Puh, das ist erst mal harter Zwieback, Frau Bahlbach. Sie haben sicher Verständnis dafür, dass wir das alles überprüfen müssen.«

»Natürlich.«

»Wissen Sie denn, was Ihr Mann am Freitag, also im Anschluss an Ihre gemeinsame Fahrt zum Flughafen, noch vorhatte?«

»Er wollte zurück nach Mannheim fahren, in die Firma. Dort sind demnächst irgendwelche Neuinvestitionen nötig. Deshalb war er für das Wochenende über beide Ohren mit Arbeit zugedeckt. Er hatte jede Menge Termine mit Technikern, Vertretern und Herstellern von Fertigungsanlagen. Und dafür wollte er am Freitag noch organisatorische Vorbereitungen treffen und sich in irgendwelche Unterlagen reinarbeiten. Dass er diese Termine gar nicht wahrgenommen hat, haben meine Schwiegereltern erst heute Morgen von seiner Sekretärin erfahren. Die hat die empörten Anrufe der Firmenvertreter entgegennehmen müssen.«

Sie hatte es endlich geschafft, die Perforation der Verpackung zu lösen, aber beim Öffnen fielen ihr gleich mehrere Zigaretten auf den Boden. Sie beugte sich vor und las sie mühselig auf. Einige von ihnen waren direkt neben Morgenthalers Füßen gelandet. Ihr schien nichts aufzufallen, aber Kindlein konnte sich das Lachen kaum verkneifen. Den ganzen Sommer über hatte Morgenthaler schon diese ausgetretenen Birkenstocksandalen aus hellbraunem Leder an. Dazu hatte er am liebsten dünne karierte Socken getragen. Jetzt, da es kühler war, schien ihm das zu wenig zu sein, denn er trug dasselbe Schuhwerk nun in Kombination mit grau melierten Wollstrümpfen. Deren Zehenkappen hatten sich vorn aus den Sandalen gestülpt und hingen deshalb nun wie leere Geldbeutel schlaff über dem Sohlenrand.

Als Frau Bahlbach ihre Zigaretten endlich aufgesammelt hatte, begann sie, eine nach der anderen in die Packung zurückzulegen. Morgenthaler fragte derweil weiter.

»War das üblich, dass Ihr Mann an Wochenenden arbeitete?«

»Nein, eigentlich nicht, aber sein Betrieb hat im Moment über dreißig Filialen und allein im Stammwerk so etwa hundertsiebzig Mitarbeiter. Das bedeutete, täglich bis in die Nacht hinein zu arbeiten. Da konnte er so aufwendige Termine wie diese nur auf das Wochenende legen. Aber das kam vielleicht fünf Mal im Jahr vor. Ansonsten hat er eigentlich immer dafür gesorgt, zumindest sonntags zu Hause zu sein.«

»Hm. Aber wir müssen Sie natürlich fragen, ob Ihnen in der letzten Zeit irgendwas an ihm persönlich oder in seinem beruflichen Umfeld aufgefallen ist. Gab es Probleme in der Firma, oder hat er sich irgendwie verändert? Gab es womöglich Menschen, die ihm nicht oder *nicht mehr* wohlgesinnt waren?«, fragte Morgenthaler.

Die Frau überlegte kurz und schüttelte dann den Kopf. »Nein, nichts. Ich kann mir auch überhaupt nicht vorstellen, dass irgendwer einen Grund gehabt haben könnte, meinen Mann …« Sie sprach wieder nicht weiter, stand stattdessen auf, ging zur Terrassentür und öffnete sie. Dann lehnte sie sich gegen die Türzarge und steckte sich eine ihrer Zigaretten in den Mund. Zum ersten Mal seit Beginn der Vernehmung waren nun Zeichen von Betroffenheit, ja Bestürzung bei ihr zu erkennen. Als sie das Feuerzeug zur Zigarette führte, bebte ihre Unterlippe so stark, dass sie die Zigarette mit der anderen Hand festhalten musste, um sie überhaupt anzünden zu können. Nachdem sie den Rauch einiger nervöser Züge hektisch ins Freie hinausgeblasen hatte, wandte sie sich wieder den beiden Ermittlern zu.

»Wissen Sie, meine Herren, meinem Mann und mir geht es finanziell ausgesprochen gut – ich denke, darüber müssen wir nicht reden. Es kann also durchaus sein, dass wir Neider haben. Aber aus unserem privaten Umfeld ist mir niemand bekannt, der jemals missgünstig gewesen wäre. Was den Betrieb meines Mannes betrifft, so war es dort wohl wie in jeder Firma. Da gab es selbstverständlich kleinere Auseinandersetzungen mit dem einen oder anderen. Als Firmenchef musste er sich in solchen Fällen natürlich behaupten. Dass es dabei auch mal zu härteren Konfrontationen mit irgendwem kam, kann ich mir durchaus vorstellen. Aber mir sind niemals wirklich besorgniserregende Ereignisse zu Ohren gekommen.«

»Okay. Und wie darf man den geschäftlichen Zustand der Firma beschreiben? Geht es ihr gut, oder gibt es Schwierigkeiten?«, fragte Morgenthaler.

»Sehr gut, meine ich. Eben, weil er sich im richtigen Moment an der richtigen Stelle durchsetzen kann, und Dinge so entscheidet, dass sie dem Unternehmen guttun.«

Morgenthaler nickte. Frau Bahlbach steckte sich nun noch eine Zigarette an, zog an dieser aber weniger hektisch.

»Ihr Schwiegervater hat uns erzählt, dass er die Firma vor etwa fünf Jahren auf Ihren Mann überschrieben hat. Seitdem sei sie enorm gewachsen. Bedeutet das nicht zwangsläufig, dass sich in dem Betrieb vieles verändert hat?«

»Natürlich. Unter meinem Mann hat sich dort so einiges getan. Er hat expandiert, hat neue Leute eingestellt und auch intern die Strukturen verändert. Aber im Kern ist es noch immer ein altes Familienunternehmen. Ein Großteil der Stammbelegschaft besteht aus langjährigen Mitarbeitern. Einige von ihnen arbeiten dort schon Jahrzehnte.«

»Ah ja. Ich nehme an, dass Ihr Mann seine Ausbildung also auch dort gemacht hat.«

»Nein. Frank ist nicht den klassischen Weg über eine Lehre im elterlichen Betrieb gegangen. Er hat hier in Mannheim Betriebswirtschaft studiert und anschließend erst einmal eine Zeit lang im Ausland in ähnlichen Branchen gearbeitet. Für einen Betrieb dieser Größenordnung ist es sinnvoller, solcherart Kenntnisse und Erfahrungen einbringen zu können als handwerkliche. Dafür sind dort Meister eingestellt.«

Morgenthaler nickte wieder.

Kindlein ahnte, was dieses Nicken bedeutete. Morgenthaler misstraute Ökonomen und Verwaltungsmenschen. Er fand, dass ihre Fähigkeiten auffällig oft nur wenigen zugutekamen – verdächtig oft allerdings Ökonomen und Verwaltungsmenschen.

»Wenn ich Sie richtig verstehe, dann gab es beruflich also keinerlei Probleme. Dann würde ich Sie jetzt gern nach seinem Privatleben befragen. Gab es hier in der letzten Zeit starke Veränderungen oder irgendwelche Auffälligkeiten? Sie sprachen Unstimmigkeiten in Ihrer Beziehung an. Wie würden Sie Ihre Ehe beschreiben?«

Frau Bahlbach warf ihre Zigarette nach draußen, schloss die Terrassentür und setzte sich wieder zu ihnen an den Tisch. Wieder strich sie mit den Handflächen über den Stoff ihrer Ärmel und der akkurat gebügelten Hose. Diesmal wirkten ihre Bewegungen noch fahriger als zu Beginn der Befragung. Diese Frau fühlte sich in ihrer Haut immer unwohler.

»Seine Einstellungen haben sich verändert und damit unsere Ehe«, sagte sie schließlich.

»Seine Einstellungen? Zu was?«, fragte Morgenthaler.

»Wie soll ich es sagen? Wir wussten beide, dass er schon bald nach Abschluss seines Studiums das Geschäft seines Vaters übernehmen würde. Seine Eltern sind schon recht alt, und er war ihr einziges Kind. Als es schließlich so weit war, war mein Mann gerade neunundzwanzig und sein Vater schon weit über siebzig.«

»Dann liegen also etwa fünfundvierzig Jahre zwischen den beiden«, meinte Morgenthaler.

»Das kann sein. Ich habe den Altersunterschied nie ausgerechnet. Aber was ich sagen wollte, ist, dass wir als Studenten immer die Vorstellung hatten, nach seiner Firmenübernahme einfach nur ein sorgenfreies und beschauliches Leben zu führen. Das mag zunächst dekadent klingen, weil wir die Erbschaft so selbstverständlich zur Grundlage unserer Lebensplanung gemacht haben, aber wir hatten an seinen Eltern gesehen, was es bedeutet, immer nur zu arbeiten und wenig Zeit für Familie und das Leben zu haben. Wir wollten es anders machen. Wir wollten den Betrieb in seiner Größe belassen und mit den Einkünften daraus zufrieden sein. Sein Vater hat ihm immerhin achtzehn gut gehende Filialen und ausreichende Rücklagen übergeben. Mit einiger Vernunft hätten wir also ein Leben lang Einkünfte gehabt, die mehr als ausreichend gewesen wären, zumal ich ja auch noch verdiene.«

»Welchen Beruf haben Sie?«

»Ich bin Grundschullehrerin. Im Moment beurlaubt, wegen der Kinder.«

Sie stand wieder auf, ging diesmal aber nicht zur Terrassentür, sondern stellte sich einfach nur neben ihren Sessel und sprach dann im Stehen weiter.

»Es dauerte jedoch nicht lange, da packte Frank eine ungeahnte Geschäftigkeit. Und die begann zu wachsen, als er erkannte, dass die Firma wachsen könnte. Seine Freizeit schrumpfte zunehmend, und seine Gesprächsthemen reduzierten sich immer mehr auf Geschäftliches. Unsere Beziehung verebbte. Mein Mann besaß irgendwann auch kein persönliches Umfeld mehr, von dem ich berichten könnte. Die Freundschaften, die er früher pflegte, hat er derart vernachlässigt, dass davon nichts mehr übrig blieb, und neue Freunde hat er nicht gewinnen können. Ich glaube, dass er nicht mal Zeit hatte, sich Feinde zu schaffen. Wenn Sie so wollen, eine typische Karrieristenbiografie – eine, von der ich immer gemeint hatte, dass Frank sie nie durchlaufen würde.« Dann zog sie die Schultern hoch, und ihre Augen begannen feucht zu werden. »Schade.«

Wieder nickte Morgenthaler.

»Aber Sie sagten vorhin, dass er wenigstens am Sonntag immer zu Hause war. War es denn da nicht möglich, etwas von dem Stress zu kompensieren?«

»Ja, natürlich. *Er* kompensierte. Da besuchte er seine Eltern, verbrachte mit denen den Vormittag, und danach kam er nach Hause und ging in seinen Hobbyraum.«

»Wie, er besuchte seine Eltern jeden Sonntag?«

»Ja, mitunter auch noch samstags, wenn er Zeit dazu hatte. Mein Mann liebte seine Eltern über alles, und sein Verhältnis zu ihnen war außergewöhnlich eng. Besonders für seinen Vater empfand er eine fast abgöttische Zuneigung.«

»Waren Sie eifersüchtig?«

»Nein. Wie gesagt, seine Eltern sind schon sehr alt, und ich habe immer verstanden, dass er einen Teil ihrer noch verbleibenden Zeit mit ihnen verbringen wollte. Für sein Hobby hatte ich allerdings weniger Verständnis, das gebe ich zu.«

»Ach ja? Was war denn das für eine Beschäftigung, der er da nachging?«

»Tja. Kaum zu beschreiben. Ich würde sagen, ich zeige Ihnen das am besten mal. Kommen Sie mit, meine Herren?«

Ohne auf eine Antwort zu warten, setzte sich Frau Bahlbach in Bewegung und lief geradewegs in Richtung Korridor. Als Kindlein und Morgenthaler von dort das Quietschen einer Tür vernahmen, sahen sie sich zunächst verdutzt an, standen dann aber auf und folgten ihr.

Unten, in dem weitläufigen Keller des Hauses, öffnete Frau Bahlbach eine im hintersten Winkel gelegene große hellgraue Metalltür. Dahinter tat sich ein Raum auf, in dem fast völlige Finsternis herrschte. Nur durch kleine winzige Spalte eines Rollos drang etwas Licht ein, gerade so viel, um erkennen zu können, dass mitten in dem Raum irgendein größerer Gegenstand stand. Erst nachdem Frau Bahlbach ins Dunkel getreten war und das Licht angeschaltet hatte, sahen sie, um was es sich dabei handelte.

»Verstehen Sie, warum ich Ihnen das zeigen musste? Darüber zu sprechen ist einfach nur peinlich. Er hat tatsächlich geglaubt, dass alle vor ihm einen Fehler gemacht haben.«

In dem Raum stand eine aus unendlich vielen Leisten und Rahmenhölzern zusammengesetzte skelettartige Konstruktion, die hier und dort mit Folie, dünnem Gewebe oder Sperrholz bespannt war, ein archaisch und irgendwie provisorisch anmutender, an die Pioniertage der Aeronautik erinnernder – Flugapparat.

Am späten Abend, als sie ihre Tagesberichte fertig geschrieben hatten, gingen Morgenthaler und Kindlein in die noch recht gut besuchte Kantine des Präsidiums. Der Ausschank war schon seit Stunden geschlossen, aber der Tag war lang gewesen, und die heiße Schokolade aus dem Kaffeeautomaten war nicht die schlechteste.

Kurz nachdem sie sich an einen der freien Tische gesetzt hatten, betrat Bücklein, dessen Vorname sich Kindlein nie merken konnte, die Cafeteria. Auch er arbeitete in der Abteilung für Kapitalverbrechen und befand sich noch im Dienst. Mit einer grünen Mappe in der Hand setzte er sich zu ihnen.

»Ich habe euch gerade an meinem Büro vorbeilaufen sehen. Da dachte ich, ich bring euch das hier mal vorbei.« Er wedelte mit der grünen Mappe. »Und, wie lief es bei euch so?«

Kindlein mochte Bücklein nicht. Der Mann redete ihm zu viel – vor allem über sich selbst. In regelmäßigen Abständen schüttete er jedem, also auch denen, die es nicht wollten, sein Herz aus. Meist peinigte ihn dann gerade mal wieder ein fürchterlich schlechtes Gewissen, da er sich soeben von einer unglaublich tollen Frau getrennt hatte, just als die begann, sich unsterblich in ihn zu verlieben. Und natürlich hatte er diesen schweren Schritt nur dieser Frau zuliebe getan, da sie ein viel zu großartiger und sensibler Mensch war, um ständig von ihm betrogen zu werden. Mitunter wurde auch er verlassen. Das lag dann jedes Mal angeblich daran, dass er sich dieser Frau viel zu schnell und allzu sehr hingegeben hatte, sodass sie es schließlich mit der Angst zu tun bekam. Hatte er mal länger als zwei Wochen keine im Schlepptau, quälte ihn sofort die Sorge, nie wieder eine abzukriegen, und dafür machte er vor allem sein unzureichendes Äußeres verantwortlich. Dabei war Bücklein mit einem Meter fünfundachtzig, Athleten-Figur, schwarzem, an den Schläfen leicht gewelltem Haar, dunklem Teint, strahlend weißen Zähnen und nach allen Kriterien, die Kindlein sonst noch einfielen, ein Beau, wie er im Buche stand. Bücklein pflegte alles an sich – sein Äußeres genauso wie sein Auto, aber eben auch dieses üble Primitiv-Understatement. Er beteuerte zudem ständig, wie stark ihn sein promiskuitiver Lebenswandel seelisch belaste und dass ihm jede Frau leidtue, die an so einen wie ihn geriet.

Spendete man ihm Trost und überzeugte ihn davon, dass er ein völlig normal empfindender, wirklich großartiger und zudem fantastisch aussehender Mann war, konnte man gewiss sein, dass er schon in der darauffolgenden Woche an einem frischen Hühnchen herumnagte. Das war dann in aller Regel noch jünger und noch doofer als das vorherige, aber gut genug, drei Wochen lang sein Ego und seinen Hormonhaushalt im Gleichgewicht zu halten. Danach fing alles wieder von vorn an.

Nachdem Bücklein aber schon mal danach gefragt hatte, konnte Kindlein ihm nicht weismachen, dass Morgenthaler und er den ganzen Tag nur in der Nase gebohrt hätten. Also berichtete er ihm von den Tagesereignissen. Dabei machte er allerdings den Fehler, auch Bahlbachs Flugapparatur zu erwähnen. Bücklein fing sofort an, sich auf übelste Weise lustig zu machen.

»Mein Gott«, grölte er. »Dieser Typ hat tatsächlich gedacht, mit so einem Ding eines Tages fliegen zu können?« Dabei stand er auf und stieg auf den Stuhl, auf dem er soeben gesessen hatte. Von dort aus demonstrierte er mit ausgebreiteten Armen, somit für alle Kantinenbesucher deutlich sichtbar, einen Abflug. Diese alberne Show zog er tatsächlich bis zur Landung auf dem Cafeteriaboden durch. Und da seine Lache extrem laut und ansteckend war, erregte sie sofort die Aufmerksamkeit all derer, die bis dahin noch nichts von seiner Aktion mitbekommen hatten.

Erst nachdem Bücklein sich wieder hingesetzt hatte und bemerkte, dass Kindlein ihn entsetzt ansah und auch Morgenthaler nicht so recht in Stimmung gekommen war, hörte er auf zu lachen. Daraufhin wurde es auch in der Cafeteria wieder ein klein wenig ruhiger.

»Sonst ist bei dir alles in Ordnung?«, fragte Kindlein.

»Ich hätte halt nie gedacht, dass es tatsächlich solche Spinner gibt«, kicherte Bücklein weiter. »Da erwirbt sich einer eine anständige Bildung, studiert sogar und denkt dennoch, dass er nur mal eben auf einen Hügel steigen muss, um mit ein paar Holzflügeln auf dem Rücken in die Lüfte emporgehoben zu werden. Wahnsinn.«

Er hatte sich noch nicht beruhigt, denn er begann erneut zu feixen. Diesmal schossen ihm sogar Tränen aus den Augen. Kindlein konnte es kaum mehr ertragen. Er rutschte zur Stuhlkante vor, beugte sich leicht über den Tisch und sprach Bücklein in ruhigem Ton an.

»Meinst du, du schaffst es, endlich die Schnauze zu halten?«

Aber Bücklein verstand nicht. Er lachte weiter.

»Hallo«, rief Kindlein. Ohne Erfolg. Bücklein hörte nicht auf.

Erst als Kindlein eine Faust auf den Tisch krachen ließ, wurde es still. Morgenthaler schaute Kindlein erstaunt an. Dann verstrich eine ziemliche Zeit, in der Bücklein mit hochrotem Kopf vor sich auf den Boden starrte und sich nicht traute, etwas zu sagen.

»Tut mir leid«, sagte er schließlich kleinlaut. »Ich bin privat gerade mal wieder ein bisschen im Stress. Und wie das dann halt so ist … na ja.« Als niemand so recht darauf reagierte, schob er den beiden die grüne Mappe rüber, die vor ihm auf dem Tisch lag. »Eigentlich bin ich ja auch nur hierhergekommen, um euch das vorbeizubringen. Ist von Fred Seiters. Der musste heute mal pünktlich nach Hause. Irgendwas mit seinen Kindern oder so. Aber er hat gemeint, dass ihr vielleicht trotzdem noch Interesse daran habt, auch wenn eure Leiche inzwischen identifiziert ist.« Dann stand er auf, entschuldigte sich noch mal zaghaft und verließ den Tisch mit dem Hinweis, noch einiges zu tun zu haben.

»Mann, Frieder, dem hast du es aber gegeben. So kenne ich dich ja gar nicht«, meinte Morgenthaler, als Bücklein weg war.

»Ach, ich kann solche Späße im Moment einfach nicht haben. Schon am Strandbad hat einer gemeint, sich über den Toten lustig machen zu können. Der Mann hat immerhin eine Familie mit kleinen Kindern hinterlassen und ein redliches Leben geführt. Er hat es verdient, geachtet zu werden.«

»Na ja, solche Reaktionen wie die eben sind natürlich nie schön. Aber ich denke, jeder von uns hat das Recht und im Namen seiner seelischen Gesundheit vermutlich sogar die Pflicht, seine Erlebnisse irgendwie zu verarbeiten. Wir bekommen nun mal häufig Dinge mit, die wir nur schwer ertragen können.«

»Das mag schon sein«, antwortete Kindlein. »Aber man kann sich auch zusammenreißen und muss nicht gleich mit jedem Spaß an die Öffentlichkeit treten.«

Kindlein verschwieg, dass Bückleins Zynismus ihn vor allem

deshalb verärgert hatte, weil er seit ihrem Besuch bei Frau Bahlbach schlecht gelaunt war. Dort war ihm gegen Schluss der Befragung alles, also jede noch so kleine Einzelheit, auf den Zeiger gegangen. Von irgendeinem Moment an war er richtig genervt gewesen. Zuerst hatte er sich nicht erklären können, warum. Nach einigem Überlegen war er jedoch darauf gekommen, dass es an Frau Bahlbachs Person lag. Selbst jetzt stieg noch Groll in ihm auf, wenn er an sie dachte – an dieses adrette Frauchen in dem adretten Haus mit der adretten Einrichtung und den sicher ebenso adretten Kindern. Es passte zu ihr, dass sie den Supermann geheiratet hatte, einen Mann mit super laufendem Betrieb und super Einkommen. Dass dieser Mann jetzt super tot war, war selbstverständlich weniger adrett, und Kindlein war auch nicht entgangen, dass Frau Bahlbach sich kritisch zu seinem Werdegang geäußert hatte. Aber dennoch: Beide hatten wie die Maden im Speck gelebt, und *beide* hätten allen Grund gehabt, zufrieden zu sein. Dass ihre Ehe scheiterte, konnte nicht allein daran gelegen haben, dass *er* viel arbeitete. Und sicher auch nicht daran, dass *er* seine Eltern geliebt oder sich einmal pro Woche im Keller des Hauses einen kleinen Ausgleich zu seinem harten Job gegönnt hatte. War es nicht vielmehr so, dass *sie* einfach nur unzufrieden gewesen war, weil er ihr in letzter Zeit zu wenig Unterhaltung geboten und zu wenig zu ihrer Zerstreuung beigetragen hatte? Dieser blöden Kuh schien der Gedanke völlig fremd, dass zu Freundschaft, Partnerschaft und Ehe auch Phasen gehörten, in denen schlichtweg investiert werden musste, und dass sich Zuneigung und Herzenstreue vor allem in solchen Zeiten bewiesen. Wie auch immer, er mochte die Frau nicht.

Er nahm die grüne Mappe zur Hand und schlug sie auf. Als er deren Inhalt sah, erinnerte er sich wieder, dass er den Kollegen Seiters am Vormittag damit beauftragt hatte, intensive Recherchen zu den bekannt gewordenen Vermisstenmeldungen anzustellen. Die Mappe war bemerkenswert. Seiters hatte gute Arbeit geleistet. Die Radiosender hatten alle über das auffällige Muttermal am rechten Handrücken und das linke fehlende Ohrläppchen berichtet, und selbstverständlich waren auch die regionalen und überregionalen Polizeidienststellen über diese Details informiert worden. So hatten sich im Laufe des Tages vier Polizeidirektionen und -reviere sowie sieben Privatpersonen zu dem Fund am Rhein gemeldet. Seiters hatte daraufhin genauer nachgefragt und eine ganze Liste an Informationen zusammengetragen.

Kindlein überflog sie kurz. Er war überrascht. Das Alter des Toten hatte am Morgen noch nicht festgestanden, und so hatten sie zu diesem Zeitpunkt nur von einem Schätzwert ausgehen können. Bei immerhin sechs der elf gemeldeten Personen stimmte das Alter jedoch mit ihrer Schätzung recht gut überein. Sie wären somit Kandidaten gewesen, bei denen sie Nachforschungen angestellt hätten, wenn die Identität des Toten nicht so frühzeitig geklärt worden wäre. Kindlein war froh, dass es dazu nicht gekommen war. Anhand der Erkenntnisse, die inzwischen vorlagen, sah er nämlich, aus welchen Gründen bei all diesen Personen kostspielige sowie personal- und zeitintensive Ermittlungen letztlich völlig im Sand verlaufen wären.

Kindlein zeigte Morgenthaler die Unterlagen.

»Guck mal, Konrad. Der hier zum Beispiel. Stell dir mal vor, wir hätten es mit dem zu tun gehabt. Waldemar Kiefer, geboren am 13.4.1971, Lkw-Fahrer, wird von seiner Frau seit drei Tagen gesucht. Hat abends die Wohnung verlassen und ist seither nicht mehr nach Hause gekommen. Seine Brieftasche, seine Fahrzeugpapiere, ein paar Kleidungsstücke und seine Reisetasche hat er mitgenommen.«

»Der wird gerade in Portugal oder Sizilien sein und da eine Ladung Maschinenbauteile ab- und eine Obstfuhre aufladen. Der hat vor Antritt seiner Tour vermutlich nur vergessen, seiner Frau Bescheid zu sagen, dass er die nächsten Tage beruflich unterwegs sein wird. Vermutlich ist er sogar schon auf dem Rückweg.«

Kindlein blätterte weiter.

»Kurt Steffenhagen. Weiterstadt bei Darmstadt. Der Mann ist zwar im richtigen Alter, und die Körpermaße stimmen auch in etwa, aber der wird schon seit zwei Wochen vermisst. Dann ein gewisser Michael Stern, geboren am 12. Juni 1971, aus Weil am Rhein. Er ist Elektriker. Wird seit vorgestern vermisst. Tags zuvor hat man ihn noch in seiner Stammkneipe gesehen. Ein Hinweis von den Kollegen in Karlsruhe.«

»Äh, wann wurde denn diese Anzeige aufgegeben?«

»Gestern.«

»Mannomann, nehmen die jetzt schon Anzeigen auf, wenn Leute erst seit einem Tag vermisst werden? Die müssen Personal haben.«

»Es kommt noch schöner. Kollegen vom Polizeirevier Buchen im Odenwald berichten, dass sich ein Mann bei ihnen gemeldet hat, der seinen Kumpel sucht. Er wollte ihn am Samstag besuchen, aber da sei dieser Freund nicht zu Hause gewesen. Das hat dem Mann schon gereicht, um noch am selben Tag zur Polizei zu gehen. Das muss man sich mal vorstellen.«

»Und wann hat dieser Kerl seinen Kumpel davor das letzte Mal gesehen?«

»Keine Ahnung. Hier steht nur, dass seine Beschreibung mit der unseres Leichnams übereinstimmt, dass er Tobias Schlegel heißt, am 3. Oktober 1971 geboren wurde und von Beruf Metallkünstler ist.«

»Metallkünstler?«

»So steht's hier zumindest. Aber wir haben noch zwei interessante Fälle. Zum Beispiel Gerd Wassermann, der wurde am 27.9.1971 geboren, wohnt in Deidesheim in der Pfalz und ist von Beruf technischer Zeichner. Sein Vater vermisst ihn zwar seit acht Tagen, hat aber erst heute Morgen beim SWR angerufen, weil er den Radiobericht mit der Beschreibung unserer Leiche gehört hat. Die beiden hätten eine Woche zuvor einen höllischen Streit gehabt, und danach sei der Sohn mit der Drohung, sich das Leben zu nehmen, aus dem Haus gerannt.«

»Und da meldet sich dieser Mensch erst, nachdem irgendwo ein Toter aufgefunden wurde, der seinem Sohn ähnelt? Der hat ja Nerven. Gott, was für ein Vater. Wir können wirklich froh sein, dass wir hier nicht tätig werden müssen. Damit dürfen sich die Pfälzer Kollegen von der Direktion Neustadt rumschlagen. Komm, schlag die Mappe zu, Frieder. Mit solchem Unfug müssen wir unsere Hirne nicht belasten. Wir machen Feierabend für heute.«

»Aber einen habe ich noch, Konrad.« Kindlein nahm den letzten seiner aussortierten Bögen in die Hand und sah noch mal kurz drüber. »Geboren am 6.10.1971. Nein, jetzt sehe ich es, ich habe doch keinen mehr. Dem hier fehlt nämlich nicht nur das linke Ohrläppchen, sondern auch sämtliche Schneidezähne.«

»Klar. Der wird mal mit Mike Tyson im Ring gestanden haben. Komm, jetzt ist es gut.«

# 6

Nachdem Kindlein festgestellt hatte, dass nichts im Fernsehen lief, das ihn auch nur im Entferntesten interessierte, griff er nach einem der Bücher, die sich neben ihm auf dem kleinen Tisch stapelten. Zuerst blätterte er nur darin herum, begann dann zu lesen, stellte aber schon nach einigen Zeilen fest, dass es ihn nicht fesseln würde. Er griff nach einem nächsten, blätterte auch das nur halbherzig durch und merkte schließlich, dass er eigentlich überhaupt keine Lust zum Lesen hatte. Er warf es zurück auf den Stapel und ging in die Küche.

Im Kühlschrank stand noch ein Essen von gestern. Er hätte es nur aufzuwärmen brauchen, aber dazu fehlte ihm die Lust. Schließlich schnitt er sich eine Scheibe Brot ab und steckte sie trocken in den Mund. Dann verließ er die Küche wieder, da ihm der Anblick des ungespülten Geschirrs nicht bekam.

Er legte sich auf die Couch und startete mit der Fernbedienung den CD-Player. Irgendeine Scheibe lief daraufhin, aber er verlor sich gleich in Gedanken und nahm deshalb nicht wahr, wer da was spielte, nur dass es eine recht rhythmische Nummer war – was aber nicht störte.

Er sah sich um. Es war gemütlich bei ihm. Alles war stimmig, von den Farben der Wände über die Einrichtung bis hin zu den Accessoires und sogar dem Nippes, der eigentlich wertloser Kram war, von dem er sich aber nie so recht hatte trennen können. Seine Zweizimmeraltbauwohnung hatte Charme, und die Wohnlage war hervorragend – die Sofienstraße lag mitten im Herzen Mannheims, nahe Rosengarten und Planken. Er konnte sich eigentlich nicht beklagen. Vor dem Haus stand sein sechs Jahre altes Auto. Der Kilometerstand war niedrig. Sein Kontostand lag immer im Plus. Und er war gerade erst im Urlaub gewesen. Aber der hatte vieles verändert.

Im Grunde war Kindleins Freundschaft zu Gustav Friesinger schon lange nicht mehr der Rede wert. Schon vor dessen Auswanderung vor neun Jahren hatte sie nicht mehr die Intensität gehabt wie in ihrer gemeinsamen Jugendzeit. Aber sie hatten sie noch für solide gehalten und sich später sogar immer mal wieder geschrieben. Das hatte jedoch nicht verhindert, dass in den Jahren ihrer Trennung nichts hinzugekommen war, was ihre Freundschaft bereichert hätte. Und so war Kindleins Besuch bei Gustav denn auch weniger der Versuch gewesen, eine Vertiefung ihrer Beziehung herbeizuführen, sondern hatte mehr der Befriedigung einer persönlichen Neugier gegolten. Wie sah der Gustav von damals inzwischen aus? Wie lebte er heute, und was war das für ein Ort, den er nun wohl Heimat nannte? Obendrein war Kindlein nie zuvor in Norwegen gewesen.

In der ersten Woche des Urlaubs hatte er mehrmals die Gelegenheit gehabt, mit Gustav etwas zu unternehmen und lange mit ihm zu plaudern. Sie waren sich dabei, wie erwartet, nicht mehr wirklich nahegekommen, dafür aber mehr als nur anständig mit der Distanz umgegangen, die sie spürten. Dann hatte Gustavs Arbeitgeber ihn von einem Tag auf den anderen zu einer Baustelle nach Nord-Norwegen abberufen. Kindlein hatte weiterhin in seinem Haus bleiben dürfen.

Gustavs altes Steinhaus gehörte zu einer Siedlung am westlichen Rand der Stadt Bergen. Idyllisch an einem kleinen See gelegen, bestand sie aus etwa einem Dutzend meist farbenfroher Holzhäuser, die durch einen schmalen, aber befahrbaren Weg miteinander verbunden waren. Aber das war's, sonst gab es dort nichts, und mit Gustavs Abreise hatte sich schlagartig das Wetter verändert. Ein für die Stadt Bergen und das Umland typischer Dauerregen hatte eingesetzt. Täglich waren von da an dunkelgraue, kräftig gesättigte Schauerwolken von der Nordsee herangezogen, die sich schließlich über der Stadt ihrer schweren Fracht entledigten.

Nach sechs Tagen hatte er verstanden, warum in Bergen Automaten aufgestellt waren, aus denen man sich für ein paar Kronen Regenschirme ziehen konnte, und Werkstätten für Schirmreparaturen eine lange Tradition genossen. Und er hatte endlich auch den Sinn jener Weisheit der Einheimischen erfasst, die Gustav vor seiner Abfahrt zitiert hatte und der zufolge Regen erst dann schlimm sei, wenn er auch von unten käme.

Er hatte Glück gehabt: Auch an den beiden darauffolgenden Tagen war er nur von oben gekommen. Da er sich darüber dennoch nicht freuen konnte, hatte er schließlich den Entschluss gefasst, früher nach Hause zu fliegen. Aber es war nicht ohne Weiteres möglich gewesen, den Rückflug umzubuchen. In drei Reisebüros hatte er es erfolglos versucht. Ein früherer Rückreisetermin hätte unverhältnismäßige finanzielle Einbußen bedeutet. Somit war ihm nichts anderes übrig geblieben, als sich auf acht weitere lange nordische Sommertage in Gustavs Haus einzustellen, sich dort zu verkriechen und bei Regen und Kälte bis zum regulären Rückreisetag auszuharren.

Später, als er sich mit seinem Schicksal schon fast abgefunden hatte, sollte eine kleine Begebenheit dafür sorgen, dass dieser Urlaub doch noch eine unerwartete Wende erfuhr.

Da er sämtliche aus Deutschland mitgebrachte Lektüre schon gelesen hatte und ahnte, dass ihm die Zeit ohne Bücher lang werden würde, hatte er sich in Gustavs Haus nach etwas Lesbarem umgesehen. Dabei wurde ihm klar, dass er sich bei einem Bauingenieur aufhielt. Gustavs Bibliothek bestand zur Hauptsache aus deutsch- oder englischsprachiger Fachliteratur, Kochbüchern und einigen billig anmutenden Belletristikbänden in norwegischer Sprache. Erst in Gustavs Schlafzimmer war er fündig geworden. Auf einer Ablage am Kopfende des großen Doppelbettes hatte, Buch an Buch gereiht, eine mehrbändige deutsche Paperback-Ausgabe der populärsten Werke Jules Vernes gestanden. Anfänglich war Kindleins Begeisterung über den Fund nicht gerade groß gewesen. Er hatte nie einen der Romane Vernes gelesen, denn er hatte weder in seiner Jugend noch später Interesse an Abenteuerliteratur gehabt. Die Lektüre versprach aber, dass er bis zum Tag seiner Abreise überhaupt etwas zu tun haben würde, sodass er sich schließlich doch entschied, mit dem Lesen zu beginnen.

Gleich beim Aufschlagen der ersten Seite von »Clovis Dardentor« war etwas zu Boden gefallen, und als er sich danach bückte, sah er, dass es ein Lesezeichen und ein zusammengefalteter Bogen Briefpapier war. Da er das Lesezeichen gut gebrauchen konnte, hatte er es einige Seiten weiter hinten in das Buch gesteckt. Das Schriftstück hatte er neben sich auf den Tisch gelegt. Ganz beiläufig und auch nur sehr kurz war sein Blick dabei über den Text gehuscht, weshalb seine Augen zufällig eine Zeile einfingen, in der zu seiner großen Verwunderung auch sein Name Erwähnung fand. Und als er das Schriftbild genauer betrachtete, war es ihm irgendwie bekannt vorgekommen. Sofort war eine unanständige, aber natürliche Neugier in ihm geweckt worden, die er nur stillen konnte, indem er das Schreiben an sich nahm und darin las.

Auf den 14. Mai 1999 datiert, war der Brief vor über sieben Jahren an Gustav Friesinger gerichtet worden, und schon nach wenigen Zeilen hatte Kindlein erkannt, um wen es sich bei dem Verfasser handelte.

Thorsten Montag war weit über die Gymnasialzeit hinaus ein gemeinsamer Freund Gustavs und Kindleins gewesen. Und schon bald war in dem Brief noch von einer weiteren Person die Rede gewesen, an die Kindlein ebenfalls schon seit Jahren nicht mehr gedacht hatte. Mit Stephan Dengler hatte er sowohl einen Teil seiner Kindheit als auch seine gesamte Jugendzeit verbracht, da er nur zwei Stockwerke unter ihm im selben Haus aufgewachsen war. Stephan, Gustav, Thorsten und Kindlein waren bis zum Abitur unzertrennliche Freunde gewesen. Auch später waren die vier noch über viele Jahre miteinander in Kontakt geblieben, obgleich sich ihre Wege aufgrund unterschiedlicher Ausbildungsrichtungen getrennt hatten.

Schließlich war Kindlein an jene Stelle gelangt, in der von ihm die Rede war. Und schon der erste Satz hatte wie ein Hieb in die Magengrube gewirkt, hatte sein Herz zum Rasen gebracht und sofort tiefe Empörung, aber auch Enttäuschung in ihm hervorgerufen.

*... Das bedeutsamste und gleichzeitig traurigste Ereignis der letzten Wochen war, dass Stephan und ich den Beschluss gefasst haben, Frieder von nun an zu meiden, ihn nicht mehr anzurufen oder gar zu treffen. Ich weiß nicht, ob er sich seit deinem Wegzug nach Norwegen überhaupt mal bei dir gemeldet hat. Bei uns hat er das jedenfalls schon seit Ewigkeiten nicht mehr getan. Wir haben den Eindruck, dass wir ihm seit seiner Ausbildung bei der Kripo egal geworden sind. Er ignoriert uns. Er lässt nie was von sich hören,*

*und wenn man ihn anruft, hat er angeblich nie Zeit, sich mit uns zu verabreden. Immer wieder versetzt er uns, und zu unseren vereinbarten Treffen ist er zum wiederholten Male nicht nur nicht erschienen, sondern hat es hinterher nicht mal für nötig gehalten, sich zu erklären. …*

Bis zu diesem Augenblick war sich Kindlein sicher gewesen, dass sich damals alles völlig anders zugetragen hatte. Er hatte immer gemeint, dass sich ihre Freundschaft irgendwann einfach aufgelöst hatte. Natürlich hatte er damals neben der Arbeit für vieles andere weniger Zeit gehabt, und er hatte, wenn er sich recht erinnerte, auch noch eine Beziehung zu einem Mädel. Aber dennoch: Um Kontakt zu den beiden hatte er sich nach wie vor gekümmert.

Erst nachdem sein anfänglicher Zorn abgeklungen war, hatte er sich schließlich deutlicher an die Zeit erinnert und zugeben müssen, seine Freunde damals hin und wieder doch auch mal vertröstet oder gar versetzt zu haben.

Als ihm zum ersten Mal aufgefallen war, dass sie sich schon längere Zeit nicht mehr bei ihm gemeldet hatten, hatte ihn das zunächst nur gewundert. Tage später hatte er jedoch schon den Verdacht gehabt, dass sie ein wenig verstimmt waren, denn ihm war eingefallen, dass er ein Treffen mit ihnen verschlafen hatte. Um sie nicht noch mal zu verärgern, hatte er beschlossen, erst wieder bei ihnen anzurufen, wenn er einen sicheren Termin für ein nächstes Treffen angeben konnte.

Wochen darauf, als er sich bei ihnen melden wollte, war ihm aufgefallen, dass die beiden noch immer nichts von sich hatten hören lassen. Nun war auch er etwas verschnupft, denn er hatte ihre Freundschaft bis zu diesem Zeitpunkt für so gefestigt gehalten, dass sie auch eine Phase der Trennung unbeschadet überstehen würde. Und er war enttäuscht gewesen, weil er an Herzenstreue geglaubt und sie für eine unzerstörbare Größe gehalten hatte, die unabhängig von zeitlichen und räumlichen Faktoren eine Freundschaft zusammenhält. Schlussendlich hatte er ihr Verhalten als kleinkariert abgetan und den genauso kleinlichen Entschluss gefasst, sich im Gegenzug ebenfalls eine Zeit lang nicht mehr bei ihnen zu melden.

Erst Monate später – er hatte nicht gemerkt, dass inzwischen so viel Zeit verstrichen war – war ihm der plötzliche Abriss ihres Kontaktes erneut aufgefallen. Und um sich nicht ebenso affig zu verhalten wie die Freunde, hatte er sich vorgenommen, gleich am nächsten Tag bei ihnen anzurufen.

Aber trotz dieses Vorsatzes war dieses Telefonat weder am nächsten noch an irgendeinem Tag zustande gekommen. Inzwischen war dazu Mut notwendig gewesen, Mut, der ihn jedes Mal verließ, wenn er den Hörer in die Hand nahm. Er war sich nicht mehr so ganz sicher gewesen, wer eigentlich wann und warum mit diesem Boykott begonnen hatte. Und so hatte er befürchtet, dass ihm die Freunde zuerst einmal unangenehme Fragen stellen würden. Warum er sich so lange nicht gemeldet habe. Weshalb er damals nicht zu ihren Verabredungen erschienen war. Und warum ihm der Kontakt nun auf einmal wieder wichtig sei.

Er hatte diese Anrufe also immer und immer wieder hinausgezögert und sich einstweilen mit der Einstellung über Wasser gehalten, dass alles, was im Leben passiert, eine Ursache hat und diese Freundschaft vielleicht doch nicht so groß gewesen war, wie er immer geglaubt hatte. Und da die beiden offenbar ohne ihn bestens zurechtkamen, hatte diese These sogar plausibel geklungen. Vielleicht, so hatte er schließlich vermutet, war ihnen seine zeitweilige Zurückgezogenheit sogar ein gar nicht so unwillkommener Anlass gewesen, ihr Verhältnis zu ihm endlich aufkündigen zu können.

In den Tagen bis zu seiner Abreise aus Bergen war mit ihm jedenfalls so nach und nach etwas geschehen. Während er sich mühselig durch Jules Vernes Zukunftsfiktionen gequält und gleichzeitig in der eigenen Vergangenheit herumgegraben hatte, hatte sich eine anfangs noch recht vage Ahnung zu einer Erkenntnis hin entwickelt, nämlich der, privat schon seit längerer Zeit in einer Misere zu stecken. Aber die war zu diesem Zeitpunkt noch nicht so festzumachen, dass er auch hätte artikulieren können, worin sie konkret bestand. Er hatte nur immer mehr den Eindruck gehabt, dass sein Leben nach diesem einsamen Urlaub in Norwegen einer Richtungsänderung bedurfte. In welcher Weise, war ihm allerdings ebenfalls noch nicht klar gewesen. Das würde seine Zeit brauchen.

»Ja, und es braucht noch immer Zeit«, hörte Kindlein sich leise sagen. Er stand vor seinem Wohnzimmerregal. Irgendwas hatte er dort gewollt. Nun wusste er nicht mehr, was es war. Auf einem der Regalböden standen Blumen. Er überlegte, wie lange schon. Seit seinem Geburtstag? Auf jeden Fall waren sie verwelkt. Die Blüten und Blätter waren braun, und in der gläsernen Vase befand sich eine hellgrünbeige Brühe. Er würde sich irgendwann darum kümmern müssen – aber nicht jetzt. Seine Mutter hatte sie eines Morgens vorbeigebracht. Später, auf der Arbeit, hatte Konrad Morgenthaler ihm dann noch gratuliert. Seither hatte er nicht mehr an seinen Geburtstag gedacht, weder an jenem Tag noch hinterher. Das lag eine Woche zurück.

Das Telefon in der Diele läutete. Er ging hin und hob den Hörer ab.

»Ah, diesmal habe ich Glück. Ich hab's vorhin schon mal probiert, aber da war niemand da.« Es war seine Mutter.

»Wir haben heute lang gearbeitet. Was gibt es denn, Mutti?« Sie rief meistens dann an, wenn es bahnbrechende Neuigkeiten gab oder wenn sie ihm Ratschläge geben wollte, die sein Leben von Grund auf umkrempeln würden.

»Ich hab wichtige Neuigkeiten.«

»So?«

»Dein Vater hat sich einen Hund angeschafft.«

Kindlein hatte zwar verstanden, aber er wollte sicherheitshalber noch mal nachfragen. Es klang zu unglaublich.

»Einen Hund?«

»Ja, Frieder. Besser gesagt, einen Mischling.«

Kindlein konnte kaum fassen, dass sich sein Vater, ein eingefleischter und bekennender Stubenhocker, einen Hund zugelegt hatte. Eigentlich bewegte er sich seit Jahren nur in seinen vier Wänden und kümmerte sich um nichts anderes als um seine Pflanzen.

»Mit dem muss er doch mehrmals am Tag rausgehen. Wie soll denn das funktionieren? Papa ist doch gar nicht mehr an die frische Luft adaptiert. Und was ist, wenn er sich mal zu weit vom Haus entfernt? Dann findet er doch gar nicht mehr zurück.«

»Hunde sollen ja intelligent sein. Vielleicht profitiert dein Vater davon.«

»Aber dafür ist der Hund doch im Moment noch viel zu jung. Ein Welpe wird ihm kaum den Weg zurück zeigen können.«

»Wieso Welpe? Der Hund ist dreizehn Jahre alt.«

»Nein, das ist nicht wahr, oder?«

»Doch.«

»Was will er denn mit so einem alten Köter?«

»Er hat gemeint, dass ein alter Gebrauchter besser zu ihm passt. Der hätte mehr Reife und Lebenserfahrung – und darauf käme es ihm schließlich am meisten an. Außerdem sei das sein erster Hund, und da wolle er erst einmal probieren. Wenn der nach einem Jahr sterben sollte, dann wisse er immerhin, ob er sich überhaupt für einen Hund eigne.«

»O Gott, was für Ansichten. Und, hat das Tier auch einen Namen?«

»Natürlich. Aber er hat ihm selbstverständlich einen neuen gegeben.«

»Aha. Und welchen?«

»Müller-Lüdenscheid.«

»Sehr schön. Und wie sieht er aus?«

»Sagen wir es mal so: Sein Name passt zu ihm. Aber was hast du von deinem Vater erwartet? Sieh dir seine Pflanzen an.«

Sein Vater sammelte Sukkulenten, Wasser speichernde Pflanzen, die ursprünglich in den Wüstenregionen Afrikas beheimatet waren. Eine spezielle Form, sogenannte caudiciforme Sukkulenten, hatten es ihm besonders angetan. Im Wesentlichen bestanden diese Pflanzen aus mehr oder weniger großen rüben- oder kartoffelähnlichen Wasserspeicherorganen. Ihnen entwuchsen oft chaotisch verzweigte und verdrehte Triebe, an denen sich eher unscheinbare Blätter, mitunter aber auch durchaus prachtvolle Blüten bildeten. Die recht skurrile Ästhetik dieser Pflanzen sprach sicher nicht jeden an, aber er fand schon immer, dass seine Mutter in dem Punkt übertrieb.

»Und was machst du gerade so, Frieder?«

Diese Frage zog in der Brust. Er hatte sie sich selbst schon gestellt. Aber was sollte er nun antworten? Dass er den ganzen Abend nur so rumgehangen, Frust geschoben und ein unklares Phlegma gepflegt hatte?

»Ach, ich mach's mir gerade gemütlich.«
»Ich finde nämlich, dass du heute ein bisschen seltsam klingst.«
Das fand er nicht. Er hatte nur keine Lust zu telefonieren.
»Echt? Ach, ich habe nur eine etwas belegte Stimme.«
»Geht's dir nicht gut?«
»Doch, doch.«
»Na, ich weiß nicht. Ist heute irgendwas Schlimmes vorgefallen?«
Das ist direkt mal eine gute Frage, dachte er. Aber was ist schon schlimm? Ist es schlimm, am Strand einer zerstückelten Leiche gegenüberzustehen? Ist es schlimm, einem vor Trauer weinenden Vater in die Augen zu sehen? Oder ist es schlimm, dass man dabei so hilflos ist? Vielleicht ist das einfach eine Frage der Gewohnheit? Was wäre also, wenn man sich daran gewöhnte? Das wäre sicher hilfreich. Aber wäre das nicht gleichzeitig das Schlimmste? Vermutlich.
»Frieder?«
»Ja.«
»Du, ich habe dich gefragt, ob heute was Schlimmes passiert ist.«
»Nein, ich bin nur müde.«
»Hast du Sorgen?«
»Nein, Mutti.«
»Hm.«
»Ehrlich nicht.«
»Na ja, dann werde ich dich mal nicht weiter stören. Bis bald, Frieder.«
»Bis bald.«
Er setzte sich wieder auf seine Couch und griff nach der Fernbedienung. Vielleicht kam jetzt ja was in der Glotze. Später klingelte noch zweimal das Telefon.
Aber da schlief er schon.

# 7

Der Tag versprach sommerlich zu werden. Die Luft war schon leicht erwärmt, und auf das Mannheimer Polizeipräsidium schien eine milde freundliche Sonne. Sie ließ die dezente Gründerstil-Ornamentik, die der Architekt Adolf Hanser dem Eingangsbereich des Gebäudes zugedacht hatte, derart plastisch in Erscheinung treten, dass Kindlein sie an diesem Morgen überhaupt zum ersten Mal bewusst wahrnahm.

Das alte kurfürstliche Barockschloss schräg gegenüber profitierte auch von diesem Licht, obwohl ein Großteil seiner Fassade unter den Netzen von Baufirmen verborgen lag, die dort mit Restaurierarbeiten beschäftigt waren. Im Schlosshof war für die Tageszeit eine ungewöhnlich große Menge an Menschen unterwegs. Die wenigsten davon konnten Studenten sein, da noch Semesterferien waren. Erst Anfang Oktober würde der reguläre Betrieb der Uni, die im Schloss untergebracht war, wieder aufgenommen werden.

Kindlein nutzte den Schwung, den er empfand und den er auf eine ausreichende Menge Schlaf zurückführte. Er wusste nicht genau, wann er am Abend zuvor eingedöst war, nur dass es ziemlich früh gewesen sein musste. Am Morgen war er jedenfalls richtig erholt aufgewacht, und die düstere Stimmung des gestrigen Tages war wie weggeblasen. Er nahm nicht den Aufzug ins Büro, sondern lief in zügigem Tempo die Treppen hoch.

Als er ins Büro trat, strahlte ihm als Erstes die Sonne durch eines der großen Sprossenfenster ins Gesicht. Dann erblickte er Konrad Morgenthaler, der hinter seinem Schreibtisch vor dem Computer saß. Kindlein grüßte ihn, hängte sein Jackett über die Lehne seines Schreibtischstuhls, nahm Platz und lugte in seinen Posteingangskorb.

»Nichts Neues«, stellte er laut fest. Dann wandte er sich Morgenthaler zu.

»Und, was schreibst du da gerade?«

»Den Bericht von gestern.«

»Wie? Ich dachte, wir hätten das gestern Abend noch erledigt.«

»Ja, schon. Das hier ist ein neuer. Ich bin aber gleich so weit, dann können wir sofort losfahren.«

»Wo willst du denn hin?«

»Zu Bahlbachs Eltern. Die sind gestern spätabends noch übel überrascht worden, Frieder. So, dass sie nicht in der Lage waren, mit mir zu sprechen. Ich habe sogar einen Arzt anfordern müssen, weil der alte Herr Atemnot bekam.«

Kindlein war völlig konsterniert. »Wie, du warst gestern Abend noch bei den Bahlbachs? Was war da denn los?«

Morgenthaler speicherte seine Datei, schloss den Bildschirm und stand schließlich auf.

»Komm, ich erklär dir alles unterwegs.«

Der alte Herr Bahlbach sah um Jahre gealtert aus. Seine stark faltige Gesichtshaut war an diesem Morgen von tiefen Gruben zerfurcht, und die dünnen Lippen waren fast dunkelblau. Die geröteten Augen waren von dunklen Ringen umrandet, und er konnte oder wollte nicht sprechen. Auch seine Frau schien dazu nicht in der Lage, übernahm die Aufgabe aber dennoch leidlich.

»Wir haben hier im Wohnzimmer gesessen, als plötzlich etwas dumpf …« Ihre Stimme begann zu beben. »Es hat an unserer Verandatür gescheppert. Mein Mann ist sofort rausgegangen, und dann …« Sie atmete einmal tief durch. »Da hat er hat dann dieses Paket gefunden.«

Kindlein sah Morgenthaler an. Der hatte ihm schon auf der Fahrt von dem gestrigen Vorfall berichtet.

»Mein Mann kam schließlich rein und sagte, dass es merkwürdig sei, dass Pakete so spät abends ausgetragen werden. Er empörte sich noch, weil die Fensterscheibe dabei hätte kaputtgehen können und der Bote es so … grob behandelt hat.« Dann fing die Frau an zu weinen. Ihr Mann, selbst ein Häufchen Elend, legte seinen Arm um sie und drückte ihr sanft ein verkrumpeltes Taschentuch in die Hand.

»Es geht nicht mehr«, sagte er. »Wir sind am Ende. Was wir im Moment durchmachen, ist schrecklicher als alles, was wir je erlebt haben. Bitte lassen Sie uns doch ein bisschen zur Ruhe kommen.«

Morgenthaler gab Kindlein ein Zeichen, mit ihm nach draußen auf die Veranda zu gehen.

Als sie die Tür hinter sich geschlossen hatten, deutete er auf einen schmalen Schotterweg, der jenseits des hüfthohen Holzlattenzauns an das kleine Rasengrundstück grenzte.

»Von dort ist das Päckchen vermutlich rübergeworfen worden. Es war in grünem Geschenkpapier mit einer roten Schlaufe eingewickelt. Laut Frau Bahlbach muss das so gegen halb neun gewesen sein. Der alte Bahlbach hat niemanden gesehen, als er es hier draußen aufgelesen hat. Wir haben auch die Nachbarn befragt. Niemand hat was Auffälliges beobachtet.«

Kindlein sah sich um. Das Haus der Bahlbachs gehörte zu einer Reihenhaussiedlung aus den fünfziger Jahren. Es war eines von sechs exakt gleich aussehenden Häusern, die gemeinsam eine Zeile bildeten. Und da sich immer zwei dieser Häuserzeilen mit ihren Rückseiten gegenüberstanden, hatte er vom Garten der Bahlbachs aus einen guten Überblick auf die Anwesen der Nachbarn. Sowohl zu den Häusern auf dieser Seite als auch zu denen jenseits des schmalen Schotterweges gehörten jeweils eine weiß gestrichene Veranda und ein fast genau quadratisches Gartengrundstück. Ausnahmslos alle Anwohner der beiden Häuserzeilen hatten sich dafür entschieden, darauf ein rechteckiges Stück Rasen anzulegen und es entweder mit einer kniehohen Hecke oder einem schmalen Blumenbeetrand zu umsäumen. Nur wenige Gärten wichen gestalterisch von dieser Norm ab. Alles sah wie abgesprochen aus, und Kindlein fragte sich, ob es die grotesk anmutende Uniformität dieser Anlage war, die Kreativität schon im Keim erstickte, oder ob diese Parzellenbauweise nicht gerade jene anzog, die Individualität mit Anarchie verwechselten.

Kindlein spähte durch die große Glasscheibe der Veranda in das Wohnzimmer der beiden alten Leute hinein und sah, dass sie noch immer eng umschlungen auf dem Sofa saßen und weinten.

»Grauenhaft«, sagte er leise. »Ich frage mich, womit die beiden das verdient haben. Erst kommt ihr Sohn auf so schreckliche Art und Weise um, und dann wirft der Mörder ihnen auch noch dessen abgetrennte Hand vor die Füße. In Geschenkpapier. Ekelhaft.«

»Ja, das ist es. Es ist ekelhaft, und man muss sich fragen, warum jemand so was tut. Das ist richtig krank.«

»Und es war wirklich seine Hand?«

»Ja, Frieder. Sein Ehering steckte noch auf dem Ringfinger.«

Sie gingen wieder rein zu den beiden Alten.

»Bitte seien Sie uns nicht böse«, sagte Morgenthaler. »Aber wir müssen Ihnen leider noch einige Fragen stellen.«

Die Eheleute schauten auf und nickten.

»Puh«, meinte Morgenthaler, als sie sich später in ihren Dienstwagen setzten. »Das eben war richtig niederschmetternd.«

Kindlein schwieg. Er musste Morgenthalers Äußerung nicht bestätigen. Sie kannten sich inzwischen lang genug und wussten, dass sie in solchen Situationen ähnlich empfanden.

»Dann lass uns jetzt mal zu dieser Firma fahren. Bin gespannt, was da auf uns zukommt«, meinte Morgenthaler. Er drehte den Zündschlüssel um und fuhr den BMW aus der Siedlung heraus.

Erst als sie den Stadtteil Neckarau schon fast hinter sich gelassen hatten, begann Morgenthaler wieder zu sprechen.

»Übrigens: Nach meinem Besuch bei den alten Bahlbachs habe ich noch Paracelsus angerufen.«

»Wesselin?«

»Ja.«

»Hm. Und warum?«

»Na ja, weil ich ihn darum bitten wollte, gleich heute Morgen diese Hand zu untersuchen. Das kann er aber nicht, da er sich den ganzen Tag auf irgend so einem Pathologenkongress aufhält. Er kann sich also erst morgen darum kümmern. Aber ich habe bei der Gelegenheit immerhin etwas von ihm erfahren, das für uns von Interesse sein könnte. Du erinnerst dich doch an Wesselins Reaktion, als der alte Bahlbach seinen Sohn identifiziert hat. Da hast du doch gemeint, dass ihm bei der Berechnung des Todeszeitpunkts ein Fehler unterlaufen sein muss.«

»Ja. Ich erinnere mich.«

»Gestern, am späten Abend, war Bahlbachs Witwe, Anita Bahlbach, noch bei ihm im Institut gewesen. Auch sie hat den Leichnam eindeutig und absolut zweifelsfrei identifiziert. Somit handelt es sich bei unserem Toten nun also definitiv um ihren Mann, Frank Bahlbach.«

»Ja und?«

»Tja, das Problem ist, dass Wesselin den Leichnam gestern Nachmittag obduziert hat. Und nach ausführlicher Organbeschau und ersten histologischen Untersuchungen bestätigt sich für ihn genau jene Auffassung, die er schon vorher vertreten hat, nämlich dass Bahlbach zum Zeitpunkt seines Auffindens auf jeden Fall mehr als drei Tage tot gewesen sein muss. Er schätzt auf mindestens vier. Dabei räumt er aber ein, dass es durchaus Umstände gibt, unter denen sich Leichen erheblich schneller verändern als unter üblichen Bedingungen, weshalb es bei Todeszeitbestimmungen schon häufiger zu Fehleinschätzungen kam. Das sei zum Beispiel bei hohen Umgebungstemperaturen der Fall, wobei auch die Luftfeuchte eine wichtige Rolle spiele. All dies habe er aber schon großzügig einkalkuliert, und er betonte, dass er selbstverständlich nur von Voraussetzungen ausgehen konnte, die der Wissenschaft bekannt sind. Denn unter welchen Bedingungen der Leichnam tatsächlich aufbewahrt wurde, bevor man ihn am Strandbad abgelegt hat, wisse er schließlich nicht.«

»Hm«, machte Kindlein. »Und nun?« Es entstand eine kurze Pause. Morgenthaler musste sich konzentrieren. Mitten auf der Jungbusch-Brücke bremsten die vor ihm fahrenden Fahrzeuge unter Warnlicht stark ab und blieben mit einem Mal stehen. Dann ging nichts mehr. Der Verkehr stand still. Morgenthaler fragte bald per Funk bei den Kollegen von der Verkehrsüberwachung nach. Auf der Untermühlaustraße hatte sich ein Unfall mit einem Tiefkühltransporter ereignet. Der Verkehr staute sich inzwischen über Freher- und Dalbergstraße bis in den Luisenring hinein.

»Tja. Was meinst du dazu, Frieder?«

»Zu was?«

»Zu Wesselins Berechnung.«

»Was soll ich dazu groß sagen? Jetzt sind es nur noch vier Tage. Gestern Morgen waren es noch fünf. Irgendwann muss er sich entscheiden, der Herr Professor. Mir scheint, wir sollten uns im Moment lieber an die Zeitangaben halten, die die Angehörigen gemacht haben. Deren Aussagen zufolge kann Bahlbach schlichtweg erst drei Tage tot gewesen sein.«

»Einundsechzig Stunden! Ich habe nachgerechnet. Seine Frau hat ihn am Freitag um etwa dreizehn Uhr am Flughafen verabschiedet, und gefunden wurde er gestern in der Nacht von Sonntag auf Montag gegen zwei. Das sind also nicht mal drei Tage.«

»Stimmt. Aber diese Berechnung basiert auf Angaben, die nachweisbar sind. Mit Vermutungen wie denen von Wesselin kommen wir nicht weiter. Oder sehe ich das falsch?«

»Das weiß ich nicht. Man muss von dieser Zeit letztlich ja auch noch jene Stunden abziehen, die Bahlbach nach seiner Rückfahrt von Frankfurt in seiner Firma verbracht hat. Dann bleibt noch weniger übrig. Und außerdem hat Wesselin noch etwas entdeckt, und zwar unter den Fingernägeln des Toten. Da befinden sich nämlich Spuren von Holzmehl und Polyurethan-Leim.«

»Also Bastelkleber.«

»Holzleim, Frieder.«

»Von mir aus. Aber ist das nicht logisch, wenn einer an so einem Fluggerät rumbaut? Da bleibt's schließlich nicht aus, dass seine Hände mal mit Leim in Kontakt kommen. Und Holzmehl entsteht da auch.«

»Hm.«

Dann redete für längere Zeit keiner der beiden. Morgenthaler stellte das Radio an und pfiff falsch dazu, während Kindlein durch die Windschutzscheibe hindurch beobachtete, wie sich in dem Auto vor ihnen Fahrer und Beifahrer miteinander zu streiten begannen. Irgendwann schrien sich beide heftig an, was an wildem Gestikulieren und geifernden Mündern zu erkennen war. Schließlich begann das Fahrzeug kräftig zu schaukeln, sodass Kindlein damit rechnete, dass es gleich zur Eskalation kommen würde. Als sich der Stau wieder aufzulösen schien und alle Fahrzeuge zumindest im Schritttempo vorankamen, gaben die beiden jedoch wieder Ruhe. Und Morgenthaler begann wieder zu sprechen.

»Das beginnt ein merkwürdiger Fall zu werden, finde ich.«

»Weshalb denn? Weil jetzt auch noch diese Geschichte mit der Hand dazu kommt? Oder was meinst du damit?«

»Nein, Frieder. Dass wir es immer häufiger mit Psychopathen

zu tun haben, die nicht nachvollziehbare Dinge tun, ist nicht neu. Aber mein Gefühl sagt mir, dass diesmal noch irgendwas anderes faul ist. Und dieser Leim, den Wesselin unter den Fingernägeln der Leiche gefunden hat, der gehört da einfach nicht hin.«

»Gehört da nicht hin? Wieso soll der da nicht hingehören? Der Mann war Bastler. Seine Frau hat uns das schließlich eindrucksvoll demonstriert.«

»Ja, aber seine Frau hat uns auch gesagt, dass er höchstens mal am Sonntag in seinem Hobbykeller war. Bis Freitag waren also schon fünf Tage vergangen. Bis dahin wäscht sich Leim doch ab. Selbst unter den Fingernägeln ist da nichts mehr zu finden.«

Kindlein überlegte kurz. Morgenthaler hatte, wie so oft, recht mit dem, was er sagte.

»Aber vielleicht war er in der Woche ausnahmsweise noch an einem anderen Tag in seinem Keller? Zum Beispiel am Mittwoch oder Donnerstag. Innerhalb zweier Tage muss Leim nicht unbedingt restlos abgehen, auch wenn man sich die Hände gut wäscht. Wir sollten noch mal mit seiner Frau sprechen.«

»Ja, das sollten wir. Lass uns doch einfach mal die bisher bekannten Fakten zusammentragen. Vielleicht haben wir ja irgendwas übersehen.«

»Das glaube ich nicht. Aber gut, ich arbeite es mal ab. Wir haben einen verstümmelten Toten. Dann haben wir dessen Frau, die mit seinen beruflichen Ambitionen und seinem Hobby nicht klarkam. Wir haben des Weiteren furchtbar leidende Eltern. Denen sendet der Mörder die abgetrennte Hand ihres Sohnes ins Haus. Auch sie haben seiner beruflichen Expansionslust eher kritisch gegenübergestanden. So hat es uns der Vater jedenfalls mitgeteilt. Außerdem wissen wir, dass die Frau des Ermordeten zur Tatzeit in Frankfurt war und nicht etwa in Polen, so wie sie es der Familie vorgemacht hat. Und nun gibt es noch Leimspuren an der Hand des Ermordeten, die eigentlich vom Sonntag vor seinem Auffinden stammen müssten, aber wohl eher einem späteren Zeitpunkt zuzuordnen wären. Tja, das war's schon, Konrad. Mehr fällt mir im Moment nicht ein.«

»Das ist nicht gerade viel«, sagte Morgenthaler, als sie in das Industriegebiet am Kaiser-Wilhelm-Hafen einfuhren.

»Sag ich doch.«

An der Kreuzung Untermühlau- und Pyramidenstraße waren ein Dutzend Feuerwehrleute, Sanitäter und Schutzpolizisten damit beschäftigt, tiefgekühlte Hähnchen von der Straße aufzulesen. Sie gaben sich dabei der Lächerlichkeit preis, denn gemessen an der Ernsthaftigkeit ihrer eigentlichen Aufgaben und der Würde ihrer Uniformierung trug diese Aktion äußerst peinliche Züge. Dick behandschuht mussten sie das Geflügel einzeln vom Boden aufklauben, da ihnen bei dem Versuch, zwei auf einmal aufzuheben, immer mindestens eines wie ein nasses Seifenstück entglitt und wieder auf die Straße zurückflutschte. Ein schwerer Schleppkran stellte währenddessen den Anhänger des Tiefkühltransporters wieder auf seine Räder.

»Da vorn ist es übrigens.« Kindlein wies Morgenthaler auf einen klotzigen Fabrikneubau hin, der sich mit seiner postmodernen Anmutung inmitten der alten Hafen- und Industriebauten wie ein Fremdkörper ausnahm. Oben auf dem Dach des großflächig verglasten Kubus aus Stahlträgerelementen drehte sich eine leuchtende Weltkugel, bei der die Hemisphären durch eine rote Banderole voneinander getrennt waren. Auf der prangte das Logo der Firma, und eine überdimensionale Werbetafel warb mit dem Slogan: *Auch wenn man es nicht glauben mag, Bahlbachs Brot schmeckt jeden Tag.*

»Übrigens, Konrad«, wollte Kindlein noch loswerden. »Du hättest mich gestern Abend ruhig anrufen können. Ich wäre mitgekommen zu den Bahlbachs.«

»Das weiß ich. Ich hab's ja auch zweimal probiert. Aber nachdem bei dir niemand abgehoben hat, bin ich davon ausgegangen, dass du ausgegangen bist oder Freunde besuchst. Und übers Diensthandy habe ich es erst gar nicht probiert. Du hattest schließlich keine Bereitschaft.«

»Ach richtig, stimmt ja. Ich war noch mit Kumpels unterwegs.«

Morgenthaler zwinkerte ihm lachend zu. »'ne kleine Sause gemacht, oder?«

»Genau, eine Sause.«

Während sie auf den Firmeneingang zugingen, starrte Morgenthaler mehrmals kopfschüttelnd zu dem Globus und der Werbetafel hoch. Kindlein dachte derweil darüber nach, warum er Morgenthaler gerade angelogen hatte. Es war schließlich kein Verbrechen, allein zu Hause zu sitzen.

Im Erdgeschoss des Firmengebäudes befand sich eine kleine Empfangshalle. Dort hatte man eine Rezeption errichtet, und eine hübsche junge Dame wies den beiden – nach kurzer telefonischer Anmeldung – den Weg zum Aufzug.

Zuerst fuhren sie damit ganz nach unten zur Tiefgarage des Gebäudes.

Um die Parkbucht, die für das Fahrzeug des Firmenleiters reserviert war, war noch immer das rot-weiße Absperrband der Kriminaltechniker gespannt. Die hatten den Ort schon am Tag zuvor gründlich nach Spuren untersucht, sodass Kindlein und Morgenthaler ihm keine weitere Aufmerksamkeit schenken mussten. Für sie war wichtiger, die Lokalität kennenzulernen. Und so stellten sie fest, dass hier unten sechs Autos Platz fanden. Neben dem Firmenchef verfügten noch fünf weitere Mitarbeiter über reservierte Parkzonen. Auf dreien standen momentan Fahrzeuge, durchweg Autos der Oberklasse.

Zu- und Ausfahrt der Tiefgarage lagen an der rechten Außenseite des Firmengebäudes. Im Bereich der Vorderseite befand sich eine rote Metalltür, die als Notausgang ausgewiesen war. Die ging, wie erwartet, leicht zu öffnen. Genau gegenüber, an der rückwärtigen Wand des Gebäudes, gab es eine weitere Tür. Diese war dunkelgrün lackiert und verschlossen. Mehr war hier nicht von Interesse, sodass sie wieder zum Aufzug zurückgingen.

Ein Stockwerk über dem Empfangsbereich hielt der Fahrstuhl. Die Tür öffnete sich. Eine ältere Frau mit einem großen Putzwagen stand davor. Sie musterte die beiden, überschlug kurz das knappe Platzangebot im Aufzug und entschied sich zu warten, bis er leer wieder zurückkäme. Kurz nachdem sich die Tür zu schließen begonnen hatte, lugte Morgenthaler noch einmal an der Frau vorbei. Draußen im Gang schien ihm etwas aufgefallen zu sein, denn mit einem Mal packte er den völlig überraschten Kindlein wortlos am Ärmel und zog ihn mit sich aus dem Fahrstuhl. Durch diese Aktion öffnete sich die Tür automatisch. Die verdutzt dreinblickende Putzfrau bedankte sich daraufhin zaghaft bei den beiden und schob ihren Wagen gemächlich in die Aufzugskabine.

»He, was ist denn los? Wir wollten doch in den vierten Stock«, protestierte Kindlein. Sein Einwand kam etwas zu spät, die Fahrstuhltür schloss sich bereits wieder hinter ihnen.

»Ich will nachher niemanden bemühen, mir einen Teil dessen zu zeigen, was ich mir jetzt noch vollständig betrachten kann«, antwortete Morgenthaler und deutete auf ein Schild im Gang: *Produktionsbereich! Nur autorisiertes Personal!*

Obwohl hier alle in Weiß gekleidet waren und Hygienehauben trugen, bemerkte offenbar niemand, dass zwei Fremde mit normaler Straßenkleidung durch die Produktionshallen liefen. Alle waren mit dem beschäftigt, für das sie bezahlt wurden – und das äußerst konzentriert. An den Backöfen und an den Brötchenstraßen herrschte eine ungeheure Geschäftigkeit, überall wurde mit sichtlich hohem Tempo gearbeitet. Die Arbeiter an den großen Öfen waren wegen ihres Jobs nicht zu beneiden, ihnen lief der Schweiß an Nacken und Brust hinunter. An einem der Fließbänder standen junge Frauen, die länglichen Teigwürsten mit einem einzigen schnellen, mechanisch wirkenden Handgriff und einer geschickten Drehung dazu verhalfen, Brezeln zu werden. Im hintersten Winkel der Halle, etwas abseits vom Produktionsgeschehen, waren ausländische Arbeiterinnen damit beschäftigt, riesige Edelstahlschüsseln und Backformen zu reinigen. Da das Wasser aus den Schlauchspritzen mit hohem Druck auf die Innenwände der Behältnisse auftraf, schoss davon auch immer mal wieder eine gewisse Menge zurück, sodass ihre Kleidung völlig durchnässt war.

In der nächsten Halle strichen Konditoren mit langen Metallklingen Cremes und Marmeladen auf flache Teigscheiben, während andere kugelförmige Backwaren mit einer Flüssigkeit glasierten. Auch hier wurde unter Zeitdruck gearbeitet. Dass das Personal hier weniger schwitzte, lag einzig daran, dass es in dem Raum kühler war, denn die Arbeit selbst war genauso anstrengend wie nebenan. Über allem lag der Dauerlärm irgendwelcher Knet- und Rührmaschinen, und nur das Geschrei der Vorarbeiter und Meister übertönte ihn hin und wieder.

»Was machen Sie denn hier?«, schrie ihnen plötzlich jemand zu. Es war eine Frauenstimme. »Hier ist der Zutritt verboten.«

»Ich weiß«, schrie Morgenthaler zurück, und Kindlein sah, dass es sich bei der Person nicht um eine Arbeiterin handelte, sondern um eine etwas ältere, recht groß und kräftig gebaute Frau in einem dunkelblauen Nadelstreifenkostüm.

»Kommen Sie da bitte sofort raus!«, rief sie und deutete auf eine hellblaue Stahltür.

Als sie durch die Tür getreten waren, standen sie wieder in jenem Gang, von dem aus sie den Produktionsbereich betreten hatten. Dort herrschte wieder Stille, und die Frau bat die beiden in normaler Lautstärke, ihr ins vierte Stockwerk zu folgen.

Oben angelangt nahmen sie in Bahlbachs Chefbüro Platz, einem ruhigen, mit Teppichware ausgelegten und mondän eingerichteten Raum mit großen Fenstern, aus denen man einen Blick auf den Kaiser-Wilhelm-Hafen und die umliegenden Firmengebäude der Industriestraße hatte. Die Frau bot ihnen Kaffee und Gebäck an. Morgenthaler nahm nur Kaffee, was Kindlein wunderte, da er süße Backwaren sonst nie ablehnte. Überhaupt fiel ihm auf, dass er Morgenthaler heute noch nicht einen seiner heißgeliebten Plunder hatte essen sehen. Er selbst griff gern zu – er hatte nicht gefrühstückt. Derweil stellte Morgenthaler sie beide vor.

»Sie sind Frau Beierlein, nicht wahr?«, fragte er dann.

»Ja, entschuldigen Sie bitte. Aber nachdem ich erfahren habe, dass Sie gekommen sind, habe ich erst einmal das ganze Haus nach Ihnen durchsucht. Und dann, unten in der Halle, habe ich völlig vergessen, mich Ihnen vorzustellen.«

In der Produktionshalle hatte die Frau noch einen recht rigorosen Eindruck gemacht. Nun sprach sie mit sehr verhaltener Stimme, und Kindlein fand sie eher schüchtern, fast ein bisschen verkrampft. Es passte jedoch besser zu ihrem zugeknöpft erscheinenden Äußeren.

Kindlein schätzte sie auf Anfang fünfzig. Sie hatte einen auffällig blassen Teint und war, wenn überhaupt, äußerst sparsam geschminkt. Dass mehr Make-up einen positiven Effekt hervorgerufen hätte, bezweifelte er. Die dicht zusammenstehenden kleinen

Augen, ihre auffällig fleischige Nase und der schmale Mund machten sie aus seiner Sicht nicht eben attraktiv. Ihre grauen Haare trug sie streng nach hinten gekämmt und am Hinterkopf zu einem kugelförmigen Haarknoten zusammengesteckt. Der wurde von einer billigen Metallspange zusammengehalten. Das Einzige, was sie ansonsten schmückte, war eine kleine vergoldete Modeschmuckbrosche am Revers ihres biederen Kostüms.

Mit eng gegeneinandergepressten Knien saß die nicht ganz schlanke Frau in akkurat aufrechter Sitzhaltung auf ihrem Stuhl. Altmodische halbhohe Lacklederpumps und cremefarbene Perlons ließen ihre kräftigen Beine form-, farb- und leblos erscheinen. Ähnlich wie die junge Frau Bahlbach, die ständig über die Ärmel ihres Hosenanzuges gestrichen hatte, glättete sie mit ihren Handflächen immer wieder den engen Rock ihres Kostüms oder zog an dessen Saum, damit er auch ja die Knie bedeckte. Hin und wieder schien sie auf dem dunklen Stoff eine Fluse zu entdecken, die sie dann mit spitzen Fingern auflas und sofort von sich schnipste. War Anita Bahlbach ihm lediglich angespannt und nervös erschienen, so wirkte diese Frau geradezu zwanghaft und nicht nur aufgrund ihrer Garderobe altbacken. Jedenfalls wunderte es Kindlein nun nicht mehr, warum die alte Frau Bahlbach sie vorhin mit »Fräulein« tituliert hatte.

»Kein Problem, Frau Beierlein. Herrn Bahlbachs Mutter hat uns schon ein wenig über Sie berichtet. Sie arbeiten schon sehr lang in diesem Betrieb, nicht wahr?«, fragte Morgenthaler.

»Ja, nächstes Jahr werden es dreißig Jahre. Ich habe in dieser Firma schon meine Ausbildung gemacht. Eigentlich zur Bäckereiverkäuferin, aber schon bald danach war ich ausschließlich für die Büroarbeiten zuständig.« Eine leichte Röte bildete sich auf ihren Wangen.

»Dann kennen Sie demnach die Mitglieder der Familie Bahlbach und die Geschichte dieser Firma besser als die meisten hier im Betrieb, nehme ich an, oder?«

»Na ja, sagen wir mal, dass ich sie am längsten kenne – außer den beiden alten Bahlbachs natürlich«, korrigierte sie und blickte dabei verschämt zu Boden.

»Wie war denn Herr Bahlbach, also der Junior, so?«

»Hm. Ich würde sagen, er war ehrgeizig. Ich meine damit, dass die Firma mal ganz klein war, und nun …? Sie sehen es ja.«

»Klar, der Betrieb ist gewachsen, Frau Beierlein. Um so etwas zu schaffen, gehört sicher eine gewisse Portion Ehrgeiz dazu. Aber wie war er so als Vorgesetzter? Was war er für ein Mensch?«

»Das ist schwer zu sagen. Er hat sich im Laufe der Jahre schließlich verändern müssen. Ich denke, das ist normal, wenn man so einen Betrieb leiten will. Wir mussten uns alle umgewöhnen.«

»Ach ja? Woran mussten sich denn alle gewöhnen?«

»Er hat schon recht bald umstrukturiert, als er hier Chef wurde. Das hat natürlich auch die Atmosphäre im Betrieb verändert. Es ist seither nicht mehr so … familiär, würde ich sagen.«

»Inwiefern? Können Sie das präzisieren?«

»Na ja, es ist einfach … härter geworden.«

»Härter?«

»Ich meine, dass man nun mehr umsatzorientiert arbeitet und so. Er hat beispielsweise die Produktivität ziemlich vorangetrieben, neue Marketingstrategien eingeführt und auch die Einkaufsseite optimiert, falls Sie verstehen, was ich meine. Es ist eben alles ein bisschen … moderner geworden. Es war ja nicht mehr sehr zeitgemäß hier.«

»Nicht mehr zeitgemäß? Aha. Sie meinen damit, die innerbetrieblichen Strukturen waren verkrustet und die Performance nach außen schlecht?«

»Ja, so etwa hat er sich immer ausgedrückt.«

»Klar.«

Kindlein brauchte nicht Gedanken lesen zu können, um dieses »klar« zu deuten, und wunderte sich deshalb auch nicht, dass Morgenthaler erst nach einer kurzen Verzögerung weiterfragte.

»Und? Hat sich dadurch irgendwas positiv verändert?«

»Sicher. Der Betrieb ist gewachsen. In den letzten drei Jahren haben wir große Kunden in Rheinland-Pfalz, im Saarland und in Hessen hinzugewonnen, die unsere gefrorenen Teiglinge kaufen und vertreiben. Noch dieses Jahr sollte die vierzigste eigene Filiale eröffnet werden. Das war die Jahresvorgabe. Und für nächstes Jahr war geplant, Franchise-Partner hinzuzunehmen, also Subunternehmer, die in eigener Regie Verkaufsstellen eröffnen und darin unsere Produkte verkaufen.«

»Hm. Hört sich alles irgendwie nach Tempo an. Konnte denn da jeder mithalten?«

»Nun gut, Herr Bahlbach hat dafür etliche neue Leute eingestellt, vor allem junge.«

»Ah ja.« Morgenthaler nahm nun ein paar Schlucke von seinem Kaffee.

»Und wie würden Sie letztlich seinen Führungsstil beschreiben?«

Frau Beierlein überlegte eine Weile und rang sichtlich mit sich. Was dann kam, war entsprechend dünn.

»Souverän vielleicht? Ja, ich würde sagen, dass er den Betrieb souverän führte.«

»Können Sie auch das etwas genauer beschreiben, Frau Beierlein?«

»Er wusste eben, was er wollte, und hat dafür gesorgt, dass seine Vorstellungen umgesetzt wurden.«

Es war hoffnungslos. Man musste ihr alles aus der Nase ziehen. Entweder traute sie sich noch immer nicht, ihren Chef zu kritisieren, oder sprach einfach prinzipiell nicht gern über Tote. Kindlein fand es deshalb sinnvoller, es mal mit den Lebenden zu probieren.

»Fräu… äh, ich meine, Frau Beierlein«, sagte er. »Ich würde Sie auch gern etwas fragen.«

Morgenthaler nickte zustimmend.

»Wie war denn Ihrer Ansicht nach das Bahlbach'sche Vater-Sohn-Verhältnis? Wir hatten den Eindruck, dass die beiden sich außerordentlich nahestanden. Trügt dieser Eindruck?«

»Nein, überhaupt nicht. Sie waren sich so nahe wie Arsch und Hose«, platzte es aus ihr heraus. Sofort wurde sie puterrot. Damit war endlich Leben in dieses Gesicht gekommen.

Kindlein musste grinsen.

»Entschuldigen Sie bitte«, meinte sie.

»Nein, nein, ist schon in Ordnung.«

»Im Grunde kann ich das auch nur für die Zeit bis zur Übernahme des Juniors wirklich behaupten. In den letzten Jahren hat sich der Senior hier ja kaum noch blicken lassen. Aber früher waren die beiden ein Herz und eine Seele. Der Senior ist eben ein äußerst warmherziger und großzügiger Mensch, müssen Sie wissen. Er ist mit allen gut ausgekommen und hat jeden von uns ernst genommen. Wir hatten auch immer eine Menge Spaß hier im Betrieb. Früher, als wir noch kleiner waren und unsere Backstuben hatten, hat die ganze Belegschaft morgens zusammen gefrühstückt. Manchmal haben wir dabei die Produkte der Konkurrenz ausprobiert, einfach um zu vergleichen. Da sind mitunter die tollsten Ideen entstanden. Und nach der Arbeit haben wir oft noch ein bisschen rumgealbert. Manchmal haben wir uns mit Teigresten beworfen oder Mehl auf der Handfläche verteilt und uns damit bepustet. Na, so Zeug eben. Der Senior hat immer mitgemacht. Und als Frank, äh, der Junior, noch ein Kind war, hat der an solchen Dingen natürlich auch seinen Spaß gehabt und immer ordentlich mitgemacht. Na ja, das ist lange her. Später hat der Junior dann ja studiert und war deshalb viele Jahre weg. Aber der Senior hat uns ständig von ihm berichtet. Stolz war er, dass sein Sohn eine akademische Laufbahn eingeschlagen hat. Und zur Hochzeit des Juniors hat er der ganzen Belegschaft bei voller Bezahlung drei Tage freigegeben. Die meisten von uns sind natürlich zur Kirche gegangen, um bei der Trauung dabei zu sein. Ja, so war das. Er war eben der einzige Sohn, und besonders für seinen Vater das Ein und Alles. Der Senior tut mir so leid. Es muss schrecklich für ihn sein.«

»Und die Mutter? Wie ist die so?«

»Ebenso großartig. Sie betrachtete ihren Sohn vielleicht immer ein wenig kritischer. Aber auch sie war enorm stolz auf ihn. Er war ja, wie gesagt, ihr einziges Kind, und sie war schon Ende dreißig, als er auf die Welt kam. Davor hatte es mit dem Kinderkriegen einfach nie geklappt. Sie hatte mehrere Fehlgeburten, bevor dann endlich Frank zur Welt kam. Aber soweit ich weiß, ist die Geburt nicht ganz komplikationsfrei verlaufen, jedenfalls hat sie danach keine Kinder mehr bekommen.« Sie sah plötzlich auf die kleine Uhr vor ihr auf dem Tisch.

»Kann ich Ihnen helfen?«, fragte Morgenthaler.

»Nein, Entschuldigung. Aber ich würde, wenn es irgendwie machbar ist, gern pünktlich in meine Mittagspause gehen.«

»Kein Problem. Nur noch eine Frage, Frau Beierlein. Wann haben Sie Herrn Bahlbach das letzte Mal gesehen?«

»Das war Freitagnachmittag. An dem Tag kam er erst so gegen zwei in die Firma. Um halb fünf hatte ich Feierabend. Und als ich ging, lief er mir draußen im Gang entgegen.«

»Hm. Und war er da irgendwie anders als sonst?«

»Nein, nicht dass ich wüsste. Er war wie immer.«

»Gut. Und war zu dieser Zeit noch jemand im Betrieb?«

»Natürlich. Hier wird ja im Schichtdienst gearbeitet.«

»Gibt's da so etwas wie Schichtpläne, aus denen wir entnehmen können, wer zu dieser Zeit Dienst hatte?«

»Ja. Die kann ich Ihnen geben, wenn Sie möchten.«

»Das wäre sehr freundlich. Danke.«

Als sie das Büro verließen, hatte Morgenthaler aber noch eine Frage.

»Wir waren vorhin unten in der Tiefgarage, Frau Beierlein. Da ist uns eine grüne Tür aufgefallen, die verschlossen war. Wo führt die eigentlich hin?«

»Ach die. Die führt auf das Gelände hinter der Firma. Ein völlig verwildertes Areal, auf dem im nächsten Jahr Lager- und Silohallen errichtet werden sollten.«

»Na, dann guten Appetit.«

»Mannomann, die ist ja richtig aufgeblüht, als du sie nach dem Vater gefragt hast. Eine Zeit lang habe ich gedacht, sie wäre die ideale Besetzung für die Hauptrolle in ›Dornröschen‹«, meinte Morgenthaler, als sie wieder vor dem Aufzug standen.

»Tja, man muss nur die richtigen Fragen stellen.« Kindlein wusste, dass dies normalerweise Morgenthalers Stärke war. »Aber beim Thema Junior hätte sie sich auch bei mir bedeckt gehalten.«

»Das ist eine arme Wurst, Frieder. Jetzt soll sie erst mal ihre Mittagspause genießen. Aber komm, ich will mir noch was ansehen.«

Wieder zog Morgenthaler Kindlein am Jackettärmel und lief mit ihm zurück in die Richtung, aus der sie gekommen waren. Zielstrebig ging er diesmal jedoch am Chefbüro vorbei und blieb erst vor der darauffolgenden Tür stehen. Dort befand sich das Büro von Frau Beierlein, worauf ein gelbes Plexiglasschild hinwies, das direkt neben der Tür hing und in das mit großen schwarzen

Lettern »Chefsekretariat« eingraviert war. Morgenthaler klopfte an. Wie zu erwarten war, meldete sich dort niemand. Also traten sie ein.

Der Raum, in dem sie anschließend standen, war großzügig dimensioniert und besaß beinahe ebenso große Fenster wie Bahlbachs Büro. Die Möbel waren etwas einfacher gehalten, aber dafür standen hier erheblich mehr Bildschirme auf dem Schreibtisch. Das Büro war voll klimatisiert, was an einem leisen Rauschen zu erkennen war.

An einer Wand des Raumes befanden sich zwei Türen. Die eine verschloss ein weiß gekacheltes, schmuckes WC und die andere eine kleine, recht spartanisch eingerichtete und etwas dunkle Kammer. Dem Türschild war zu entnehmen, dass es sich dabei um das Zimmer der Bürohilfe handelte.

Auf der gegenüberliegenden Seite war, wieder dem Chefbüro ähnlich, aber etwas einfacher in der Ausführung, eine Sitzecke eingerichtet worden – drei moderne Ledersessel, die sich um einen kleinen runden Glastisch gruppierten. An den Wänden hingen, geschmacklich auf den Raum abgestimmt, Farbdrucke von Malereien unterschiedlicher Epochen.

»Tja, schöner als bei uns, oder?«, meinte Kindlein.

»Finde ich nicht.«

»Was hast du hier überhaupt gesucht?«

»Nichts Besonderes. Nur einen Eindruck von der Rückseite der Kulissen.«

Die Vernehmungen der Belegschaft erwiesen sich als umständliches Unterfangen. Obgleich sie dafür Verstärkung durch die Kriminalkommissare Werner Tielmann und Johannes Stein, zwei jüngere Kollegen der Abteilung, erhielten, war es Kindlein und Morgenthaler völlig unmöglich, alle an einem Tag zu befragen. Von den Arbeitern, die am Freitag der letzten Woche im Spätdienst gearbeitet hatten, waren viele momentan nicht im Dienst. Sie hatten frei, waren krank oder befanden sich seit gestern im Urlaub. Bei den Angestellten in den oberen Etagen sah es ähnlich aus. Zudem gab es in dem Betrieb Beschäftigte, die im Außendienst tätig waren. Deren Befragung konnte nur in Zeiten durchgeführt werden, in denen sie gerade mal nicht unterwegs waren. Insgesamt also eine mühselige Fleißarbeit, von der abzusehen war, dass sie viel Zeit in Anspruch nehmen würde – reine, öde Routine.

Am späten Abend ließen die vier den ersten Vernehmungstag deshalb gemeinsam ausklingen. In gemütlicher Runde und bei einem Bier im »Café Journal« trugen sie zusammen, was dabei herausgekommen war.

»Es muss einem jeder leidtun, der da als Arbeiter beschäftigt ist. Denen geht's so richtig scheiße, oder?«, fragte Werner Tielmann in die Runde.

»Allerdings«, stellte Kindlein fest. »Ich denke, die atmen jetzt erst einmal auf. Wahnsinn.«

»Na ja, vielleicht bekommen sie nun ja einen humaneren Chef. Wer macht das im Moment überhaupt?«, wollte Johannes Stein von Morgenthaler wissen.

»Gute Frage. Die habe ich dem alten Bahlbach auch schon gestellt. Offizielle Inhaberin wird ab jetzt wohl seine Schwiegertochter sein. Er selbst könnte den Laden zwar erst einmal leiten, sagt aber selber, dass er das nicht mehr packt. Er war ja schon seit Jahren nicht mehr in dem Betrieb und ist mit den veränderten Zuständen dort überhaupt nicht vertraut. Zudem ist er durch den Tod seines Sohnes momentan gar nicht dazu in der Lage. Der Produktionsleiter wird die Firma in der nächsten Zeit deshalb kommissarisch leiten, sodass wenigstens der Produktionsbetrieb nicht eingestellt werden muss. Letztlich wird es meines Erachtens darauf hinauslaufen, dass man jemanden von außen für den Posten engagiert.«

»Vielleicht bekommen die Leute dann wenigstens wieder Tariflohn«, sagte Tielmann. Er hatte sein Bier schon ausgetrunken und stellte gerade das leere Glas auf den Bierdeckel zurück.

»Mann«, antwortete Stein. »Wo lebst du denn? Die kriegen doch schon ausreichenden Lohn – die haben Arbeit. Und glaub mir, auch der nächste Chef wird ihnen verklickern, dass es unanständig ist, Forderungen zu stellen, wenn man derart privilegiert ist. Außerdem hast du ja mitgekriegt, dass die Höhergestellten eine völlig andere Einstellung zu dem Laden haben.«

»Stimmt«, gab Tielmann zu. »Die ticken völlig anders. Das haben Konrad und ich tatsächlich erfahren müssen. Die Marketingchefin zum Beispiel. Weißt du noch, wie die hieß, Konrad?«

»Marita Jung.«

»Genau. Ein ultraheißer Feger. Siebenundzwanzig Jahre alt, kurz geschorenes blondes Haar, grüne Augen, volle, feuchte Lippen und Herrin über vier Mädels zwischen Anfang und Ende zwanzig. Von denen ist eine aufregender als die andere. Ich kann euch sagen: Mein Willi war nur noch in Aufruhr. Von morgens bis abends fahren diese schlanken und ranken Models mit kleinen schicken Mazda-Roadstern durch die Lande und baggern hoch motiviert Kunden für das Unternehmen an. Selbstverständlich gibt's dafür neben dem smarten Firmenwagen, eleganter Dienstgarderobe und Karriereplänen auch Sondergratifikationen und Leistungsprämien. Und dieser Marita Jung ist fast einer abgegangen, als sie von Bahlbach gesprochen hat. Nein, falsch, die hat nicht gesprochen – die hat gesungen.«

»Super«, erwiderte Stein daraufhin. »Das ist genau das, was ich meinte, Werner. Frieder und ich hatten nämlich so ein ähnliches Erlebnis mit der Leiterin des Einkaufs, stimmt's Frieder?« Dann nahm auch er den letzten Schluck von seinem Pils.

»Na ja, so ein ähnliches.« Kindlein gefiel dieser zotige Stammtischstil nicht besonders, aber Tielmann und Stein waren nette und zuverlässige Kollegen. Sie waren eben nur anders.

»Sag ich doch. Auf jeden Fall entstammt auch diese Marion Degenhard dem allerfeinsten Stall. Sie ist etwa einen Kopf größer als ich, geht vermutlich auf die vierzig zu, hat aber den Körper einer Ex-Miss Universum. Das weiß sie und zeigt sie, indem sie konsequent eng Tailliertes trägt. Und sie dürfte damit auch noch nie ein Problem gehabt haben, denn ihr abschätzig taxierender Blick lässt alles, was sich groß wähnt, mit einem Schlag winzig klein werden – auch deinen Willi hätt's erwischt, Werner. Die Frau hat obendrein die mentale Ausstrahlung von Margaret Thatcher und die Stimme von John Wayne, und ihre Zigaretten raucht sie in fünf Zügen auf. Was nun die Firma und Bahlbach betrifft: nur lobende Worte. Unter ihm durfte jeder seines Glückes eigener Schmied sein. Jedem wurde der nötige Freiraum zu kreativer Mitgestaltung gegeben. Darauf folgten bombastisch klingende

Vorträge über das innovative Managementkonzept der Firma, über schlanke hierarchische Strukturen, über Kompetenzförderung und Qualitätssicherungskonzepte auf allen Ebenen, über effiziente Auslastung von Material- und Personalressourcen und darüber, wie das alles dem Wohl der Firma und damit jedem einzelnen Mitarbeiter zugutekam. Natürlich habe Bahlbach die letztendliche Entscheidungskompetenz schon noch für sich beansprucht, aber ... blablabla. Wir haben die Frau gerade noch abgefangen, als sie unten in der Tiefgarage in ihr poliertes E-Klasse-Coupé einsteigen wollte, um nach Hause zu fahren. Und während des ganzen Gesprächs hat die Fahrertür offen gestanden. Mir ist fast schlecht geworden von dem Mief aus kaltem Rauch und Wunderbäumchen, der dem Karren entströmte.« Dann hielt Tielmann sein leeres Glas hoch, schaute kurz fragend in die Runde, sah, dass nur Stein nickte, und wies dann die Bedienung an, noch zwei Pils zu bringen. Daraufhin wandte er sich wieder der Gruppe zu. »Auf dem Rückweg von der Tiefgarage sind wir oben im Foyer noch diesem Produktionsleiter begegnet. Der war gerade dabei, Feierabend zu machen. Aber vielleicht willst du das lieber erzählen, Frieder?«

»Nein, ist schon gut. Du bist gerade so gut drin«, antwortete Kindlein und nahm einen Schluck von seiner Fanta. Morgenthaler blinzelte schmunzelnd zu ihm rüber. Er schien sich zu freuen, dass die beiden so redselig waren.

»Also gut. Da haben Frieder und ich die Chance wahrgenommen, den auch gleich noch zu interviewen. Der Mann heißt Volker Berger und ist altersmäßig schwer einzuschätzen, da er ziemlich klein und fett ist und sich auf seinem Schädel schon eine ordentliche Landebahn gebildet hat. Aber mehr als fünfunddreißig Lenze zählt er meiner Ansicht nach nicht. Jedenfalls ist er vor fünf Jahren von Bahlbach eingestellt worden, um, wie er sich ausdrückte, denen da in der Produktion die nötigen Peitschenhiebe zu erteilen. Zu der Zeit habe es in der Firma nämlich noch Meister gegeben, die zwar ganz anständige Brote zusammengebracht hätten, aber überhaupt nicht kapierten, dass sie, während sie mit den Händen im Teig rumkneteten, mit den Füßen schon längst auf dem schwammigen Boden eines nicht mehr wettbewerbsfähigen Betriebs herumtrampelten. Die hätten kein Gespür dafür gehabt, dass ihre überzogenen Gehälter und ihr überholtes Berufsethos Wettbewerbsnachteile generierte, die letztlich nur durch höhere Produktivität ausgeglichen werden konnten. Und als er dann an wichtigen Stellen Arbeitsprozesse automatisierte, hätten sich diese Kleingeister doch tatsächlich als Erstes um ihren Arbeitsplatz gesorgt, statt endlich mal das Wohl jenes Betriebes im Auge zu haben, der sie und ihre Familien jahrzehntelang durchgefüttert hat. Auf Frieders Frage, was denn aus diesen Meistern geworden sei, hat er gemeint, dass man, um das Gemüt des Alten – also des Seniors – nicht allzu sehr zu strapazieren, die Loyalen damals zu Schichtleitern ernannt und zu ›angepassten Konditionen‹ weiterbeschäftigt habe. Sogar den Motzern habe man Angebote gemacht, bei Gesellenlohn weiterhin für die Firma tätig sein zu dürfen. Auf die Frage, zu welchen Bedingungen man denn dann die Gesellen übernommen habe, hat er ausweichend geantwortet. Er hat nur gemeint, dass man auch hier Modifikationen vornehmen musste, dass sie aber mit Sicherheit schlechter ausgefallen wären, wenn man weiterhin Lehrlinge ausgebildet hätte. Ich wäre diesem kleinen feisten Zwerg am liebsten an den Hals gegangen, aber der besitzt noch nicht mal ansatzweise einen.«

»Napoleon-Syndrom«, feixte Tielmann und blickte dabei frech zu Morgenthaler rüber. »Kleine Männer sind die schlimmsten Vorgesetzten.«

Morgenthaler schwieg, aber ein leichtes Schmunzeln konnte er nicht verbergen.

»Und Frauen«, ergänzte Stein.

»Wie wahr«, pflichtete Tielmann ihm bei. »Und Bahlbach hat seine Führungsetage nur in dem Stil bestückt. Sieht fast schon nach Absicht aus.«

»Okay«, fuhr Morgenthaler nun dazwischen und hob beschwichtigend eine Hand. »Das alles ist jetzt erst einmal zweitrangig. Ich denke, unser Bild von den Menschen in diesem Betrieb wird sich noch ein paarmal ändern, bevor es fertig ist. Was für uns im Moment viel eher von Bedeutung ist, ist die Frage, wann Bahlbach am Freitag seine Firma verlassen hat. Um etwa halb fünf wurde er ja noch von seiner Sekretärin gesehen. Aber was war danach? Euren Protokollen entnehme ich, dass alle Befragten, die am Freitag im Dienst waren, ihn, wenn überhaupt, nur vor diesem Zeitpunkt gesehen haben. Das muss aber nicht zwangsläufig bedeuten, dass er danach nicht mehr da war. Seine Frau gab schließlich an, dass er sich für diesen Tag besonders viel vorgenommen hatte. Und da er laut der Sekretärin erst gegen zwei in die Firma kam, wird er nicht schon um halb fünf Schluss gemacht haben.«

»Tja, sieht aber fast danach aus. Irgendwer würde ihn sonst schließlich noch gesehen haben. In der Produktion wird rund um die Uhr gearbeitet, und die leitenden Angestellten werden auch nicht um diese Uhrzeit nach Hause gegangen sein«, meinte Johannes Stein.

Morgenthaler winkte ab.

»Nun gut, er könnte sich immerhin ausschließlich in seinem Büro aufgehalten haben. Dann wäre es kein Wunder, dass ihn niemand gesehen hat. Und mit dem Aufzug konnte er jederzeit direkt in die Tiefgarage fahren, ohne jemandem zu begegnen und ohne an der Rezeption vorbeizumüssen. Was ist mit seinem Telefon? Wurde er nach halb fünf noch mal angerufen? Wurde ein Gespräch zu ihm durchgestellt?«

»Oben im Büro kam nichts an«, meinte Kindlein. »Unten vom Empfang aus wurde nach dieser Uhrzeit vier Mal versucht, mit ihm telefonisch in Verbindung zu treten. Um zwei nach fünf kam ein wichtiger Anruf von außerhalb. Ein Lieferant wollte mit ihm sprechen. Nachdem die Empfangsdame den Anruf nicht durchstellen konnte, hat sie versucht, Bahlbach über sein Handy zu erreichen. Das war um vier nach fünf. Aber auch darüber war keine Verbindung zu ihm herstellbar. Dann hat sie ihn über die hausinterne Lautsprecheranlage aufgerufen. Als er sich daraufhin noch immer nicht meldete, rief sie ihn um elf nach fünf noch einmal übers Handy an. Aber wieder ohne Erfolg. Sie hinterließ deshalb eine Nachricht auf seiner Mailbox. Kurz bevor sie um halb sechs Feierabend machte, hat sie es um siebzehn Uhr dreiundzwanzig noch ein letztes Mal probiert. Andere Stellen im Haus habe ich auch kontrolliert. Von dort aus hat nach halb fünf niemand mehr versucht, im Chefbüro oder auf seinem Handy anzurufen. Ich habe daraufhin sofort Leibig verständigt. Der probiert nun, ob er Bahlbachs Handy irgendwie orten kann. Möglich, dass wir Glück haben, und es ist via GPS, oder wie der Kram heißt, irgendwo auffindbar.«

»Gute Idee«, sagte Morgenthaler. »Das heißt, wir müssen jetzt davon ausgehen, dass Bahlbach seine Firma wohl doch ziemlich bald verlassen haben muss, nämlich irgendwann zwischen sechzehn Uhr dreißig und siebzehn Uhr zwei. Und wenn er das getan hat, dann ja wohl sicher mit dem Auto. Oder hat einer der Befragten seinen Porsche nach fünf noch in der Tiefgarage gesehen?«

Aus der Runde kam keine Reaktion.

»Gut. Da sollten wir noch mal nachhaken. Aber gehen wir doch mal davon aus, dass er nicht mehr da stand. Wohin kann er gefahren sein? Warum war er zwei Minuten nach fünf nicht mehr erreichbar? War er da etwa schon tot? Und wenn ja, wie weit hat er überhaupt kommen können, wenn er nach halb fünf in sein Auto eingestiegen ist?«

Alle schwiegen.

# 8

Der nächste Tag begann zunächst wenig optimistisch. Kindlein und Morgenthaler waren noch mal in Bahlbachs Firma gefahren, um dort weitere Mitglieder der Belegschaft zu befragen. Von denen konnte jedoch keiner neue Erkenntnisse beisteuern. Zu Bahlbachs Fahrzeug hätten sich nur die leitenden Angestellten äußern können, da nur sie über Parkplätze in der Tiefgarage verfügten. Aber keiner von ihnen erinnerte sich, ob es an jenem Freitag gegen halb fünf noch an seinem Platz gestanden hatte.

Später kam aber doch etwas Bewegung in die Ermittlungen.

So gegen zehn Uhr meldete sich Leibig bei ihnen und teilte freudig mit, dass er Bahlbachs Handy zwar nicht hatte orten können, dass man dafür aber dessen Porsche gefunden habe. Ein Streifenwagen habe ihn bei einer seiner Routinepatrouillen im Rotlichtviertel entdeckt. In der Mittelstraße, nicht weit entfernt von der Lupinenstraße, der Bordell-und-Nachtklubmeile, habe er am Straßenrand gestanden. Die Kollegen von der Schutzpolizei seien außerdem von einem Kioskbesitzer angesprochen worden, der angab, dass das Fahrzeug schon seit einigen Tagen direkt vor seinem Geschäft herumgestanden habe, obwohl der Parkplatz eigentlich für Anwohner reserviert sei.

Leibigs Leute hatten inzwischen schon erste Untersuchungen an dem Fahrzeug durchgeführt. Aber außer dem pikanten Fundort gab es momentan noch nichts, was er für erwähnenswert hielt. Ein Handy habe jedenfalls nicht in dem Auto gelegen. Er versprach, sich wieder zu melden, sobald er etwas gefunden habe.

Zur Mittagszeit, als die beiden in der Kantine der Firma Kaffee tranken, erhielten sie einen weiteren Anruf. Kindlein nahm das Gespräch an, da Morgenthaler gerade auf der Toilette war. Es war Professor Wesselin. Er wollte ihnen mitteilen, dass er seine Untersuchungen an der Hand abgeschlossen hatte und dabei zu der Erkenntnis gekommen war, dass sie tatsächlich zu Bahlbach gehörte. Damit bestätigte er im Grunde nur, was Morgenthaler schon richtig erkannt hatte. Aber dann wurde Kindlein hellhörig, denn der

Professor erwähnte noch einmal diese Leimspuren. Und mit einem Mal erkannte Kindlein, dass er wesentliche Dinge, die sich auf einfachste Art logisch miteinander verknüpfen ließen, bislang völlig übersehen oder ignoriert hatte. Selbst Morgenthaler war nicht darauf gekommen. Nun jedenfalls, aus dieser neuen Perspektive betrachtet, war alles denkbar einfach.

»Konrad, du hast recht gehabt«, sagte er, als Morgenthaler wieder am Tisch saß.

»Mit was denn?«

»Mit dieser Leimgeschichte. Da stimmt wirklich was nicht. Wesselin hat gerade eben angerufen. Und wieder hat er Leim- und Holzstaubspuren entdeckt. Diesmal an dieser Hand.«

»Aha. Aber was hattest du erwartet? Hast du gedacht, unser Opfer hätte einhändig an seinem Werk gearbeitet?«

»Nein, natürlich nicht. Ich glaube eher, dass ich überhaupt nicht richtig nachgedacht habe, denn eigentlich hätte mir schon nach unserem Gespräch mit Bahlbachs Sekretärin, dieser Frau Beierlein, ein Licht aufgehen müssen. Es ist alles so logisch und fast schon peinlich, dass keiner von uns beiden darauf gekommen ist.«

»Hm. Ist das so? Da bin ich jetzt aber mal gespannt.«

»Also, pass auf. Bahlbach fährt von Frankfurt aus direkt in seine Firma. Dort kommt er um etwa zwei Uhr an. Dann verlässt er sie irgendwann nach halb fünf wieder. Etwa sechzig Stunden später wird er tot aufgefunden. Er hat Spuren von Leim und Holzmehl an den Fingern. Also gibt es nur einen Ort, den er nach der Arbeit aufgesucht haben kann und an dem er vermutlich auch ermordet wurde. Er muss zu sich nach Hause gefahren sein und sich noch ein bisschen in seiner Hobbywerkstatt vergnügt haben. Das passt auch zeitlich, denn von der Industriestraße bis zum Lindenhof braucht man maximal zwanzig Minuten.«

»Das ist wirklich eine einfache Theorie.«

»Ja, und die hätten wir schon viel eher aufstellen können, nämlich seitdem wir wissen, dass Bahlbach schon so früh die Firma verlassen hat. Da hätte es bei uns sofort klick machen müssen.«

»So?«

»Ja. Denn bis dahin sind wir immer davon ausgegangen, dass er am Freitag bis über die Ohren in Arbeit gesteckt hat. Immerhin waren Bahlbachs Kinder nicht aus Jux und Tollerei das gesamte Wochenende bei den Großeltern untergebracht. Nach Angaben seiner Eltern und seiner Frau war dieses Arrangement schon vor Wochen getroffen worden, weil es ihm an diesen Tagen nicht möglich gewesen wäre, sich um sie zu kümmern. Er hatte ja diese enorm wichtigen Termine, für die er am Freitag angeblich noch Vorbereitungen zu treffen hatte. Somit haben wir überhaupt nicht auf den Gedanken kommen können, dass er an diesem Tag, nach seiner Rückkehr aus Frankfurt, noch an seinem Flieger rumgebastelt haben könnte.«

Dann entstand eine Pause, in der Kindlein sich fragte, ob Morgenthaler auf weitere Ausführungen wartete, ob er nachdachte oder einfach skeptisch war. Seine Mimik gab darauf jedenfalls keine Antwort, und es dauerte auch ziemlich lang, bis er sich endlich äußerte.

»Wenn ich dich richtig verstehe, dann hat Bahlbach am Freitag um halb fünf seine Arbeit niedergelegt, weil es ihm wichtiger erschien, nach Hause zu seinem Fluggerät zu fahren, als sich um seine geschäftlichen Angelegenheiten zu kümmern. Eine Spontanentscheidung also.«

»Gut möglich, muss aber nicht sein. Vielleicht hat er seinen Eltern und seiner Frau ja auch nur erzählt, dass er an diesem Tag so eingespannt sein würde. Zum Beispiel, um einen kinderfreien Nachmittag mit der Option auf eine ungestörte Bastelrunde im heimischen Keller genießen zu können.«

»Na, ich weiß nicht. Das hätte er doch ganz offen sagen können. Zu seinen Eltern hatte er doch ein gutes Verhältnis. Und seiner Frau hätte es egal sein können, die war eh nicht da. Wie auch immer, auf jeden Fall scheint seine ›Bastelrunde im heimischen Keller‹ nicht der ganz große Genuss geworden zu sein, denn du hast eben behauptet, dass er *dort* ermordet wurde.«

»Ja. Liegt doch nahe.«

»So?«

»Natürlich. Die Werkstatt, der Leim, der zeitliche Rahmen. Passt alles.«

»Tut es das? Hm. Wie auch immer. Die entscheidende Frage ist letztlich, wer ihn dort ermordet haben soll.«

»Seine Frau.«

Nun zeigte Morgenthalers Gesicht wieder rege Mimik.

»Anita Bahlbach?«

»Klar, ist doch logisch. Die Frau führt eine unglückliche Ehe. Er ist nie zu Hause, und wenn, dann verbringt er seine Zeit bei seinen Eltern oder im Keller. Auch sonst hat er sich in den letzten Jahren verändert. Sie hasst ihn, muss sich in Frankfurt von ihm erholen. Ihre Schwiegereltern hasst sie womöglich auch, weil sie so klammern und er so an ihnen klebt. Deshalb schickt sie denen später die abgetrennte Hand zu. Rache aus Hass, aus Eifersucht – was auch immer. Sie hatte ausreichende Motive. Denk nur mal an die Firma. Die gehört nun ihr allein.«

»Aber sie hatte doch gar keine Möglichkeit. Sie war am Freitagabend überhaupt nicht da. Da war sie in Frankfurt in diesem Hotel. Und dort blieb sie meines Wissens bis zum Montag – bis ihr Schwiegervater sie anrief.«

»Mag sein, dass sie dort war, kann aber auch sein, dass sie *nicht nur* dort war. Von Frankfurt bis Mannheim ist es schließlich ein Katzensprung. Sie kann am Freitag genauso gut in diesem Hotel eingecheckt haben und anschließend mit der Bahn hierher gefahren sein – mit dem Vorsatz, ihren Mann daheim umzubringen. Und sie hat Glück gehabt. Sie hat sicher vermutet, dass er erst spät nach Hause kommen würde, aber schließlich brauchte sie gar nicht lange zu warten. So gegen fünf kam er schon nach Hause und ging direkt in seine Werkstatt. Womöglich hat sie ihn dort gleich erschlagen. Danach hat sie seinen Porsche in die Mittelstraße gefahren und vor dem Kiosk abgestellt. Hinterher kann sie in aller Ruhe wieder nach Frankfurt zurückgefahren sein. Vielleicht hat sie das aber auch erst am nächsten Tag getan. Egal, denn in der Nacht von Sonntag auf Montag war sie jedenfalls wieder in Mannheim, hat den Leichnam ihres Mannes zerstückelt, in den Anhänger verbracht und den am Strandbad abgestellt. Die Strecke vom Lindenhof bis dorthin lässt sich leicht mit dem Fahrrad bewältigen. Anschließend fuhr sie erneut nach Frankfurt zurück, um dort auf einen Anruf ihrer Schwiegereltern zu warten. Der sollte ihr Alibi absichern. Ich sage dir, diese Frau ist eiskalt, und dass sie mit dem Lügen keinerlei Probleme hat, hat sie uns schon mit ihrer

Polen-Geschichte ganz klar bewiesen. Obendrein ist sie groß; Schuhgröße zweiundvierzig kann sie durchaus haben. Zwei Kinder hat sie auch, die sie ja irgendwie transportieren musste, als sie noch kleiner waren. Vermutlich in einem Kinderanhänger.«

Morgenthaler trank noch den letzten Rest seines Kaffees, lehnte sich dann nach hinten und sah Kindlein forschend an. In dieser Position und diesem starr auf Kindlein gerichteten Blick verharrte er eine ganze Weile.

»Was ist mit dir los, Frieder?«, meinte er dann plötzlich mit leiser Stimme.

Kindlein war überrascht. »Wie, was soll mit mir los sein?«

»Das weiß ich eben nicht. Ich mache mir aber so meine Gedanken. Du wirkst in letzter Zeit irgendwie unausgeglichen, oder lass es mich mal so sagen: unzufrieden. Und ich wundere mich, dass unsere Einschätzungen zu diesem Fall derart weit auseinanderliegen. Meinst du nicht, dass du mit all deinen Schlussfolgerungen ein wenig zu vorschnell bist?«

Kindlein musste schlucken. Er hatte das Gefühl, als wenn in sein Gedärm gegriffen würde. In der Zeit ihrer Zusammenarbeit hatten sich die beiden zu einem gut funktionierenden Team zusammengerauft und waren sich auch menschlich nähergekommen. Kindlein mochte den kleinen, kräftigen Mann, der sich die Lust am Leben und an seinem Beruf erhalten hatte, obwohl er in einem Alter war, wo andere schon auf die Bremse traten. Aber soeben, fand er, hatte Morgenthaler eine Marke übertreten. Die Frage, ob er nicht zu vorschnell sei, hatte Kindlein getroffen. Genauso gut hätte Morgenthaler ihm Kopflosigkeit vorwerfen können. Eine arrogante Haltung, entschied Kindlein und dachte, dass das vor allem für jemanden galt, dem selbst nicht aufgefallen ist, wie simpel in diesem Mordfall die Zusammenhänge waren.

Er war nicht bereit, diese Abwertung seiner Person hinzunehmen. »Ich tue nur meine Arbeit, Konrad. Zu der mache ich mir eben Gedanken und versuche eins und eins zusammenzuzählen. Das sollte eigentlich kein Problem sein.«

»Ist es auch nicht, ganz im Gegenteil. Aber wir sollten schon einen klaren Kopf bewahren. Ich glaube, dieser Fall ist heikler, als wir denken.«

Da war er wieder, dachte Kindlein – wieder der gleiche Vorwurf. Nun lehnte auch er sich zurück. Zudem verschränkte er die Arme vor der Brust und sah mit beleidigtem Gesichtsausdruck an seinem Gegenüber vorbei.

»Du meinst, als *ich* denke, oder? Dann sag das doch ehrlich. Oder versuch mich wenigstens zu überzeugen. Bisher habe ich von dir nämlich noch nicht einen konstruktiven Satz gehört. Es wäre mir schon lieb, wenn du dich endlich sachbezogen äußern würdest, statt nur immer an meiner Person herumzukritteln.«

Morgenthaler war anzumerken, dass ihm Kindleins Reaktion naheging. Er antwortete in ruhigem Ton: »Ich glaube eben einfach, dass deine Theorie auf Sand gebaut ist. Leider.«

»So? Aha. Aber dass du diese Leimspuren vor Kurzem selbst noch bemerkenswert fandest, hast du schon vergessen, ja?«

»Nein, natürlich nicht. Aber für mich waren sie aus völlig anderen Gründen bedeutsam. Und ich habe dir auch erklärt, warum. Ich habe gesagt, dass sie eigentlich überhaupt nicht an Bahlbachs Hände gehören.«

»Da sind sie nun aber mal«, erwiderte Kindlein kühl.

»Ich weiß. Aber versteh doch, Frieder: Durch ihren Nachweis wurde der Zeitraum zwischen Bahlbachs Versterben und dem Auffinden seines Leichnams ein weiteres Mal verkürzt. Das war es, was ich bemerkenswert fand. Und so habe ich es auch gesagt. Rechne doch mal. Da Bahlbach bis halb fünf in seiner Firma war, bleiben von den ehemals einundsechzig Stunden nur noch etwa siebenundfünfzig übrig. Wenn er abends nach dem Dienst auch noch in sein Haus gefahren sein und dort gebastelt haben soll, dann werden daraus sogar nur noch etwa sechsundfünfzig Stunden. Also gerade mal etwas mehr als zwei Tage, Frieder. Und damit sind wir nun wirklich enorm weit entfernt von den vier oder fünf Tagen, die Wesselin berechnet hat.«

Nun sah Kindlein Morgenthaler richtig böse an.

»Das heißt im Klartext, dass dein Vertrauen in diese Frau größer ist als in meine Ausführungen und dass du deinen Rechenschieberkunststücken und den vagen und schon mal korrigierten Angaben Wesselins mehr traust als deinem Verstand. Und das sagt mir wiederum, dass deutlich erkennbare Indizien für dich offensichtlich keinerlei Bedeutung mehr zu haben scheinen.«

Morgenthaler hob die Augenbrauen. »Indizien sind keine Beweise, das weißt du selber.«

»Danke für die Belehrung«, antwortete Kindlein. »Ich glaube, unter den Umständen wird es das Beste sein, wenn ich mich jetzt sofort aufmache, genau solche zusammenzutragen.« Dabei stand er zornig auf. »Ich wünsche dir noch einen schönen Tag.«

# 9

Morgenthaler war noch immer geknickt, als er spätabends zu Hause vor dem Abendbrottisch saß. Den ganzen Nachmittag hatte er nichts mehr von Kindlein gehört.

Nach ihrer Auseinandersetzung in der Firmenkantine war er recht bald ins Präsidium gefahren. Unterwegs hatte er sich an einem Kiosk im Jungbusch noch den »Schnäppchenführer Mannheim« gekauft, ein Frustkauf, denn er hatte schon lange aufgehört, sich mit dem Auftun günstiger Kaufgelegenheiten zu beschäftigen. Die Lust daran war ihm gründlich vergangen, als er realisiert hatte, dass das Prinzip, möglichst viel für möglichst wenig Geld zu bekommen, in immer skandalöserer Weise auch bei menschlicher Arbeitskraft Anwendung fand und dass immer mehr Gruppen in diesem Land skrupellos davon profitierten. Es war noch nicht lange her, da hatte Morgenthaler gemeint, dass Entlohnung ein Begriff sei, der auch die Höhe der Achtung reflektierte, die einer Tätigkeit entgegengebracht wurde. Inzwischen wusste er, dass er sich nicht geirrt hatte. Der stramme Entwürdigungskurs, den Politik und Wirtschaft in den letzten Jahren eingeschlagen hatten, schien vor allem all jene zu treffen, die ihr Einkommen aus ehrlicher Arbeit bezogen, und das spiegelte sich deutlich in den Gesichtern der Menschen auf der Straße wider. Immer mehr von ihnen mussten mit immer weniger auskommen und die Ungerechtigkeit ertragen, dass ihnen von Tag zu Tag mehr abverlangt wurde. Ihre Würde war längst angetastet, das spürten sie, denn auch sie war zu einem Gut gemacht worden, das sich etliche von ihnen schon nicht mehr leisten konnten. Für sie bestand die Alternative zu Armut dank Arbeitslosigkeit in Armut trotz Arbeit. In ihren Ohren mussten die Verlautbarungen namhafter Vertreter von Politik und Wirtschaft wie Hohn klingen, wonach Armut in hohem Maße ein subjektives Empfinden sei. Morgenthaler ekelte vor solchen Äußerungen, weil sie aus den Mündern von Menschen kamen, die es verlernt hatten, sich zu schämen. Und ihn empörte, dass diesen gut dotierten Heuchlern auch noch gestattet wurde, solcherart Häme in allabendlichen Fernsehrunden zu verbreiten. Dort saßen sie auf ihren vollen Brieftaschen und wurden nicht müde, Armut ständig neu zu definieren und dafür Einkunftsgrenzen festzulegen – nie bereit, Gleiches mit dem Reichtumsbegriff zu tun. Morgenthaler war es leid, immerfort zu hören, dass eine höhere Belastung derer, für die er gelte, nichts brächte. Er war davon überzeugt, dass dieses Land dadurch unendlich reicher würde – reicher an Glaubwürdigkeit, an Prestige, an vermittelbaren Werten und an Menschen, die sich geachtet und als Teil der Gesellschaft fühlten.

Im Büro hatte er einige Berichte geschrieben und war noch mal die Unterlagen zu ihrem Fall durchgegangen. Einmal war er dabei unterbrochen worden. Ein Kollege von der Polizeidirektion Mosbach hatte telefonisch nachgefragt, ob am Montag eine E-Mail in Mannheim angekommen war. Sie hätten keine Antwort darauf erhalten, obwohl sie dringend darum gebeten hatten. Eines ihrer Polizeireviere im Odenwald war von Samstag bis Montag mit erheblichem Personaleinsatz einer Vermisstenanzeige nachgegangen. Da dieser Einsatz erfolglos geblieben war, sich aber ein Kollege aus Mannheim dafür interessiert hatte, wollte er nachfragen, ob sich dort vielleicht etwas in dieser Sache getan habe. Morgenthaler hatte sich die Mail daraufhin angesehen und festgestellt, dass sich sein Kollege Fred Seiters tatsächlich für diese Vermisstenmeldung interessiert hatte. Da sie für ihre Ermittlungen im Mordfall Bahlbach letztlich aber nicht von Bedeutung gewesen war, waren sie erst gar nicht tätig geworden. Das hatte er dem Kollegen erklärt und sich mehrmals damit entschuldigt, dass wohl aufgrund hohen Arbeitsaufkommens vergessen worden sei, sofort zu antworten.

Danach war Morgenthaler noch kurz in die Cafeteria gegangen. Dort hatte er einen besonders schlechten Kaffee nur halb getrunken, hatte sich dabei mit niemandem unterhalten und war schließlich mit gedämpften Gefühlen nach Hause gefahren.

»Du darfst dir das nicht so zu Herzen nehmen, Konrad. Frieder wird sich bald wieder einkriegen. Wenn man so häufig und so intensiv miteinander zu tun hat wie ihr beide, dann ist es vollkommen normal, dass man sich irgendwann auch mal auf die Nerven geht.«

Nora Morgenthaler war gerade auf dem Weg von der Küche zur Essecke im Wohnzimmer. Auf ihrem Schoß wankte eine große Schüssel Salat gefährlich hin und her. Morgenthaler sprang sofort vom Stuhl auf, lief ihr entgegen, nahm die Schüssel an sich und trug sie zum Tisch.

»Mein Gott, immer noch kein Vertrauen. Nach so vielen Jahren«, sagte sie und lächelte dabei schelmisch.

»Wäre sie runtergefallen, dann hätten wir jetzt den Salat – auf dem Boden liegen, meine ich.«

»Hab Dank, du edler Retter – der Lahmen, der Schüsseln und Grünzeugblätter«, erwiderte sie fröhlich, nahm noch mal Schwung und bremste ihren Rollstuhl schließlich so exakt ab, dass zwischen den Vorderkanten der Armlehnen und der Tischkante gerade noch ein winziger Abstand blieb.

»Retter ist gut. Ich kann ja noch nicht mal was für diesen armen Kerl tun. Den müsstest du mal sehen. Der sieht aus wie eine Gewitterwolke. Und jetzt macht er auch noch lauter Blödsinn, ist heute Mittag mit Pauken und Trompeten abgedüst, um allein auf die Pirsch zu gehen.«

Sie musste grinsen. »Wozu braucht man denn Pauken und Trompeten bei der Pirsch? Ich dachte, da geht's eher leise zu.«

»Bei Frieder nicht. Der stapft stur in einen Wald, in dem es gar kein Wild gibt, das er aber erlegen will, indem er es mit Lärm daraus hervorlockt.«

»O schade«, entfuhr es ihr, als im Nebenzimmer das Telefon bimmelte und Morgenthaler vom Tisch aufstand.

Es war Petzold.

»Hallo, Konrad. Du, ich wollte dir nur sagen, dass der Kollege Kindlein gerade eine Durchsuchung von Bahlbachs Haus durchgekriegt hat. Driesmann ist nämlich wieder aus dem Urlaub zurück und offenbar voller Elan. Jedenfalls war er hin und weg von den Begründungen, die unser junger Kollege ihm vorgetragen hat.«

»Ach du Scheiße. Driesmann. Unser lieber Herr Staatsanwalt. Hast du da nichts machen können?«

»Habe ich, ehrlich gesagt, erst gar nicht versucht. Driesmann hat nach dem Gespräch mit unserem Kollegen den Eindruck gemacht, als ob ihn nichts auf der Welt stoppen könnte. Außerdem ist Kindlein ein guter Polizist, und ich begrüße es immer, wenn jemand Eigeninitiative zeigt. Aber vor allem kenne ich dafür den Fall nicht gut genug. Hast du etwa Bedenken?«

»Nein, Ludwig, ist schon in Ordnung. Mir tut bloß die arme Frau leid. Ist ein Haufen Unmuß, der da auf sie zukommt.«

»Ja, ich weiß, Konrad. Und was machen wir jetzt?«

»Ich fahr mal hin.«

Direkt vor dem gelben Haus in Lindenhof standen mehrere Fahrzeuge der Kriminaltechnik, und ein Stück weiter, die Straße runter, sah Morgenthaler Kindleins Wagen stehen.

Als er das Grundstück betrat, wurde er erst einmal vom gleißenden Licht mehrerer Halogenstrahler geblendet. Zur Seite blickend sah er, dass Kollegen der Spurensicherung eifrig damit beschäftigt waren, den Rasen und die Büsche nach irgendwas abzusuchen. Und im Haus selbst waren offenbar sämtliche Lichter angeschaltet worden, denn jeder Raum war ungemütlich hell erleuchtet. Durch die Fenster war zu erkennen, dass drinnen mehrere Personen auf und ab liefen und emsig die Zimmer durchsuchten.

Im Korridor erfuhr er dann, dass sich Kindlein im Keller aufhielt. Morgenthaler stieg die Treppe hinab und ging direkt in Bahlbachs Hobbyraum. Dort fand er jedoch nicht Kindlein, sondern nur einen von Leibigs Spurenexperten vor. Der war gerade dabei, auf der Hobelbank ein kleines Holzkästchen mit einem Pinsel zu bearbeiten. Morgenthaler trat näher heran und sah ihm für einen Moment dabei zu.

»Schön, nicht wahr?«, meinte der Mann. »Ich mach bei mir zu Hause auch gern solche Arbeiten, aber leider überhaupt nicht in dieser Qualität. Sehen Sie mal hier.« Er hob den Deckel des Kästchens an. Darunter verbarg sich ein zweiter Deckel aus wesentlich hellerem Holz. Der wiederum war mit einer kleinen Einlegearbeit verziert. »Solche Intarsien sind sauschwer hinzukriegen.«

Morgenthaler war ebenfalls beeindruckt, aber er wollte hier unten etwas anderes. Er verließ den Mann gleich wieder.

Schließlich entdeckte er Kindlein am anderen Ende des Ganges. Er stand mit zwei von Leibigs Leuten vor einer Metalltür, die vom Keller aus direkt in den Garten führte. Einer der beiden Kriminaltechniker kam soeben aus der Hocke und zeigte ihm ein kleines durchsichtiges Plastiktütchen. Als Morgenthaler auf die drei Männer zuging, hörte er gerade noch, wie Kindlein dem Kollegen sagte, dass das sofort ins Labor müsse.

»Hallo, Frieder.«

Kindlein drehte sich um und sah Morgenthaler erst neutral, dann aber mit frohem Gesichtsausdruck an.

»Hallo, Konrad. Schön, dich zu sehen. Tut mir leid wegen heute Mittag. Ich hab's nicht so gemeint. Aber ich habe geahnt, dass hier was faul ist. Da musste ich handeln. Ich hoffe nur, dass du mir das nicht übel nimmst.«

»Quatsch. Komm, erzähl lieber mal, was hier eigentlich los ist. Ludwig hat gemeint, dass Driesmann von deiner Recherche regelrecht beeindruckt gewesen sein soll.«

»So, war er das? Na ja, ich wusste nicht, an wen ich mich wenden ... Ich meine, du hast meine Ansichten ja nicht gerade ... Ich habe dieser Frau eben einfach nicht geglaubt. Schon allein diese Frankfurt-Story. Angeblich wollte sie nur mal allein sein, um sich Gedanken zu machen. Aber das hätte sie genauso gut in Polen tun können. Bei drei Konzerten von jeweils zwei Stunden wär dafür noch genug Zeit geblieben. Nein, Konrad, die wollte aus einem ganz anderen Grund hierbleiben. Ihr Mann war an diesem Wochenende völlig eingespannt, und sie wusste, dass er nicht mal die Zeit haben würde, seine Eltern zu besuchen. Das heißt, es war ein Wochenende, an dem ihn niemand vermisste. Und die Eltern würden sich frühestens am Montag über seinen Verbleib Gedanken machen, womöglich sogar erst dann, wenn sich jemand aus der Firma nach ihm erkundigte – so wie es dann ja auch war. Ein idealer Zeitpunkt also, um einen perfiden Plan in die Tat umzusetzen.«

»Hm. Und mit was hast du diese Theorie letztlich untermauern können?«

»Mit ganz einfachen Mitteln. Ich habe Frau Bahlbach angerufen und sie gefragt, was sie für eine Schuhgröße hat. Zweiundvierzig. Das war schon mal was. Dann habe ich bei ihren Nachbarn nachgefragt, ob sie Frau Bahlbach mal mit einem Kinderanhänger gesehen haben. Und alle haben bestätigt, dass sie früher so ein Gefährt an ihrem Fahrrad hängen hatte, um damit ihre Kinder zu transportieren. Und jetzt rate mal, was dieses Ding für eine Farbe hatte.«

»Dunkelblau.«

»Genau.« Kindlein war sichtlich zufrieden mit sich. Sein Mund verformte sich zu einem schmalen Strich, und seine Augen strahlten vor Stolz.

»Aber was für ein Motiv soll sie denn gehabt haben? Dass sie es satthatte, mit ihrem Mann zusammenzuleben?«

»Das auch. Aber ich habe es dir ja schon gesagt: Sie ist Alleinerbin der Firma. Und dass es ein paar interessante Lebensversicherungen gibt, davon gehe ich aus.«

»Das klingt mir noch immer zu einfach, Frieder. Bei allem Respekt.«

Kindlein zuckte mit den Schultern. Aber ihn schien Morgenthalers Einwand eher zu beflügeln als zu stören. »Ich habe mir gedacht, dass du das sagen würdest. Du bist offenbar nur mit knallharten Fakten zu überzeugen. Stimmt's?«

»Hm.«

»Dann schau dir das mal an.« Kindlein deutete nach unten auf die Schwelle der Metalltür. Die Techniker leuchteten draußen vor der Tür mit einer Speziallampe den Steinfliesenbelag ab. Der war mit Luminol besprüht worden. Das Schwarzlicht diente dazu, Blutspuren sichtbar zu machen. Selbst solche, die mit dem bloßen Auge nicht zu erkennen waren, leuchteten nun phosphoreszierend auf.

»Hier, auf der Türschwelle haben Leibigs Leute schon einiges an Blut gefunden. Natürlich wurde fein säuberlich gewischt, aber in den Ecken, den Ritzen und zwischen den Steinplatten davor gibt es noch genug davon.«

Morgenthaler sah sich die Tür genauer an. Es war eine schlicht gebaute Sicherheitstür ohne Fenster. Sie war mit guten Zylinderschlössern und einem großen Verschlussriegel versehen. Offenbar hatte sich hier einmal ein häufig genutzter Zugang zum Haus befunden, denn seitlich neben der Tür war noch immer eine funktionstüchtige Klingeleinrichtung installiert.

Kindlein führte Morgenthaler anschließend nach oben in den Korridor des Hauses. Als sie dort ankamen, blickte Morgenthaler kurz in Richtung des Wohnzimmers. Er sah, dass zwei Polizisten neben der sitzenden Frau Bahlbach postiert standen. Die Frau war derart blass und ausgemergelt, dass es Morgenthaler selbst aus der Entfernung auffiel.

»Siehst du«, meinte Kindlein, einen Schuh in der Hand haltend. »Größe zweiundvierzig.«

Morgenthaler sagte nichts dazu.

»So, aber jetzt kommt das Tollste.« Kindlein nahm Morgenthaler am Arm und führte ihn in das Wohnzimmer. Aus der Nähe sah Frau Bahlbach regelrecht zerstört aus. All ihre Eleganz war dahin, und nur ein Häufchen Elend war übrig geblieben. Sie hatte ein Taschentuch in der Hand, und ihre Augen waren stark geschwollen. Verlaufene Schminke hatte ein wirres Muster auf ihre Wangen gezeichnet.

»Da, auf dem Tisch, Konrad. Die ganze Herrlichkeit«, sagte Kindlein mit aufgeregter Stimme.

»Guten Tag, Frau Bahlbach«, grüßte Morgenthaler und wandte sich erst einmal der schluchzenden Frau zu. »Wie geht es Ihnen?«

»Guten Tag, Herr Morgenthaler. Ist schon in Or…«

»Du musst dir das unbedingt ansehen«, unterbrach Kindlein die Frau und deutete dabei auf den großen Glastisch in der Mitte des Wohnzimmers.

Morgenthaler warf daraufhin einen missmutigen Blick auf seinen Kollegen und schließlich auf den Gegenstand, der auf dem Tisch lag. Kindlein ließ ihm jedoch keine Zeit für einen Kommentar. Er redete gleich weiter.

»Ein Päckchen, in grünem Geschenkpapier und mit einer roten Schleife eingewickelt. Sagt dir das was? Es war die gleiche Verpackung wie bei der Hand. Ich habe es draußen im Korridor gefunden, auf dem Spiegelschränkchen. Da lag es und hat darauf gewartet, von Frau Bahlbach auf das Grundstück ihrer Schwiegereltern geworfen zu werden. So ist es doch, Frau Bahlbach, oder?« Er sprach sie direkt an und fixierte sie dabei intensiv. Aber wieder wartete er nicht, bis eine Antwort kam, sondern meinte zu Morgenthaler: »Das sind Kleidungsstücke ihres Mannes. Eine blutverschmierte Hose, zwei Strümpfe, ein paar Schuhe und eine Unterhose, deren Zustand über die enormen Ängste, die der arme Mann ausgestanden haben muss, sichtbar Zeugnis ablegt.«

An der Unterhose klebte angetrocknete Scheiße. Morgenthaler wandte sich angeekelt ab. »Was soll das, Frieder?«, fragte er.

»Tja. Das sind Teile seiner Geschäftskleidung. Er hat sich noch nicht mal umgezogen, bevor er in den Keller gegangen ist. Offenbar war die Vorfreude aufs Basteln zu groß. Aber ich denke, das kann dir Frau Bahlbach alles viel genauer schildern.« Dann drehte er sich wieder zu ihr um. »Nicht wahr, Frau Bahlbach?«

Morgenthaler sah, dass die Frau völlig verängstigt war. Er bat die beiden Polizisten, sich etwas zu entfernen, und setzte sich neben sie auf einen Sessel. Dann ergriff er ihre Hand und fragte sie, was es mit diesem Päckchen auf sich habe.

»Ich war mit meinen Kindern in der Stadt einkaufen. Und als wir nach Hause kamen, habe ich das Paket draußen auf dem Treppenabsatz gefunden und mit ins Haus genommen. Ich konnte doch nicht ahnen, was es ist. Meine Tochter hat morgen Geburtstag. Da habe ich natürlich vermutet, dass es ein Präsent von Nachbarn oder Freunden ist, die es hier für Linda abgelegt haben. Wir waren ja nicht da. Drinnen habe ich es beim Ausziehen der Schuhe einfach auf dem Spiegelschränkchen abgelegt. Und dann kam schon Ihr Kollege mit diesen ganzen Leuten hier reingestürmt.«

»Wo sind Ihre Kinder denn jetzt?«

»Bei Nachbarn. Ich habe sie gleich rübergebracht. Die hatten natürlich Angst, als hier so ein Haufen Männer einmarschierte.«

Morgenthaler warf Kindlein einen vorwurfsvollen Blick zu.

»Aber dass es die Kleidung Ihres Mannes ist, können Sie bestätigen?«

»Sicher. Es ist die Kleidung, die er am Freitag anhatte, als er mich zum Flughafen fuhr. Natürlich fehlt einiges.«

Morgenthaler nickte. Dann dachte er kurz darüber nach, wie er die nächste Frage formulieren sollte.

»Wir haben ein Problem, Frau Bahlbach. Einerseits müssen wir uns auf Ihre Aussage zu dem Päckchen verlassen, andererseits steht aber auch die Frage im Raum, wie es unten an der Kellertür zu diesen Blutspuren kommen konnte. Haben Sie dafür eine Erklärung?«

»Blutspuren?« Die Frau schaute erst Morgenthaler an, dann Kindlein und schließlich wieder Morgenthaler. »Ich habe keine Ahnung.« Dann senkte sie kurz den Blick, und ihrem Gesicht war anzusehen, dass sie intensiv nachdachte.

»Doch«, sagte sie plötzlich aufgeregt. »Mein Mann hatte einen Unfall. In seiner Werkstatt. Das war vor etwa drei oder vier Monaten. Er hat sich mit einem Stechbeitel oder etwas Ähnlichem verletzt. Auf jeden Fall war das Ding wahnsinnig scharf, und er hat sehr stark geblutet. Ich war gerade im Garten, als er nach mir rief. Ja, das war so Anfang Juni. Jedenfalls wollte er zu mir nach draußen, um die Hand unter den Wasserhahn zu halten. Aber die Tür war verriegelt, weshalb ich sie von außen nicht öffnen konnte. Und er hat von innen auch eine Zeit gebraucht, um sie aufzukriegen. Dabei hat er natürlich alles mit Blut verschmiert, und einiges davon ist auf den Boden getropft.«

»Im Juni, sagen Sie? Und welche Hand wurde da verletzt?«

»Die rechte. Es war eine kleine, aber stark klaffende Schnittwunde. Ich glaube, zwischen Mittel- und Ringfinger. Aber da bin ich nicht mehr so ganz sicher.«

Wieder musterte Morgenthaler Kindlein, der nun mit verschränkten Armen und versteinertem Gesichtsausdruck vor der Tür zur Terrasse stand und nach draußen ins Dunkel starrte. Morgenthaler schüttelte den Kopf, zuckte kurz mit den Schultern und stellte dann die nächste Frage.

»War ihr Mann Linkshänder?«

»Ja.«

»Hat er diese Wunde dann irgendwo versorgen lassen?«

»Nein, mein Mann hatte nie Vertrauen zu Ärzten. Das war so eine Macke von ihm. Er hat sich selbst einen Verband gemacht. Und dann hat es tatsächlich bald aufgehört zu bluten. Warum?«

»Es geht mir nur um den Unfallhergang. Aber gut, so viel dazu. Nun wissen wir aber auch, dass Sie mal einen Kinderanhänger hatten. Haben Sie den noch?«

»Das ist es ja eben. Ihr Kollege hat mich vorhin auch schon danach gefragt. Ja, eigentlich müsste er noch hier sein. Aber inzwischen ist im ganzen Haus danach gesucht worden, und er ist einfach nicht auffindbar. Ich habe wirklich keine Erklärung, wo er sein könnte.«

»Wann wurde er denn das letzte Mal eingesetzt?«

»So etwa vor einem Jahr, als Jonas, das kleinere meiner beiden Kinder, nicht mehr damit transportiert werden wollte. Da habe ich ihn erst einmal im Keller verstaut. Seither habe ich ihn nicht mehr benutzt.«

»Wissen Sie denn noch, was das für ein Fabrikat war?«

»Nein, keine Ahnung. Wir haben ihn immer Ritschie genannt. Kann sein, dass er sogar so hieß.«

»Aber die Farbe wissen Sie noch, oder?«

»Ja, blau. Er war blau.«

Dann schaute Morgenthaler wieder zu Kindlein rüber, der noch immer mit verfinsterter Miene am gleichen Fleck stand, bedankte und verabschiedete sich bei Frau Bahlbach und verließ, ohne unterwegs auch nur ein Wort mit jemandem zu wechseln, das Haus.

# 10

Konrad Morgenthaler gehörte zu jener Sorte Mensch, die morgens aufwachte und sofort aus dem Bett sprang. An diesem Morgen gelang ihm das nicht. Es war weit nach acht, als er mühsam das Bett verließ und sich ins Bad quälte. Auf dem Weg dorthin fühlte er sich wie durchgekocht, und der Blick in den Badezimmerspiegel bewies beeindruckend, dass ein paar Stunden Schlaf nicht ausreichten. Endloses Im-Kreis-Denken, ohne auf eine wirklich gute Lösung zu stoßen, hatte ihn nicht einschlafen lassen, bevor er um vier den Klang der schlagenden Kirchturmuhr zum letzten Mal vernommen hatte. Erst danach war er in einen traumlosen und unruhigen Schlaf gesunken.

Als er zum Pinkeln auf dem Klo saß, bemerkte er, dass seine Frau ihn von der Badezimmertür her mit sorgenvoller Miene betrachtete.

»Ach Gott, du siehst ja schlimm aus.«

»Ich hab heute Nacht kaum geschlafen.«

»Scheint so.«

»Und jetzt habe ich auch noch einen Haufen Zeit verloren, weil ich zu spät aufgestanden bin.« Er erhob sich vom Klobecken und spülte.

»Oh, verdammt. Ich hätte dich wecken sollen. Aber ich habe gedacht, du würdest heute später zur Arbeit gehen wollen. Du hast nämlich den Wecker ausgemacht und dich dann noch mal rumgedreht.«

»Ist eigentlich kein Problem, Nora. Ich habe nur gerade heute einen Spezialauftrag, der zudem eiligst erledigt werden muss.« Morgenthaler ging unter die Dusche und stellte den Brausehahn an.

»Und was ist da …?«

Morgenthaler verstand nicht. »Wie bitte?«

»Und was ist das für ein Auftrag?«, wiederholte Nora Morgenthaler laut.

»Ich muss Beweise dafür zusammenbringen, dass Frieders

Theorie nicht stimmt«, antwortete Morgenthaler nun auch laut. »Und das so schnell wie möglich, damit die armen Würmchen heute Nachmittag noch feiern können.«

»Welche Würmchen denn?«

»Na, die Kinder unserer Leiche.«

»Wessen Kinder?«

»Die Bahlbach-Kinder. Die Größere der beiden wird heute sechs. Und wie ich dir gestern Abend schon prophezeit habe, hat Frieder tatsächlich ihre Mutter verhaftet.«

»Das kann nicht sein.«

Morgenthaler stellte die Dusche wieder aus.

»Doch, Nora.« Er nahm ein Handtuch und trocknete sich ab. »Leider.«

»Ja, hat er dafür denn überhaupt ausreichendes Material beisammen?«, fragte Nora. Sie fuhr gerade an der Duschkabine vorbei.

»Er meint schon.«

»Du aber nicht?«

»Nein. Das Schlimme ist nur, dass ich ihm nicht beweisen kann, dass er die Indizien falsch deutet. Alles, was er vorbringt, hat auf den ersten Blick irgendwie Hand und Fuß, nur mit dem kleinen Fehler behaftet, dass diese Frau nicht die Mörderin ihres Mannes war. Und soll ich dir was sagen? Ich habe den Eindruck, dass er das im Grunde selber weiß. Er ist im Moment nur völlig aus dem Gleichgewicht und hat die Orientierung verloren. Ich kann dir aber nicht erklären, warum.« Morgenthaler stand nun wieder vor dem Spiegel und verteilte Rasierschaum auf seine Wangen. Dabei konnte er sehen, dass sich seine Frau gerade vom Rollstuhl aufs Klobecken rüberschwang.

»Das Gleichgewicht verliert man unter anderem«, sagte sie bei der Aktion, »wenn es am passenden Gegengewicht fehlt.« Und dann, als sie saß und mit hin und her wippenden Körperbewegungen ihren Slip herunterzog, meinte sie: »Wie steht es damit bei ihm?«

»Gute Frage. Ich weiß nur, dass ich im Moment wohl keines bin. Und das liegt sicher auch daran, dass ich bei dem Fall völlig in der Luft hänge. Das habe ich gestern gemerkt. Dieser Fall hat irgendwie … keinen Boden. Dem fehlt was. Dem fehlt was … Elementares. Etwas, was jeder Fall hat und das ich hier nicht erkennen kann.« Morgenthaler legte den Kopf leicht in den Nacken, zog die Unterlippe hoch und strich mit dem Rasierer in großen Zügen halsaufwärts zum Kinn. »Und deswegen stimmt bei ihm schon von vornherein alles nicht. Verstehst du, was ich meine?«

»Das klingt, als wenn du ihn, so wie er sich darstellt, nicht akzeptieren kannst. Als wenn du schweres Misstrauen gegen diesen Fall hegst.«

»Ja, Nora, genauso ist es. Ich misstraue ihm schon von Anfang an.«

»Dann ist es kein Wunder, dass Frieder aus dem Ruder läuft. Der empfindet nicht so. Der nimmt ihn an. *Er* findet Boden unter seinen Füßen und geht deshalb auch energisch auf den Fall zu. Und die ganze Zeit steht ihm jemand gegenüber, der völlig anders gepolt ist. Da entstehen zwangsläufig Kriechströme.« Sie betätigte die Spülung.

»Sicher. Aber gestern flossen eben leider nicht nur Kriechströme. Da kam es schon zu größeren Entladungen und bei ihm sogar zum Kurzschluss. Weißt du Nora, es gibt einfach einen Unterschied zwischen zielgerichtetem Engagement und kopflosem Aktivismus. Und auf dem schmalen Grat dazwischen bewegt sich Frieder mitunter recht waghalsig.« Er schmunzelte und schüttelte den Kopf. »Und nun stell dir mal vor, wie schlimm es ist, wenn einer, der gerade auf einem schmalen Grat herumbalanciert, auch noch aus dem Gleichgewicht gerät.«

Als er sein Gesicht abtrocknete, spürte er, dass Nora ihre Hand auf seine Schulter legte. Im Spiegel konnte er sehen, dass sie sich nun direkt neben ihm befand und ihn mit ihren großen hellblauen Augen anstrahlte. Wieder dachte er, wie wunderschön sie war. Sie hatte ihr langes blondes, vom Schlaf zerzaustes Haar hinter die Ohren geklemmt, sodass die nun leicht abstanden. Das gab ihren zarten und femininen Gesichtszügen etwas Bubenhaftes. Auch das Sprenkelmuster auf ihrer Nase erschien Morgenthaler wirrer als sonst. Überhaupt hatte er den Verdacht, dass die kleinen frechen Tüpfel hin und wieder ihre Plätze vertauschten und sich an manchen Tagen zu einem besonders wilden Chaos formierten.

Morgenthaler fiel wieder auf, wie groß Nora war. Wäre der Rollstuhl nicht, würde sie ihn um eine Kopflänge überragen. So reichte sie ihm bis an die Schulter – und das gefiel beiden.

»Er hat ja noch dich, Konrad. Da darf er so sein.« Dabei lehnte sie ihren Kopf an seinen Oberarm, lächelte sanft und schloss die Augen.

»Stimmt. Ich hab den Kerl schon sehr gern.«

Dann putzte er sich die Zähne.

Von seinem Haus in Ladenburg fuhr Morgenthaler direkt nach Heidelberg. Um kurz vor halb zehn betrat er dort das rechtsmedizinische Institut. Wesselin saß mit einem seiner Assistenten gerade im Sektionsraum bei einer Partie Schach. Das Spiel lag in den letzten Zügen, und aus Morgenthalers Sicht würde es nicht besonders gut für den Professor ausgehen. Der schien das auch so zu sehen, denn er starrte so konzentriert auf das Spielfeld, dass er nicht mal merkte, wie sich Morgenthaler und der Assistent grüßten. Selbst als dieser aufstand, um dem Besucher die Hand zu reichen, verharrte der Professor weiterhin tief gebeugt über seinen letzten Spielfiguren. Erst als Morgenthaler ihm auf die Schulter klopfte, erwachte er aus seinem tranceähnlichen Zustand.

»Ach, der Herr Morgenthaler. Eine Freude, Sie zu sehen. Was führt Sie denn so früh am Morgen zu uns?«

»Sagen wir mal so – Ihre Schachspielkunst ist es Gott sei Dank nicht.«

»Ich weiß, ich bin ein fürchterlicher Dilettant. Kaum zu glauben, dass ich seit über vierzig Jahren spiele. Vor ein paar Jahren bin ich sogar in einen Schachklub eingetreten, aber kapiert habe ich dieses Spiel deshalb trotzdem nicht besser. Ich glaube, die einzige Partie, die ich je gewonnen habe, war ein erster Probedurchlauf gegen meine Tochter. Die war damals neun Jahre alt, und ich hatte ihr vorher *ein Mal* die Regeln erklärt.«

»Oje. Aber das macht nichts. Hauptsache, Sie können sich hier auf kurzweilige Art die Zeit vertreiben. Ist nicht viel los im Moment, oder?«

»Nein, aber das kommt. Nächsten Monat geht die Saison wieder los.«

»Im Oktober? Wieso?«

»Na, da wird es wieder grauer und trostloser draußen. Und spätestens im November kommen uns dann wieder jede Menge Suizide besuchen.«

»Na dann. Ich bin eigentlich hier, weil ich mit Ihnen noch mal über unseren Herrn Bahlbach reden muss. Der Mann macht mir Sorgen – und Kummer.«

»Sorgen und Kummer gleichzeitig? Das ist schlecht.«

»Eben. Und ich würde mich sehr freuen, wenn ich wenigstens eins von beiden loswerden könnte. Wären Sie bereit, mit mir gemeinsam noch einmal ganz detailliert zusammenzutragen, was wir bisher über den Mann wissen?«

»Gern, Herr Morgenthaler. Aber dazu sollten wir besser zu dritt sein.«

Wesselin führte Morgenthaler zu den Kühlkammern.

Als Morgenthaler auf der A 656 in Richtung Mannheim fuhr, war es schon weit nach elf. Er hatte nicht mehr viel Zeit und rief deshalb vom Auto aus bei Jürgen Leibig an, um ihn zu bitten, sich für ein dringendes persönliches Gespräch im Polizeipräsidium bereitzuhalten. Dann setzte er sich mit Werner Tielmann in Verbindung. Der sollte sich erkundigen, bis wann Bahlbach am letzten Freitag vor seiner Fahrt zum Frankfurter Flughafen in der Firma gewesen war. Anschließend sollte er sich unverzüglich in sein Auto setzen und zur Mittelstraße rausfahren. Und schließlich ließ er sich von ihm die Telefonnummer des Kioskbesitzers in der Mittelstraße geben, dem Mann, der die Polizei auf den grünen Porsche angesprochen hatte. Den rief er auch noch an.

Als er in seinem Büro ankam, saß Leibig schon da und blätterte in einer Zeitschrift herum.

»Prima, dass du kommen konntest, Jürgen. Ich hab ein paar wirklich dringende Fragen an dich. Sei so gut und beantworte sie mir so kurz wie möglich. Ich brauche heute keine wissenschaftlichen Ausführungen.«

»Was ist denn los? Du bist ja ganz außer Atem.«

»Frag nicht. Beantworte lieber nur meine Fragen.«

»Okay, schieß los.«

»Was habt ihr in Bahlbachs Porsche gefunden?«

»Recht viel. Fingerabdrücke, Haare, Sperma, Hautschuppen natürlich, außerdem einen künstlichen Fingernagel mit violettem Nagellack und eine Haarklammer.«

»Gut. Ich denke, das wird in euren Labors alles noch genau untersucht. Aber weißt du schon grob irgendwas über die Haare?«

»Menschenhaar. In so ziemlich allen Farben und Tönungen.«

»Frauenhaare?«

»Würde ich sagen. Einfach aufgrund ihrer Länge.«

»Die Fingerabdrücke. Wurden die schon überprüft?«

»Sind wir gerade dabei.«

»Wer bearbeitet das?«

»Einer meiner Leute, Heinz Wohlfahrt. Unser Spezialist für daktyloskopische Untersuchungen.«

»Dann rufst du den jetzt an. Ich brauche wenigstens einen Namen. Und ich telefoniere inzwischen noch mal mit Werner Tielmann. Der soll sich gleich in der Lupinenstraße umhören.«

Nach etwa zwei Minuten hatte Morgenthaler sein Gespräch beendet. Leibig brauchte etwas länger. Er notierte seine Informationen erst noch auf einen Zettel.

»Also?«

»Tut mir leid. Keiner der bisher ausgewerteten Fingerabdrücke ist bei uns registriert. Wohlfahrt sucht aber noch weiter. Bei den Haaren gab's inzwischen aber immerhin schon Auffälligkeiten. Bei mikroskopischer Betrachtung kann man nämlich genau sehen, ob …«

»Komm Jürgen, spann mich nicht auf die Folter.«

»Mann, du hast es aber wirklich eilig.« Er schob Morgenthaler seinen Notizzettel zu. Morgenthaler warf nur einen kurzen Blick drauf, dann nahm er gleich wieder sein Handy zur Hand.

»Werner, ich bin's wieder.« Morgenthaler sprach mit ruhiger Stimme, obwohl er innerlich gespannt war wie ein Drahtseil. »Hör zu. In dem Viertel muss es Damen geben, die Bahlbach gefällig waren. Leibig hat in seinem Wagen unter anderem einzelne schwarze und rote Kunsthaare von Perücken gefunden, außerdem Sperma und ein Stück lackierten Fingernagel. Stöbere also auf jeden Fall auch die Bordelle und Studios durch. Hast du ein Foto von ihm dabei? Gut. Brauchst du noch Unterstützung? Okay, das organisiere ich. Weißt du inzwischen eigentlich, bis wann Bahlbach am Freitagmorgen in seiner Firma war?«

Die Antwort auf die letzte Frage fiel äußerst zufriedenstellend aus. Aber Morgenthaler hatte nicht die Zeit, sich weitere Gedanken darüber zu machen. Sofort rief er den Kollegen Stein an.

»Egal, an was du gerade arbeitest, Johannes, lass es liegen und fahr raus zur 19er. Ja, du hast richtig gehört, zur Lupinenstraße. Du musst Werner ein bisschen helfen. Zwischendrin wird sich irgendwann auch noch ein Kollege von Leibig mit euch in Verbindung setzen. Heinz Wohlfahrt heißt der. Kann sein, dass er mit Namen aufwarten kann. Solchen Spuren geht ihr dann bitte unverzüglich nach. Es geht um Bahlbach, aber Werner weiß schon Bescheid.«

Morgenthaler sah auf die Wanduhr. Es war zwölf Uhr siebzehn. Nervös trommelte er mit seinen Fingern auf die Schreibtischplatte.

»Mein lieber Mann, euer Job ist manchmal wirklich die Hölle«, meinte Leibig.

»Nein, Jürgen. Es ist der schönste Beruf der Welt. Du setzt Dinge zusammen, die man gar nicht oder erst auf den zweiten Blick sieht, und zum Schluss kommt was Zweckdienliches dabei heraus.«

»Meinst du, etwas dem Zweck der Wahrheitsfindung Dienliches?«

»Ja, genau.«

»Und welcher Wahrheit?«

»Der besten, wenn möglich. Immer der besten.«

»Ach so.«

Morgenthaler stand auf und ging zum Waschbecken. Dort füllte er eine Gießkanne mit Wasser und begann, systematisch all jene der unzähligen im Büro herumstehenden Pflanzen zu gießen, deren Substrat er für zu trocken hielt. Mit sanftem Fingerdruck befühlte er dazu jeweils den Zustand der Erde. Mehrmals musste er die Kanne wieder auffüllen.

Leibig, der das Ganze beobachtete, verzog verwundert sein Gesicht.

»Sag mal, warum gießt du die eigentlich nicht einfach, sondern tastest da erst in den Töpfen herum? Du kriegst ja ganz schwarze Finger davon.«

»Weil Übergießen schädlicher ist als kurze Trockenperioden.«

»So?«

»Ja, das weiß ich von Kindleins Vater. Der ist da Spezialist.«

Leibig drehte sich auf dem Bürostuhl herum und betrachtete die enorme Pflanzenfülle in dem Raum. Schließlich blieb sein Blick auf einer stark ausladenden Bergpalme hängen.

»Ist langsam ein Urwald, oder?«

»Tja, Frieder und ich sind nun mal Polizisten, wir lieben Grün.«

Als Morgenthaler mit dem Gießen fertig war, sah er noch mal auf die Uhr – zwölf Uhr vierunddreißig. Er setzte sich wieder an den Schreibtisch. Irgendwann summte endlich sein Handy. Es folgte ein sehr kurzes Telefonat. Daraufhin stand er sofort auf und rannte, ohne sich von Leibig zu verabschieden, aus dem Büro.

»Bahlbach war Stammkunde in der Lupinenstraße«, meinte Morgenthaler. »In einigen Bordellen kennt man ihn jedenfalls. Spuren im Innenraum belegen, dass er auch in seinem Fahrzeug mit Prostituierten verkehrt hat. Außerdem wurde der Wagen genau in dieser Gegend gefunden. Ein dort ansässiger Kioskbetreiber kann sich erinnern, dass der Porsche schon am Freitagabend vor seinem Geschäft gestanden hat. Ich gehe deshalb davon aus, dass Bahlbach am Freitagnachmittag nicht zu sich nach Hause, sondern direkt in die Mittelstraße gefahren ist. Von seiner Firma, die sich in der Industriestraße befindet, bis dorthin wird er selbst bei schlechten Bedingungen höchstens zehn Minuten gebraucht haben. Das erklärt auch, warum er telefonisch nicht mehr erreichbar war. Er wird sein Handy stumm geschaltet haben, um nicht mitten in einem Tête-à-Tête gestört zu werden.«

Die Luft in dem winzigen Zimmer neben dem Verhörraum war zum Schneiden. Neben Morgenthaler befanden sich hier Petzold, Staatsanwalt Dr. Driesmann und Kindlein. Alle schwitzten, denn der Raum hatte keine Fenster, und die Tür sollte aus Diskretionsgründen geschlossen bleiben.

Dr. Driesmann war besonders verärgert gewesen, als Morgenthaler ein paar Minuten zuvor in den Verhörraum gestürmt gekommen war und die Vernehmung von Frau Bahlbach unterbrochen hatte. Deshalb war sein Ton nun auch besonders scharf.

»Herr Morgenthaler, bei allem Respekt. Aber ich kann diese Frau nicht auf freien Fuß setzen, nur weil Sie ihrem Ehemann moralisch verwerfliches Verhalten nachweisen können. Da muss schon ein bisschen mehr kommen. Die Indizien sprechen nämlich eine sehr deutliche Sprache.«

»Das habe ich zuerst auch vermutet«, log Morgenthaler, um Kindlein und Petzold nicht völlig allein in den Regen zu stellen. »Aber Professor Wesselin hat mir ein paar Hinweise geliefert, die alles in ein anderes Licht gerückt haben. An der Hose, die man bei Frau Bahlbach fand, befand sich zwar Blut ihres Mannes, aber nicht in so großer Menge, wie bei dem Verletzungsmuster zu erwarten wäre. Andererseits war diese Hose im Schrittbereich immerhin so ausreichend mit Blut getränkt, dass auch an der Unterhose Spuren davon nachweisbar sein müssten. Das ist aber nicht der Fall. Eine Erklärung hat Professor Wesselin dafür nicht, genauso wenig wie für die Tatsache, dass auch die Schuhe und Strümpfe frei von Blut sind.«

»Ja und, was heißt das nun im Klartext?«, blaffte der Staatsanwalt.

»Das weiß ich zugegebenermaßen noch nicht. Daran muss noch gearbeitet werden. Aber im Moment geht es mir ja auch nur darum, infrage zu stellen, dass Frau Bahlbach dringend tatverdächtig ist. Die Indizien halten meiner Ansicht nach einfach noch nicht allen Prüfungen stand.« Morgenthaler hätte es gern anders ausgedrückt, aber er musste vorsichtig sein. Driesmann noch mehr zu erzürnen hätte das vorzeitige Aus seines Planes bedeuten können.

»Schön, schön, aber unten an der Kellertür ist nun mal Bahlbachs Blut gefunden worden. Frau Bahlbach behauptet, dass es von einem Unfall herrührt. Auch wir haben uns natürlich mit Professor Wesselin in Verbindung gesetzt. Er fand an dem Toten keine Narbe zwischen Mittel- und Ringfinger der rechten Hand, die von einer Verletzung der beschriebenen Art herrührt.«

»Aber Professor Wesselin wird Ihnen auch gesagt haben, dass Bahlbachs rechte Hand zwei Narben an anderen Stellen aufweist. Auch eine jüngeren Datums. Es ist also durchaus möglich, dass sich Frau Bahlbach einfach nur hinsichtlich der genauen Lokalisierung geirrt hat.«

»Selbstverständlich ist auch so was möglich«, polterte Driesmann. »Wie alles im Leben. Aber was ist mit den Leimspuren an seinen Händen? Die weisen doch darauf hin, dass er sich in seiner Werkstatt aufgehalten haben muss, bevor er starb. Sie behaupten hingegen, dass seine Spur im Prostituiertenviertel endet. Also, ich kenne keine Sexualpraktik, bei der Holzleim eine Rolle spielt, Herr Morgenthaler. Aber bitte, klären Sie mich ruhig auf.«

Morgenthaler hatte nicht vor, darauf einzugehen. An dieser Stelle ging es um viel. Er benötigte noch eine wichtige Information.

»Was sagt denn Frau Bahlbach zu diesen Leimspuren? Ich konnte sie ja noch nicht danach befragen.«

»Die behauptet allen Ernstes, dass ihr Mann an besagtem Freitag den ganzen Morgen über mal rein zufällig nicht in seiner Firma war, sondern in seinem Hobbyraum zugange gewesen sein soll. Wirklich ein arger Zufall, wie ich finde, und, bei aller Liebe, auch sehr außergewöhnlich für einen Menschen, der normalerweise immer bis in die Nacht hinein arbeitet und sich höchstens mal sonntagabends ein paar Stündchen Vergnügen an der Werkbank gönnt. Oder was meinen Sie?«

Morgenthaler war froh. Driesmanns Antwort hatte seine Informationen bestätigt.

»Ich meine, dass es immer die Ausnahme von der Regel gibt«, erwiderte er deshalb. »An dem Tag sollte Bahlbach nämlich seine Frau zum Flughafen fahren. Abflugtermin war etwa dreizehn Uhr. Abzüglich Eincheckzeit und Fahrzeit mussten die beiden so gegen zehn aufbrechen. Vorher noch in die Firma zu fahren hätte sich für Bahlbach also kaum gelohnt, zumal er die schon um etwa neun Uhr dreißig wieder hätte verlassen müssen, um seine Frau von zu Hause abzuholen.«

»Für Geschäftsleute bedeutet jede Minute bares Geld«, warf Driesmann ein.

»Von mir aus. Aber Bahlbach war an diesem Vormittag nachweislich nicht in seiner Firma. Das habe ich gerade eben überprüfen lassen. Er hatte an diesem Vormittag tatsächlich was anderes vor. Etwas, das ihm ausnahmsweise wichtiger war als Geld.«

»So? Und das wäre?«

»Es liegt in seinem Keller auf der Hobelbank. Ich habe es gestern Abend dort gesehen. Er hatte nur noch eine Woche Zeit bis zum Geburtstag seiner Tochter, und ein kleines Schmuckkästchen, an dem er heimlich gearbeitet hat, war noch nicht fertiggestellt. Den besagten Vormittag hat er deshalb genutzt, um in das Stück noch einige bemerkenswert filigran anmutende Intarsien einzuleimen. Sie können es sich gern ansehen und dabei mal den Deckel anheben. Auf einem weiteren, einem inneren Deckel hat er kunstvoll eine Inschrift in das Holz eingearbeitet: »Zum 6. Geburtstag meiner lieben Linda«. Und dieser Geburtstag, Dr. Driesmann, ist heute. Lassen Sie die Frau frei, damit sie mit ihren Kindern feiern kann. Der Familie geht es schon dreckig genug.«

Driesmann war nun doch einigermaßen berührt, das war ihm deutlich anzusehen. Er setzte sich erst einmal hin und warf dem neben ihm stehenden Kindlein einen vernichtenden Blick zu.

»Und was ist mit dem Kinderanhänger? Ist doch seltsam, dass der verschwunden ist, oder?«

»Herr Dr. Driesmann, Sie scheinen nicht aufgeben zu wollen. Aber haben Sie sich mal bei Frau Bahlbach im Haus umgesehen?«

»Natürlich. Wieso?«

»Weil in dem Haus eine auffällige, ja geradezu sterile Reinheit herrscht. Da kann man auf dem Klodeckel Pizza servieren. Abgesehen davon, dass die Familie nie einen Hund besaß, ist Frau Bahlbach schlichtweg nicht dafür geschaffen, Hundehaare in einem Kinderanhänger zu dulden. Und erst recht keinen Hundespeichel.«

Driesmann nickte. »Wieso kommen Sie jetzt erst damit, Herr Morgenthaler? Wir hätten uns und Frau Bahlbach wirklich viel ersparen können.«

Jetzt schaute auch Morgenthaler zu Kindlein rüber. Der fühlte sich in seiner Haut alles andere als wohl. Er sah blass und mitgenommen aus.

»Mein Kollege Kindlein und ich haben uns vorgenommen, zweigleisig zu arbeiten, da alle vorliegenden Hinweise schon von Anfang nicht nur eine Interpretation zuließen. Er sollte sich erst einmal mit Frau Bahlbach befassen, da hier handfeste Indizien direkt mit einer Person in Verbindung gebracht werden konnten, einer, die zudem auch noch ein Motiv hatte. Sie zu verhören war deshalb von besonderer Wichtigkeit und musste, trotz erheblicher Bedenken unsererseits, ohne zeitliche Verzögerung durchgeführt werden. Derweil wollte ich unserer zweiten Spur nachgehen. Die ließ eine völlig andere Auslegung hinsichtlich des bis dato vorliegenden Materials zu, was aber leider erst heute Morgen durch Professor Wesselins und Herrn Leibigs Untersuchungsergebnisse bestätigt werden konnte.«

Petzold und Kindlein senkten ihren Blick und schauten zu Boden. Petzold, weil er grinsen musste, und Kindlein, der dem Blickkontakt mit Morgenthaler schon die ganze Zeit ausgewichen war, womöglich auch deshalb, weil sein Kopf knallrot angelaufen war.

Dr. Driesmann war jetzt wild entschlossen, das Ruder herumzuwerfen. Bei der ganzen Sache habe er von Anfang an gewisse Bedenken und ein äußerst ungutes Gefühl gehabt. Und selbstverständlich hätte er das Verhör schon längst abgebrochen, wenn er umfassender informiert worden wäre. Für das nächste Mal bat er sich deshalb aus, insgesamt ein ordentliches Maß mehr an Sensibilität walten zu lassen und vor allem bei den Details auf größere Präzision zu achten. Frau Bahlbach solle man unverzüglich nach Hause zu ihren Kindern fahren.

Die stundenlangen Verhöre hatten bei Kindlein sichtbare Spuren hinterlassen. Morgenthaler wunderte es deshalb nicht, dass er das Präsidium kurz nach der Unterredung verließ, um sich zu Hause für ein paar Stunden ins Bett zu legen. Zwar hätte Morgenthaler noch gern unter vier Augen mit ihm gesprochen, aber die Umstände verlangten, dass man sich erst einmal um die ebenfalls völlig erschöpfte Frau Bahlbach kümmerte.

Nachdem er sie vor ihrem Haus im Lindenhof abgesetzt hatte, fuhr er in die Innenstadt. Dort ging er auf direktem Wege zu »Dunkler's«, unweit des Wasserturms, des Wahrzeichens Mannheims. Er hatte Hunger. Aber vor zwei Tagen hatte er seiner Leibesfülle einen unbarmherzigen Kampf angesagt. Und da er sich vorgenommen hatte, diesen mit schonungsloser Härte zu führen, fand er es keine schlechte Idee, ihn im Wintergarten dieses vegetarischen Restaurants auszufechten.

Unter all den Gerichten, die zur Auswahl standen, erschien ihm einzig Lasagne mit Gemüse-Grünkern-Bolognese und Mozzarella halbwegs ansprechend. Aber schon nach zwei Bissen bereute er seine Wahl und überlegte ernsthaft, ob es einen Tatbestand wie Beihilfe zur Selbstverstümmelung gab. Allen Gästen, so dachte er, die sich in diesem Restaurant häufiger oder gar regelmäßig verköstigen ließen, konnte man guten Gewissens unterstellen, dass sie es taten, um ihre Geschmackspapillen systematisch zu zerstören.

Man warb dort mit der Tatsache, dass man seit fast zwanzig Jahren existierte, aber Morgenthaler konnte sich nicht erklären, wie es möglich war, sich in so kurzer Zeit so weit von der Kochkunst zu entfernen. Um derart dreist zu sein, einen Grünzeug-Teigblätter-Stapel von solch dürftigem Geschmack zuzubereiten und obendrein als Lasagne zu bezeichnen, reichte es nicht aus, einfach nur Vegetarier zu sein.

Er erinnerte sich an einen Besuch, den er als junger Mann einem Freund abgestattet hatte. Der hauste während seines Studiums in einer WG, die sich in einem alten verlassenen Kloster eingemietet hatte. Alle Mitglieder der Wohngemeinschaft hatten sich voll und ganz makrobiotischer Lebensweise verschrieben. Ihre enthusiastischen Schilderungen oraler Feuerwerke, die veganische Kost und selbst angebautes Getreide im Mund erzeugen sollten, waren Morgenthaler noch heute im Gedächtnis. Aber ihm war auch ein geradezu mitleiderweckender Zug in ihren Gesichtern aufgefallen, der nicht zu den euphorischen Äußerungen gepasst hatte und eher dem von Menschen glich, die unter Entbehrungen litten. Und er hatte die Behauptung, dass ihr Stuhl seit der Kostumstellung weitaus aromatischer roch, nicht bestätigt gefunden, wenn er morgens hinter der kleinen Abtei das Plumpsklo aufsuchte.

Natürlich musste diese Plunder-Esserei ein Ende haben, aber er ahnte, dass *sein* Königsweg zu weniger Körpergewicht nicht durch »Dunkler's« Küche führen würde. Und so stellte er den Teller gern beiseite, als Tielmann anrief.

»Hallo, Konrad. Du, hör mal, Stein und ich haben jetzt einen Gutteil der weiblichen Gewerbetreibenden im Milieu angesprochen. Ich denke, da kommen wir momentan nicht mehr weiter. Die Mädels, die wir befragt haben, kannten Bahlbach recht gut. Und im Grunde haben alle das Gleiche gesagt, nämlich dass er ein gern gesehener Kunde war, der ihre Dienste gut bezahlt hat und sich immer anständig benahm.«

»Also ein unauffälliger Freier, wenn ich das richtig verstehe.«

»Ja, in jeder Hinsicht. Auch was seine Neigungen betraf. Er habe zwar gewisse Ansprüche an das äußere Erscheinungsbild der Damen gestellt, sei aber, was seine sexuellen Vorlieben betraf, leicht zufriedenzustellen gewesen. Zu denen gehörte lediglich, dass sich die Auserwählten möglichst einfach strukturiert, bedürftig und untertänig gaben. Grips und Selbstbewusstsein waren jedenfalls nicht gerade sein Fetisch. So richtig einer abgegangen ist dem, wenn sie ihm die zu kurz gekommene Hausfrau oder Dienstmagd vorspielten, der er mit seiner Nudel was Gutes tun konnte, falls du verstehst, was ich meine.«

»Nee, will ich auch gar nicht. Aber ernsthaft, ich denke, ihr solltet noch mal in die Firma fahren und dort Fingerabdrücke vom weiblichen Personal nehmen.«

»O weh.«

»Haar- und Speichelproben selbstverständlich nur freiwillig«, mahnte Morgenthaler.

»Du denkst, der hatte auch was mit einer aus seiner Firma?«

»Gut möglich. Auf jeden Fall müssen wir das prüfen.«

»Konrad, die Belegschaft besteht zu achtzig Prozent aus Frauen.«

»Ich weiß. Das ist viel Arbeit, aber es muss sein. Nehmt euch doch erst einmal die Frauen vor, die für ein Tête-à-Tête seiner Präferenz infrage kämen.«

»Und das heißt?«

Morgenthaler stöhnte. Wenn Tielmann keine Lust hatte, stellte er sich gern blöd.

»Das heißt, dass ihr die sechzigjährige Putzfrau und die resolute Einkaufsleiterin mit der John-Wayne-Stimme auslassen könnt.«

Später, auf dem Weg zum Präsidium, erhielt Morgenthaler einen Anruf von Jürgen Leibig. Er berichtete, dass bei der Auswertung der Haarspuren in dem Porsche ein einzelnes Hundehaar zum Vorschein gekommen war. Es stammte von der Rückenlehne des Fahrersitzes und stimmte exakt mit denen überein, die man in dem Kinderanhänger gefunden hatte.

»Na, das ist doch mal was. Versucht bitte die Rasse des Hundes herauszukriegen. Aber, wo du es gerade erwähnt hast, Jürgen, ich habe noch eine andere Frage: Wo stammen eigentlich diese Perückenhaare her?«

»Keine Ahnung.«

»Ich meine, aus welcher Ecke des Fahrzeugs?«

»Ach so. Die schwarzen Haare fanden wir maßgeblich auf dem Beifahrersitz. Eines davon aber auch auf der Fahrersitzfläche. Die roten Haare hingegen hingen ausnahmslos an der fahrerseitigen Nackenstütze.«

Morgenthaler fragte sich, wem ein Porsche-Fahrer wohl den Fahrersitz seines teuren Gefährts anbieten würde. Wohl nicht jedem. Sicher nur jemandem, dem er vertraute, den er kannte. Dann überlegte er, bei welcher Gelegenheit Prostituierte auf dem Fahrersitz ihrer Kundschaft Platz nahmen. Ihm fielen nur diese drögen Parkplatznummern ein. Dabei konnten sich lose Haare überall verteilen, auch auf den Sitzflächen und den Rückenlehnen. Und sie konnten natürlich auch – aber niemals ausschließlich – an den Nackenstützen hängen bleiben. Nein, er war sich ziemlich sicher, dass die Trägerin der roten Perücke keine Prostituierte gewesen war, sondern jemand, der das Auto irgendwann mal gefahren hat. Selbstverständlich, dachte er, wird Anita Bahlbach den Porsche hin und wieder gefahren haben. Und sie hatte rotes Haar. Aber ihr Haar war echt. Haarteile vielleicht? Er würde dem nachgehen müssen.

Dann gab es auf dem Fahrersitz dieses Hundehaar. Das konnte nun wirklich nur der Täter hinterlassen haben. Hatte der demnach die rote Perücke getragen? Und wenn ja, warum? Hatte er sie vielleicht getragen, um für Frau Bahlbach gehalten zu werden?

Obwohl Morgenthaler im Grunde nicht eine Minute an seine für Dr. Driesmann zusammenkonstruierte Strichermilieu-Theorie geglaubt hatte, war er nun doch einigermaßen überrascht, wie schnell ein winziges Hunde- und ein rotes Perückenhaar am falschen Ort diese Baustelle niedergerissen hatten. Er war fast ein bisschen enttäuscht über die mangelhafte Standfestigkeit seines mühsam erstellten Konstrukts. Nun war am allerwahrscheinlichsten, dass der Porsche nicht von Bahlbach, sondern von seinem Mörder gefahren und in der Mittelstraße abgestellt worden war – vermutlich direkt im Anschluss an die Tat, und in der Absicht, eine Spur in die Nutten- und Zuhälterszene zu legen. Im Grunde glich diese These also jenem Szenario, das sich Kindlein schon erdacht hatte, nur mit dem Unterschied, dass der die Mörderrolle völlig falsch besetzt hatte.

Als er das Präsidium betrat, spürte Morgenthaler eine sanfte Übelkeit aufsteigen. Er vermutete, dass seine Grübelei auf leeren Magen die Ursache dafür war. Aber ein leichter Schwindel, der sich zudem gerade in dem Moment einstellte, als er an der Kantine vorbeilief, führte ihn zu einer ernster zu nehmenden Diagnose – schwerer Unterzucker. Auf direktem Weg lief er deshalb zum Cafeteria-Tresen. Aus Vernunftgründen entschied er, nun auf keinen Fall Experimente zu machen, und kaufte deshalb nicht nur einen Nuss- sondern auch noch einen Puddingplunder. Mit beidem machte er es sich kurz darauf im Büro bequem.

Schon beim ersten Bissen wurde er gestört. Diesmal war es das Bürotelefon, das auf sich aufmerksam machte. Eigentlich wollte er den Hörer nicht abheben, entschloss sich dann aber doch dazu – immerhin konnte es weitere Neuigkeiten in ihrem Fall geben.

Der Mann am anderen Ende der Leitung stellte sich ihm als ein gewisser Dr. Sievert vor, Psychiater am Kreiskrankenhaus Tauberbischofsheim. Er erklärte, dass er seit mehreren Tagen einen Patienten behandle, der in seinem Heimatort äußerst auffällig geworden war.

Morgenthaler konnte sich nicht vorstellen, wie er dem Arzt helfen könnte. Das sagte er ihm und erfuhr daraufhin mehr.

»Sehen Sie, Herr Perlinger wohnt in Hollerbach, einem Stadtteil von Buchen im Odenwald. Das ist eine kleine, Etwa-zweihundert-Seelen-Gemeinde, in der jeder den anderen kennt. Neulich ist er dort von Haustür zu Haustür gelaufen und hat sämtlichen Bewohnern des Ortes erzählt, dass eine international tätige Verbrecherorganisation mit Hauptsitz in Mannheim seinen besten Freund entführt und ermordet habe. Der Buchener Polizei misstraue er völlig, da sie nichts unternehme, um diesen Verbrecherring zu stoppen. Und die Presse sei sowieso korrupt. Sie würde mit der Polizei zusammenarbeiten. Um seine These zu stützen, hat er jedem im Ort Artikel der gängigsten Zeitungen der Neckar-Odenwald-Region gezeigt. In denen war jener Freund abgebildet und als Opfer eines Tötungsdelikts beschrieben worden. Dieser Freund ist ebenfalls Bürger von Hollerbach, genießt dort jedoch nicht gerade hohes Ansehen. Er galt schon immer als Sonderling, der zudem etwas außerhalb der Ortschaft wohnt. Manche Bewohner haben ihn schon jahrelang nicht mehr zu Gesicht bekommen. Wie dem auch sei: Meinem Patienten hat jedenfalls niemand geglaubt, und man hat ihn als Spinner bezeichnet. Daraufhin ist er ziemlich durchgedreht. Er hat sich kurzerhand laut fluchend vor das Polizeirevier in Buchen gestellt, es angepinkelt und die Eingangstür mit Kot beschmiert. Danach ist er zur nächsthöheren Instanz, der Polizeidirektion Mosbach, gefahren und hat dort das gesamte Personal des Buchener Polizeireviers sowie sämtliche Einwohner Hollerbachs wegen Beihilfe zum Mord anzeigen wollen.«

Morgenthaler hatte irgendwann mal gelesen, dass bei Unterzucker die Konzentrations- und Denkfähigkeit eingeschränkt würde, da das Gehirn dann sozusagen an Treibstoffmangel litt. Von dem, was dieser Arzt ihm berichtete, verstand er jedenfalls so gut wie nichts. Er nahm noch einen Bissen von seinem Plunder und fragte den Mann, was er denn nun eigentlich für ihn tun könne.

»Na ja, ich muss eben irgendwann mal entscheiden, ob Herrn Perlingers geistiger Zustand einen weiteren stationären Aufenthalt in der Klinik rechtfertigt. Seine Krankenkasse hat vor Kurzem einen ziemlich scharfen Medical Controller eingestellt, der sich momentan sehr genau mit dieser Patientenakte auseinandersetzt und mir deshalb fast täglich auf die Füße tritt. Und ich muss zugeben, dass der Kerl nicht ganz ungerechtfertigt anzweifelt, dass mein Patient ein Fall für die Klinik ist. Herr Perlinger hat mit seinem Verhalten zwar gängige Grenzen übertreten, macht aber im Grunde einen absolut normalen Eindruck und ist aus psychiatrischer Sicht auch früher niemals auffällig gewesen.«

Morgenthaler wurde langsam ungeduldig. Dieser Doktor stahl ihm die Zeit und kam nicht zum Punkt. »Aber nun sagen Sie mir doch endlich mal, was ich in dieser Sache für Sie tun kann.«

»Na ja, ich dachte, dass sich Herr Perlinger vielleicht wieder von ganz allein beruhigen würde, wenn man ihm einen Beweis dafür lieferte, dass all seine Theorien auf einem Irrtum beruhen. Ich, als seine Vertrauensperson, könnte ihm doch beispielsweise eine Art schriftlichen Nachweis vorlegen. Wenn die ermittelnde Behörde, also die Kripo Mannheim, darin die Identität ihres Mordopfers und ihre alleinige Zuständigkeit für diesen Fall bestätigen würde, wäre die Sache vermutlich mit einem Schlag erledigt. Jedenfalls wäre Herr Perlinger auf die Art leichter davon zu überzeugen, dass es sich bei dem Toten in Mannheim nicht um seinen Freund gehandelt hat und dass die Polizei in Buchen nicht in die Bearbeitung dieses Falles involviert ist.«

Morgenthaler war entsetzt. Er fragte sich, für welches Krankheitsbild eigentlich überdurchschnittliche Naivität symptomatisch war und ob es nicht sogar in das Fachgebiet dieses Arztes fiel. Er erklärte dem Mann in aller Ruhe, dass es sich bei Polizeiarbeit ähnlich verhalte wie bei ärztlicher.

»Die Unterlagen zu unseren Fällen sind der Öffentlichkeit nicht zugänglich. Auch wir halten uns selbstverständlich an ein Schweigegebot, insbesondere bei laufenden Ermittlungen oder einem anhängigen Verfahren. Zweckdienliche Informationen geben wir natürlich an Dritte weiter, aber ausschließlich über unsere Pressestelle. An die dürfen Sie sich jederzeit wenden. Allerdings werden Sie da rein telefonisch nicht weit kommen. Von Ihrer Klinik würde man auf diese Weise schließlich auch keine Patientenauskünfte erhalten, oder?«

Er bedankte sich für das Telefonat, legte dann aber kopfschüttelnd den Hörer auf.

Nicht lange danach klingelte das Telefon erneut. Morgenthaler wurde allmählich ungehalten. Er kam zu nichts anderem mehr, und von seinen zwei Plundern hatte er gerade mal einen halben gegessen. Damit war sein Unwohlsein zwar behoben, aber satt war er keinesfalls. Von daher klang es auch nicht so recht freundlich, als er sich mit einem knappen »Ja, was gibt's?« meldete.

»Entschuldigen Sie bitte, wenn ich Sie störe, Herr Morgenthaler. Aber Sie müssen unbedingt bei mir vorbeikommen. Es ist etwas Entsetzliches passiert.«

Es war Anita Bahlbachs Stimme. Sie überschlug sich fast.

*Du hättest kein Standing, dir fehle es an Aggressivität, und inzwischen gehe es um mehr als Semmeln oder Schrippen. Er hat dich gern verletzt.*

*Seine Eltern haben dich geliebt, haben dich geehrt und geschätzt. Er hingegen hat dich mit Füßen getreten, hat wieder und wieder etwas gefunden, das ihm nicht passte – deine Figur, dein Alter, dein Kleidungsstil, dein Auftreten, deine Ausdrucksweise, sogar deine Intelligenz. Ihn interessierten deine Arbeitsergebnisse nicht, weil er dich hasste.*

*Ihm waren diese Püppchen lieber, die mit High Heels, schicken Autos und teuren Klamotten den Open Market durchwühlen und keine Peinlichkeit auslassen, um bei der Neukundengewinnung zu punkten. Junge Mädels, bereit, jedem Stammkunden in den Hintern zu kriechen, damit er im Bestand bleibt, und devot genug, zur Rückgewinnung Abtrünniger deren Speichel zu lecken. Du warst anders, Marianne. Auch deshalb habe ich dich geliebt.*

*Aber für Bahlbach warst du Repräsentantin des Alten, des Überholten, von dem er sich lösen wollte, aber nicht konnte, weil seine Eltern das niemals gebilligt hätten. Mit Argwohn hat er auf deine Verdienste für die Firma geblickt. Und die unverhohlene Skepsis, mit der du seinen Führungsstil und sein Geschäftsgebaren betrachtet hast, war ihm ein Dorn im Auge. Er hat dir nie verziehen, dass du seinem Vater empfohlen hast, ihn nicht übergangslos zum alleinigen Firmeninhaber zu machen. Du hast ihn lange vor seinem Amtsantritt gekannt und geahnt, dass er den in Jahrzehnten gewachsenen Familienbetrieb binnen kürzester Zeit in eine seelenlose Fabrikationsstätte umwandeln würde. Und du hast gewusst, was das für die Menschen bedeutet, die dort arbeiten.*

*Ja, so warst du, Marianne: ehrlich, offen und freiheraus. Umso schrecklicher war es, mitanzusehen, wie du immer kleiner wurdest, nachdem Bahlbach deine Achillesferse entdeckt hatte – deinen kranken Bruder. Es kam ihm gerade recht, dass der immer kränker wurde und mehr von deiner Zeit und Zuwendung brauchte. Er wusste, dass es für dich nun wichtiger wurde, den Arbeitsplatz nicht zu verlieren, da die Kosten für die Pflege ständig stiegen. Da hatten ihn deine Arbeitsergebnisse mit einem Mal auch interessiert, und er genoss es, dass du dein Pensum nicht mehr halten konntest. Damit warst du in seiner Hand. Fortan hat er dich und deine Situation schamlos ausgenutzt, hat dich wie Dreck behandelt und dich systematisch geknickt. Und als deine Zahlen schließlich schlechter wurden, hat er dich gebrochen, denn nun konnten ihm selbst die Ansichten seiner Eltern egal sein. Er hatte endlich das Argument, das auch sie akzeptieren müssten. Wie stinkenden Abfall hat er dich vor die Tür gestellt – dich, die sich für den Betrieb und seine Eltern immer eingesetzt hat. Zwanzig Jahre außergewöhnlichen Engagements waren ihm ein Monatsgehalt Abfindung wert.*

*Nun, da ich hier in diesem kleinen Café sitze und die Kellnerinnen bei der Arbeit beobachte, muss ich an die Monate danach denken. Es war deprimierend, mitzuerleben, wie du dich abgemüht hast. Wie du in diesem Hotel Tag für Tag und für ein entwürdigendes Gehalt die Betten fremder Menschen gemacht und deren Zimmer geputzt hast, weil sonst niemand einer Vierzigjährigen Arbeit gab. Ich erinnere mich, dass du anfangs die Trinkgelder nicht annehmen wolltest. Ich habe das nur allzu gut verstanden und hätte dir so gern diesen Stolz gelassen. Aber unsere Einkünfte allein haben irgendwann einfach nicht mehr gereicht. Dein Bruder brauchte immer mehr Hilfe.*

*Und dann kam dieser Kongress. Warum hat er ausgerechnet in dem Hotel stattfinden müssen? Und warum musste gerade Bahlbach daran teilnehmen?*

*Ich werde niemals deinen Anruf vergessen. Du hast kaum sprechen können. Noch immer höre ich dein Schluchzen und Weinen.*

*»Die Drecksau hat mich vergewaltigt.«*

*»Nein!«, habe ich geschrien.*

*»Doch, ich habe meine Arbeit gemacht, und plötzlich stand er hinter mir. Er kam aus der Dusche. Ich wusste doch nicht, dass er …«*

*»O Gott, Marianne, nein.«*

*»›Oh, haben wir uns verändert?‹, hat er gemeint und mich dabei so eklig angesehen. ›Meine ehemalige Außendienstleiterin. So ein Zufall. Na, haben wir in den Innendienst gewechselt?‹ Dabei hat er wie ein Schwein gegrinst und sich köstlich amüsiert. ›Flott wirkt sie im Dienstmädchendress. Ach, und schlanker sind wir auch geworden, nicht wahr? Gar nicht übel. Jetzt sehen die Tittchen ja richtig prall aus.‹ Er hat mich einfach angefasst.«*

*»Scheiße. Sag mir, wo du gerade bist, Marianne. Bist du noch im Hotel? Ich hol dich ab. Bitte sag's mir.«*

*»Ich hab versucht, ihm eine zu scheuern, aber er hat mich festgehalten …«*

*»Wo bist du?«*

*Warum hast du nicht geantwortet? In dem Zustand hättest du niemals in dein Auto steigen dürfen. Mein Gott, ich hätte dich noch so gebraucht.*

# 11

Bemüht, seinen düsteren Empfindungen und seinem schlechten Gewissen möglichst wenig Aufmerksamkeit zu schenken, war Kindlein vom Präsidium aus direkt zu sich nach Hause gefahren. Auch dort hatte er es weitestgehend geschafft, nicht an das Verhör mit Frau Bahlbach zu denken, und war, mit dem Vorsatz, dies auf später zu verschieben, erschöpft in sein Bett gefallen.

Nun war er wach. Und alles, was so schön versunken war, versuchte, seinen Platz an der Oberfläche zurückzuerobern. Er sah auf die Uhr. Etwa drei Stunden hatte er geschlafen. Er schaute nach draußen. Das Wetter hatte sich verändert. Es regnete in Strömen.

Es gab zwei Möglichkeiten. Sie steckten mitten in einem Mordfall, und er war dafür verantwortlich, dass sie wertvolle Zeit verloren hatten. Das bedeutete, dass er sofort ins Präsidium fahren sollte. Andererseits war es erforderlich, sich mit dem zu befassen, was da in ihm hochblubberte. Dafür hatte er jetzt nicht die Zeit. Und er würde dazu jemanden brauchen, der ihm zuhörte. So jemand war nicht greifbar.

Kindlein entschied, nicht zu grübeln, feste Schuhe und eine Regenjacke anzuziehen, den Autoschlüssel einzustecken und die Wohnung zu verlassen. Sofort ging es ihm besser.

Unten, in der Durchfahrt zum Hinterhof, stellte er sich erst einmal vor die alte Eichentür des Treppenhauses und steckte sich ein Zigarillo an. Nun sah er, wie stark es tatsächlich regnete. Auf den Gehwegen hatten sich ausladende Pfützen gebildet, und die Scheibenwischer der langsam vorbeifahrenden Autos waren auf höchste Stufe gestellt. Vom Hinterhof her drang ein hohles, seltsam röhrendes Geräusch in die Durchfahrt. Er wusste, dort plätscherte Wasser aus einer defekten Regenrinne auf die Pergola des Mülltonnenstellplatzes.

Trotz des Wetters erschienen vorn an der Straße vereinzelt Passanten. Anhand ihrer Körpergröße, ihres Alters und Lauftempos schätzte Kindlein die Anzahl der Schritte, die sie benötigten, um die Hauseinfahrt zu passieren.

Dann kamen zwei kleine Jungs in tief gebeugter Haltung in die Durchfahrt geflitzt. Um sich vor dem Regen zu schützen, hatten sie ihre T-Shirts vom Rücken her weit über ihre Köpfe gezogen. Ihre festen nackten Bäuche zeigten noch immer den Teint des Sommers, und an den dünnen Beinchen lösten sich bräunliche Krusten von längst verschorften Wunden. Sie hielten es hier aber nur einen kurzen Augenblick aus – in der Durchfahrt zog es kräftig, und ihre Hemdchen und Bäuche waren ordentlich nass. Jedenfalls rannten sie alsbald wieder los, vermutlich erst mal nicht weiter als bis zur Durchfahrt des Nachbarhauses.

Nach weniger als der Hälfte schnippte er das Zigarillo weg. Es war nicht die Marke, die er sonst rauchte, und es schmeckte zum Davonrennen. Dann beeilte er sich, halbwegs trocken zu seinem Auto zu kommen.

Erst auf der Fahrt ins Präsidium begann Kindlein wieder an dieses schreckliche Verhör zu denken, recht bald derart intensiv, dass es ihm nur mit Mühe gelang, sich bei schlechter Sicht auf den Verkehr zu konzentrieren.

Er hatte Frau Bahlbach verletzt, eine Frau, die soeben ihren Mann verloren hatte – den Vater zweier kleiner Kinder, die heute einen kleinen und traurigen Geburtstag ohne ihren Papa feiern mussten.

Mit aller Gewalt hatte er eine Theorie passend machen wollen, der ein Irrtum zugrunde lag. Bei ihrer Vernehmung war er grund- und haltlos auf ihr herumgetrampelt. Viel zu spät hatte er das erkannt – nicht zu spät, um einzulenken, aber zu spät, um sich zu entschuldigen. Zu dem Zeitpunkt hatte er sein Gesicht längst verloren und jeder Versuch, es wiederherzustellen, wäre gescheitert. Es wäre eine Fratze dabei herausgekommen, weil sie ihm womöglich alles verziehen hätte, sofern er sie danach zu ihren Kindern hätte gehen lassen.

Dann war Morgenthaler gekommen. Seine Version hatte die Schuld auf mehrere Schultern verteilt. Kindleins Arsch war gerettet – aber nicht sein Gesicht.

Gleich nachdem Kindlein das Präsidium betreten hatte, begegnete er Petzold. Der wirkte beunruhigt. Morgenthaler war eine halbe Stunde zuvor zu Frau Bahlbach gefahren. Dort musste sich etwas Fürchterliches ereignet haben, denn er meinte, Morgenthaler selten so aufgeregt erlebt zu haben. Um irgendein Foto oder Videoband sollte es gehen. Mehr hatte Petzold nicht in Erfahrung bringen können. Kindlein fuhr sofort los. Nun würde er Frau Bahlbach also gleich wieder begegnen.

Im Lindenhof nahm er den Weg über das Stephanienufer, denselben, den er vor Kurzem mit Morgenthaler gefahren war, als sie Frau Bahlbach zum ersten Mal besucht hatten. Aber schon bald, als er die schmale Straße am Rheinufer entlangfuhr, fragte er sich, warum er eigentlich diese Strecke gewählt hatte. Es war ein Umweg, und bei dem starken Regen war selbst das Rheinufer ein trostloser Ort, an den es außer ein paar wackeren Hundehaltern aus der Umgebung und einigen unbeugsamen Allwetterjoggern niemanden zog. Tat er es, um Zeit zu schinden, um Frau Bahlbach nicht allzu bald zu begegnen?

Dann, als er an der großen Platane vorbeifuhr, erinnerte er sich an die türkische Familie, die hier neulich ihr Picknick gehalten, und an das Liebespaar, das sich in deren Nähe im Gras gewälzt hatte. Und da er sich so auffällig deutlich selbst an winzigste Details dieser Szene erinnerte, fragte er sich, ob er den Weg nicht gerade deshalb genommen hatte, um genau diese Erinnerungen wachzurufen. Auf jeden Fall empfand er nun wieder jenes Wehmutsgefühl, das sich neulich beim Anblick der Familie und der beiden Liebenden für einen kurzen, aber intensiven Moment eingestellt hatte. Hatte er demnach nicht nur bloße Erinnerungen, sondern auch die damit verbundenen Empfindungen provozieren wollen, als er den Umweg hierher nahm? Nur warum? Um diese Wehmut noch einmal zu spüren? Um herauszufinden, was ihm fehlte? Oder um endlich bestätigt zu bekommen, was er im Grunde schon längst wusste? Oder aus all diesen Gründen?

Wie hatte er sie in seiner Jugend angehimmelt: diese unrasierten Krimi-Detektive und Fernsehkommissare. Immer auf der guten Seite und in höchstem Maße befriedigt von ihrer Aufgabe. Er hatte sich keinen Kopf darüber gemacht, dass seinen in Lederjacke oder Trenchcoat verpackten Helden auch etwas fehlen könnte und dass ein defizitäres Leben wie das ihre allenfalls für zwölf Folgen einer Serie gut war. Ihm war nicht bewusst gewesen, dass es im realen Leben weitere Folgen gab, Folgen, in denen abgerechnet wurde, wenn man bis dahin nichts anderes getan hatte, als böse Männer zu verfolgen, armen Witwen schlechte Botschaften zu übermitteln und abends wie ein einsamer Jäger erschöpft ins Bett zu fallen. Freunde gab es dann längst nicht mehr und auch keinen Partner.

Auch ihm waren einzig der Beruf, die Kollegen und die Eltern geblieben. Hinzugekommen war lediglich das Gefühl, einen Makel an sich zu tragen. Einen Makel, den er immer Menschen zugesprochen hatte, die unbeliebt waren, Kontaktprobleme hatten, allzu wählerisch, womöglich arrogant oder zu egozentrisch waren – oder, wie er, schlichtweg zu dumm gewesen waren, sich frühzeitig auf Folge dreizehn vorzubereiten. Dieser Makel hieß Einsamkeit, und er war ihm schon deshalb peinlich, weil er ihn viel zu lange und allzu leichtfertig als berufsbedingten, jederzeit korrigierbaren Kollateralschaden abgetan hatte. Nun aber war es an der Zeit, sich einzugestehen, dass er einem verheerenden Irrtum erlegen war und dass all die seltsamen Gefühlsregungen der letzten Zeit Ausdruck einer gestörten Empfindsamkeit waren, die wiederum – und damit war es endlich raus – von eben diesem tief sitzenden und traurigen Einsamkeitsgefühl herrührte.

Aber das war's schon. Weiterführende Gedanken oder gar eine echte Auseinandersetzung mit diesem Eingeständnis musste Kindlein verschieben. Das Einzige, was er momentan tun konnte, war, wenigstens das berufliche Leben in Ordnung zu halten. Es durfte kein weiteres Mal von persönlichen Missempfindungen beeinflusst werden. Außerdem durfte er Morgenthaler nicht noch einmal enttäuschen. Der Beruf, aber eben vor allem Konrad Morgenthaler waren im Moment die einzig verlässlichen Größen in seinem Leben und ein nicht hoch genug zu schätzender Halt.

Er hatte Frau Bahlbachs Haus erreicht. Schon vom Auto aus sah er, dass sie sich alle erdenkliche Mühe gegeben hatte, ihrer Tochter ein schönes Geburtstagsfest zu bescheren, und das, obgleich sie völlig erschöpft gewesen sein musste.

Der schwarze Metallgitterzaun war mit Girlanden geschmückt. Er wirkte nun nicht mehr langweilig, da er in seiner Schlichtheit wirkungsvoll mit dem farben- und formenreichen Schmuckwerk kontrastierte. Als Kindlein auf das Eingangstor zulief, stellte er fest, dass es Plastikgirlanden waren. Es amüsierte ihn beinahe, dass ihm das nicht gleich aufgefallen war, obwohl sie bei dem Regenwetter sicher anders ausgesehen hätten, wenn sie aus Papier gewesen wären. Schließlich blieb er vor dem Tor stehen, lugte durch die Gitterstäbe hindurch und hätte sich sicher für einen Moment in dem Anblick des fröhlich herausgeputzten Anwesens verloren, wenn ihn nicht eine Stimme, die er dicht neben sich vernahm, davon abgelenkt hätte. Sie gehörte einem Passanten, der soeben tief gebeugt und mit weit heruntergezogener Kapuze grüßend an ihm vorbeilief. Lindenhof war ein Dorf. Kindlein erwiderte den Gruß und betrat das Grundstück.

Über der Hauseingangstür hing eine Traube bunter Luftballons. Auch auf dem Rasen lagen etliche davon verstreut. Sie hatten alle möglichen Größen, Formen und Farben und waren an in die Erde gesteckten Zeltnägeln befestigt worden. Der niederprasselnde Regen erzeugte auf den verschieden großen Ballons Trommelklänge unterschiedlicher Tonhöhe und Lautstärke. Kindlein musste unweigerlich an seine eigenen Kindergeburtstage denken. Wie viele Freunde hatte er damals eigentlich? Spontan fielen ihm zwei ein. Waren es nicht mehr? Er wurde wieder nervös. Wie würde Frau Bahlbach auf seine Anwesenheit reagieren?

Er brauchte nicht zu klingeln, die Haustür war nur angelehnt. Das Erste, was ihm beim Eintreten auffiel, war, dass Kinderlärm fehlte. In dem Haus herrschte eine beklemmende Stille – als ob es seit langer Zeit leer stehen würde. Keine Spur von einem Geburtstagsfest. Er ging ins Wohnzimmer. Auch dort hörte er keinerlei Geräusche. Dann entdeckte er Morgenthaler. Mutterseelenallein und völlig verloren saß er in der cremefarbenen Sitzlandschaft. Den Kopf auf die Hände gestützt, stierte er schweigend vor sich hin. Selbst als Kindlein sich direkt neben ihn stellte, dauerte es noch einen guten Moment, bis er auf ihn aufmerksam wurde.

»Hallo, Frieder. Schön, dass du da bist. Komm, setz dich zu mir«, murmelte er schließlich leise. Er sah bedrückt aus. Kindlein lief um den Tisch herum, um sich neben ihn auf das Sofa setzen zu können.

»Was ist denn hier los? Wo ist die Familie? Und wo sind die Gäste?«

»Die sind alle drüben im Waldpark. Frau Bahlbach macht da mit den Kindern einen Ausflug.«

»Was, bei dem Sauwetter? Einen Ausflug?« Er setzte sich nun direkt neben Morgenthaler.

»Sie hat den Kleinen zum Geburtstag einen Regen- und Matschspaziergang versprochen – damit sie sich mal so richtig gehen lassen können. Dieses Versprechen wollte sie trotz allem einhalten. Bücklein und Seiters sind bei ihr.«

»Trotz was denn? Und wieso sind die beiden auch dabei?«, fragte Kindlein, mehr und mehr irritiert.

»Wegen dem hier.« Morgenthaler schob ihm ein zartrosafarbenes Kuvert mit aufgeklebten Marienkäferstickern rüber. »Ich konnte sie daraufhin auf keinen Fall allein gehen lassen. Sie und ihre Kinder werden von nun an unseren Schutz benötigen. Das übernehmen vorerst unsere beiden Kollegen. Du wirst das verstehen, wenn du dir das hier angesehen hast.«

Der Umschlag war an Frau Bahlbachs Tochter adressiert. Die krakelige Schrift, die durchgestrichenen Fehler und die verwischte Tinte deuteten auf ein Kind als Absender hin. Auch der Text war so formuliert: »Für meine allerliebste Freundin Linda.«

Kindlein entnahm dem Kuvert einen in der Mitte gefalteten Bogen Fotopapier, den er gleich aufschlug. Auf dem Foto war Bahlbachs zerstückelter Leichnam abgebildet, in bekannt grotesker Haltung am Sitz des Kinderanhängers festgezurrt. Die Aufnahme war jedoch nicht am Strand entstanden, sondern vermutlich kurz bevor der Täter die Leiche dorthin transportiert hatte. Hier lag der Kopf auch nicht in einem Karton im Fußraum des Anhängers. Er war ausgepackt, auf den Halsstumpf gestellt und so ausgerichtet worden, dass die geöffneten Augen direkt in die Kamera starrten. Darunter hatte der Absender, wieder mit Kinderschrift, einen Text gesetzt:

*Liebe Linda,*
*kennst du noch diesen schönen blauen Anhänger?*
*Und kennst du auch den hässlichen Mann darin?*

*Der fährt damit zum bösen Teufel in die Hölle.*
*Das passiert Menschen, die nicht lieb sind.*

Kindlein legte den Bogen angewidert auf den Tisch zurück.

»Bäh, wie ekelhaft. Hat die Kleine das gesehen?«

»Nein, Gott sei Dank nicht. Genauso wenig wie das hier.« Morgenthaler griff nach einer Fernbedienung, die vor ihm auf dem Tisch lag, streckte den Arm aus und bediente einen der Knöpfe. In einer Ecke des Wohnzimmers stand ein Fernsehgerät, das sich sofort einschaltete und einen kurzen Augenblick später mit der Wiedergabe einer Videoaufzeichnung begann. Es war eine Schwarz-Weiß-Aufnahme, und Kindlein fuhr zusammen, als er den Mann erkannte, der mitten in einem dunklen Raum völlig entkleidet auf einem Stuhl saß, an dessen Lehnen er mit den Armen festgebunden war. Es war Frank Bahlbach. Er sah fürchterlich aus. Sein Gesicht war aschfahl und die Lippen rissig. Er zitterte stark, und aus seinen ängstlich aufgerissenen Augen liefen Tränen. Mit bebender Stimme zählte er hintereinander Namen irgendwelcher Personen auf. Dabei blickte er die ganze Zeit in Richtung Kamera. Dann war das Bild plötzlich weg. Morgenthaler hatte den Fernseher wieder abgeschaltet.

»Wir müssen uns das später anschauen, Frieder. Die Geburtstagsgesellschaft könnte bald wieder zurückkommen.«

»Grauenvoll. Ich hab den Eindruck, dass er zu diesem Zeitpunkt schon wusste, dass er bald sterben wird. Und wo hat Frau Bahlbach das Video her?«

»Eines der eingeladenen Kinder hat es draußen vor dem Tor von einer Person überreicht bekommen. Es soll sich um einen Erwachsenen gehandelt haben, dessen Gesicht unter einer tief herabgezogenen Kapuze nicht zu erkennen war. Frau Bahlbach vermutete sofort, dass sie im Trubel der letzten Tage eines der Kinder aus der Nachbarschaft vergessen hatte einzuladen und dass dessen Eltern der kleinen Linda aber dennoch ein Geschenk vorbeibringen wollten, ohne jedoch das Fest zu stören. Der Gedanke rührte sie an, aber ihre Vergesslichkeit war ihr peinlich. Um herauszufinden, von wem das Päckchen stammte, und um dieses Kind noch schnell einladen zu können, öffnete sie das Kuvert. Es steckte außen im

Geschenkband. Als sie die Fotografie sah, hat sie uns sofort verständigt.«

»Da kann man nur von Glück reden. Unvorstellbar, wenn ihre Tochter das Kuvert geöffnet hätte. Und wie hat Frau Bahlbach reagiert?«

»Als ich kam, war sie einigermaßen gefasst. Sie las ihrer Tochter gerade die Geburtstagskarten der Gäste vor. Aber an ihrem Blick konnte ich erkennen, wie tief das Entsetzen wirklich saß. Später, als wir kurz allein waren, bekam sie einen Weinanfall, der sich nur allmählich legte. Das Video haben wir selbstverständlich nicht abgespielt, da überall Kinder rumliefen.«

»Wahnsinn. Die Frau muss doch völlig unter Schock stehen.«

»Noch nicht, aber ich denke, das kommt irgendwann. Im Moment hält sie die Sorge um das Wohlergehen ihrer Kinder über Wasser. Die leiden schon genug. Und so kleine Freuden wie dieses Geburtstagsfest will sie ihnen nicht auch noch nehmen. Deshalb hat sie ja auch so vehement darauf bestanden, mit ihnen diesen Spaziergang zu unternehmen. Irgendwann wird sie sicherlich nicht mehr können, aber bis dahin wird sie alles tun, um ihre Kinder über diese schwere Zeit zu bringen. In meinen Augen ist das eine außergewöhnlich starke Frau.«

Kindlein nickte. Dann blickte er beschämt zu Boden. »Ich glaube, mehr als das, was dieser Frau derzeit widerfährt, kann kein Mensch ertragen.«

»Stimmt«, antwortete Morgenthaler knapp.

»Und ich habe ein ordentliches Stück dazu beigetragen.«

»Das stimmt leider auch. Aber lass uns darüber ein anderes Mal …« Morgenthaler hielt plötzlich inne. Irgendwas hatte seine Aufmerksamkeit erregt. Er starrte in Richtung Wohnzimmerfenster, und Kindlein erkannte, dass er einen Punkt fixierte, der sich außerhalb des Hauses befand.

»Da draußen ist was faul, Frieder.«

Kindlein wollte näher ans Fenster treten, wurde von Morgenthaler aber sofort zurückgehalten.

»Nicht näher rangehen. Sonst werden wir vielleicht gesehen.«

»Von wem denn?«

»Von der Gestalt da draußen. Die läuft nun schon zum vierten

Mal hier am Haus vorbei«, meinte Morgenthaler und deutete in Richtung Gartenzaun.

Kindlein versuchte, die Stelle auszumachen. Dann sah er, was Morgenthaler meinte. Jenseits des Zaunes lief tatsächlich jemand mit langsamen Schritten den Gehweg entlang. Sofort erinnerte er sich.

»Als ich vorhin aus dem Auto gestiegen bin, ist mir dieser Kerl gerade entgegengekommen.«

»Bist du sicher?«

»Absolut. Der hat mich ja gegrüßt. Und diese ollen dunkelgrünen Öljacken sind ziemlich selten geworden.«

»Was war denn das für eine Stimme? Hast du das Gesicht sehen können?«

»Nein, an die Stimme kann ich mich nicht erinnern, und die Kapuzen von den Dingern sind ries…« Kindlein verharrte mitten im Satz. »O Scheiße, Konrad. Das ist der Typ, der dem Kind das Päckchen übergeben hat.«

Beide blickten wieder nach draußen. Die Gestalt blieb nun vor dem Gitterzaun stehen, drehte sich zur Seite und schaute in Richtung Haus. Unter der großen Kapuze war ihr Gesicht tatsächlich nicht zu erkennen. Sie schien jedoch zu bemerken, dass sie beobachtet wurde, denn plötzlich führte sie zwei hektische Rückwärtsschritte aus, drehte sich dabei in Laufrichtung zurück, lief los, beschleunigte schließlich und rannte eilig davon.

Die beiden verloren keine Zeit und nahmen sofort die Verfolgung auf. Als sie das Grundstück überquert hatten und das Eingangstor erreichten, hatte der Flüchtige jedoch einen beträchtlichen Vorsprung. Als Kindlein kurz darauf auch noch auf dem nassen Gehweg ausrutschte und der Länge nach stürzte, war die Sache gelaufen. Morgenthaler rannte zwar noch etliche Meter allein weiter, aber er hatte nicht die geringste Chance, die Person einzuholen. Und da er das selbst wusste, gab er bald auf. Kindlein sah die Gestalt noch zwei Querstraßen weiter und dann rechts um die Ecke rennen. Als Morgenthaler zurückkam, hatte er sein Handy am Ohr.

»So eine Scheiße. So eine verdammte Scheiße«, brach es aus Kindlein heraus. Mit den Fäusten schlug er auf den nassen Belag ein. Momentan war bei allem, was er anpackte, der Wurm drin. Nichts wollte gelingen. Soeben hatten sie dem Mörder direkt ins Gesicht gesehen – gerade mal zwanzig Meter Luftlinie waren es gewesen. Im Grunde hätten sie nur den Arm auszustrecken brauchen. Es war zum Verzweifeln.

Dann hörte er neben sich kichernde Laute. Er sah hoch. Der Regen platschte ihm ins Gesicht. Dicke Tropfen schlugen gegen seine Brillengläser, und von den Brauen rann ihm Wasser direkt in die Augen. Verschwommen erkannte er, dass zwei kleine Kinder vor ihm standen und grinsend auf ihn herabsahen.

»Scheiße sagt man nicht«, meinte eines der beiden.

Kindlein nickte und stand auf. Wieder kicherten die Kinder. Er war klatschnass und von oben bis unten verdreckt.

»Stimmt, Scheiße baut man«, fiel ihm nur ein.

Die Kleinen amüsierten sich köstlich. Ihm war zum Weinen. Dann hörte er noch mehr Kinderstimmen. Der Geburtstagsausflug war vorbei. Sein Herz begann zu hämmern. Nun würde er endgültig mit Frau Bahlbach konfrontiert werden, und diesmal auch noch als verdreckter Volltrottel, der soeben den Mörder ihres Mannes hatte laufen lassen. Er schlug die Hände vors Gesicht und atmete tief durch. Dann spürte er plötzlich eine Hand auf seiner Schulter. Vor Schreck riss er den Kopf herum. Konrad Morgenthaler sah ihn mit ernster Miene an.

»Frau Bahlbach hat mich eben angerufen. Wir müssen sofort zu ihr.«

Kindlein drehte sich wieder zurück. Frau Bahlbach ging gerade eben auf ihr Haus zu. Bücklein folgte ihr im Abstand von einigen Metern.

»Nicht *die* Frau Bahlbach. Die alte.«

Leibig war schon vor ihnen in Neckarau angekommen. Er saß in dem kleinen dunklen Wohnzimmer und trocknete gerade ein völlig durchnässtes Buch ab. Auf der steinernen Tischplatte hatte sich eine große Pfütze gebildet, in der die Papphülle einer Videokassette lag. Auch sie war durchgeweicht. Etwas weiter entfernt, im Trockenen, lagen zwei durchsichtige Probentütchen. Eines enthielt Stücke fast schon aufgelösten grünen Geschenkpapiers und das andere rotes Geschenkband. Die alte Frau Bahlbach saß reglos in einem der Sessel. Sie war kreidebleich. Von ihrem Mann war nichts zu sehen.

»Der ist seit dem Vormittag bei einem Freund. Er muss ja irgendwie gucken, dass er sich ablenkt«, sagte sie, als Morgenthaler sich nach ihm erkundigte. »Und Sie glauben nicht, wie froh ich bin, dass er das hier nicht erleben muss.« Dann fing die Frau an zu weinen, und Kindlein erinnerte sich, dass Morgenthaler für ihren Mann einen Notarzt hatte rufen müssen, als er wegen der Hand des Toten bei ihnen gewesen war.

Als sie sich wieder ein wenig beruhigt hatte, berichtete sie, dass sie das Päckchen vor einer knappen Stunde vor ihrer Veranda auf dem Rasen entdeckt hatte. Die Art der Verpackung hatte sie gewarnt, und sie hatte deshalb sofort bei der Polizei angerufen. Sie konnte nicht sagen, wie lange es dort schon gelegen hatte. Dann fingen ihre Lippen wieder an zu beben.

Leibig schien sich inzwischen Überblick über den Fund verschafft zu haben. Er winkte Kindlein zu sich.

»Also, verstehen tue ich das hier nicht«, sagte er leise. »Das ist eine ganz normale Videohülle. In die hat der Absender aber nicht etwa eine Kassette hineingelegt, sondern dieses Buch hier. Geschenkpapier und Geschenkband scheinen mit der Verpackung der Han…«, er merkte, dass Frau Bahlbach zuhörte, »äh, von neulich identisch zu sein.«

»Sehr eigentümlich. Und was ist das für ein Buch?«, fragte Kindlein.

»Da, sehen Sie selbst. Ein Kochbuch. Nichts Besonderes also. Es hat nur genau in die Hülle gepasst.«

Kindlein sah sich den Titel des Buches an: *»Marmeladen, Gelees und Konfitüre«*. »Trotzdem«, meinte er. »Können Sie das genauer untersuchen?«

»Klar.«

Morgenthaler hatte sich inzwischen hinter den Sessel der alten Frau Bahlbach gestellt. Sie weinte noch immer. Er legte ihr eine Hand auf die Schulter und fragte sie mit ruhiger Stimme, ob er ihr noch eine Frage stellen dürfe.

Die Frau sah vom Sessel aus zu ihm auf und nickte.

»Wir stellen bei unseren Ermittlungen natürlich auch immer die Überlegung an, ob das Opfer irgendwelche persönlichen Feinde gehabt haben könnte. Und diesmal sieht es ganz danach aus, als ob jemand nicht nur ihm, sondern womöglich Ihrer gesamten Familie nicht wohlgesinnt ist. Wir benötigen deshalb unbedingt eine Liste all derer, mit denen Sie in irgendeiner Weise in Kontakt stehen oder standen. Und ich bitte Sie, dabei vor allem über eines nachzudenken: Gibt oder gab es darunter irgendjemanden, von dem Sie glauben, dass er der ganzen Familie Bahlbach Schaden zufügen möchte?«

Die Frau erschrak und sah Morgenthaler entsetzt an. Dann fasste sie sich aber überraschenderweise schnell wieder und fragte mit dünner Stimme: »Meinen Sie, dass jemand uns alle umbringen will?«

Morgenthaler drückte sanft ihre Schulter und atmete tief durch, bevor er ihr eine Antwort gab.

»Mit absoluter Sicherheit kann das natürlich niemand sagen. Ich persönlich glaube aber weniger, dass Sie in Lebensgefahr sind. Ich habe mehr an seelisches Leid gedacht, das jemand, über den Verlust Ihres Sohnes hinaus, über Sie alle bringen möchte.«

Nun fing die Frau wieder an zu weinen. Diesmal stiller. Dann beantwortete sie Morgenthalers Frage – knapp und ohne zu zögern: »Nein, Herr Morgenthaler. So jemanden kennen wir nicht.«

Richtig begeistert waren die Mitarbeiter der kriminaltechnischen Abteilung nicht, als Leibig mit Kindlein und Morgenthaler im Gefolge bei ihnen hereinplatzte und anordnete, sämtliche Funde des Nachmittags noch an diesem Abend zu untersuchen. Sie hatten sich ihren Feierabend ganz offensichtlich anders vorgestellt. War die Stimmung schon deshalb nicht die beste, verschlechterte sie sich zunehmend, als feststand, dass sich an der Videokassette keinerlei verwertbare Spuren befanden. Und da abzusehen war, dass die Untersuchung der anderen Objekte zeitaufwendig war und vermutlich ähnliche Resultate hervorbringen würde, war mit einer Besserung ihrer Laune so bald nicht zu rechnen. Eine von Leibigs Kolleginnen stellte ihnen kommentarlos und mit finsterer Miene einen Karton vor die Füße. In dem befanden sich ein tragbares Fernsehgerät und ein Videorekorder. Ein deutlicher Hinweis.

Das erste Mal seit Tagen saßen Kindlein und Morgenthaler nun wieder gemeinsam in ihrem Büro. Und da die Kollegin der Kriminaltechnik immerhin noch so nett gewesen war, die Gerätschaften gebrauchsfertig zusammenzuschließen, konnten sie sofort damit beginnen, das Band in Ruhe zu betrachten.

Kindlein hatte den Anfang der Aufnahme noch nicht gesehen. Aber ihm fiel gleich die schreckliche Angst auf, die Bahlbach während der Aufzeichnung des Bandes empfunden haben musste. Er erkannte jetzt auch, dass der Mann gar nicht auf einem normalen Stuhl saß, sondern auf einem fahrbaren Toilettenstuhl, und dass nicht nur die Arme, sondern auch seine Unterschenkel fixiert waren. Sie waren mit Kabelbindern am Trittgestell festgebunden. Das Video schien in einem Keller aufgenommen worden zu sein, denn das einzige Tageslicht, das in den Raum drang, kam von einem sehr hoch angebrachten, vergitterten Fenster im Hintergrund.

Dramaturgisch gliederte sich die Aufnahme in drei Teile. Im ersten redete Bahlbach noch frei und blickte direkt in die Kamera. Er sprach seine Angehörigen an und bat sie um Verzeihung für Verfehlungen der Vergangenheit. Er habe viele Menschen, die ihm vertrauten, gedemütigt, gepeinigt und ihnen wissentlich Schaden zugefügt. Es war eine Art Beichte, und tatsächlich bekannte er sich dazu, wiederholt außereheliche sexuelle Beziehungen gehabt und regelmäßig Prostituierte aufgesucht zu haben. Klang es bis dahin noch nach einer reuevollen Offenlegung seines Sündenregisters, so änderte sich das ganz plötzlich mit dem beklemmenden Geständnis, mehrere Mitarbeiterinnen seiner Firma sexuell genötigt und misshandelt zu haben. Von da an saß da nicht nur ein Opfer auf diesem Toilettenstuhl, sondern ein Mensch auf der Anklagebank. Im zweiten Teil schien es, als wenn er von einer Tafel abläse, die sich dicht neben der Kamera befand. Das war der Teil, den Kindlein schon kannte und in dem Bahlbach eine Unzahl von Namen von Personen unterschiedlichen Geschlechts aufzählte. Seine Selbstanklage, sein Geständnis. Der letzte Teil bestand darin, dass er sich noch einmal an seine Angehörigen wandte. Das Plädoyer? Er forderte sie auf, ihn so schnell wie möglich zu vergessen und diese Aufzeichnung in der Firma vor versammelter Belegschaft vorzuführen. Vor allem aber sollte dieses Video eines

Tages seinen Kindern gezeigt werden. Sie sollten es so früh wie möglich sehen und dabei vor allem auf seine Augen achten, damit sie später in der Lage wären, Menschen mit verkommenem Charakter an ihrem Blick zu erkennen. Und sie sollten seinen nackten Körper betrachten, um für alle Zeiten Ekel und Abscheu zu empfinden – vor ihm als Person und vor dem, was er getan hatte. Dieser Teil war nicht abgelesen. Der Text schien ihm vorgesagt worden zu sein, denn die meiste Zeit hielt er seinen Kopf verschämt gesenkt. Mitunter erhob er ihn jedoch für einen kurzen Moment, wobei sein Blick dann fragend wirkte, als wenn er sich von jemandem die Bestätigung dafür einholen wollte, dass er alles richtig machte.

Als das Band zu Ende war, saßen die beiden einige Minuten schweigend da. Kindleins Herz schlug bis zum Hals. Er hatte sich die ganze Zeit an der Stuhllehne festgekrallt.

»Ein widerliches Dokument«, brach es irgendwann aus ihm heraus. »Man ist unwillkürlich geneigt, sich zu fragen, ob es nicht sinnvoll wäre, zu tun, was er seiner Familie empfahl, nämlich ihn einfach zu vergessen.«

»Hm, ehrlich gesagt, war das auch mein erster Gedanke. Aber erstens stellt sein Mörder für andere, völlig unschuldige Menschen eine Bedrohung dar, und zweitens würde unsere Welt nicht funktionieren, wenn wir uns aussuchen könnten, ob wir jemanden verfolgen oder nicht. Unser Job ist die Ermittlung und niemals die Verurteilung, und das ist verdammt gut so. Wir rennen dem Täter nur hinterher, und unsere Ziellinie befindet sich genau an der Stelle, wo wir ihn eingeholt haben. Wer das Rennen letzten Endes gewonnen hat, entscheidet dann Gott sei Dank die Judikative.« Dann ging Morgenthaler zum Büroschrank rüber, holte dort eine weiße zerknitterte Bäckereitüte heraus und begab sich wieder zurück an seinen Schreibtisch.

»Aber das hier ist wirklich einer der merkwürdigsten Fälle, die mir je untergekommen sind, Frieder. Meistens haben wir einen Toten und sonst nichts. Dann beginnt die Suche nach einem Täter, der uns möglichst wenig Spuren hinterlassen hat und sich gut versteckt hält. Wir werten das wenige, was wir haben, aus und suchen ihn. Und wenn wir besser sind als er und das Glück uns einigermaßen hold ist, dann finden wir ihn. Dieser Täter macht jedoch ständig mit irgendwas auf sich aufmerksam, aber nichts davon weist uns auch nur andeutungsweise den Weg zu ihm. Im Gegenteil, ich habe den Eindruck, als wenn wir uns immer weiter von ihm entfernen.«

»Und auf dem einzigen Weg, der zu ihm geführt hätte, bin ich auch noch ausgerutscht«, meinte Kindlein.

»Und ich bin außer Atem gekommen«, erwiderte Morgenthaler, biss in einen mit einer kleinen Kirsche verzierten Puddingplunder und sprach dann mit vollem Mund weiter: »Das war übrigens ganz großes Kino, was wir da abgeliefert haben, Frieder. Ganz großes Kino. Aber ernsthaft: Kannst du dir einen Reim darauf machen, warum der Mörder diese merkwürdigen Gaben versendet?«

»Keine Ahnung, aber ich denke, dass die Mitglieder dieser Familie diesen Punkt zu locker sehen. Es scheint wirklich so, dass der Täter sie für irgendwas bestrafen will. Vielleicht ist das sogar das Hauptmotiv für diesen Mord, wer weiß. Jedenfalls sollten wir das private Umfeld der Familie Bahlbach sehr genau durchkämmen. Auch das der beiden Alten. Wer weiß, was da ans Tageslicht kommt.«

Morgenthaler kaute noch immer. Diesmal schien er jedoch mit leerem Mund sprechen zu wollen, denn es dauerte eine Zeit, bis er antwortete.

»Schön und gut, aber was soll bei den Kindern ans Tageslicht kommen? Die wollte er doch ganz offensichtlich auch bestrafen. Und wenn ich schon mal dabei bin: Die Strafe, die er ihnen zugedacht hat, war meines Erachtens die grausamste.«

Kindlein nickte. Aber ihm war soeben etwas in den Sinn gekommen, das er im selben Moment schon wieder vergessen hatte. Er versuchte, sich daran zu erinnern, aber es gelang ihm nicht. Stattdessen sagte er, was ihm augenblicklich dazu einfiel.

»Das beunruhigt mich ehrlich gesagt auch, Konrad. Ein Mord ist ein Mord, aber die Kinder des Ermordeten mit dem Foto ihres zerstückelten Vaters zu konfrontieren, ist eine Steigerung der Rohheit um viele Stufen.«

»Eben. Und was hat es mit der merkwürdigen Zusammenstellung dieser Gaben auf sich? Erst die abgetrennte Hand, dann die verkackten Klamotten, ein abscheuliches Foto, ein grauenhaftes Video und schließlich ein Kochbuch in einer Videohülle. Ergibt das einen Sinn? Steckt da womöglich eine Art Symbolik dahinter?«

Eben war in Kindlein für einen kurzen Moment wieder jener Gedanke aufgeflammt, von dem er gemeint hatte, dass er wichtig sein könnte. Aber wie schon zuvor hatte er sich sofort wieder verflüchtigt.

»Ich weiß es nicht«, sagte er deshalb nur.

Dann kam Leibig ins Büro. Er teilte ihnen mit, dass es tatsächlich so war, wie seine Mitarbeiter vermutet hatten. Es gab auch an diesem Kochbuch und der Videohülle keinerlei Auffälligkeiten oder gar Spuren, ebenso wenig wie an dem Kuvert und der Fotografie. Aber inzwischen hatten seine Leute anhand der Hundehaare aus dem Kinderanhänger und dem Haar in Bahlbachs Porsche wenigstens die Rasse des Hundes ermitteln können. Es war ein Deutscher Boxer, was erklärte, warum sich in dem Anhänger so viel Hundespeichel befand.

»Also, Frieder«, meinte Morgenthaler, nachdem Leibig wieder gegangen war. »Es gibt nun mehrere dringliche Dinge zu tun. Erstens müssen wir herausbekommen, um wen es sich bei den Personen, die Bahlbach in dem Video aufgezählt hat, handelt. Zweitens müssen wir mit diesem Kinderanhänger in die Öffentlichkeit. So oft wird es schließlich nicht vorkommen, dass jemand, der mit solch einem Gefährt durch die Gegend gurkt, auch noch einen Boxer besitzt. Außerdem befanden sich die Haare des Tiers nicht *an*, sondern *in* dem Anhänger. Möglich also, dass er von dem Tier zumindest zeitweilig als Hundehütte benutzt wurde. Auch so etwas kann jemandem aufgefallen sein. Und dritt…«

»Du, stopp mal«, unterbrach ihn Kindlein, »sei mir nicht böse, aber das mit dem Kinderanhänger ist mir noch immer nicht ganz klar. Besaß unser Täter nun durch Zufall den gleichen, oder hat er ihn aus dem Haus der Bahlbachs gestohlen, um ihn für seine Zwecke einzusetzen?«

»Ehrlich gesagt bezweifle ich Letzteres. Kein Mensch bricht in ein Haus ein, um aus einem Keller gezielt einen Kinderanhänger zu stehlen. Aber Frau Bahlbachs Anhänger ist immerhin auf ominöse Art verschwunden, und sie sagt, dass sie ihn vor einem Jahr zum letzten Mal gesehen hat. Dass der Täter genau den gleichen besessen haben soll, erscheint mir jedoch sehr zufällig. Kurz und gut: Ich kann dir keine befriedigende Antwort geben. Ich weiß nur, dass wir versuchen müssen, etwas über dieses Teil herauszufinden.«

»Klar. War auch nur eine Frage.«

»Außerdem sollten wir von einem unserer Techniker die Aufzeichnung auf dem Videoband genauer untersuchen lassen. Vielleicht gibt uns irgendwas aus dem Hintergrund der Szenerie Hinweise auf den Drehort oder die Person, die die Aufnahme gemacht hat. Vielleicht sieht man ja schon was, wenn der Film insgesamt ein wenig aufgehellt wird. So ist er jedenfalls zu dunkel.«

»Wie alles in diesem Fall.«

»Ja, aber das ist ja gerade das Spannende, oder?«

Kindlein ließ die Schultern hängen.

# 12

Am darauffolgenden Tag begannen Kindlein und Morgenthaler als Erstes damit, die schriftlichen Aufzeichnungen aller bisherigen Vernehmungen noch einmal durchzuarbeiten. Hier hatten vor allem die Kollegen Tielmann und Stein ein enormes Arbeitspensum geleistet. Sie hatten nicht nur Befragungen in Bahlbachs Firma und im Bordellmilieu durchgeführt, sondern auch eine Unzahl an Fingerabdrücken sowie eine beachtliche Menge Haar- und Speichelproben zusammengetragen.

Die beiden hatten beschlossen, gegenüber Bahlbachs Verwandten den Inhalt der Videoaufzeichnung erst einmal nicht zu erwähnen. Vorerst wollten sie sie nur nach den Personen befragen, die er aufgezählt hatte. Anita Bahlbach war keiner der Namen ein Begriff. Dem alten Bahlbach waren hingegen gleich mehrere bekannt. Es handelte sich dabei um neun Personen, Mitarbeiterinnen und Mitarbeiter der Firma, die er dort noch immer beschäftigt wähnte. Als Morgenthaler ihm jedoch mitteilte, dass ein Großteil dieser Personen nicht auf der Liste der bis dato vernommenen Betriebsangehörigen stand, war der alte Mann zuerst nur erstaunt, dann aber schließlich fassungslos. Diese Menschen, so sagte er, hatten schon zu seiner Zeit Jahre oder gar Jahrzehnte dem Betrieb angehört, und bis auf zwei konnten sie noch gar nicht alt genug sein, um in Rente zu gehen.

Morgenthaler bat Tielmann und Stein, noch einmal in die Bahlbach'sche Firma zu fahren, um sich speziell nach dem Verbleib dieser Personen zu erkundigen. Eine weibliche Kollegin sollte unbedingt mitfahren, da Bahlbach in dem Video drei der bislang vernommenen Frauen namentlich erwähnt hatte. Bei ihnen handelte es sich um Mitarbeiterinnen, die noch immer im Produktionsbereich der Firma arbeiteten. Der Verdacht, dass sie von ihm sexuell belästigt oder gar misshandelt worden waren, lag durchaus nahe. Er entschied, dass Maren Lemcke, eine ihrer jungen Kommissarinnen und anerkannte Expertin für Sexualdelikte, diesen Job übernehmen sollte.

Kindlein und Morgenthaler begaben sich anschließend in die kriminaltechnische Abteilung, wo einer der Multimedia-Spezialisten inzwischen das Videoband einer digitalen Aufarbeitung unterzogen hatte.

Die Aufnahme wurde mit einem Hochleistungsbeamer auf eine große Leinwand projiziert und hatte nun eine erstaunliche Bildqualität. Deutlich sah man das rautenförmige Muttermal auf Bahlbachs rechtem Handrücken, und man erkannte genau, dass an seinem linken Ohr das Ohrläppchen fehlte. Aber es kamen nun auch Details zum Vorschein, die vorher nicht mal zu erahnen gewesen waren. Ein Stück einer Kette, an deren Ende sich eine geöffnete Schelle befand, war im Hintergrund zu erkennen. Sie lag nahe der rückwärtigen Wand auf dem Boden des Raumes. Dies ließ vermuten, dass Bahlbach, wenn er nicht auf dem Toilettenstuhl saß, an dieser festgebunden worden war.

Die Wände des Raumes waren nur noch unzureichend verputzt. Der größte Teil des Mauerwerks lag frei. Der Boden bestand aus kahlem Beton-Estrich, der etliche Risse aufwies. Durch das vergitterte Fenster an der rückwärtigen Wand konnte man Zweige eines Strauches erkennen, und in größerer Entfernung waren sogar schemenhaft die Umrisse eines Baumes auszumachen. Ansonsten gab es keinerlei Hinweise auf die äußere Umgebung.

In einer Ecke des Kellerraumes standen übereinandergestapelte Holzkisten. Da von ihnen nur ein kleiner schmaler Streifen am Bildrand zu erkennen war, war es nicht möglich, etwas über ihren Zweck, ihren Inhalt, ihre Herkunft oder genaue Zahl zu erfahren. Und da sich das Bild keinen Millimeter bewegte, war klar, dass es mit einem Stativ aufgenommen worden war. Mehr war auf dem Filmmaterial enttäuschenderweise nicht zu erkennen. Selbst nachdem der Techniker mehrere Belichtungsveränderungen und Verschiebungen der Schärfezonen vorgenommen hatte, blieb die Ausbeute an Informationen letztlich gering.

Später, als die beiden sich das Band zum wiederholten Male ansahen, betrat Kriminalrat Petzold ganz aufgeregt den Vorführraum. Soeben, teilte er mit, habe sich ein Mann auf ihren Aufruf hin gemeldet, der Angaben zu dem blauen Kinderanhänger machen könne. Er gab den beiden sofort Telefonnummer und Anschrift dieser Person.

Der Anrufer wohnte im Stadtteil Almenhof in einem schlichten, aber in freundlichen Farben gestrichenen Wohnblock aus den dreißiger Jahren. Nachdem Kindlein und Morgenthaler bei ihm an der Wohnungstür geklingelt hatten, öffnete ihnen ein rothaariges Mädchen von etwa sechs oder sieben Jahren die Tür.

Als sie sich der Kleinen vorstellten, schien die sofort zu wissen, um was es ging. Sie rief nach ihrem Vater, der gleich darauf zur Tür kam. In seiner Begleitung befand sich ein weiteres Kind, ein Junge, in deutlich höherem Alter als das Mädchen. Und nachdem sich alle vorgestellt hatten, bat der Mann die Ermittler einzutreten.

Es stellte sich heraus, dass der Sohn den Aufruf der Kripo im Rhein-Neckar-Fernsehen gesehen und daraufhin den Vater verständigt hatte.

»Mein Papa hebt solche Dinge nämlich immer auf«, meinte der Junge und übergab Morgenthaler mit glänzenden Augen ein Stück Papier. Es war ein Zettel mit einer zehnstelligen Zahl.

»Stimmt, meine Herren«, übernahm der Vater daraufhin das Gespräch. »Mein Sohn hat recht. Ich hätte mich daran vermutlich nicht mehr erinnert. Aber damals, als ich den Kinderanhänger gekauft habe, hat der Ladenbesitzer mir einen Sonderpreis gemacht, unter der Bedingung, dass ich keine Rechnung dafür verlange. Na ja, da habe ich mir die Seriennummer eben auf diesem Zettel notiert und aufgehoben, um sie im Falle eines Diebstahls angeben zu können.«

Morgenthaler wandte sich wieder dem Jungen zu. »Aber sag mal, wie bist du denn darauf gekommen, dass es sich bei dem Anhänger gerade um euren handelt?«

»Na, wegen der Farbe, Herr Kommissar. Und weil im Fernsehen auch von einem Hund die Rede war. Die Frau, die ihn gekauft hat, hat nämlich gesagt, dass sie darin einen kranken Hund transportieren will.«

»Einen kranken Hund? Hat sie das wirklich gesagt?«

»Ja, eine Boxerin.«

»Aha, also eine Boxerhündin.«

»Genau, so eine.«

Morgenthaler sah Kindlein bedeutungsvoll an. Hier schien sich tatsächlich eine Spur abzuzeichnen.

»Das ist richtig«, mischte sich der Vater nun wieder ein. »Das war vor etwa eineinhalb Jahren. Ich weiß noch, dass ich sowieso schon ein schlechtes Gewissen hatte, weil ich ihn einfach im ›Sperrmüll‹ annonciert habe, ohne die Kinder zu fragen. Die beiden haben dann auch tatsächlich gleich Rotz und Wasser geheult, weil sie ihn behalten wollten. Und nach der Information mit dem Hund waren sie erst recht empört und ordentlich geknickt. Aber ich brauchte das Geld damals dringend. Ich bin Alleinerziehender und hatte zu der Zeit gerade keinen Job, wissen Sie.«

»Aber die Frau war auch nicht besonders nett, Papa«, sagte die Tochter daraufhin zu ihm. Dann drehte sie sich zu Kindlein um und meinte: »Die hat sich nämlich zu mir runtergebeugt und gesagt, dass ich froh sein kann, gesund zu sein. Ich soll mal lieber meine Beine benutzen, als mich von meinem Vater durch die Gegend fahren zu lassen. Blöde Kuh. Und dann hat sie mir ein paarmal so eklig über den Kopf gestrichen. Dabei habe ich immer das Ticken von ihrer dämlichen Armbanduhr gehört.«

»Ihre Armbanduhr? Komisch, die sind doch kaum zu hören«, fragte Kindlein.

»Doch, die schon. Die hat total laut getickt. Ticktack, ticktack. Wie im Museum. Muss ein total altes Ding gewesen sein.«

»Tja, hört sich fast danach an. Aber sag mal, wie sah die Frau denn eigentlich aus, und wie alt war sie schätzungsweise?«, wollte Morgenthaler nun wissen.

»Ich würde sagen, sie war schlank. Nun gut, vielleicht auch etwas mehr als schlank, aber auf keinen Fall älter als Mitte dreißig«, antwortete der Vater darauf.

»Auf jeden Fall war sie uralt«, bestätigte die Tochter.

»Sie war blond. Ich hab's gesehen, obwohl sie ein Kopftuch getragen hat, Herr Kommissar«, gab der Sohn nun wieder zum Besten. »Hinten guckten nämlich ein paar Haare raus.«

»Hm. Haben Sie mit der Frau denn so was wie einen Kaufvertrag abgeschlossen?«, fragte Morgenthaler daraufhin den Vater.

»Nein, das war schließlich eins dieser typischen Geschäfte zwischen Tür und Angel. Das ging alles recht schnell. Ich habe das Geld bekommen und sie den Anhänger. Der war sowieso nicht mehr viel wert, da er bei uns drei oder vier Jahre lang im Einsatz war.«

»Gab es noch weitere Auffälligkeiten?«

»Na ja, ich fand sie ein bisschen unhöflich, weil sie die ganze Zeit ihre Sonnenbrille aufließ. Und sie war sehr adrett gekleidet, wissen Sie. Zusammen mit dem Kopftuch sah sie aus wie eine dieser feineren Damen, die mit einem schicken Cabrio durch die Gegend fahren. Aber als ich später noch mal aus dem Fenster sah, hat sie den Anhänger nicht etwa auf dem Rücksitz eines Cabrios verstaut, sondern an einen ziemlich mitgenommenen Drahtesel aus Großmutters Zeiten gehängt.«

»Können Sie auch etwas zu ihrer Körpergröße sagen?«

»Normal, würde ich sagen. So groß, wie Frauen eben sind. Na ja, vielleicht ein bisschen kleiner. Einsfünfundsechzig vielleicht?«

»Ja, so groß wie ich«, meinte der Junge stolz.

Am späten Nachmittag kamen Tielmann, Stein und die Kollegin Lemcke ins Präsidium zurück. Sie hatten den ganzen Tag nur Frust erlebt, und der war ihren Gesichtern anzusehen. Bahlbach hatte in dem Video einundzwanzig Namen aufgezählt. Vierzehn davon waren ehemals Beschäftigte der Firma gewesen. Sie alle waren in den letzten fünf Jahren entlassen worden. Zu den restlichen sieben gehörten jene drei Frauen, die Maren Lemcke vernehmen sollte. Von denen wollten sich nur zwei zu Bahlbach äußern. Beide waren von ihm wiederholt auf denkbar üble Art sexuell belästigt worden, hatten sich aus Sorge um ihren Arbeitsplatz aber nicht getraut, ihn anzuzeigen. Bei der dritten, mutmaßte Maren Lemcke, musste es zu erheblich schwerwiegenderen Übergriffen gekommen sein. Die Frau war bei der Befragung sofort in Tränen ausgebrochen, war aber zu keiner konkreten Aussage zu bewegen gewesen. Stattdessen hatte sie nur ständig die Bitte wiederholt, ihrem Mann nichts von den Vorgängen in der Firma zu erzählen.

»Das ist ein widerlicher Verein dort«, meinte Werner Tielmann. »Das wird umso deutlicher, je öfter man sich da aufhält. Heute habe ich zum Beispiel die Personalchefin kennengelernt. Die war bis gestern auf einer EDV-Schulung und konnte deshalb bisher noch nicht vernommen werden. Ein herzloses Weibsbild, sage ich dir, fast noch herzloser als der Rest der oberen Etage. Auf meine Frage, weshalb man diese vierzehn Leute eigentlich entlassen habe, hat sie doch tatsächlich geantwortet, dass es sich dabei um eine notwendige Frischzellenkur für das Unternehmen gehandelt habe. Die Firma sei schließlich nicht das Senckenberg-Museum und habe infolgedessen auch nicht den Auftrag, Fossilien zu konservieren. Im Austausch für die Greise habe man aber immerhin eine beträchtliche Anzahl junger Leute eingestellt.«

»Junger Mädels, wollte sie wohl sagen. Also eher eine Frisch*fleisch*-Kur«, meinte Morgenthaler. »Mein Gott. Viele der Gekündigten haben schon zu Zeiten des Seniors seit Jahren für diesen Betrieb gearbeitet. Wir müssen all diese Leute aufsuchen und vernehmen, Werner. Leider. Das wird sicher eine mühselige und womöglich traurige Arbeit. Und wir müssen noch mal in den Betrieb. Das wird diesmal diffiziler als bisher, vor allem, weil wir uns beim weiblichen Personal explizit und mit äußerster Diskretion nach Sexualdelikten umhören müssen, Tätlichkeiten, die entweder an ihnen begangen wurden oder ihnen zu Ohren gekommen sind.«

»Das heißt, diesmal bei allen Frauen?«, fragte Tielmann.

»Selbstverständlich«, mischte sich Maren Lemcke ein. »Auch wenn dieser Bahlbach einen bestimmten Frauentyp bevorzugt hat, wäre es dennoch fahrlässig, sich nur innerhalb dieses Kreises umzuhören. Es ist nämlich sehr gut möglich, dass Frauen, die nicht in das Opferschema fallen, von ihnen ins Vertrauen gezogen wurden.«

»Da muss ich Maren recht geben, Werner«, meinte Morgenthaler. »Wir müssen *sämtliche* Frauen befragen. Außerdem müssen wir erfahren, ob in dem Betrieb jemand beschäftigt ist oder beschäftigt war, der eine Boxerhündin hat, oder mit jemandem bekannt ist, der solch ein Tier besitzt. Dazu muss außerdem auch bei der Stadtverwaltung angefragt werden. Allzu viele Hunde dieser Rasse kann es in Mannheim und Umgebung nicht geben. Vielleicht zahlt ja jemand Hundesteuer für solch ein Tier, jemand, der entweder auf unseren Listen steht oder in irgendeiner anderen Weise mit Bahlbach in Verbindung zu bringen ist. Außerdem gibt es vier

Personen, die er ebenfalls genannt hat, die aber *nicht* in seinem Betrieb beschäftigt waren. Die müssen wir auch noch verhören.«

»Mir ist was aufgefallen, Konrad«, meldete sich Johannes Stein nun zu Wort. »Zwei Konditoren haben mich gefragt, ob wir uns eigentlich nur bei den Leuten in der Produktion umsehen oder auch diejenigen, die in den oberen Etagen arbeiten, unter die Lupe nehmen. Und beide haben als Beispiel diesen Berger genannt, du weißt, wen ich meine, oder?«

Morgenthaler nickte. »Klar, Volker Berger, der tüchtige Produktionsleiter, der am liebsten noch mit der Peitsche arbeiten würde. Du hast von ihm erzählt, als wir im ›Café Journal‹ gesessen haben.«

»Na ja, ich hab die beiden natürlich gefragt, wie sie ausgerechnet auf den kommen. Aber eine richtige Antwort haben sie mir nicht gegeben. ›Nur so‹, hat der eine gemeint, und der andere hat gesagt, dass ihm der Name ›gerade so in den Sinn‹ gekommen sei, weil Berger am Freitagnachmittag zwar hin und wieder in den Produktionshallen ›herumscharwenzelte‹, aber dazwischen viel Zeit hatte, noch ›ganz andere Dinge‹ zu tun.«

»Hm. Bei solchen Aussagen muss man immer vorsichtig sein. Dass Berger am Freitagnachmittag im Betrieb war, wissen wir. Das hat er selbst bestätigt. Und dass die beiden gerade auf den schlecht zu sprechen sind, ist nachvollziehbar. Dennoch kann es nicht schaden, sich diesen Mann noch mal genauer zu betrachten.«

Dann berichtete Morgenthaler von der Auswertung des Videobandes und ihrem Besuch bei der Familie in Almenhof.

»Wir kommen nicht voran, Konrad«, stellte Kindlein fest, als sie wieder allein waren. »Es türmen sich bei uns unzählige Hinweise, aber kein einziger führt zu einem Verdächtigen.«

»Na, du übertreibst. Immerhin wissen wir nun, dass der Kinderanhänger, in dem sich Bahlbachs Leiche befand, nicht aus seinem Haus stammt. Damit ist eines unserer Rätsel schon mal gelöst. Und obwohl unklar bleibt, wo Frau Bahlbachs Anhänger sich derzeit befindet, scheidet sie damit endgültig als Verdächtige aus.«

Kindlein spürte, dass sich in seiner Magengrube etwas zusammenzog. Diese Geschichte mit Frau Bahlbach lag wie ein Stein auf seiner Brust. Und obwohl er sicher war, dass Morgenthaler mit seiner Äußerung keinen Zweck verfolgt hatte, traute er sich nicht, seinem Kollegen ins Gesicht zu sehen, als der weitere Ausführungen machte.

»Es ist schon eigenartig. Nun, da wir endlich Angaben zur Besitzerin dieses Kinderanhängers haben, ist auch schon gleich klar, dass sie unmöglich jene Person sein kann, die den Leichnam zum Strandbad gebracht hat. Eine Frau von einem Meter fünfundsechzig hat niemals Schuhgröße zweiundvierzig und wird wohl kaum die Kräfte aufbringen können, die zu einer Tat wie dieser notwendig wären. Hat unsere Unbekannte demnach mit der Tat *überhaupt nichts* zu tun? Oder doch, weil sie von zwei Personen verübt wurde? Und wenn dem so ist, wer war dann die andere Person? Wir wissen auch noch nicht viel über das Motiv. Bahlbach hat sich auf übelste Weise an Frauen vergangen, das steht fest. Und er wurde in dem Video dazu genötigt, dies zu beichten. Ein Racheakt also, von einer oder mehreren Frauen verübt? Oder von deren Männern? Überhaupt zählt er auch jede Menge Männernamen auf, Menschen, die er drangsaliert, gedemütigt oder selbst nach langer Betriebszugehörigkeit einfach auf die Straße gesetzt hat. Es ist also möglich, dass jemand Bahlbachs Tod wollte, weil der ihn seiner Existenzgrundlage oder seiner Ehre beraubt hat. Warum strafen der oder die Täter nun aber auch noch Bahlbachs Angehörige einschließlich der Kinder ab? Hassen er oder sie vielleicht die ganze Sippe? Warum ermordet er sie dann nicht einfach? Und warum stimmen in dem Fall überhaupt so viele Dinge nicht?«

Plötzlich erinnerte sich Kindlein an etwas, das ihm am Abend zuvor durch den Kopf gegangen war. Es war etwas gewesen, das sich jedes Mal, wenn er darauf zugreifen wollte, sofort wieder aus seinem Gedächtnis entfernt hatte.

»Apropos, da du gerade Frau Bahlbach und ihre Kinder erwähnst: Du hast Driesmann doch etwas von einem Holzkästchen erzählt, in das Bahlbach eine Inschrift für seine Tochter Linda eingearbeitet hat. Demnach wurde das Mädchen gestern sechs Jahre alt. Weißt du zufällig, ob Linda überhaupt schon lesen kann? Ich meine, immerhin geht sie noch nicht zur Schule.«

»Zumindest keine Texte größeren Ausmaßes. Das weiß ich, da

Frau Bahlbach ihr auf dem Geburtstagsfest die Grußkarten der Kinder vorlesen musste.«

»Mir kommt der Text auf dem Foto nämlich sehr eigenartig vor. Der Verfasser gibt darin zu erkennen, von Linda immerhin so viel zu wissen, dass sie eine Zeit lang mit einem blauen Kinderanhänger transportiert worden ist. Und er hat den Text so verfasst, dass er an sie persönlich gerichtet ist, also an ein Kind, das schon lesen kann. Da sie das aber noch nicht ausreichend kann, stellt sich die Frage, ob er sie vielleicht doch nicht so gut kennt. Oder kennt er Linda eben doch und weiß von ihren mangelnden Lesefähigkeiten? Dann könnte man nämlich mutmaßen, dass er den Text vor allem deshalb so verfasst hat, um *die Mutter* zu schockieren. Und indem er suggeriert, sich mit diesem grauenerregenden Dokument an ihre kleine minderjährige Tochter zu wenden, löst er bei deren Mutter natürlich Ängste aus, die um ein Vielfaches größer sein dürften, als wenn er es direkt an sie gesendet hätte. Ich glaube deshalb, dass wir es mit jemandem zu tun haben, von dem noch Schrecklicheres zu erwarten ist.«

Morgenthaler strich mehrmals über seinen dicken Schnauzer und überlegte eine Weile, bevor er sich äußerte.

»Das sind interessante Aspekte, Frieder«, antwortete er schließlich. »Ich denke, dass deine zweite Version zutrifft. Denn wenn der Verfasser der Ansicht gewesen wäre, dass Linda schon lesen kann, und er zudem gewollt hätte, dass das Päckchen ausschließlich in ihre Hände gerät, dann hätte er es dem Überbringer nicht mit dem Hinweis übergeben, es der Mutter auszuhändigen. Er hätte alles drangesetzt, dass es Linda persönlich überreicht wird. Und selbst wenn er sich bezüglich ihrer Lesekenntnisse im Unklaren gewesen wäre, hätte er so zumindest erreicht, dass sie die Fotografie zu sehen bekommt.«

»Genauso sehe ich das auch. Diese Person ist, was Linda betrifft, unglaublich kaltblütig vorgegangen, weil sie ein enorm hohes und unkalkulierbares Restrisiko in Kauf genommen hat. Aber ihr primäres Ziel war wenigstens schon mal nicht, Linda Schaden zuzufügen.«

»Hm. Aber welchen Schluss können wir aus diesen Überlegungen ziehen?«

Nun war es Kindlein, der erst mal längere Zeit nachdachte, bevor er zu einer Antwort fand.

»Unser Täter kennt Lindas Geburtstag. Darüber hinaus muss er mit Bahlbach bekannt sein, denn er hat es immerhin geschafft, Bahlbach von einer äußerst wichtigen Arbeit weg zum Tatort zu lotsen. Wo der sich befindet, wissen wir nicht. Aber um ihn dorthin zu locken, musste der Täter ihm nicht nur einen extrem wichtigen Anlass geboten haben, sondern auch eine Person sein, der Bahlbach so viel Vertrauen schenkte, dass er ihr die Wichtigkeit und Dringlichkeit dieses Anlasses abkaufte. Immerhin hat er sich sogar ins Auto gesetzt und die Firma verlassen. Außerdem bin ich noch immer davon überzeugt, dass der Täter den Tatzeitpunkt sehr bewusst gewählt hat. Dieses Wochenende war für sein Anliegen geradezu ideal – was darauf hindeutet, dass er Bahlbachs Gewohnheiten ausgesprochen gut kannte. Es scheint mir deshalb mehr als wahrscheinlich, dass er den Rest der Familie Bahlbach ebenfalls kennt.«

Morgenthaler nickte. »Aber er hat es offenbar nicht auf die Kinder abgesehen, Frieder. Das ist nicht nur beruhigend, sondern in gewisser Weise auch bedeutsam. Es zeigt nämlich, dass er selektiert. Es ist nicht die Familie Bahlbach in ihrer Gesamtheit, gegen die er vorgehen möchte, sondern er beschränkt sich bei seinen Schreckmanövern auf die Ehefrau und die Eltern seines Opfers. Saubere Arbeit, Frieder.«

Kindlein spürte, dass er rot anlief.

»Ich glaube«, fügte Morgenthaler hinzu und beklopfte dabei Kindleins Schulter, »damit haben wir eine gute Ausgangsbasis für einen Kassensturz.«

Kindlein zuckte zusammen. »Wie, jetzt gleich?«

»Klar. Jetzt sind wir noch fit.«

Es war inzwischen Abend, und Kindlein wusste, was es hieß, wenn Morgenthaler »Kassensturz« machen wollte. Sie würden den Fall noch einmal ganz von vorn aufrollen, ein Prozedere, das meist mehrere Stunden in Anspruch nahm. Für ihn war es jedes Mal eine Tortur, ein geistiger und letztlich auch körperlicher Kraftakt. Das hatte er jetzt davon. Er hätte genauso gut erst morgen früh ein paar anständige Gedanken zu ihren Ermittlungen beisteuern können.

Andererseits war dies jener Teil ihrer Arbeit, der ihn in besonderem Maße daran erinnerte, warum er die Zusammenarbeit mit Morgenthaler so schätzte. Der kurzbeinige korpulente Mann liebte es geradezu, alle bis dato bekannten Einzelheiten ihres Falles zusammenzutragen und zu bündeln. Er fand unendlichen Gefallen daran, Vorgänge aufs Genaueste zu rekapitulieren, Abläufe bis ins letzte Detail zu rekonstruieren und Widersprüchliches wieder und wieder zu hinterfragen. Und während Kindlein dazu auf Arbeitsunterlagen, Untersuchungsakten und persönliche Notizen angewiesen war, lungerte Morgenthaler die meiste Zeit in seinem gefährlich nach hinten gekippten Bürostuhl herum und knabberte seine geliebten Plunderstücke klein. Er wusste aus dem Gedächtnis heraus immer genau, wer wann was gesagt hatte, und er konnte, ohne irgendwelche Aufzeichnungen zu Hilfe zu nehmen, selbst detailgeschwängerte Sachverhalte lückenlos repetieren.

Morgenthaler selbst hielt seine Fähigkeit nicht für das Resultat irgendeiner besonderen Form von Intelligenz. Er behauptete stattdessen, nur konsequent ein Verfahren umzusetzen, mit dessen Hilfe er sich über Jahre hinweg das Einprägen von Informationen antrainiert hatte.

»In der Schule hat man uns immer empfohlen, Brücken zu bauen, um uns komplexe Zusammenhänge anhand einfacherer Sachverhalte besser vorstellen und merken zu können«, erklärte er Kindlein gern. »Aber ich war schon damals pummelig und ein außerordentlich faules Kind mit einer besonderen Abneigung gegen jede Art körperlicher Betätigung. Schon der bloße Gedanke, mein ganzes Leben lang Brücken bauen zu müssen, nur um an leicht Verständliches zu gelangen, mit dessen Hilfe ich mir schwer verstehbare Phänomene besser würde erklären oder merken können, trieb mir den Schweiß auf die Stirn. Ich habe mir deshalb lieber eine kleine imaginäre Schachtel geschaffen, die, ganz hinten in meinem Kopf installiert, fortan ausschließlich dazu dienen sollte, nützliche Informationen zu verstauen und so lange zu lagern, bis ich sie mal brauchen konnte. Da diese Schachtel immateriell war, wog sie nichts, und der Rest meines Kopfes blieb frei für Unfug und jenen Kram, den man im Leben wirklich benötigt. Heute benutze ich die Schachtel nur noch beruflich.«

Auch am Ende dieser Sitzung war Kindlein völlig ausgelaugt. Sie hatte nur zwei Stunden in Anspruch genommen, aber gegen Schluss hatten sich bei ihm Konzentrationsmängel eingestellt, und er hatte immer häufiger durcheinandergeworfen, was sie bis dahin zusammengetragen hatten.

Als es an der Zeit war, Feierabend zu machen, überlegte er, ob er mit Morgenthaler noch über dieses unglückselige Verhör von Frau Bahlbach reden sollte. Aber er spürte, dass er zu müde war. Außerdem war er sicher, dass sich Morgenthaler darauf freute, den Rest des Abends noch mit seiner Frau zu verbringen. Aber der hatte andere Pläne.

Es war schwierig, in der Lange-Rötter-Straße oder einer ihrer Nebenstraßen einen Parkplatz zu finden. Morgenthaler behauptete immer, dass die Oststadt der gute Anzug Mannheims und die Neckarstadt die bunte Krawatte war. In diesem Teil der Stadt lebten neben Angehörigen alteingesessener Arbeiterdynastien vor allem Ausländer und Studenten. Aber auch Akademiker, Künstler und Geschäftsleute, die sich durchaus eine Wohnung in einem der teureren und erheblich ruhigeren Viertel Mannheims hätten leisten können, genossen das hektische urbane Leben in diesem ehemaligen Arbeiterviertel. Für sie schien es Lebenselixier und Inspirationsquelle zu sein, wobei sie bevorzugt jene Jugend- und Gründerstilwohnhäuser bewohnten, die in den letzten Jahren aufwendig saniert worden waren. Jetzt am Abend waren die Straßen des Stadtteils zugeparkt, sodass kein Zentimeter Bordstein mehr zu erkennen war. Alter, Preisklasse, Größe und Erhaltungszustand der unzähligen Fahrzeuge waren derart unterschiedlich, dass sich daran die kunterbunte Zusammensetzung der Bewohner dieses Stadtteils ablesen ließ. Kindlein war jedenfalls froh, den BMW auf dem Bürgersteig einer schmalen Gasse abstellen zu können.

Als sie vor dem blickdicht zugeklebten Schaufenster eines kleinen ehemaligen Ladengeschäfts standen, holte Kindlein sicherheitshalber noch einmal seinen Notizblock hervor. Die Hausnummer stimmte.

»Bist du sicher, dass du die Adresse richtig notiert hast?«, fragte Morgenthaler.

Kindlein zuckte mit den Achseln. Dann sah er sich um.

»Da vorn steht jedenfalls schon mal sein Auto«, meinte er und deutete dabei auf einen grünen Audi A6, der unweit von ihnen etwas schräg am Straßenrand eingeparkt stand.

»Das soll sein Auto sein?«

»Ja. Er war ja gerade auf dem Weg zur Tiefgarage, als Johannes und ich ihn befragt haben. Da habe ich es gesehen. Außerdem hat er das Kennzeichen MA-VB. Das muss sein Wagen sein.«

»Na ja, ich wundere mich eben nur ein bisschen. Der Mann hat als Produktionsleiter bei Bahlbach sicher keinen schlecht bezahlten Job, und das Auto kostet auch sein Stängchen. Und dann soll der in so was hier hausen?«

Beide sahen hoch. Das vierstöckige Haus war zur Zeit der vorletzten Jahrhundertwende erbaut und vermutlich eher jünger als die umliegenden Häuser, aber es befand sich in erheblich schlechterem Zustand. Die Fassade war fleckig und an manchen Stellen nahezu schwarz verfärbt. Der Putz war an vielen Stellen aufgerissen oder herausgebrochen. Alle Wohnungen besaßen immer noch Fenster mit Einfachglasscheiben, deren Rahmen einen Anstrich dringend nötig gehabt hätten. Im Bereich um den kleinen Laden bestimmten beigefarben lasierte Fliesen die Fassade. An vielen Stellen fehlten sie schon, und an den noch vorhandenen haftete der Schmutz von Jahrzehnten. Oberhalb der Eingangstür hing ein in kräftig marmorierten Sandstein gehauener Pferdekopf. Das Tier sah auf die beiden Ermittler herab. Das rechte Ohr war schon vor längerer Zeit abgebrochen. Selbst im spärlichen Licht der Straßenlaternen war zu erkennen, dass die Bruchstelle alt und die rotbraune Farbe, mit der man den Kopf einst angestrichen hatte, nur noch an der Unterseite des Mauls und in den Nüstern erhalten geblieben war.

»Hm. War mal eine Pferdemetzgerei«, stellte Morgenthaler fest. »So was gibt's heute kaum noch.«

Kindlein schüttelte sich.

»Hab dich nicht so, Frieder. War früher gar nicht so unüblich. Auch mein Vater hat hin und wieder Pfer...«

»Guck mal, da öffnet jemand«, unterbrach Kindlein ihn und zeigte auf die schwere Eingangstür des Hauses. Sie befand sich direkt neben dem Ladeneingang und wurde soeben langsam nach innen aufgezogen. Satt knarrend öffnete sie sich Zentimeter für Zentimeter bis auf einen handbreiten Spalt. Heiser kläffend und offensichtlich überglücklich, seine Notdurft an einem der nächsten Straßenbäume verrichten zu können, witschte ein fragil wirkendes dünnbeiniges Hündchen nach draußen. Schließlich öffnete sich die Tür weiter, sodass irgendwann auch die Besitzerin des Tieres zu erkennen war. Es war eine zart gebaute alte Frau in Kittelschürze und Strickjacke, die sich leicht nach vorn gebeugt auf einem Gehstock abstützte. Sie rief ihrem Hund mit brüchiger Stimme nach, dass er auch ja sein Geschäft machen solle. Kindlein ging sofort auf sie zu.

»Entschuldigen Sie bitte, aber wir suchen einen Herrn Berger, Volker Berger. Wissen Sie zufällig, ob er hier in diesem Haus wohnt?«

Zu beider Erstaunen wohnte Berger tatsächlich hier. Noch verwunderter waren sie, als die Frau ihnen erklärte, wo sich der Eingang zu seiner Wohnung befand: hinten im Hof, in Erdgeschosshöhe, an der Rückseite des Gebäudes. Berger bewohnte demnach dieses Ladengeschäft. Früher, so verriet die Frau, habe der Zugang zu seiner Wohnung der Metzgerei als Lieferanten- und Hintereingang gedient. Und in guten Zeiten sei durch ihn zweimal wöchentlich das warme, im Winter sogar dampfende Fleisch der im Hof geschlachteten Rösser in die Kühlkammer des Ladens getragen worden. Wieder schüttelte es Kindlein.

Sowohl durch die Ritzen an den Rändern der Metalltür als auch aus einem vergitterten Fenster, das sich in Kopfhöhe dicht neben dieser Tür befand, drang Licht in den engen dunklen Hof. Kindlein überlegte, wie viel davon wohl tagsüber in entgegengesetzter Richtung durch das Fenster scheinen mochte, da die Scheibe aus satiniertem Glas bestand und obendrein stark verdreckt war. Die ganze Atmosphäre hier ließ ihn schaudern, und er wollte sich nicht ausmalen, was sich auf dem Areal dicht hinter ihm jahrzehntelang abgespielt hatte. Zu seiner Erleichterung öffnete sich die Tür schon bald, nachdem er die Klingel bedient hatte.

»Ach herrje, was wollen Sie denn hier?«, gab Berger statt einer Begrüßung von sich. Seiner Mimik und seiner blassen Gesichtsfarbe war zu entnehmen, dass ihn der Anblick der beiden nicht nur erschreckt hatte, sondern ihm auch äußerst unangenehm war.

»Keine Panik, Herr Berger. Mich kennen Sie ja schon, und das hier ist mein Kollege Morgenthaler«, antwortete Kindlein. »Wir würden nur gern noch einmal mit Ihnen sprechen. Dürfen wir kurz reinkommen?«

Der Mann stöhnte kurz, nickte dann aber und gab ihnen ein Zeichen, einzutreten.

Bergers Wohnung konnte nicht als solche bezeichnet werden. Es war eine provisorische Behausung, die irgendwer irgendwann mal aus dem kleinen Laden gemacht hatte. Vom Hinterhof trat man zunächst in eine Diele, von der rechter Hand ein winziges und spartanisch ausgestattetes Badezimmer abging. Linker Hand führte eine schmale Holztreppe steil abwärts in einen finsteren Keller. Geradeaus kam man direkt in den einzigen Wohnraum – den ehemaligen Verkaufsraum der Metzgerei. Die Schaufensterscheibe und das Glas der Ladeneingangstür waren mit derselben Tapete beklebt worden wie die Wände des Raumes. Ein Fenster war somit nicht vorhanden, denn das vom Hinterhof gehörte zu dem kleinen Bad. Oberhalb des Schaufensters befanden sich lediglich Abluftluken, die, als Einzige für den Luftaustausch zuständig, spätestens in den Sommermonaten nicht mehr ausreichend sein konnten. Wie man den Winter in diesen Räumlichkeiten überstand, war Kindlein ein Rätsel, da durch die Luken kalte Luft hineinströmte und die große Glasfront wie ein Kühlaggregat wirken musste. Heizelemente konnte er nicht ausmachen. In einer Ecke des Raumes stand ein einfacher Elektroherd, auf dem in einem Topf etwas vor sich hinköchelte, das Kindlein dem Geruch nach als Dosenravioli identifizierte. Berger ging auch gleich dorthin, schob den Topf auf eine kalte Platte und schaltete den Herd aus.

»Sie wundern sich, oder?«, fragte er, ohne die beiden anzusehen.

»Offen gesagt, Herr Berger, ein wenig«, antwortete nun Morgenthaler. »Ich weiß, dass die Arbeiter der Firma Bahlbach nicht gerade üppig entlohnt werden, aber Sie sind dort in leitender Funktion tätig.«

»Tja, das nutzt wenig, wenn man für eine arbeitsscheue Frau

Unterhalt und für vier Kinder Alimente zahlen darf«, sagte Berger trocken.

Morgenthaler war einige Schritte auf ihn zugegangen, sodass sich die beiden Männer nun gegenüberstanden. Sie waren in etwa von gleicher Körpergröße, Berger war aber erheblich dicker als Morgenthaler und hatte, trotz seines etwa zwanzig Jahre geringeren Lebensalters, bedeutend weniger Haare auf dem Kopf.

»Hm. Sind Sie schon länger geschieden?«

»Vier Jahre. Hab den ganzen Haufen damals rausgeschmissen.«

»Das heißt, *Sie* haben sich getrennt?«

»Nein, *die* haben sich von *mir* getrennt. Meine Ex meinte, sich über mich erheben zu müssen, indem sie meine Erziehungsstrategien systematisch unterwanderte. Unter diesen Bedingungen war es mir nicht möglich, die Moral aufrechtzuerhalten. Die Kinder wurden mit zunehmendem Alter aufsässiger. Ich musste handeln, um klarzustellen, wer das Sagen hat.«

»Nun denn. Aber nach einer Trennung oder Scheidung bleibt einem doch ein Mindestsatz, von dem man sich zumindest eine, sagen wir mal, normalen Bedürfnissen entsprechende Wohnung mieten kann«, hakte Morgenthaler nach.

»Soll ich Ihnen mal mein Auto zeigen? Dann sehen Sie, wohin ein Gutteil meines monatlichen Einkommens fließt.«

»Ich hab es gesehen. Eine Nummer kleiner, und Sie kämen ebenfalls vorwärts. In mancher Hinsicht vielleicht sogar besser.«

»Möglich. Aber ich habe eine Position, in der ich mich von denen abheben muss, die mir unterstehen. Sie glauben nicht, welche Rolle gerade Äußerlichkeiten für dieses Proletenvolk spielen. Darf ich jetzt aber mal erfahren, warum Sie überhaupt hier sind?«

»Ach«, meinte Morgenthaler, »der Mord an Ihrem ehemaligen Chef lässt uns irgendwie nicht so recht zur Ruhe kommen. Vielleicht liegt es ja daran, dass wir Polizisten sind, aber wir stellen uns doch tatsächlich ständig die Frage, wer ihn begangen haben könnte. So etwas kann regelrecht zum Wahn werden. Um die Suche nach der Antwort ein wenig effizienter zu gestalten, haben wir es uns zur Gewohnheit gemacht, auch die Freunde des Opfers darin einzubeziehen. Sie waren doch ein Freund, oder?«

Berger sah Morgenthaler mit verständnisloser Miene an.

»Freund? Wie kommen Sie darauf? Ich muss schon sagen, Sie haben eine eigentümliche Ausdrucksweise. Herr Bahlbach war der Firmeninhaber, mein Vorgesetzter. Er war eine Person, die Respekt und Achtung verdiente und zu der man schon allein deshalb die nötige Distanz wahrte. Selbstverständlich waren wir in vieler Hinsicht gleichen Geistes, sonst hätte er mich nicht eingestellt und jahrelang auf diesem Posten belassen. Aber auf ein persönliches Verhältnis haben wir beide keinerlei Wert gelegt.«

»Ah ja. Aber ganz besondere Übereinstimmung, so meine ich gehört zu haben, bestand bei Ihnen beiden vor allem in der Führung von Mitarbeitern, richtig?«

»Ja, das könnte man durchaus so sagen. Er lehnte eben, wie ich, kategorisch jede Art von laschem Umgang mit Untergebenen ab. Der Mensch von sich aus ist nun mal eine Masse und besitzt deshalb eine gewisse Trägheit, die nur durch Kräfte überwunden werden kann, die von außen auf ihn einwirken. Denken Sie nur an den Begriff, den Sie soeben benutzt haben: Mitarbeiter. Er drückt eine ganze Lebenshaltung aus. Man arbeitet nicht etwa, sondern arbeitet nur *mit*, und am liebsten mit irgendeinem allgemeinen Strom, der im Rhythmus des gleichgültigen Gedrösels anderer vor sich hinplätschert. Ich erwarte, dass Arbeiter arbeiten, und zwar nicht nur *mit*, sondern *für*, also *für* den Betrieb, *für* den Umsatz, *für* neue Aufträge und damit *für* weitere Arbeit. Dafür sind Arbeiter nun einmal da, und Herrn Bahlbachs Auftrag an mich war, dafür zu sorgen, dass sie diese Aufgabe erfüllen. Das tun sie, wie schon gesagt, aber nur, wenn gewisse Kräfte auf sie einwirken.«

»Ach, so funktioniert das. Und auf welche Kräfte haben Sie sich bei den Arbeiter*innen* verständigt?«

Berger sah Morgenthaler wieder entgeistert an.

»Also, Ihre Fragen sind in der Tat seltsam. Auf die gleichen natürlich. Oder falls Sie darauf hinauswollen: Wir haben niemanden bevorzugt.«

»Gut, Herr Berger, verlassen wir das Thema. Sagen Sie uns doch mal, was Sie letzten Freitagnachmittag in der Firma gemacht haben. Sagen wir, so ab sechzehn Uhr.«

»Da war ich in meinem Büro. Herr Bahlbach hat mir Unterlagen vorgelegt, die ich studieren sollte. Am nächsten Tag wollte er

Sondierungsgespräche mit Vertretern verschiedener Firmen führen. Ein Teil unserer Produktionsanlagen arbeitet nicht mehr effizient.«

»Aber bei diesen Gesprächen sollten Sie nicht dabei sein.«

»Nein. Später, wenn es darum gegangen wäre, sich für ein bestimmtes Verfahren oder bestimmte Produkte zu entscheiden, wäre ich selbstverständlich hinzugestoßen. Schließlich ging es um meinen Bereich.«

»Sie haben den Nachmittag aber nicht nur in Ihrem Büro verbracht. Was taten Sie noch?«

»Ah ja, verstehe. Ein paar meiner Leute haben geplaudert. Gut zu wissen, dass die merken, wenn ich sie beobachte. Präsenz zeigen ist in meinem Job enorm wichtig, wissen Sie, sonst werden die schnell übermütig.«

»Sie haben also einen, sagen wir mal – Rundgang gemacht. Wie lange hat der gedauert?«

»Keine Ahnung, aber kurz vor fünf bin ich wieder in mein Büro zurückgegangen, da ich dort einen Termin hatte.«

»Was war das für ein Termin?«

»Ein Rückkehrer-Gespräch mit einer Arbeiterin.«

»Ein was?«

»Ein Rückkehrer-Gespräch. Die junge Frau war dieses Jahr schon zweimal krank. Solche Gespräche dienen dazu, den Leuten nach ihrer Rückkehr in den Arbeitsprozess den Standpunkt der Firma zum Thema Krankmeldung zu vergegenwärtigen und ihnen die Gelegenheit zu bieten, ihre persönliche Haltung dazu auf den Prüfstand zu stellen.«

Kindlein konnte nicht mehr zuhören. Er hatte diesen Nonsens schon bei der Befragung mit Johannes Stein über sich ergehen lassen müssen. Ihn wunderte, dass Morgenthaler nicht der Kragen platzte. Außerdem ging ihm der Gedanke durch den Kopf, dass er sich in einem Raum befand, in dem noch vor Jahren Pferdewürste und -steaks feilgeboten wurden. Wie mochte es da gerochen haben? Und wo konnte eigentlich der Verkaufstresen gestanden haben? Viel Platz gab es dafür nicht. Dann fiel ihm ein, was die alte Frau berichtet hatte: dass das Fleisch der armen Rösser hier hereingetragen und in einer Kühlkammer aufbewahrt worden war.

Aber wo in Herrgotts Namen sollte die sich befunden haben? Er sah sich um. An jeder Wand die gleiche Tapete. Millefleurs auf kakifarbenem Grund. Grausam. An einer Wand hing ein gerahmter Kunstdruck – irgendein Sportwagen, fotografiert bei rasanter Fahrt in irgendeiner Nord- oder Sonst-wo-Kurve. Ein paar Zentimeter daneben: schlecht ausgeführter Tapetenstoß. Die Fuge war mindestens zwei Millimeter breit. Links neben dem Bild: ebenfalls. Darüber eine horizontal verlaufende schwarze Linie. Sie verband beide Stöße miteinander. Eine Tür? Eine tapezierte Tür in einer tapezierten Wand! Kindlein ging darauf zu und hob das Bild an. Darunter befand sich eine Glasscheibe. Licht drang hindurch. In Hüfthöhe erkannte er einen Knauf. Selbst der war übertapeziert.

»Sagen Sie mal, was ist denn das hier?«, fragte Kindlein mitten in den Raum und unterbrach Berger bei seinem Lieblingsthema: Förderung durch Forderung oder wie man träge Masse beschleunigt. »Und vor allem: Was befindet sich dahinter?« Dabei klopfte er gegen die Tür. Es klang metallisch hohl.

Der Mann starrte ihn entsetzt an und wedelte hektisch mit den Händen herum. »Hauen Sie da ab. Das geht Sie überhaupt nichts an«, schrie er beinahe und kam mit schnellen Schritten auf Kindlein zugestürmt. Schließlich baute er sich mit weit ausgebreiteten Armen vor der Wand auf.

»Was gibt's denn, Frieder?«, fragte Morgenthaler, den Bergers Reaktion ebenfalls verwunderte.

»Eine Tür. Hier, mitten in der Wand. Dahinter befindet sich ein hell beleuchteter Raum.«

Morgenthaler wandte sich dem zur Salzsäule erstarrten Berger zu. »Können Sie uns das erklären?«

Der Mann schüttelte nur den Kopf. Sein Gesicht war leichenblass.

»Was ist das für ein Raum?«

Schweigen.

»Mann, Herr Berger. Das hat keinen Sinn. Wir ermitteln in einem Mordfall. Einen Durchsuchungsbeschluss zu erwirken ist kein Problem. Vor allem nicht, wenn sich jemand verdächtig macht, so wie Sie gerade. Also, was verbergen Sie hinter dieser Tür?«

»Nichts.« Bergers Stimme klang nun mickrig, und dicke Schweißperlen liefen ihm von den Schläfen herab.

»Ah ja. Dann dient das Licht da drin also der Beleuchtung von nichts? Interessant.«

Der Mann seufzte.

»Das war früher eine Kühlkammer«, sagte er schließlich. »Der Vermieter hat die Tür tapeziert, weil sie alt und voller Rost ist.«

»Schön. Aber das beantwortet nicht unsere Frage. Deshalb noch mal: Was befindet sich in diesem Raum?«

Berger sah Morgenthaler nun mit flehendem Blick an. Er rang mit sich.

»Hören Sie. Sie müssen mir auf jeden Fall versprechen, niemandem im Betrieb davon zu erzählen.«

»Wir versprechen nie was.«

Berger nickte resigniert. Dann gab er einen tiefen Seufzer von sich, trat aber schließlich beiseite. Kindlein öffnete die Tür.

Es war kein großer Raum, der sich hinter der Tür verbarg, aber ausreichend, damit ein kleines Regal, ein Tisch und ein Stuhl bequem darin Platz fanden. Auf dem Tisch lagen wild verstreut Papierblätter in allen erdenklichen Farben herum, und in dem Regal stapelte sich eine große Zahl bunter Pappkartons. Eine Rolle mit dünner Schnur lag ebenfalls auf dem Tisch sowie eine Schere, einige dünne Holzleisten und Gegenstände, die nicht so leicht zu identifizieren waren. Erst als sie eintraten und sich über ihren Köpfen etwas in Bewegung setzte, war ihnen klar, worum es sich dabei handelte.

»Schöne Mobiles, die sie da basteln, Herr Berger. Und die gefalteten Figuren – Hut ab. Origami nennt man diese Technik, oder?«, bemerkte Morgenthaler.

Das Gesicht des Mannes lief puterrot an.

»O Mann. Im Betrieb presst er das Blut aus den Menschen, kaum ist er jedoch zu Hause, faltet er inmitten der heimischen Stille Papiertiger und erfreut sich daran, sie an seidene Fäden zu hängen«, sagte Morgenthaler, als sie wieder zurück zu ihrem Auto liefen. »Ich bin froh, dass wir da weg sind. Der Kerl ist völlig deformiert. Wie wird man so, Frieder?«

»Das kann ich dir nicht sagen. Ich weiß nur, dass wir ihn im Auge behalten sollten. *Er* war auf jeden Fall jemand, dem Bahlbach so viel Vertrauen entgegenbrachte, dass er auf dessen Geheiß hin sogar an einem wichtigen Tag die Firma verlassen würde. Zudem hat Berger zwar Schuhgröße einundvierzig, aber das heißt gar nichts. Er kann gut Schuhe getragen haben, die eine Nummer größer sind – eine Möglichkeit, die wir übrigens noch gar nicht einkalkuliert haben.«

»Ja, aber gegen ihn liegt nichts vor. Ich werde trotzdem unseren Paparazzo bitten, ein bisschen in Bergers Leben herumzustochern.«

»Eine gute Idee. Fred Seiters liebt solche Jobs.«

# 13

Gemeinsam mit Tielmann und Stein recherchierten Morgenthaler und Kindlein in den nächsten zwei Tagen wieder in der Firma Bahlbach. Verstärkt wurde das kleine Team von der Kollegin Lemcke. Doch auch diesmal hielten sich die Beschäftigten bedeckt, obgleich der Tod ihres ehemaligen Chefs inzwischen über eine Woche zurücklag. Und Fragen, die sich auf mögliche sexuelle Übergriffe bezogen, beantwortete nur ein geringer Teil des weiblichen Personals.

»Mein Gott«, entfuhr es Maren Lemcke kurz nach der Vernehmung einer jungen Polin, die seit drei Jahren in dem Betrieb arbeitete. »Nötigung und Erpressung der Mitarbeiterinnen, denen er sich sexuell zu nähern gedachte, waren für ihn ebenso normal wie sein despotischer Umgang mit dem Rest der Belegschaft. Degradierung, Abmahnung, Gehaltskürzung und Kündigung waren Maßnahmen, mit denen ihnen ständig gedroht wurde und von denen er mit dem Selbstverständnis eines Herrenmenschen rücksichtslos Gebrauch gemacht hat, wenn sich jemand seinem Willen nicht beugte. Der Mann war ein Dreckschwein.«

Nach diesen mühsamen Vernehmungen wurde das Ermittlerteam aufgestockt. Die Kollegen Bücklein und Seiters stießen zu ihnen, sodass sie nun immerhin zu siebt auch all jene Personen ausfindig machen und befragen konnten, die die Firma in den letzten Jahren auf die Straße gesetzt hatte. Der Großteil dieser ehemaligen Beschäftigten kam jedoch aus Alters- oder Gesundheitsgründen nicht als Täter in Betracht, oder ihre persönlichen Merkmale stimmten nicht mit den Spuren am Strandbad überein.

Selbst Fred Seiters, dessen Steckenpferd eigentlich das Recherchieren und Aufstöbern winzigster und oft pikanter Details am äußersten Rand von Ermittlungen war, hatte schon bald keine Lust mehr.

»Das ist ja nur frustrierend. Sowohl in dem Betrieb als auch unter den Ehemaligen ist niemand, der eine Boxerhündin besitzt, besaß oder jemanden kennt, der so ein Tier hält oder hielt. Und die von der Stadtverwaltung zusammengestellte Liste über Hundehalter dieser Rasse bringt schon gar kein Licht ins Dunkel. Die enthält nicht einen Namen, der mit Bahlbach oder seiner Firma in Verbindung gebracht werden kann. Und was Berger, also diesen Produktionsleiter, betrifft, komme ich auch nicht voran. Ich hatte einfach nicht die Zeit, tiefer vorzudringen als bis zu seiner Exfrau. Aber da zeichnet sich zumindest schon mal ab, dass Berger die Realität gern verklärt. Nicht er hat damals seine Familie auf die Straße gesetzt, sondern seine Frau ihn. Das war vor vier Jahren. Der gute Mann hat nämlich was mit einer anderen angefangen. Seine Frau hat nie herausbekommen, um wen es sich dabei handelte, ist sich aber sicher, dass es jemand aus dem Betrieb war. Und dass Berger seiner Familie derart viel Geld überweist, dass es für ihn nur zu einem Dasein in einer Wurstküche reicht, ist völliger Quatsch. Die Frau arbeitet nämlich ganztags und verdient so gut, dass er für sie schon mal nichts bezahlen muss. Für den Unterhalt der Kinder kommt er allerdings auf und ist da zuverlässig und äußerst großzügig. Zu ihnen hält er regelmäßig Kontakt, was gegen seine Aussage spricht, dass es verzogene Gören seien. Was nun diese Geliebte betrifft, ist die Frau der Ansicht, dass sie es sein muss, die Berger das Hemd auszieht, da sein Einkommen ihm selbst nach Abzug der Alimente einen gehobenen Lebensstandard erlauben könnte. Mehr habe ich leider noch nicht in Erfahrung bringen können.«

Um die Ermittlungen in möglichst viele Richtungen laufen zu lassen, forderte Morgenthaler schließlich Hilfe aus der Abteilung für Wirtschaftskriminalität an. Zwei Kollegen von dort fuhren am darauffolgenden Tag in den Betrieb. Ihre Aufgabe bestand darin, die Firmenunterlagen zu prüfen und Näheres über die Finanzlage, die Geschäftskontakte und -gepflogenheiten des Unternehmens in Erfahrung zu bringen. Da solche Untersuchungen jedoch viel Zeit in Anspruch nahmen, war hier frühestens nach einer Woche mit ersten Ergebnissen zu rechnen.

Bei Befragungen in Bahlbachs privatem Umfeld stellte sich recht bald heraus, dass er tatsächlich ein Einzelgänger war. Die wenigen Menschen, zu denen er einst Verbindung gehabt hatte, hatten sich entweder vor Jahren von ihm gelöst oder waren von ihm aus seinem Leben verbannt worden.

»Mein lieber Mann. Bei dem muss sich, ähnlich wie bei diesem Berger, ja eine tolle Wandlung vollzogen haben«, sagte Morgenthaler, als sie sich am Ende ihres tagelangen Vernehmungsmarathons auf dem Weg ins Präsidium befanden. »Ausnahmslos alle, die mit ihm in Kontakt gestanden haben, sagen, dass er mit Übernahme der Firma unzugänglich und auch unverträglich geworden ist.«

»Tja, Bahlbach ist ganz offensichtlich der Erfolg zu Kopfe gestiegen. Ich meine, an dem, was einer seiner ehemaligen Studienkollegen gesagt hat, ist natürlich was dran. Bei der Veränderung seines Wesens kann Stress durchaus eine Rolle gespielt haben. Aber ich neige ehrlich gesagt dazu, denen zu glauben, die behaupten, dass er im Grunde schon immer so war. Dass ihm früher eben nur das nötige Quäntchen Macht gefehlt hat.«

Morgenthaler schüttelte verständnislos den Kopf.

»Ja, das scheint mir auch so.«

»Aber wohin das führt, Konrad, Wahnsinn! Ich war richtig entsetzt, dass nicht einer seiner ehemaligen Freunde und Bekannten bedauert, dass er nicht mehr lebt. Das ist doch furchtbar, oder?«

»Das ist es. Aber ich bin trotzdem davon überzeugt, dass keiner von denen Bahlbach umgebracht hat. Er war ihnen viel zu unwichtig. Das Gleiche gilt für die persönlichen Bekannten seiner Frau. Von denen haben ihn die meisten ja nicht mal gekannt, weil er immer nur in seinem Betrieb war. Und der kleine Freundeskreis seiner Eltern besteht ausschließlich aus Personen im fortgeschrittenen Rentenalter.«

»Hm. Das heißt dann ja wohl, weiter im Betrieb und in seinem geschäftlichen Umfeld zu recherchieren, richtig?«

Morgenthaler zuckte mit den Schultern.

»Weißt du, was ich glaube, Frieder? Ich glaube, dass wir ein Fass auffüllen wollen, das keinen Boden hat. Die Firma hat etwa hundertsiebzig Beschäftigte. Die meisten von denen haben Bahlbach gehasst. Und nicht wenige von denen hätten sogar einen nachvollziehbaren Grund gehabt, ihn zu ermorden. Hinzu kommen noch die ehemals Beschäftigten. Auch die hätten Gründe genug. Aber keine dieser Personen ist im Moment auch nur ansatzweise verdächtig. Und das ist noch nicht alles, Frieder. Vorausgesetzt, wir wollen die These von einem Racheakt nicht völlig fallen lassen, dann müssten wir konsequenterweise auch die Angehörigen, Partner und Freunde all dieser Geschädigten als mögliche Täter einkalkulieren. Verstehst du, was ich meine? Wir bräuchten Jahre und ein Heer an Personal, um uns hier durchzuwursteln.«

»Stimmt, das Gleiche ist mir in den letzten Tagen auch durch den Kopf gegangen. Unsere Ermittlungen stocken, obwohl wir arbeiten und arbeiten. Ich komme mir vor wie ein Hamster im Laufrad. Außerdem, und das klingt sicher sehr unprofessionell, finde ich es langsam öde, dass wir es ständig mit dieser Firma zu tun haben. Es ist nicht gerade ein Spaß, in diesem Sauhaufen rumzuwühlen. Und Bahlbachs Privatleben war gleich null. Wäre schon schön, wenn dieser Mann auch in anderen Kreisen verkehrt hätte«, sagte Kindlein. Dann schluckte er, denn beinahe hätte er »wie bei mir« hinzugefügt. Bei den Recherchen in Bahlbachs Privatleben hatte er mehrmals das Gefühl gehabt, in einen Spiegel zu schauen. Er war deshalb ein paarmal versucht gewesen, mit Morgenthaler über seine Misere zu sprechen. Aber dann hatte er sich an seinen Vorsatz erinnert, sein Privatleben aus dem Beruf herauszuhalten.

»Tja, das können wir uns leider nicht aussuchen. Sicher, Bahlbach hatte hin und wieder diese kleinen Stelldicheins mit Damen des horizontalen Gewerbes gehabt, und natürlich könnten wir in dieser Szene noch mal genauer nachhaken. Aber dort wurde er von allen als harmloser Zeitgenosse mit ›durchschnittlichen Vorlieben‹ beschrieben, der sich nie auffällig verhalten hat. Meines Erachtens lohnt sich hier keine Investition mehr. Und sein Privatleben hast du treffend beschrieben: null. Der hatte nicht einen einzigen Freund. Der hatte sein Hobby, und das war's.«

Immerhin, schoss es Kindlein durch den Kopf.

Dann ertönte das Summen von Morgenthalers Handy, und Kindlein steuerte den BMW fortan schweigend durch den verregneten, aber ausnahmsweise ruhigen Nachmittagsverkehr. Es war Freitag, und die meisten Leute hatten ihren Arbeitstag offenbar früher als sonst beendet, sodass der zu dieser Uhrzeit übliche Feierabendwahnsinn ausblieb. Zudem befanden sich kaum Menschen auf den Straßen. Sie blieben lieber im Haus und igelten sich ein. Seit zwei Tagen schüttete es nahezu ununterbrochen, und laut Wetterbericht war in absehbarer Zeit keine Änderung in Sicht.

War es dieses leise Prasseln des Regens und der Anblick der nassen Straßen? Irgendetwas brachte mit einem Mal den feuchtkalten Urlaub in Gustavs Haus in sein Gedächtnis zurück. Und natürlich musste er dabei wieder an Thorsten Montags Brief denken. Sollte er ihn nicht einfach mal anrufen? Was war schon dabei? Ein Anruf nur – aus purer Neugier. Aber machte das Sinn? Nach sieben – oder waren es gar acht – Jahren? Und was sollte er sagen? Tut mir leid, dass ich mich jetzt erst melde, aber ich hatte nie so recht Zeit? Dann musste er plötzlich wieder an Frau Bahlbach denken. Zehn Tage waren seit dem Verhör verstrichen. Er hatte sich noch immer nicht bei ihr entschuldigt. Wie mochte es ihr und ihren Kindern momentan gehen? Und an seinen Vater musste er denken. Den hatte er schon lange besuchen wollen.

Morgenthalers Gespräch war beendet. Kindlein drehte sich zu ihm um.

»Und, gute Nachrichten?«

»Driesmann hat angerufen. Er hat Bahlbachs Leiche freigegeben. Das rechtsmedizinische Abschlussgutachten ist längst erstellt, unsere Ermittlungen sumpfen vor sich hin, und Bahlbachs Eltern drängeln. Der Leichnam wird am Sonntag beigesetzt.«

»Am Sonntag? Eine Beisetzung?«

»Klar, gegen Aufpreis ist alles möglich.«

»Hm. Das ist ja schon übermorgen. Tja, und wie geht es bei uns weiter? Hast du eine Idee?«

Morgenthaler schüttelte den Kopf.

»Nein, nicht die Spur. Wir plagen uns nun schon die zweite Woche mit dieser Geschichte herum. Und keiner kann behaupten, dass wir in der Zeit Acht-Stunden-Tage gehabt hätten. Vielleicht fällt uns ja am Wochenende irgendwas Schlaues ein, wenn unsere Köpfe mal wieder mit was anderem beschäftigt sind.«

»Eine gute Idee. Ich habe, ehrlich gesagt, auch genug. Aber ich denke, es wäre von Vorteil, wenn zumindest einer von uns zu

Bahlbachs Beerdigung ginge. Vielleicht sieht man da ja Gestalten, die uns bisher verborgen geblieben sind. Ich übernehme den Job. Dann hast du mal ein bisschen Zeit für Nora.«

»Das ist nett von dir, Frieder.«

Sie befanden sich gerade auf dem Parkring in Höhe des Verbindungskanals. Gerade eben hatten sie die tristen Amtsgebäude des Wasser- und Schifffahrtsamtes hinter sich gelassen und bogen in die Bismarckallee ein.

»Und was werdet ihr machen? Ich meine, bei dem Wetter kann man ja nicht besonders viel unternehmen«, fragte Kindlein.

»Ach, das kann sich doch schnell ändern. Vielleicht wird es ja wieder schön. Dann fahren wir ein bisschen raus ins Grüne.«

»Hm. Na, ich weiß nicht. Wenn ich mir so ansehe, wie der Monat bisher verlief, dann finde ich dich ziemlich optimistisch. Bis jetzt hatten wir doch, außer an ein paar Tagen, immer nur graue Wolken. Und seit zwei Tagen regnet es sogar ununterbrochen.«

»Stimmt, da hast du recht«, antwortete Morgenthaler. Dann schwieg er und strich einige Male bedächtig über seinen Schnauzer. »Da hast du sogar verdammt recht«, wiederholte er, wobei seine Stimme diesmal leise war und so klang, als würde er mit sich selbst sprechen. Dann schwieg er wieder.

»Ist was?«, fragte Kindlein.

»Hm.«

»Gibt es irgendein Problem?«

»Frieder, wir müssen uns das Videoband noch einmal ansehen«, antwortete Morgenthaler plötzlich aufgeregt und griff sofort nach seinem Handy.

Der Multimedia-Fachmann der kriminaltechnischen Abteilung hatte schon alles nach Morgenthalers Anweisung vorbereitet, als die beiden den Vorführraum betraten. Der Mann spielte den Film ab. Aber nach einer knappen Minute sollte er ihn wieder anhalten. Morgenthaler ging zu dem Techniker ans Mischpult und fragte ihn, ob er das vergitterte Fenster im Hintergrund des stehenden Bildes etwas vergrößern könne. Der Mann veränderte einige Einstellungen, und sofort erschien nur noch dieses Fenster auf der Leinwand.

»Geht das noch schärfer zu stellen?«, fragte Morgenthaler.

Das Bild wurde schärfer, und damit waren nun auch die dünnen Äste der Büsche zu erkennen, die unmittelbar vor dem Fenster wuchsen. Auch der etwas weiter im Hintergrund stehende Baum war viel deutlicher zu sehen.

»Was könnte man tun, um da noch mehr zu erkennen?«, fragte Morgenthaler schließlich.

»Ich verändere mal den Kontrast«, meinte der Mann.

Das Bild wurde daraufhin zwar etwas dunkler, aber man sah plötzlich Details, die vorher nicht zu sehen gewesen waren. Nun war auch der Baum besser dargestellt und derart gestochen scharf abgebildet, dass man sogar seine Rinde erkennen konnte. Morgenthaler war begeistert.

»Super«, platzte es aus ihm heraus. »Genau, was ich mir gedacht habe. Sieh dir das an, Frieder. Erkennst du die wirren schwarzen Linien auf der Oberfläche des Stammes? Das sind Schatten von den Ästen und Zweigen des Baumes. Und es sind scharfe Schatten. Das heißt, dass an diesem Tag die Sonne schien. Verstehst du? Es war nicht nur mal eben hell draußen, sondern richtig sonnig.«

»Ist das von Bedeutung?«

»Na, das kann man wohl sagen. Diesen Monat gab es nur wenige sonnige Tage, wie du selbst gesagt hast. Einer davon war der, an dem du morgens ins Büro gekommen bist, während ich gerade meinen Bericht getippt habe. Erinnerst du dich? Am Abend zuvor war ich wegen der Hand bei den alten Bahlbachs.«

»Klar. Das war ein Dienstag.«

»Genau, Frieder. Dann weißt du vielleicht auch noch, dass es vor diesem Dienstag etwa zehn Tage lang bedeckt war. Nur in der ersten Woche dieses Monats schien die Sonne mehrere Tage hintereinander. Bahlbach starb aber in der zweiten Septemberwoche, an dem Freitag vor jenem Dienstag.«

Kindlein ahnte, worauf Morgenthaler hinauswollte. »Dir geht es wieder um den Todeszeitpunkt, oder?«

»Natürlich. Da das Band an einem sonnigen Tag aufgenommen wurde, konnte das logischer Weise nur entweder in der ersten Septemberwoche oder an jenem Dienstag geschehen sein.«

Kindlein schaute Morgenthaler skeptisch an.

»Schön und gut. Nur, überleg mal, was das bedeuten würde. Im ersten Fall wäre Bahlbach schon etwa zehn Tage vor seinem Auffinden gefangen gehalten worden. Aber das verträgt sich nicht mit unseren Informationen, denn drei Tage vor seinem Auffinden hat er noch seine Mitmenschen schikaniert. Im anderen Fall hätte er an dem besagten Dienstag als auferstandener Toter in diesen Keller marschieren müssen, um sich dort mal eben schnell fesseln und filmen zu lassen. Beides ist völliger Unfug. Vor allem die zweite Version, da er an diesem Dienstag schon einen Tag in Wesselins Kühlbox lag – und die kriegt man von innen nicht auf.«

Morgenthaler schmunzelte. »Okay, zugegeben, die Zombieversion halte ich auch für spekulativ. Aber damit weiß ich noch immer nicht, wie du dir das Sonnenschein-Phänomen erklärst. Vielleicht damit, dass sich der Keller, in dem die Aufnahme entstand, auf Mallorca befindet?«

»Quatsch. Aber dass es auch an bewölkten Tagen mal Phasen gibt, in denen die Sonne hervorbricht, brauch ich dir wohl nicht zu sagen. Und so was kann durchaus ein paar Minuten anhalten. Lang genug jedenfalls, um dieses Band aufzuzeichnen.«

Morgenthaler verdrehte die Augen – wieder summte sein Handy. »Ja, Morgenthaler«, meldete er sich genervt.

Der Anrufer redete ziemlich heftig auf Morgenthaler ein, denn der kam kaum zu Wort. Erst nachdem Morgenthaler ihm mehrmals erklärt hatte, dass keinerlei Anlass zu Nervosität bestände, veränderte sich das Gespräch hin zu einem Dialog. Von da an hörte Kindlein nicht mehr zu, sondern überlegte stattdessen, wann der beste Zeitpunkt wäre, Anita Bahlbach anzurufen, und was er ihr dann sagen sollte. Dass er sich bei ihr entschuldigen und dafür einen Termin ausmachen wolle? Unsinn. Sich gleich am Telefon bei ihr zu entschuldigen ging erst recht nicht. Das wäre feige. Er musste schon persönlich zu ihr gehen – und auf jeden Fall noch dieses Wochenende. Aber das ging auch nicht – die Beerdigung!

»Frieder.«

Kindlein spürte, dass ihn etwas am Arm berührte. Es war Morgenthalers Hand.

»Ja.«

»Du, hör mal. Ich habe eben einen ganz eigenartigen Anruf erhalten. Es war, glaube ich, schon der dritte in der Art. Diesmal war ein Kollege vom Polizeirevier Buchen am Apparat. Und wieder ging es um irgend so einen Typ, der in einem kleinen Kaff namens Hollerbach wohnt. Seit geraumer Zeit terrorisiert er die Einwohner des Ortes und das zuständige Polizeirevier in Buchen. Er behauptet nämlich, dass sein Freund von einer Bande entführt und ermordet worden sei und alle Dorfbewohner sowie Polizei und die Presse in den Fall verstrickt seien. Bis vor ein paar Tagen war der Mann deshalb in der Klapse. Aus der ist er inzwischen aber wieder entlassen worden. Seither belagern täglich mehrere Dorfbewohner das Polizeirevier und beschweren sich über den Kerl. Die Kollegen haben aber noch andere Arbeit zu erledigen und werden der Lage nicht mehr Herr. Sie haben mich deshalb gefragt, ob ich nicht mal vorbeikommen könnte, um mit diesem Mann zu sprechen. Einfach, damit der Dorffriede wiederhergestellt wird.«

»Na, das ist ja ein merkwürdiges Ansinnen. Und was hast du damit zu tun?«

»Überhaupt nichts. Nur bildet sich dieser Typ ein, dass wir, also die Mannheimer Kripo, hier irgendeinen Schmu machen würden.«

»Äh? Was denn für einen Schmu?«

»Der Mann hat in irgendeinem Neckar-Odenwald-Blättchen ein Foto von seinem Freund gesehen. Seitdem meint er, dass dieser Kumpel hier bei uns in Mannheim von einer kriminellen Organisation umgebracht wurde und wir in der Sache nicht anständig ermitteln. Wir würden alles nur unter den Tisch kehren, weil wir mit der Bande unter einer Decke stecken. Und das sei auch der Grund, warum sich die Polizei an seinem Wohnort nicht richtig um den Fall kümmert.«

»Oje. Klingt hochgradig paranoid. Und da willst du jetzt hin?«

»Nein, nicht heute. Übers Wochenende. Ich habe mir gedacht, dass ich mit Nora einen kleinen Ausflug dahin unternehmen könnte. Wir brechen morgen in aller Frühe auf, genießen die Fahrt durch den schönen Odenwald, übernachten in Buchen und schauen am Sonntagvormittag mal in diesem Kaff vorbei.«

»Na ja, wenn Nora das nicht stört. Das Ganze hat schließlich schon ein bisschen Dienstreisecharakter, findest du nicht?«

»Nicht wenn man im ›Prinz Carl‹ übernachtet und sich dort bekochen lässt. Allerbeste Küche, kann ich nur sagen. Außerdem hat Nora Spaß an solchen Ausflügen. Im Odenwald gibt's schöne Serpentinen, da kann sie ihr Trike mal richtig ausfahren.«

»Ihr was?«

»Ein Trike, Frieder, ein dreirädriges Motorrad. Hat sie sich im Frühjahr angeschafft, mit Automatikschaltung und diversen Umbauten.«

»Ja, aber …«

»Ich weiß, was du sagen willst. Aber Nora hat recht: Sie kommt rein statistisch nicht mehr dran.«

Kindlein schluckte. Vielleicht lag Nora Morgenthaler mit ihrer Einschätzung richtig, und es würde sie in ihrem Leben tatsächlich nicht noch einmal treffen. Aber allein der Gedanke, ihr würde dennoch etwas zustoßen, verschlug ihm den Atem.

Nora und Morgenthaler waren das fröhlichste und glücklichste Paar, das Kindlein sich vorstellen konnte. Nora war trotz Rollstuhl das blühende Leben und Morgenthaler ein Mensch, der tausend gute Eigenschaften hatte. Und sie hatten einander gefunden, weil irgendwer genau dies gewollt hatte.

Beide waren um die dreißig gewesen und waren sich nie zuvor begegnet, als ein Unfall ihre Leben von einer Sekunde auf die andere aus den gewohnten Bahnen geworfen hatte. Nora war, ohne sich umzusehen, einfach auf die Straße gelaufen und dabei von Morgenthalers Auto erfasst worden. Sie hatte schwere Verletzungen erlitten, vor allem Frakturen im Lendenwirbelbereich. Ein Jahr lang hatten beide gegen die Folgen dieses Unfalls angekämpft. Sie gegen ihr körperliches und er gegen sein seelisches Trauma. Und da ihnen in gleichem Maße wichtig gewesen war zu wissen, wer der Mensch war, der ihr Leben so verändert und diese Wunden verursacht hatte, hatten sie sich, unbemerkt vom jeweils anderen, über diese Person erkundigt – Nora vom Krankenbett aus und Morgenthaler zwischen den Sitzungen beim Psychologen.

Bei ihren Recherchen war schließlich etwas geschehen, das sie nicht erwartet hatten. Nach und nach hatten sie Gefallen am jeweils anderen gefunden. Und so war Morgenthaler hellauf begeistert gewesen, als Nora etwa ein Jahr nach dem Unfall ganz plötzlich bei ihm aufkreuzte. Sie hatte nicht viel geredet, hatte ihn nur von ihrem Rollstuhl aus angelächelt. Aber das hatte gereicht. Morgenthaler hatte schon geahnt, dass sie die Frau seines Lebens sein könnte – nun wusste er es. Ohne zu zögern, hatte er eingewilligt, als sie ihm noch an der Wohnungstür einen Heiratsantrag machte. »Liebe *vor* dem ersten Blick« nannten sie deshalb gern, was ihnen damals widerfuhr.

»Also dann, Konrad. Ich wünsche euch beiden ein schönes Wochenende. Und sag Nora, sie soll sich bitte strikt an die statistischen Vorgaben halten.«

*Ich muss mich vorsehen. Es war leichtsinnig, sich so nahe bei Frau Bahlbachs Haus aufzuhalten. Das ist mir eine Warnung.*

*Die Kripo-Männer schnüffeln inzwischen überall herum, und die beiden Kommissare sind mir nicht geheuer. Einerseits herrscht eine Ruhe, die mich in Sicherheit wiegt, andererseits traue ich diesem Frieden nicht. Ihre Suche konzentrierte sich bisher auf die Mitarbeiter der Firma. Das war nach dem Video nicht anders zu erwarten und durchaus einkalkuliert. Aber nun erstrecken sich ihre Ermittlungen auch auf Kreise, von denen ich meinte, dass sie außen vor bleiben würden. Das war naiv, denn so war ich nicht darauf gefasst, von ihnen besucht zu werden. Dass diese beiden Kommissare mich noch nicht kannten, war reiner Zufall.*

*Als sie weg waren, habe ich erst einmal tief durchgeatmet, mich aber schon bald wieder beruhigt, denn mein Plan ist nach wie vor genial, Marianne. Die Kriminalpolizisten stehen mit leeren Händen da und ahnen nicht einmal, dass sie es mit einem Fall zu tun haben, der noch nie da gewesen sein dürfte. Über kurz oder lang werden sie aufgeben müssen, da ihren Ermittlungen Tatsachen zugrunde liegen, die nicht existierten. Es scheint ihnen nur so, als wenn sie existieren, weil sie von dem ausgehen, was sichtbar ist. Und da hier alles Sichtbare von vornherein in die falsche Richtung weist, müssen sie zwangsläufig scheitern. Nur wer Bahlbachs Geheimnis kennt, kann erkennen, dass sie es mit Trugbildern zu tun haben. Aber davon weiß außer uns nur eine Person, und auf die stößt wiederum nur, wer dieses Geheimnis kennt. Allerdings – und da schließt sich der Kreis – wird die Polizei erst gar nicht nach Verborgenem suchen, da sich alles so darstellt wie immer.*

*Allmählich macht mir das Ganze Spaß. Und mein großer Tag ist näher gerückt. Schon übermorgen wird es so weit sein. Die Ermittlungen der Kripo sind offenbar an einem Punkt angelangt, wo es keinen Sinn mehr macht, die Leiche weiter aufzubewahren. Jedenfalls wird er endlich unter die Erde gebracht, sodass ich unserem gemeinsamen Freund das wichtigste aller Spektakel nicht mehr länger vorenthalten muss.*

# 14

Er hätte vorher anrufen sollen. Ohne seinen Besuch anzukündigen, war Kindlein über den Rhein nach Ludwigshafen gefahren. Nun stand er bei strömendem Regen vor der Haustür seiner Eltern, und niemand war da, weder der Vater noch die Mutter. Bei seiner Mutter war er das gewohnt, die war immer unterwegs. Sie hatte zahlreiche Freundinnen ihres Alters, mit denen sie ständig in Sachen Umwelt, Spiritualität und Gleichberechtigung auf Achse war oder einschlägige Kurse und Veranstaltungen zu diesen Themen besuchte. Dass der Vater nicht zu Hause war, war jedoch außergewöhnlich. Der verließ seine Wohnung eigentlich nur, wenn er zum Friseur ging. Aber dort konnte er am Samstagnachmittag nicht sein.

Die beiden hatten sich vor einigen Jahren scheiden lassen. Das war auf Wunsch der Mutter geschehen. Der Vater hatte sofort zugestimmt. Er hatte eingesehen, dass seine Frau im Kreise ihrer »Spätaktivistinnen« nur dann wirklich ernst genommen würde, wenn sie geschieden oder verwitwet wäre. Immerhin, behauptete er gern, habe *er* damals die Wahl zwischen diesen beiden Lösungsvarianten treffen dürfen. So habe er sich für diejenige entschieden, die sein Leben am wenigsten durcheinanderbrachte. Jedenfalls lebten die beiden seither in zwei direkt nebeneinanderliegenden Wohnungen, denn diese Scheidung sollte nicht auch noch zur Trennung ihrer Partnerschaft führen.

Kindlein versuchte es ein letztes Mal an beiden Klingelknöpfen, dann gab er auf. Er beeilte sich, halbwegs trocken zum Auto zu kommen, was bei dem Regen nicht leicht war. Aber schon nach einigen Metern hörte er eine bekannte Stimme nach ihm rufen. Er drehte sich um und sah im zweiten Stockwerk des Hauses einen Mann am Fenster stehen, der ihm zuwinkte. Kindlein zog sein Jackett über den Kopf und rannte noch mal zurück. Er kannte den Mann. Er wohnte unter seiner Mutter und hieß Heinz Lorbeer. Ehemals war er Steinsetzer gewesen, hatte dann aber mit etwa vierzig das Abitur nachgeholt, und seither studierte er Ethnologie. Inzwischen musste er so Mitte fünfzig sein.

Kindlein kannte Heinz Lorbeer schon seit seiner Kindheit. Damals hatte der ihn auf mehrere sogenannte »Begehungen« mitgenommen. Dann waren sie durch Ludwigshafen gelaufen, und Heinz Lorbeer hatte ihm alle Straßen und Höfe gezeigt, deren Kopfsteinpflaster er verlegt hatte. »Frieder«, hatte er dann zu sagen gepflegt, »benutz niemals Unkrautvernichter bei Kopfsteinpflaster. Du tötest das Moos. Aber dessen winzige Haarwurzeln halten die Steine zusammen.«

Kindlein bemühte sich redlich, zu Heinz Lorbeer nach oben zu schauen, aber der Regen prasselte ihm auch dann ins Gesicht, wenn er die Hand davorhielt.

»Haben Sie mich gerufen?«

»Siehst du sonst noch wen?«

»Nein, aber was gibt's denn?«

»Suchst du deinen Vater?«

»Ja.«

»Ich weiß, in welche Richtung er gegangen ist.«

»Und in welche?«

»Da lang.«

Kindlein versuchte noch einmal hochzuschauen. Und für einen Moment sah er tatsächlich, wohin Heinz Lorbeer mit seiner dicken Zigarre deutete. Dann lief seine Brille wieder zu.

»Danke.«

Kindlein rannte schnell zum Auto, holte seinen Schirm raus und lief in die angegebene Richtung. Nachdem er zwei Straßenkreuzungen überquert und einen Kreisverkehr erreicht hatte, stieg ihm der Geruch von Frittenfett in die Nase. Der kam von einer Imbissbude auf der gegenüberliegenden Seite des Kreisels. Und da es weit und breit nichts gab, was Menschen ansonsten hätte anlocken können, beschloss er, zuerst dorthin zu gehen.

Bald erkannte er, dass unter der ausgezogenen Markise des Imbisswagens zwei Männer standen, die sich angeregt unterhielten. Der eine war tatsächlich sein Vater, den anderen kannte Kindlein nicht.

»Sehen Sie«, hörte er den Vater sagen, als er auf die beiden zuging, »ich habe zu Hause ein Exemplar einer Fockea crispa. Eine Pflanze dieser Art steht seit Ende des 18. Jahrhunderts im Botanischen Garten des Schlosses Schönbrunn in Wien. Sie gilt als älteste Topfpflanze der Welt.«

»Ja gut«, meinte sein Gesprächspartner, »aber was hat das mit der momentanen Regierungskoalition zu tun?«

»Weil Qualität darüber entscheidet, ob was lange währt. Das Ägyptische Reich hat dreitausendfünfhundert Jahre gehalten, das Römische etwa tausendeinhundert und das Fränkische Reich immerhin vierhundert Jahre. Dagegen hielt die DDR nur vierzig Jahre und das Dritte Reich gerade mal zwölf. Unserer jetzigen Regierung geht schon nach einer Handvoll Jahren die Puste aus.«

»Na, das sind ja Vergleiche. Dann müssten meine Würste ja absolut mies sein, weil die schon nach drei Tagen nichts mehr taugen.«

»Zugegeben, aber so lange halten die wenigstens, was sie versprechen. Außerdem …«

Weiter kam der Vater nicht. Sein Gesprächspartner hatte gemerkt, dass Kindlein sich zu ihnen gestellt hatte, und unterbrach ihn deshalb mit dem Hinweis auf Kundschaft.

»Was kann ich für Sie tun?«

Auch der Vater drehte sich nun um.

»Ach, der Frieder. Schön, dich zu sehen«, meinte er freudestrahlend und nahm Kindlein sofort in den Arm. Der Imbissbesitzer grüßte kurz mit einem Kopfnicken und ging dann in seine Bude zurück.

»Sag mal, Papa, was machst du denn hier? Ich hab dich ja schon Jahre nicht mehr außerhalb deiner Wohnung gesehen.«

»Tja, mein Leben hat sich von Grund auf verändert, Frieder. Schuld daran sind diese neuen Ladenschlusszeiten.«

»Die Ladenschlusszeiten? Aber du gehst doch nie einkaufen.«

»Nein, aber deine Mutter hilft seit ein paar Wochen in so einem Bioladen aus. Der gehört einer ihrer Freundinnen und hat sogar samstags bis achtzehn Uhr geöffnet. Also, ich finde das alles andere als gesund. Ich meine, man kann doch nicht dieses Biozeug verkaufen und gleichzeitig bis zum Umfallen arbeiten, oder?«

»Ach, und deswegen gehst du jetzt immer hierher?«

»Tja, deine Mutter hat ja keine Zeit mehr zum Kochen. Und wenn, dann füttert sie mich mit Gesundheitskram aus diesem Laden ab. Grauenvoll. Hast du schon mal mit Koriander gewürzte Graupenbratlinge gegessen? Da halt ich mich lieber an Currywurst.«

Kindlein lachte.

»Du lachst, Frieder. Aber ich hab schließlich nicht nur mich zu ernähren. Ich trage nebenbei auch noch Verantwortung für ein Lebewesen. Und der komme ich nach. *Ich* kann mir nicht erlauben, egoistisch zu sein. Und so ein Tier braucht schon was Handfestes.«

Nun erinnerte sich Kindlein. »Ach, richtig. Mutti hat mir schon erzählt, dass du jetzt einen Hund hast.«

»So sieht's aus. Und Müller-Lüdenscheid ist kein Dummer. Der weiß instinktiv, was sein Körper braucht, und hat den Weg hierher schon bei unserem ersten gemeinsamen Spaziergang gefunden.« Dann wandte sich der Vater der Imbissbude zu und rief: »Wuuum!«

Nachdem er noch zwei weitere Male gerufen hatte, kam hinter der Imbissbude eine Kreatur zum Vorschein, die Kindlein auf den ersten Blick für eine Art Schaf mit nackten Beinen und karottenfarbigem Wollkleid gehalten hätte.

»Ach du Schreck«, entfuhr es ihm spontan. »Das ist er?« Seine Reaktion tat ihm gleich leid, als er sah, wie herzergreifend warm und liebevoll das Gesicht seines Vater strahlte, als das Tier mit wedelndem Schwanz auf ihn zukam.

»Ganz genau. Das ist Müller-Lüdenscheid.«

Dabei beugte sich der Vater etwas vor und tätschelte mehrmals die Stirn des Tieres.

»Und warum rufst du ihn Wum?«

»Weil er so hieß«, meinte der Vater. »Da hört er momentan noch besser drauf. Aber ich finde den Namen zu brutal. Wum hört sich an wie ein Gewehrschuss. Und das hat mich an diese Idioten erinnert, mit denen ich mein ganzes Leben zu tun hatte.«

Der Vater war vor seiner Frühpensionierung in der Stadtverwaltung tätig gewesen. Er war Leiter der Ausgabestelle für Jagd- und Angelscheine und hatte zeit seines Lebens ein kritisches Verhältnis zu den Leidenschaften der Antragsteller gehabt.

»Hm. Aber für einen Hund hat er schon eine eher außergewöhnliche Haarfarbe, oder?« Kindlein fragte vorsichtshalber nicht, warum die Haare außerdem beinahe senkrecht vom Körper abstanden. »Daran ist deine Mutter schuld. Als ich Müller-Lüdenscheid nach Hause gebracht habe, hat sie gemeint, dass man ihn erst einmal waschen sollte. Aber ich hatte kein Shampoo mehr. Da hat sie mir mit einem aus diesem Bioladen ausgeholfen. Das habe ich dann ordentlich einwirken lassen, weil sie sich über seinen Geruch so aufgeregt hat. Ich habe natürlich gewusst, dass Henna ein pflanzlicher Farbstoff ist, aber nicht, dass er sich in derart großer Menge in diesem Shampoo befand.«

Kindlein musste wieder lachen.

»Und warum hast du ihm dann auch noch die Beine rasiert?«

»Das habe ich gar nicht. Die Rasse hat keine Beinbehaarung.«

»Ach ja? Was ist das denn für eine?«

»Keine Ahnung, wie sie heißt, aber ich vermute, dass es eine Art Sumpfhund ist.«

»Sumpfhund?«

»Ja, eine an Sumpf- und Moorlandschaften adaptierte Rasse. Da eine Behaarung der Läufe in solchen Regionen nur Nachteile mit sich bringen würde, hat die Evolution im Laufe der Zeit dafür gesorgt, dass dieser Rasse an diesen Stellen kein Fell mehr wächst.«

»Verstehe. Aber wie auch immer, ich freue mich jedenfalls, dass du endlich aus deiner Bude kommst und regelmäßig spazieren gehst. Das kann nicht schaden.«

Schließlich bestellten sie Currywurst und Pommes, aßen beides mit großem Appetit und bestellten noch zwei Portionen zum Mitnehmen. Dann gingen sie gemächlichen Schrittes zurück zur Wohnung des Vaters, wobei der Sumpfhund den ganzen Weg darauf bedacht war, in möglichst jede Pfütze zu treten.

Viel Platz zum Sitzen gab es in dem von Pflanzen zugewucherten Wohnzimmer nicht. Im dunkelsten Winkel des Raumes hatte sich der Vater aber immerhin eine kleine Sitzecke eingerichtet. Außer dem Klobecken, der Duschkabine, dem Balkon und seinem Bett war dies der einzige Ort in der Wohnung, der ausschließlich ihm selbst zugedacht war.

Kindlein stellte fest, dass die Pflanzenpracht den Sommer über üppig gediehen war. Nun, am Ende ihrer Vegetationsperiode, waren die knollenartigen Leiber der sukkulenten Wüstenpflanzen vollständig mit Wasser gesättigt und dick geschwollen. Einige dieser als Caudex bezeichneten Wasserspeicherorgane hatten die Form und den Umfang eines mittelgroßen Kürbisses angenommen, andere ähnelten mehr unregelmäßig geformten Lehmhaufen oder Brotteigklumpen. Die teils meterlangen und bizarr verdrehten Triebe dieser Überlebenskünstler waren dicht belaubt, und die zahlreichen Blüten waren von eigenartigem Reiz, besonders, da ihre exotisch anmutende Schönheit in auffälligem Kontrast zu den prall gefüllten Klöpsen stand, denen sie letztlich ihre Existenz verdankten.

Spät am Abend kam die Mutter freudestrahlend zu den beiden rüber. Nachdem sie Kindlein überschwänglich begrüßt und den Vater mit einer herzlichen Umarmung bedacht hatte, verkündete sie sofort, nicht viel Zeit zu haben, da später noch Gäste zu ihr kämen.

»Wie außergewöhnlich«, erwiderte der Vater leicht spöttisch, »was steht denn heute an? Buddhisten-Meeting, Jamboree mit Meditationspausen oder ein konspiratives Treffen der linken Alten?«

»Mach dich nur lustig, August. Nein, nachher kommen meine Mitstreiter von ›Soziale Wärme‹ zu mir. Und ich sage dir das nur, damit du nicht wieder auf die glorreiche Idee kommst, mich zu besuchen. Du bist heute unerwünscht.«

Kindlein war erstaunt. »Wie, Papa, du warst bei einem von Mutters Treffen?«

Der Vater winkte flüchtig ab.

»Zugegeben. Aber sie hat mich mit ihrer Kartoffelsuppe dahingelockt. War ein übler Trick.«

»Aber geschmeckt scheint sie dir zu haben«, zeterte die Mutter. »Du hast den halben Topf leer gegessen. Ziemlich frech für einen, der erst zu der Versammlung kommt, wenn die Suppe serviert wird.«

»Auch ich darf mal zu spät kommen. So viel Toleranz wird man von Mitgliedern einer Initiative, die sich ›Soziale Wärme‹ schimpft, schließlich erwarten dürfen.«

»Darf man, August. Aber dein Zuspätkommen hast du im Kreise aller damit entschuldigt, dass du Gerichtsvollzieher bist und an dem Abend länger beschäftigt warst, weil du einer fünfköpfigen Familie noch den Gashahn abdrehen musstest.«

»O Gott«, entfuhr es Kindlein.

Der Vater zuckte mit den Achseln.

Dann wandte sich die Mutter Kindlein zu. »Aber *du* darfst ruhig kommen, Frieder. Ich koche auch wieder. Sieh mal, was ich für heute mitgebracht habe – garantiert biologischer Anbau.«

Tief gebeugt wühlte sie daraufhin in einem zum Platzen gefüllten Jutebeutel herum. Kindlein sah, dass der Vater auf Zehenspitzen das Zimmer verließ. Die kleine weiße Plastiktüte vom Imbissstand im Arm und in Gefolgschaft seines schwanzwedelnden Müller-Lüdenscheid schlich er sich eiligst davon. Die Mutter hatte indessen mehrere braune Papiertüten aus dem Beutel gefischt und auf den Tisch gelegt. Einige hatten sich dabei etwas geöffnet und den Blick auf ihren Inhalt freigegeben. Als Kindlein die winzigen, mit tiefbraunen Tupfen übersäten Bananen, einen Strauch gummiartiger Mohrrüben und die schon austreibenden Kartoffeln sah, wusste er, dass er auf der Stelle handeln musste. Mit der Ausrede, keinen rechten Hunger zu haben, und dem Versprechen, beim nächsten Mal aber auf jeden Fall wieder mitzuessen, verabschiedete er sich mit einer dicken Umarmung von seiner Mutter.

Mit voller Absicht verließ Kindlein Ludwigshafen nicht über die »Neue Brücke«, sondern nahm stattdessen den Weg über die Heinigstraße, vorbei an Philharmonie, Wilhelm-Hack-Museum und Walzmühle. Das war ein Ritual, denn es war ihm wichtig, über die Konrad-Adenauer-Brücke nach Mannheim zu fahren, wenn er die »Alte Welt«, also die seiner Kindheit, seiner Jugend und seines Elternhauses, verließ. Seit jeher hatte der Anblick des beleuchteten kurfürstlichen Schlosses bei ihm wohlig warme Gefühle ausgelöst, und schon als Kind hatte er es genossen, den Rhein genau hier und in diese Richtung zu überqueren. Immer wenn er zu seinem Großvater nach Mannheim gefahren war und die quietschende Straßenbahn rumpelnd auf die imposante Barockanlage zufuhr, hatte ihn eine lebhafte Vorfreude erregt, die sein Herz höher schlagen ließ. Wenn die Straßenbahn das

Schloss umfahren hatte, so hatte er damals gewusst, waren es noch zwei Haltestellen bis zum Paradeplatz, wo sein Großvater stehen und auf ihn warten würde. Dort hatte auch das bunte Treiben dieser altehrwürdigen Stadt auf ihn gewartet, einer Stadt, die, einstmals wunderschön, so viel Schreckliches hatte erleben müssen.

Eines Tages hatte der Großvater ihm einen Bildband gezeigt. Darin waren Schwarz-Weiß- Aufnahmen von Mannheim abgebildet gewesen. Sie stammten aus der Zeit vor dem Zweiten Weltkrieg, und beim Betrachten hatte dem alten Mann das Wasser in den Augen gestanden. Schließlich hatte er Kindlein auf einen Ausflug mitgenommen. Mit dem Bildband unter dem Arm waren sie durch die Innenstadt gelaufen, und von Quadrat zu Quadrat waren dem Großvater mehr und mehr Geschichten eingefallen. Dabei hatte er immer wieder Seiten des Buches aufgeschlagen und Kindlein gezeigt, wie jenes Gebäude, jener Platz, jene Straße vormals ausgesehen hatte. Oft waren sie auch nur stehen geblieben, weil dem alten Herrn so schwer ums Herz geworden war. »Weißt du, Frieder, alle sprechen von Dresden, von Nürnberg, von Hamburg und Berlin«, hatte er einmal gesagt, »und das zu Recht. Aber was ist mit Mannheim? Diese Stadt war eine Perle. Sie war unglaublich schön und so reich an städtebaulichen Raffinessen. ›Das deutsche Athen‹ hatte man sie genannt, und sie war weit über die Landesgrenzen bekannt als kulturelle Hochburg und Heimat berühmter Erfinder und Wissenschaftler.« – »Ich find's immer noch schön hier, Opa«, erinnerte sich Kindlein geantwortet zu haben und hatte damit vor allem die opulent dekorierten Schaufenster der Kaufhäuser, die kunterbunt lackierten Straßenbahnen und die klangvollen Darbietungen der Straßenmusiker gemeint. »Und dass heute nur noch normale Leute hier rumlaufen, stört mich nicht.« Der Großvater hatte gelacht und ihm über den Kopf gestreichelt. »Natürlich, Frieder.«

Jahre später, als sein Großvater längst tot und er selbst nach Mannheim gezogen war, war Kindlein eines Tages in einer kleinen Buchhandlung durch Zufall auf genau jenen Bildband gestoßen. Und obgleich er geahnt hatte, was passieren würde, hatte er es nicht lassen können. Er hatte darin herumgeblättert und einige der Aufnahmen betrachtet. Beim Bezahlen war er nicht mehr in der Lage gewesen zu sprechen, und den Weg nach Hause hatte er rennen müssen. Dort war es dann aus ihm herausgebrochen. Vor dem aufgeschlagenen Bildband sitzend hatte er geweint, weil er den alten Mann mit einem Mal unsäglich vermisste und endlich auch verstand, was diesen immer so bewegt hatte. Und dann war ihm eingefallen, was sein Vater, ein gebürtiger Stuttgarter, einmal über seinen Schwiegervater gesagt hatte: »Der Opa ist nun mal mit Leib und Seele Mannheimer und als solcher ein Mensch mit festem Charakter. Natürlich gibt es keinen Zweifel: Die ›Mannemer Sproch‹ klingt ziemlich grob, und mit ihr kommen die Mannheimer oft recht polternd daher. Das verleiht ihnen zunächst einen etwas derben Anstrich. Aber auf den zweiten Blick haftet ihnen eher etwas Sattes, etwas Rundes an. Und mindestens genauso oft, wie ihre Direktheit und Offenheit einen geradezu überfallen kann, überrascht ihr sanftes Gemüt, ihr wahrhaft großes, warmes Herz und ihr feines Gespür für Recht und Unrecht. Es sind Menschen, deren Bodenhaftung ausreicht, um niemals abzuheben, die sich aber jederzeit von Visionen beflügeln lassen, wenn deren Verwirklichung Fortschritt verheißt. Vermutlich strotzt diese Stadt deshalb so vor wissenschaftlichen, kulturellen und technischen Pionierleistungen, und es ist eine weitere ausgesprochen sympathische Eigenheit der Mannheimer, darüber nicht viele Worte zu verlieren. Obendrein zeichnet sie aus, in besonderer Weise weltoffen zu sein. Selbst von denen, die tagsüber Knochenarbeit leisten müssen, begeben sich nicht wenige abends in *ihr* ›Nationaltheater‹, um sich zum zigsten Mal Schillers ›Räuber‹ anzusehen. Und es ist eine Freude, ihnen hinterher in die ›Kurpfalzstuben‹ zu folgen, wo sie in ordinärstem ›Mannemerisch‹ und mit ›annere Leit‹ über ›die Erwet‹ und die ›neieschte Reiwer-Inszenierung‹ ›dischbutiere‹.«

Angeregt von diesen Erinnerungen, fasste Kindlein endlich einen Entschluss. Er würde bei seinen beiden Jugendfreunden anrufen. Es spielte überhaupt gar keine Rolle, dachte er, wann man wieder aufeinander zuging. Die Hauptsache war, dass man es überhaupt tat. Freundschaft war keine bombardierte Stadt. Um sie wiederaufzubauen, reichten zwei Menschen – einer, der den

Anfang machte, und ein zweiter, der sich nicht gegen den Anfang versperrte.

Als er in der Luisenstraße angekommen war und den Schlüssel in das Schloss der Treppenaufgangstür gesteckt hatte, hörte er von der Seite her jemanden laut seinen Namen rufen. Er drehte sich in Richtung Straße und sah, wie die Nachbarin vom Hinterhaus gerade eilig in die Durchfahrt trat.

Sie schien so schnell sie konnte durch den Regen gespurtet zu sein, denn nun, da sie im Trockenen stand, schnaufte sie erst einmal kräftig durch. Neben ihr ragte, in einer braunen Kunstlederhülle verpackt, ihr riesenhaftes Streichinstrument auf. Um es vor dem Umfallen zu schützen, umklammerte sie dessen Hals mit einem Arm. Kindlein war den Anblick gewohnt, da die Frau den Kontrabass häufiger mit sich trug.

»Tag, Frau Schilling«, grüßte er. Die Tür war offen, und er wollte gerade in das Treppenhaus treten.

»He, so warten Sie doch«, hörte er die Frau noch mal rufen. Und als er sich zu ihr umdrehte, kam sie, das Ungetüm im Arm, geradewegs auf ihn zu gelaufen. »Schön, Sie mal wieder zu sehen, Herr Kindlein. Ist schon lange her, dass wir uns hier zuletzt begegnet sind, oder?«

Das stimmte. Sie hatten sich vor etwa zwei Jahren kennengelernt, als Kindlein gerade in die Luisenstraße gezogen war. Eine kurze Zeit hatte er dann sogar dienstlich mit ihr zu tun gehabt, da sie Zeugin in einem Mordfall war, in dem Morgenthaler und er zu der Zeit gerade ermittelten. Danach waren sie sich nur noch sporadisch begegnet, meist in der Durchfahrt, wenn er ein Zigarillo rauchte. Hin und wieder hatte er sie auch getroffen, wenn er im Hinterhof seinen Mülleimer leerte. Dort bewohnte sie ein kleines zweigeschossiges Häuschen.

»Hatten Sie gerade Vorstellung?« Die Nachbarin arbeitete als Musikerin im Orchester des Nationaltheaters.

»Ja. Aber nicht an der Oper. In der Konkordienkirche wurde das Brahms'sche Requiem aufgeführt. Da habe ich mitgewirkt. Was machen Sie denn heute noch?«

»Äh …«

»Sehen Sie, das habe ich mir gedacht. Ich hab auch nichts Besseres vor. Außer, mir noch einen Tee zu machen. Aber jetzt mache ich zwei Portionen. Los, schnell.«

Ehe Kindlein sich versah, rannte er auch schon mit Frau Schilling durch den Regen, quer über den Hinterhof auf das kleine Häuschen zu – sie mit dem Kontrabass im Arm, er mit einem Schlüsselbund in der Hand.

Dann, in ihrer Wohnung, erinnerte er sich wieder deutlicher an Ester Schilling. Überall standen handgearbeitete Möbel herum, die sie in einer Werkstatt im Erdgeschoss des kleinen Hauses selbst baute, und ein leichter Duft von Honig, Wachs und irgendetwas, das er nicht kannte, das aber angenehm roch, lag in der Luft.

Als sie die Hülle ihres Kontrabasses abgetrocknet und das Instrument daraus hervorgeholt hatte, stellte sie es in eine Ecke des Wohnzimmers. Daraufhin bat sie Kindlein, ihr in die Küche zu folgen. Dort setzte sie gleich Teewasser auf und füllte aus einer Blechdose Teeblätter in eine Kanne. Dann verschloss sie das Gefäß wieder, öffnete den Reißverschluss ihres Konzertkleides und ließ es zu Boden gleiten. Kindlein erstarrte. In BH, Slip und schwarzer Perlonstrumpfhose lief sie zum Küchenschrank und holte zwei große Teetassen daraus hervor. Schließlich musterte sie ihn mit fragendem Blick, stellte die Tassen auf den Tisch und ging auf ihn zu.

»Und Sie? Mögen Sie das nasse Zeug?« Ohne eine Antwort abzuwarten, griff sie nach seinem Jackett und entschied: »Kommen Sie, ziehen Sie das aus, ich bringe ihnen eine Decke.« Dann verschwand sie.

Irgendwann stand Kindlein in Unterhemd, Unterhose und Kniestrümpfen mitten in der Küche und hatte den Verdacht, soeben etwas getan zu haben, über das er vorher hätte nachdenken sollen. Irgendetwas stimmte nicht, war zu schnell gegangen oder war von ihm missverstanden worden. Und dann entdeckte er auch noch, dass sich im rechten Strumpf ein Loch befand, aus dem die Großzehe hervorlugte. Hastig schlüpfte er in seine Schuhe zurück. Zum Binden blieb jedoch keine Zeit, da Frau Schilling schon mit zwei Decken im Arm zurückkam.

»Nanu, Sie haben ja gleich alles ausgezogen«, stellte sie mit verwundertem Gesichtsausdruck fest.

Kindlein wurde schlagartig heiß im Gesicht, und für einen kurzen Moment entzog sich ihm der Boden unter den Füßen. Die Situation war gleichermaßen peinlich wie grotesk. Sein Hals war zugeschnürt, und der Anblick, den sie beide boten, erinnerte ihn an absurdes Theater: zwei Menschen, sich reglos gegenüberstehend, in denkbar lächerlichem Outfit – ohne zu lachen –, wie Gott sie erschaffen hätte, wenn er es schlecht mit ihnen gemeint hätte. Dann bekam er seine Decke. Aber erst als auch sie die ihre übergezogen hatte, entspannte er sich. Irgendwann begann Ester Schilling zu kichern. Bei ihm dauerte es noch etwas, aber schließlich musste auch er lachen.

Der Tee war hervorragend. Er verbreitete diesen Duft, den Kindlein schon beim Eintritt in die Wohnung bemerkt hatte. Und nach kurzer Zeit fand er es auch lauschig, wie sie sich in ihrer Küche, in Decken gemummelt, gegenübersaßen – sie mit angezogenen Beinen in einem großen schweren Ledersofa, er in einem Ohrensessel aus Großvaters Zeiten.

»Woran arbeiten Sie denn momentan, Herr Kindlein?«

»Ach, wie immer. Da wurde einer ermordet, und wir rennen dem Kerl hinterher, der es getan hat.«

»Ein schlimmer Mord?«, fragte sie leise.

»Die Frage ist diesmal schwer zu beantworten. Ich sage es mal so: Im Augenblick ist der Verlust dieses Menschen für einige wirklich schlimm, und die Art und Weise, wie er aus ihrem Leben gerissen wurde, erst recht. Für andere wiederum bedeutet sein Ableben einen Segen. Aber langfristig betrachtet profitieren vermutlich alle davon, außer der Mörder, wenn er denn gefasst wird.«

Zuerst sah ihn Frau Schilling mit zusammengepressten Lippen an. Aber dann entspannten sich ihre Gesichtsmuskeln wieder. Kindlein bemerkte, dass ihre hellbraunen Augen ihn intensiv betrachteten. Überhaupt schien ihm diese groß gewachsene, athletisch gebaute Frau auf besondere Weise attraktiv. Ihr mittellanges, kastanienbraunes Haar war dort, wo es noch nass war, beinahe schwarz, und die zu kleinen Locken gekräuselten Haarspitzen berührten leicht ihre Schultern. Die wurden von der übergeschlagenen cremefarbenen Wolldecke bedeckt, aber nicht vollständig, sodass die zarten Träger ihres BHs noch zu sehen waren. Kindlein dachte an eben, als sie sich so plötzlich vor ihm entkleidet hatte. Ihm waren sofort ihre vollen Brüste aufgefallen. Und er erinnerte sich, dass der schwarze Spitzen-BH sie in einer Form hielt, die keinesfalls erzwungen sein konnte, da sich ihr natürlicher Schwung noch wunderbar erahnen ließ. Und die Haut ihres leicht gewölbten Bauches war ihm außergewöhnlich zart erschienen.

»Arbeiten Sie eigentlich noch mit Ihrem Kollegen zusammen?«, hörte er sie plötzlich fragen.

»Äh, wen meinen Sie?«

»Den kleinen Stämmigen mit dem mächtigen Schnauzbart und dem Goldkettchen auf der Brust.«

»Ach, Sie meinen Konrad Morgenthaler? Ja, natürlich. Der ist inzwischen erster Kriminalhauptkommissar, also offiziell sogar mein Chef.«

»Der ist nett, oder?«

»Das kann man wohl sagen. Warum fragen Sie?«

»Weil ich damals gedacht habe, dass Sie beide ziemlich verschieden sind. Und nicht, dass Sie das falsch verstehen, aber ich hatte auch den Eindruck, dass er seinen Beruf mit Leib und Seele ausübt, während Sie mir in der Hinsicht …«

»Unsicherer vorkamen?«

»Ja, und ich hoffe, dass Sie mir diese Einschätzung nicht übel nehmen.«

Kindlein konnte sich gar nicht vorstellen, dieser Frau irgendetwas übel zu nehmen.

»Nein, das tue ich nicht. Konrad liebt seinen Beruf tatsächlich über alles. Der hat richtig Freude an seinem Job. Ich bin hingegen nicht gerade zum Kriminalbeamten geboren. Mir macht die Arbeit auch Spaß, nur fehlt es mir offenbar am letzten Quäntchen detektivischen Talents. Aber das macht mir längst nicht mehr so viel aus wie noch vor zwei Jahren. Ich weiß inzwischen, dass ich einfach ein bisschen mehr als andere daran arbeiten muss, gut zu werden. Ich bin deshalb froh, an Konrads Seite arbeiten zu können. Der ist nicht nur ein großartiger Mensch, sondern auch eine absolute Ausnahmebegabung. Und ich hab das Glück, dass er mich mag – trotz meiner Fehler.«

»Das kann ich verstehen«, sagte sie und führte dabei mit beiden Händen ihre große Teetasse zum Mund.

Kindlein wusste nicht, ob er sich den lasziven Unterton nur eingebildet hatte, aber ihm war es bei ihrer Bemerkung heiß durch den Körper gefahren, und er spürte, dass sein Gesicht wieder rot anlief. Außerdem sah er, dass ihr Blick nicht von ihm wich. Über den Tassenrand hinweg hielt sie ihre hellbraunen Augen auf ihn gerichtet. Er fragte sich, wann er sich das letzte Mal verliebt hatte. Es lag Jahre zurück und endete schon nach einem halben Jahr im Desaster.

»Sie sind sehr ehrlich, Herr Kindlein«, meinte sie, als sie die Tasse wieder abstellte. »Vielleicht liegt es daran.«

Er hatte im Grunde genommen überhaupt keine Erfahrung mit Frauen. Drei ziemlich kurze Beziehungen hatte er in seinem Leben gehabt, das war's. Vielleicht sah sie ihn ja nur deshalb so intensiv an, weil das ihre Art war. Und dieses sanfte Lächeln konnte eine Gewohnheit sein. Seine Mutter hatte von einem »Positives Denken«-Seminar vor ein paar Wochen einen milden, beglückten Gesichtsausdruck nach Hause gebracht, den sie seither nicht mehr ablegte.

»Mag sein«, antwortete Kindlein und gab sich nun alle Mühe, ihren Blick zu erwidern. Mit ihm geschah etwas, von dem er nicht wusste, ob er es wollte. Er spürte ihre Gegenwart nun in jeder Faser seines Körpers. »Aber leider können manche Fehler, die man macht, anderen Menschen Schaden zufügen.«

»Das klingt ja, als wenn sie gerade einen Unschuldigen in den Knast befördert hätten«, meinte sie und schmunzelte dabei nun eindeutig verführerisch.

»Nein, das nicht. Aber es ist noch nicht lange her, da hat so ein Fehler dazu geführt, dass ich mich gegenüber einer Frau, die es nun wirklich nicht verdient hat, völlig unfair verhalten habe. Und nun muss ich zusehen, wie ich das wieder geradebiege. Inzwischen ist aber so viel Zeit vergangen, dass ich mich frage, ob das überhaupt noch Sinn macht.«

»Ah ja«, antwortete sie knapp.

»Na ja, ich hätte mich natürlich gleich bei ihr entschuldigen können, aber meine Arbeit hat mir dazu leider nicht die Zeit gelassen.«

Sie nickte.

»Immer dann, wenn ich es mir vorgenommen habe, sind Dinge dazwischengekommen, mit denen ich vorher nicht gerechnet hatte, die aber mindestens genauso wichtig waren und meistens auch sofort erledigt werden mussten.« Kindlein traute sich nun endlich, ihr intensiv in die Augen zu sehen.

»Ah ja. Das ist natürlich bedauerlich«, sagte sie jedoch ziemlich kühl und blickte dabei das erste Mal an ihm vorbei. Kindlein fand auch, dass ihren Augen, die ihn eben noch so lebendig angestrahlt hatten, nun der Glanz abhandengekommen war. »Aber ich befürchte, dass Sie nicht darum herumkommen, irgendwann mit dieser Frau zu sprechen, egal wie lange der Vorfall zurückliegt.«

»Sicher«, entgegnete Kindlein.

Er überlegte, was eben passiert sein konnte. All die feinen Vibrationen und dieses betörende Knistern, das bis vor wenigen Augenblicken noch die Stimmung zwischen ihnen geprägt hatte, war mit einem Mal weg. Er dachte deshalb, dass eine Erklärung für sein Verhalten gegenüber Frau Bahlbach der momentanen Situation nur guttun konnte.

»Wissen Sie, ich war einfach ein Trottel und habe überhaupt nicht beherzigt, wie schwer sie allein an dem Umstand zu tragen hatte, nun mit zwei kleinen Kindern völlig allein dazustehen. Da hätte ich ihr den Verlust des Partners nicht auch noch schwer machen dürfen. Ich habe mich bei ihr einfach kopflos in was hineingeritten und dabei von Anfang an den klassischen Fehler begangen, mich allzu sehr und ausschließlich auf ihre Person zu fixieren. Das konnte einfach nicht gut gehen.«

Sie sah ihn nun an, als wäre er ein Wildfremder, der ungebeten von ihrem Teller aß.

»Ich verstehe«, sagte sie leise, zeigte dabei ein kurzes bitteres Lächeln, schlang ihre Decke enger um den Körper und erhob sich bedächtig aus dem Sofa. Dann räumte sie beide Teetassen vom Tisch und ging langsam rüber zur Spüle.

Kindlein schluckte. Soeben hatte er Frau Schilling mit irgendetwas gekränkt, geärgert oder zumindest enttäuscht. Jedenfalls stand sie nun vor ihrer Spüle, ließ dort Wasser ein und schwieg. Ihm war plötzlich ganz elend zumute, aber er wusste nicht, was er sagen sollte. Dann schaltete sie das Licht über dem Herd an. Es blendete ihn, und er fühlte sich wie der letzte Gast in einer Schenke, der wortlos daran erinnert wurde, dass man nun endgültig zu schließen gedachte. Dann sah er an sich herab: die Decke. Sie passte nicht mehr hierher. Sie war ein Relikt aus einer anderen Zeit, die nur ein paar Minuten zurücklag und dennoch längst vergangen war.

»Tja«, meinte er schließlich, »ich denke, ich gehe dann mal langsam. Ist später geworden, als ich gedacht habe. Außerdem muss ich morgen ziemlich früh raus.« Dabei lachte er gezwungen, und als sie nicht antwortete, räusperte er sich kurz und stand schließlich von seinem Sessel auf. Die Decke um sich geschlungen, trippelte er auf seine Kleidungsstücke zu, die er vorhin auf einem Küchenhocker zu einem Berg gestapelt hatte. Sie waren noch klitschnass.

»Äh, Frau Schilling, kann ich mir die Decke vielleicht ausleihen? Ich meine, dann käme ich ...«

Sie drehte sich zu ihm herum. Erst sah sie ihn kurz an, dann brachte sie die Teetassen zum Küchenschrank und stellte sie dort hinein.

»Nichts für ungut, Herr Kindlein«, antwortete sie schließlich, starr in den Schrank hineinstierend, »aber wenn einer der Nachbarn vom Vorderhaus sieht, wie Sie im Dunkeln aus meiner Richtung mit einer Decke bekleidet über den Hof laufen, kann ich mir vorstellen, was der sich denkt. Ich will aber nicht, dass irgendwer so was denkt.« Dann sah sie ihm das erste Mal wieder in die Augen. »Jetzt jedenfalls nicht mehr.«

*Ich habe unserem Freund wieder aus der Zeitung vorgelesen. Er ist jetzt ein richtig guter Zuhörer. Ich denke, das liegt daran, dass er für jede Art Unterbrechung dessen, was er sonst geboten bekommt, dankbar ist. Aber er wird langsam seltsam, kann nicht mal mehr weinen. Ich habe versucht, ihm zu erklären, was auf ihn zukommt, wenn ich von der Beisetzung zurückkehre. Da hat er mich nur mit glasigen Augen angesehen. Ich glaube, er hat nicht verstanden, wie schlimm das wirklich für ihn wird. Arme Sau. Er friert auch nicht mehr, obwohl er nackt ist. Inzwischen macht er sogar unter sich. Er merkt nicht mehr, ob er auf dem Stuhl sitzt oder nicht. Egal, es gibt Wasser und einen Schlauch, und der Boden hat einen Abfluss. Mein Gott, Marianne, wie schön es wäre, wenn du das alles miterleben könntest.*

# 15

Morgenthaler konnte den Stein fast zu Boden plumpsen hören, der dem Kollegen der Schutzpolizei vom Herzen fiel, als er ihm seinen Dienstausweis vorzeigte. Dem schon recht betagten Mann stand die Freude darüber, dass jemand erschien, der das Buchener Polizeirevier von der Pest der letzten Wochen befreien könnte, im Gesicht geschrieben.

»Ich kann Ihnen gar nicht sagen, wie froh ich bin, Sie zu sehen, Kollege Morgenthaler. Wir haben hier den absoluten Horror erlebt. Noch so eine Woche, dann müsste man dieses Polizeirevier schließen, und draußen im Stadtteil Hollerbach würde Bürgerkrieg herrschen. Ich ertrage das nur, weil ich Betablocker nehme. Die Pumpe, wissen Sie.« Der Mann klopfte sich auf den Brustkorb.

Morgenthaler winkte ab. »Immer mit der Ruhe. Ich freue mich ja, dass Sie sich so freuen, aber ich bin offen gesagt immer noch skeptisch, dass ich hier eine Hilfe sein kann.«

»Doch, das können Sie«, erwiderte der Mann und deutete auf die Bürotür. »Das werden Sie gleich selbst sehen. Am besten, wir fahren sofort los.«

Als sie aus der Tür des renovierungsbedürftigen Büros traten, bat der Polizist Morgenthaler, ihn für einen Moment zu entschuldigen. Ihm sei vom Bürofenster aus etwas aufgefallen. Kurz darauf hastete der Mann, trotz seines pensionsreifen Alters, auch schon mit schnellen Schritten die Treppe hinunter. Morgenthaler folgte ihm in gemächlichem Tempo. Als er im Erdgeschoss angelangt war und die Tür zu den Parkplätzen des Polizeigebäudes erreichte, vernahm er ein aufgeregtes Gezeter. Es kam von draußen und konnte dem Dialekt und der Stimme nach eigentlich nur von dem Kollegen aus dem Revier stammen. Als er die Tür öffnete, sah er, dass sich der Mann mit geblähtem Brustkorb vor Nora aufgebaut hatte und wutschnaubend auf sie einschimpfte. Morgenthalers Frau stand mit dem Trike in einer der leeren Parkbuchten, die, einem Hinweisschild zufolge, eigentlich den Dienstfahrzeugen der Polizei vorbehalten waren. Als der Polizist Morgenthaler kommen sah, winkte er ihn zu sich.

»Sehen Sie, das ist der Kram, mit dem *wir* uns herumplagen müssen. Da stellt sich so eine Altachtundsechzigerin mit ihrer Rockerkiste auf einen Polizeiparkplatz und ist nicht mal bereit, mir ihre Papiere vorzuzeigen. Und als ich sie aufgefordert habe, sofort abzusteigen und mit ins Revier zu kommen, hat sie gemeint, dass ich warten soll, bis ihr Mann kommt, weil der ihre Ausweise angeblich für sie aufbewahrt. Das ist ein Witz. Macht einen auf emanzipiert und klemmt sich den dicksten Feuerstuhl unter den Arsch, aber die persönlichen Dokumente verwaltet ihr Gatte – wie im Mittelalter. Aber zu der Zeit hätte ich sie wenigstens noch von ihrem Bock runterzerren dürfen. Heute darf ich so lange hier stehen bleiben und auf ihren abgehalfterten Stecher warten, bis der sich drüben in der Sparkassenfiliale seine Sozialstütze abgeholt hat, während unsere Alice Schwarzer gemütlich auf ihrem Donnervogel hocken bleibt. Wir haben Zustände erreicht, Herr Kollege, die schreien zum Himmel.«

Morgenthaler sah schmunzelnd zu Nora rüber. Die zuckte nur leicht mit den Schultern und grinste.

»Na ja«, meinte Morgenthaler. »So schlimm sind die Zustände oft gar nicht, wenn man sie sich genauer betrachtet.« Dann überreichte er dem Mann Noras Führerschein sowie ihren Personal- und Behindertenausweis. »Da wir mit dem Trike auf Wochenendtour sind, haben wir unseren Papierkram in einer gemeinsamen Brieftasche deponiert.«

Der Stadtteil Hollerbach lag etwas außerhalb von Buchen, und neben dem Ortseingangsschild wies ein großes Transparent darauf hin, dass sich hier vor genau hundert Jahren Maler ansässig gemacht und eine Künstlerkolonie gegründet hatten. Morgenthaler überlegte, ob er je zuvor davon gehört hatte, als Nora über ein Schlagloch fuhr und sein Gesäß nach einem Sekundenflug hart auf dem Sozius des Trikes aufschlug. Ein metallisches Geschepper hinter ihm erinnerte daran, dass der Rollstuhl am Heck des Dreirades an einem verchromten Spezialgestell fixiert war. Obwohl Nora gern recht zügig fuhr, war es selbst für sie ein Kunststück, an dem

Polizeiwagen dranzubleiben. Der Kollege konnte nur selten die Spur halten, und wenn er abbiegen wollte, setzte er vorher nie den Blinker. Auf Geraden beschleunigte er mit quietschenden Reifen, und das einzige Mittel, das er kannte, um Geschwindigkeit zu reduzieren, waren Vollbremsungen.

Morgenthaler war erleichtert, als sie schließlich vor einem kleinen Fachwerkhaus anhielten und er vom Trike steigen konnte.

»Willst du auch runter?«, fragte er Nora.

»Nein, nicht notwendig, Konrad. Ich sitze perfekt. Im Rolli kann's nicht schöner sein. Außerdem kriegen wir schon Besuch. Schau.«

Morgenthaler drehte sich um und sah, dass der alte Polizist mit einem rotblonden Mann im Gefolge auf sie zukam, der in etwa Morgenthalers Körpergröße hatte. Er schien so um die dreißig zu sein, war klapperdürr und hatte eine aschfahle Hautfarbe. Sein eigentlich recht hübsches Gesicht hatte er geschickt entstellt, indem er sich einen Bart hatte stehen lassen, der aus etwa zweiundvierzig roten borstigen Haaren bestand.

Nachdem ihm der Mann vorgestellt worden war, fragte Morgenthaler ihn als Erstes, weshalb er eigentlich so vehement darauf bestand, persönlich mit jemandem von der Mannheimer Kripo zu sprechen.

»Weil das hier alles Gangster sind. Gucken Sie sich doch Walter an.« Der Mann deutete mit dem Zeigefinger auf den alten Polizisten.

Der verdrehte die Augen und meinte: »Herrgott, jetzt geht das wieder los. Wenn es Ihnen nichts ausmacht, Herr Kollege, würde ich gern wieder zurückfahren. Heute ist Sonntag, und da ist unsere Dienststelle mager besetzt.«

Morgenthaler hatte keine Einwände, und als der Polizist kurz darauf wegfuhr, schien sich der junge Mann zu entspannen.

»Mager besetzt stimmt. Noch magerer als mit Walter kann man 'n Polizeirevier gar nicht besetzen. Die haben nichts unternommen, die Idioten, gar nichts. Und Walter ist der Schlimmste. Hat gleich den Richter angestachelt, mich in die Klapse zu sperren. Seither steht dem sein Wohnmobil in Walters Scheune, mietfrei selbstverständlich. Komisch, oder?«

»Okay, Herr Perlinger, das geht mich alles nichts an. Erklären Sie mir lieber möglichst kurz, um was es hier überhaupt geht.«

»Um die Entführung und Ermordung meines Kumpels Tobi.«

»Das weiß ich inzwischen. Aber gibt es dafür auch Indizien oder gar Beweise?«

»Sie haben eben gesagt, Sie wollen auf kurze Art erfahren, was hier gespielt wird. Wenn Sie Näheres wissen wollen, müssen wir 'n kleines Stück fahren. Ist das in Ordnung?«

»Von mir aus.«

Eigentlich hatte Morgenthaler keine Lust, schon wieder auf dem Sozius seiner Frau hinter einem Dorf-Schumi herzufahren, aber der junge Mann fuhr äußerst zivilisiert. Außerdem hatten sie schon nach etwa ein oder zwei Kilometern leichter Bergauffahrt den obersten Punkt einer Anhöhe erreicht. Dort hielt der junge Mann an und stieg aus seinem Fahrzeug.

Morgenthaler stellte fest, dass sie sich auf einem hoch gelegenen ehemaligen Bauerngehöft befanden, einem Komplex aus mehreren einzeln stehenden Gebäuden, die unterschiedlich stark verfallen waren und allesamt unbewohnbar schienen. Unweit dahinter begann sich ein dicht gewachsener Mischwald auszubreiten. In der entgegengesetzten Richtung tat sich vor Morgenthalers Augen die überwältigende Aussicht auf ein riesiges, aus Ackerland, Obstwiesen und kleineren Waldinseln bestehendes Tal auf. Fast direkt vor seinen Füßen fiel leicht schräg ein Hang ab, auf dem unzählige alte, knorrige Apfelbäume in vollem Obst auf sattem Grün standen. Eine leichte Brise kühler Luft brachte den Duft von Erde, Dung und fettem feuchten Gras aus dem Tal hier hoch und erzeugte in den Bäumen des angrenzenden Waldes ein beruhigendes, seichtes Rauschen. Hätte Morgenthaler ein typisches Odenwald-Motiv suchen müssen, hier wäre er fündig geworden.

Diesmal wollte auch Nora absteigen und sich auf dem Hof umsehen. Von verfallenen Scheunen, alten Stalltüren, herabhängenden Dächern und abbruchreifen Remisen konnte sie sich nicht fernhalten, und die morsche Bausubstanz hatte es ihr auf den ersten Blick angetan. Morgenthaler entfernte den Rollstuhl vom Transportgestell des Trikes und half ihr beim Umsetzen.

»Ein außerordentlich schöner Fleck Erde, zu dem Sie uns geführt haben, Herr Perlinger«, sagte Morgenthaler, als er mit dem jungen Mann allein war.

»Das ist wohl wahr«, erwiderte der junge Mann. »Und genau hier oben wohnt mein Kumpel Tobi. Er ist in Hollerbach aufgewachsen und einige Jahre älter als ich. Wir haben uns kennengelernt, als ich vor etwa zehn Jahren in den Ort gezogen bin. Wir beide sind gut befreundet, wobei ich aber gleich dazusagen muss, dass ich der Einzige bin, der mit ihm zurechtkommt. Tobi ist zwar 'n prima Kerl, aber aus dem Dorf hat sich nie jemand die Mühe gemacht, mit ihm in Kontakt zu kommen. Die meisten sind ihm schon aus dem Weg gegangen, als er noch 'n Kind war, haben ihn verhöhnt und verspottet. Aber das lag an seiner Mutter. Die war wirklich seltsam. Im Dorf wurde immer gemunkelt, dass sie mit dem Tod ihrer Eltern irgendwas zu tun gehabt haben soll. Kurz nach Tobis Geburt ist sie nämlich in ihr Elternhaus zurückgekehrt, und keine drei Tage später sollen die beiden Alten ganz plötzlich gestorben sein – an ein und demselben Tag. Über die Todesursache gingen die verschiedensten Gerüchte um, aber 'n Verbrechen konnte nicht nachgewiesen werden. Schon eigenartig, oder? Na, jedenfalls hat sie von da an nicht nur allein mit 'nem unehelichen Kind hier oben gewohnt, sondern auch das Anwesen nach und nach verkommen lassen. All das hat im Ort natürlich ständig für Gesprächsstoff gesorgt, wie Sie sich vorstellen können. Egal, vor 'n paar Jahren starb Tobis Mutter, und seither lebt er allein hier oben. Unten im Dorf hält man ihn noch immer für einen Sonderling, aber die wissen wirklich gar nichts über ihn.«

»Aber Sie offenbar schon. Und wenn es Ihnen nichts ausmacht, dann würde ich allmählich gern an Ihrem Wissen teilhaben. Ich muss heute wieder zurück nach Mannheim. Ist das dort drüben das Haus, in dem Ihr Freund wohnt?« Morgenthaler deutete auf das einzige Gebäude, das noch halbwegs bewohnbar erschien.

»Ja, das ist es.«

»Dann gehen wir jetzt am besten mal dahin und betrachten uns das Ganze aus der Nähe. Sie sprachen von Entführung. Wie kommen Sie denn da drauf?«

»Ganz einfach. Ich war mit Tobi verabredet, und er war nicht da, obwohl das Licht in seiner Wohnstube gebrannt hat.«

»Hm. Das ist aber ein vager Hinweis auf eine Entführung.«

»Nicht, wenn man Tobi kennt. Der ist immer zu Hause. Und wenn er mal nicht da ist, dann lässt er das Licht garantiert nicht an, denn wenn er weg ist, ist er lange weg. Dann streift er tagelang durch den Wald oder sucht auf den Schrottplätzen der umliegenden Städte Metallteile zusammen.«

Sie hatten sich dem Haus inzwischen so weit genähert, dass Morgenthaler erkannte, wie baufällig es wirklich war.

»Was macht denn dieser Tobi eigentlich beruflich?«

»Tja, das ist auch so 'n Punkt. In Hollerbach haben vor dem Ersten Weltkrieg 'n paar Typen 'ne Künstlerkolonie gegründet. Die gibt es schon lange nicht mehr, sie hat sich nach wenigen Jahren wieder aufgelöst. Aber sie hat den Ort in der Region bekannt gemacht. Vor einigen Jahren hat jedenfalls 'n Galerist aus Heidelberg hier Urlaub gemacht und dabei zufällig mitbekommen, dass Tobi hin und wieder alte ausrangierte Teile vom Schrottplatz holt und zu undefinierbarem Kram zusammenschweißt. Aus irgend 'nem Grund fand er, dass das Kunst wäre, und hat seither doch tatsächlich mehrere von Tobis ›Werken‹ bei sich in Heidelberg verkauft. Um das Zeug interessanter zu machen und den Verkaufspreis zu verbessern, hat der Kerl ihn hochtrabend zum ›Hauptvertreter einer neuen Hollerbach'schen Künstlergeneration‹ ernannt. Das hat die Leute hier im Ort natürlich ordentlich empört. Und als sie erfahren haben, dass Tobi durch die Verkäufe hin und wieder auch 'n paar Euro verdient, blieb der Neid nicht aus. Dass es extrem bescheidene und unregelmäßige Einkünfte waren, interessierte niemanden, genauso wie die Tatsache, dass Tobi schon immer gern rumgewerkelt hat. Das ist einfach seine Leidenschaft.«

Sie hatten die rechte Seitenwand des Hauses erreicht und blieben nun vor einem der winzigen, sehr tief angebrachten Erdgeschossfenster stehen.

»Da brennt aber kein Licht.«

»Ich weiß, das ist vor etwa einer Woche ausgegangen. Wahrscheinlich hat die Birne ihren Geist aufgegeben.«

Morgenthaler fand, dass es an der Zeit war, mit dem jungen Mann Tacheles zu reden.

»Hm. Ich bin mal ganz ehrlich zu Ihnen, Herr Perlinger, okay?«

»Bitte.«

»Ich habe gehört, dass Sie behaupten, ein Mannheimer Verbrecherring habe Ihren Freund entführt. Obendrein soll er ermordet worden sein. Nun bin ich zufällig von der Mannheimer Kripo. Aber weder mir noch meinen Kollegen ist in den letzten Wochen auch nur ein Fall in die Hände geraten, bei dem das Opfer aus dieser Region stammte.«

Der junge Mann sah ihn unverhohlen missmutig an.

»Ich hab genau gewusst, dass Sie das sagen werden. Denn dass hier 'n ganz abgekartetes Spiel gespielt wird, ist mir schon lange klar. Sie finden 'nen Toten, merken, dass die Person Opfer einer Unterwelt-Organisation geworden ist, zu der Sie und Ihre Kollegen bislang immer recht vorteilhafte Beziehungen gepflegt haben, und verpassen ihm deshalb einfach irgend 'nen Namen und irgend 'ne Herkunft, damit Presse und Öffentlichkeit beruhigt sind. Oder steckt die Presse auch mit drin?«

Morgenthaler musste an sich halten, um nicht zornig zu werden. »Moment«, sagte er, »nun machen Sie mal halblang. Bevor es in dem Stil weitergeht, sollten wir vielleicht erst einmal versuchen, die Sache in Ruhe zu klären.«

Der Mann schwieg zwar, aber sein glühender Kopf verriet eine tief sitzende Wut.

»Also, jetzt sagen Sie mir erst einmal, was in diesen Pressemitteilungen genau gestanden haben soll.«

»Das brauche ich gar nicht«, erwiderte der Mann betont kühl. »Ich habe sie alle in meinem Auto.«

»Dann holen Sie sie.«

Der junge Mann eilte davon. Morgenthaler schüttelte den Kopf und sah auf die Uhr. Langsam wäre es an der Zeit, nach Hause zu fahren, dachte er. Von Nordosten her zogen kräftige dunkle Wolken auf, und mit dem Trike durch den Regen nach Hause zu fahren stand nicht auf seiner Wunschliste. Zudem wäre es ein unschöner Abschluss ihres bisher rundum gelungenen Wochenendausflugs gewesen. Es hatte nicht ein einziges Mal geregnet. Stattdessen hatte sie die ganze Zeit eine leicht wärmende Sonne begleitet. Nur einmal, kurz vor Eberbach, hatte es für einen Moment so ausgesehen, als wenn das Wetter umschlagen könnte. Aber schon als sie die Stadt erreicht hatten, war das diesige Grau, in das sich der Himmel gehüllt hatte, wieder aufgerissen. Trotzdem hatten sie dort haltgemacht, schon wegen der Croissants. Im Café der »Reichspost-Confiserie« hatten beide jeweils drei davon gegessen. Nora, weil sie sie für die besten der Welt hielt. Morgenthaler aus dem gleichen Grund, aber vor allem, weil er den süßen Schmerz des Bedauerns auskosten wollte, des Bedauerns, so etwas in Mannheim vermutlich niemals zu bekommen und sich deshalb für alle Zeiten mit Plunderteilchen zufriedengeben zu müssen.

Später am Tag hatte Morgenthaler noch einmal im Überfluss genießen dürfen. Seine Eindrücke beim Besuch des Klosters in Amorbach waren von ergreifender Intensität gewesen. Wie schon oft beim Betrachten außergewöhnlicher Zeugnisse menschlicher Kunstfertigkeit war er sich beim Aufschauen zu den Deckenfresken der Klosterbibliothek und der Abtei winzig klein vorgekommen. Er hatte gedacht, dass selbst ein Vielfaches seiner Vorstellungskraft nicht ausreichen würde, um sich erklären zu können, wie die alten Meister der Perspektive es geschafft hatten, dem Auge des Betrachters nur mit Pinsel und Farbe derart überzeugend Dreidimensionalität vorzugaukeln, wo es überhaupt keine gab. Ihm hatte für Augenblicke der Atem gestockt, weil er nicht fassen konnte, was er sah. Und als er in der Abtei vor dem berühmten filigran geschmiedeten Chorgitter Markus Gattingers gestanden hatte, hatte er sich schließlich geschämt. Er war sich als Repräsentant einer geradezu jämmerlichen Ära vorgekommen, in der kaum mehr jemand Fertigkeiten dieser Art besaß, dafür aber jeder peinliche Rückschritt als Fortschritt verbucht wurde. Ein einfacher Kubus galt inzwischen als Endlösung allen gestalterischen Tuns – war Verkörperung von Anmut und Präzision und hatte sich längst einen respektablen Platz im Tempel der Kunst ergattert. Er fand Bewunderer, wenn dessen Schöpfer ein Gedicht dazu aufsagen konnte und die Präsentation ein Spektakulum war. Durch die Beherrschung des Mundwerks, der Maus und der Manipulation verschaffte man sich mittlerweile höhere Anerkennung als durch die der Hände und des Geistes. Und für die Zukunft machte sich Morgenthaler in dieser Hinsicht keine Illusionen.

»Was ist denn los, Konrad?«, hörte er Nora fragen. Sie schien ihre kleine Exkursion beendet zu haben, jedenfalls stand sie nun neben ihm und buffte ihm in den Bauch. »Du ziehst ja eine schlimme Flappe.«

Morgenthaler wollte ihr nicht sagen, was ihn gerade beschäftigte. Er wollte Nora nicht langweilen, denn er hatte schon den Großteil des gestrigen Abends von seinen Eindrücken in Amorbach gesprochen. Da hatten sie in Buchen auf der Terrasse des nicht mehr ganz taufrischen, aber sehr stilvollen »Prinz Carl« gesessen, und sie hatte ihm sehr geduldig zugehört, obwohl sie nicht in jedem Punkt seine Ansichten teilte. Nora schätzte das Hier und Jetzt, und Morgenthaler hatte schließlich von dem Thema abgelassen, als sie mit Frau Jaegle, der Inhaberin des Hotels, über die fantastische Küche ihres Mannes ins Gespräch kam.

»Ach, der Typ will mir beweisen, dass sein Kumpel von Angehörigen eines Mannheimer Verbrecherrings aus diesem Haus herausgezerrt, entführt und anschließend getötet wurde.«

»Wie? Von hier aus?« Nora fand das offenbar aufregend. Sie fuhr dichter an das Haus heran und stellte sich direkt vor das kleine Fenster. »Von da soll er entführt worden sein?« Sie streckte sich, so weit es ging, aus dem Rollstuhl und näherte sich mit ihrem Gesicht neugierig dem Fensterglas.

Morgenthaler nickte nur.

»Wahnsinn, der arme Kerl. Der war Bootsbauer von Beruf, oder?«

»Bootsbauer?«, fragte Morgenthaler. »In dieser Region? Wie kommst du denn da drauf?«

»Ach, nur weil auf seinem Wohnzimmertisch ein Boot steht.«

Ein Boot?, dachte Morgenthaler. Im Wohnzimmer? Wie soll der Mann ein Boot durch die engen Türen des winzigen Hauses gebracht haben? Er ging zum Fenster und spähte durch die verschmutzte Fensterscheibe. Deutlich sah er, dass zwar kein Boot, aber der Rumpf eines großen Modellbootes auf dem Wohnzimmertisch stand. Irgendwas machte ihn an diesem Zimmer jedoch stutzig.

»He, was ist, Konrad?«, fragte Nora.

»Hier stimmt was nicht.«

»Ach ja?«

»Ja, Nora. Der ist bei seiner Arbeit unterbrochen worden. Und zwar sehr abrupt. Zu abrupt.«

»Hm.«

»Die letzte Planke, die er anbringen wollte, wird nur von einer Zwinge am vordersten Spant des Rumpfes festgehalten. Es wäre aber eine zweite Zwinge nötig, um sie in der Horizontalen zu halten. Diese zweite Zwinge hat er vermutlich auch schon angebracht, denn eine liegt auf dem Boden. Sie scheint sich jedoch wieder gelöst zu haben und ist abgefallen, weshalb die Planke nun herabhängt. Wirklich interessant sind jedoch die glänzenden Stellen an den restlichen Spanten. Das ist ausgehärteter Leim, was bedeutet, dass er die Planke nicht nur probehalber fixieren wollte, sondern schon mitten im Anleimen war. Das ist aber eine Arbeit, die man niemals von sich aus unterbricht, da sie erst beendet ist, wenn die Planke an allen Spanten mittels Zwingen in Position gehalten und angepresst wird. Der Mann muss durch irgendwas Außergewöhnliches gestört oder abgelenkt worden sein. Höchst eigenartig.«

Plötzlich hörten sie die Stimme des jungen Mannes. Er kam geradewegs auf sie zu.

»Hier, ich hab die Mappe, Herr Kommissar.« Er hielt sie aufgeschlagen in der Hand und reichte sie Morgenthaler. »Sehen Sie, überall die gleichen Bilder. Das ist er. Das ist mein Freund Tobi. Ganz eindeutig.«

Auch für Morgenthaler war alles eindeutig. Die in den Zeitungen abgebildete und beschriebene Person war niemand anderer als Frank Bahlbach. Alle Tageszeitungen hatten am Tag nach seinem Auffinden die gleiche Fotografie von ihm veröffentlicht, sie stammte aus dem Besitz der Eltern. Bahlbach trug darauf ein weißes T-Shirt, blickte ziemlich ernst in die Kamera und hielt seine Arme vor der Brust verschränkt.

Morgenthaler musste sich erst einmal sammeln. Er befand sich in einem kleinen Kaff mitten im Odenwald, etwa hundert Kilometer von Mannheim entfernt. Und nun kamen hier plötzlich zwei ausgesprochen verwirrende Dinge zusammen. Er beschloss deshalb, zuerst den einen Sachverhalt zu klären und sich dann dem anderen zu widmen.

»Dieser Mann hier«, erklärte er seinem Gegenüber deshalb, »kann leider auf gar keinen Fall Ihr Freund sein. Bei ihm handelt es sich nachweisbar um einen Mannheimer Bürger, dessen Name von der Zeitung völlig korrekt wiedergegeben wurde. Und obwohl ich über laufende Ermittlungen nicht ins Detail gehen darf, kann ich Ihnen sagen, dass an seiner Identität nicht der Funke eines Zweifels besteht. Sie gehört sogar zu den wenigen wirklich erwiesenen Tatsachen dieses Falles.«

Der junge Mann sah ihn wieder mit finsterem Blick an. Aber irgendetwas sagte Morgenthaler, dass er diesmal nicht wieder seine haltlosen Anschuldigungen vorbringen würde.

»Ich verstehe das nicht«, antwortete er tatsächlich ganz mild. »Tobi ist seit ungefähr zwei Wochen spurlos verschwunden. Und bei dem Mann in den Zeitungsartikeln handelt es sich meines Erachtens ganz klar um ihn. Dieses auffällige Muttermal auf dem rechten Handrücken hat doch sonst niemand.« Er deutete auf eine der Zeitungsseiten. »Okay, die haben sich offenbar ‘ne ältere Aufnahme ausgesucht, auf der er kurze Haare hat und rasiert ist. Solang ich ihn kenne, hat Tobi immer ‘n Bart getragen, und er hatte schulterlanges gewelltes Haar. Aber es gibt keinen Zweifel: Das ist Tobi.«

»Tja, sehen Sie, da kommen wir der Sache vielleicht schon näher. Dieses Foto ist nämlich ziemlich neueren Datums. Es ist vor etwa einem Jahr aufgenommen worden, das weiß ich genau. Und ein auffälliges Muttermal haben viele Menschen. Manche eben auf dem Handrücken.«

»Ja, aber keines mit dieser Form, oder?« Der Mann deutete auf das Foto.

Morgenthaler wusste darauf keine Antwort.

»Haben Sie denn ein aktuelles Foto von Ihrem Freund? Ich meine nicht diese Zeitungsabbildungen. Ein Passfoto oder so was?«, fragte er den jungen Mann deshalb.

»Nein, so ‘ne Art von Freundschaft war das nicht«, entgegnete der entrüstet.

»Ich möchte ja nur von Ihnen wissen, ob Ihr Freund zufällig noch andere persönliche Merkmale hatte, die außergewöhnlich waren.«

Der junge Mann sah ihn misstrauisch an.

»He, Sie denken also doch, dass wir schwu…«

»Nein, absolut nicht. Aber was war beispielsweise mit seinen Ohren?«

»Äh?«

Morgenthaler wartete einen Moment auf eine Antwort, aber der junge Mann schien keine zu finden.

»Sehen Sie, diesem Mann, und das können Sie auf dieser Abbildung sehr gut erkennen, fehlte am linken Ohr nämlich das Ohrläppchen.«

Der junge Mann betrachtete sich die Aufnahme genau. Dann schüttelte er verblüfft den Kopf.

»Scheiße. Ich sag's ja, Tobi hatte, so lange, wie ich ihn kenne, schulterlanges Haar. Seine Ohren habe ich gar nicht … Keine Ahnung, ob der … Aber davon haben die Zeitungen gar nicht berichtet.« Er blickte Morgenthaler nun richtig verzweifelt an.

»Nein, das haben sie nicht. Da der Mann noch am Tage seines Auffindens identifiziert werden konnte, bestand für die Printmedien, die ja erst am darauffolgenden Tag erschienen, kein Grund mehr, sie zu veröffentlichen. Die Identität des Opfers war geklärt.«

Nun ließ der junge Mann den Kopf traurig hängen. »Mannomann, und ich hab hier so 'nen Wirbel veranstaltet. Scheiße«, sagte er leise.

Morgenthaler klopfte ihm sanft auf die Schulter. Er wusste nicht, wie er ihn trösten sollte. »Wir machen alle mal Fehler, Herr Perlinger. Ihrer ist wenigstens entstanden, weil Sie ein aufmerksamer Mensch sind«, sagte er, obwohl er wusste, dass die Probleme des jungen Mannes erst zur Hälfte gelöst waren. Auf die andere Hälfte musste er ihn nun ansprechen.

»Sagen Sie, haben Sie einen Schlüssel für das Haus?«

Der junge Mann sah ihn verdutzt an. »Nein, wieso?«

»Weil wir da reinmüssen. Ihr Freund ist zwar nicht unbedingt tot, aber in dem Haus ist tatsächlich irgendwas vorgefallen, das nicht jeden Tag passiert, das steht fest.«

Da der junge Mann nun völlig irritiert schien, entschied Morgenthaler kurzerhand, selbst tätig zu werden. Er ging auf die morsche Haustür zu, holte mit dem rechten Bein weit aus und trat sie einfach ein. Hinter sich vernahm er Protestrufe von Nora und Perlinger. Aber als er in den kleinen Korridor hineinsah, hörte er die schon nicht mehr. Das riesige, dunkelbraun verfärbte Areal auf dem brüchigen Linoleumboden zog seine ganze Aufmerksamkeit auf sich. Dann schaute er zur Wand des Korridors. Die war im gesamten Eingangsbereich mit unzähligen Blutsprenkeln übersät, dunkelbraunen Punkten und Tupfen, die der ausgeblichenen Tapete zu einem wirren Muster verhalfen.

»Neiiiiiin«, hörte Morgenthaler den jungen Mann hinter sich schreien.

Nora schien gelassener. »Das kann nicht wahr sein«, entfuhr es ihr.

»Doch, leider. Ab jetzt bitte nichts anfassen«, meinte Morgenthaler, sprang über die vertrocknete Lache und eilte in Richtung Wohnstube.

Der Raum ging direkt vom Korridor ab, und als er ihn betrat, nahm er als Erstes den säuerlichen Geruch von Eichenholz war. Auf dem alten Wohnzimmertisch lag, mit dem Kiel nach oben, das Bootsmodell. Von einer Ecke des Raumes drang leise Musik zu Morgenthaler herüber. Sie kam aus einem alten Röhrenradio, das auf einem kleinen klapprig wirkenden Tisch stand. Das Wohnzimmer war äußerst ärmlich eingerichtet. Sämtliches Mobiliar war von einfachster Qualität und stark abgenutzt. Der Raum war seit Jahrzehnten nicht mehr renoviert worden, und außer der uralten Steckdose, an der das Radio hing, befand sich nur noch eine neben der Verbindungstür zum Korridor. Ihn deprimierte die Atmosphäre dieses Raumes. Als er zum Radio gehen wollte, um die Musik abzuschalten, trat er auf die heruntergefallene Zwinge, die ihm schon beim Blick durch das Fenster aufgefallen war. Aber er entdeckte noch etwas, das er zuvor nicht gesehen hatte, weil es hinter einem der dicken Tischbeine verborgen auf dem Boden stand: ein kleines Marmeladenglas mit angetrocknetem Leim, in dem ein Pinsel steckte. Dann drangen vom Korridor her mit einem Mal leise Jammerlaute zu ihm. Der junge Mann stand in der Wohnzimmertür und weinte.

»So leid es mir tut«, sagte Morgenthaler zu ihm. »Ich muss die Kollegen in Buchen anrufen, damit die die Kripo in Mosbach verständigen. Können Sie mir dazu bitte den vollständigen Namen Ihres Freundes nennen?«

Der Mann nickte. »Tobias Schlegel.«

Morgenthaler stutzte. Er hatte den Eindruck, den Namen dieses Freundes schon einmal gehört zu haben. Aber er konnte ihn nirgendwo zuordnen. Dann rief er im Buchener Polizeirevier an. Als das Gespräch beendet war, ging ihm plötzlich noch ein weiterer Gedanke im Kopf herum. Es war nicht nur dieser Name, der ihm bekannt vorkam, sondern auch einige der Umstände, die er hier vorfand. Das alte Blut im Korridor, das Hobby des Mannes und der getrocknete Leim erinnerten auffällig an ihren Fall in Mannheim. Auch Bahlbach hatte nicht lange vor seiner Ermordung mit Holz und Leim gearbeitet, und auch da hatte Blut im Bereich einer Tür eine Rolle gespielt, wenn auch eine völlig andere und harmlosere. Die Parallelen zwischen ihrem Fall in Mannheim und dieser Tat hier in Hollerbach waren mehr als auffällig.

»Herr Perlinger?«

»Ja?«

»Die Kollegen aus Mosbach werden bald da sein und diesen Fall übernehmen. Und natürlich werden die Ihnen ganz viele Fragen stellen. Das ist leider nicht zu umgehen. Ich würde Ihnen aber gerne auch noch eine stellen, darf ich?«

»Natürlich«, antwortete Perlinger und schnäuzte sich.

»Besaß ihr Freund vielleicht Fotos von sich? Und wenn ja, wo könnte er die aufbewahrt haben?«

Der Mann überlegte erst eine Weile, bevor er antwortete.

»Höchstens da drin«, meinte er und zeigte auf die oberste Schublade einer ramponierten Kommode.

Morgenthaler ging auf sie zu, öffnete sie und schaute hinein. Er fand sofort, was er suchte – ein Kuvert, aus dem einzelne alte Fotografien herauslugten. Die meisten waren von schlechter Qualität und zeigten eine vergrämte Frau und ein ungeheuer traurig dreinblickendes Kind. Auf einem Foto des Jungen war dessen Muttermal zu sehen. Es ähnelte dem von Bahlbach tatsächlich. Die einzige Aufnahme, die Schlegels Gesicht deutlich zeigte, stammte jedoch aus einer Zeit, in der er die Haare schon lang getragen hatte. Da musste er etwa Mitte bis Ende zwanzig gewesen sein, und eine Ähnlichkeit mit Frank Bahlbach war wirklich nicht von der Hand zu weisen. Das Muttermal war auch bei dieser Aufnahme recht gut erkennbar. Morgenthaler lugte kurz zur Seite. Perlinger stand mitten im Raum und schaute mit leerem Gesichtsausdruck aus dem Fenster. Schnell ließ Morgenthaler das Foto in seiner Hosentasche verschwinden. Dann entdeckte er in dem Kuvert eine Visitenkarte.

»Hatte Herr Schlegel häufig Kontakt nach Mannheim?«, fragte er.

»Mannheim? Äh, was meinen Sie damit?«, fragte Perlinger daraufhin, und seine Stimme klang mit einem Mal unsicher, fast erschrocken.

»Na, so wie ich es sage«, meinte Morgenthaler. Die seltsame Veränderung in der Stimme Perlingers war ihm nicht entgangen. »Die Stadt Mannheim. Hatte Herr Schlegel dahin Kontakte?«

»Nicht dass ich wüsste. Warum?«

Morgenthaler überlegte, woher diese plötzliche Unsicherheit und Nervosität des Mannes kommen konnte.

»Weil er in seiner persönlichen Fotosammlung eine Visitenkarte von einem Mannheimer Immobilienmakler aufbewahrt hat.« Morgenthaler zeigte sie dem jungen Mann.

Der betrachtete sie sich nur kurz.

»Ach, die kenne ich«, sagte er sofort, und Morgenthaler schien, als wenn eine Woge der Erleichterung durch den Körper des jungen Mannes fließen würde. Oben an seinem Haaransatz hatten sich winzige Schweißperlen gebildet, die er nun mit dem Handrücken wegstrich. »Davon hat Tobi früher hin und wieder mal gesprochen. Der Typ hat ihm angeboten, sein ganzes Anwesen vom Fleck weg zu kaufen und auch gleich bar zu zahlen. Tobi hat immer behauptet, dass das 'ne wichtige Adresse wäre, weil er sich an die wenden könnte, wenn er mal dringend Geld bräuchte. Ich habe das für Spinnerei gehalten, weil der gebotene Preis unter aller Würde war. Außerdem ist das inzwischen sicher fünf Jahre her. Ja, richtig, das war kurz nach dem Tod seiner Mutter. Tobi hat damals kurze Zeit mit dem Gedanken gespielt, das ganze Anwesen hier zu verkaufen und von Hollerbach wegzuziehen. Ich hätt nicht gedacht, dass er die Adresse von dem Typ aufgehoben hat.«

Morgenthaler sah auf seine Uhr. Es blieb nicht mehr genug Zeit, Perlinger noch weiter zu befragen. Gleich musste die Einheit aus Mosbach anrücken. Er bat den jungen Mann, das Haus zu verlassen und draußen auf die Kollegen zu warten. Dann wählte er Kindleins Nummer.

Der kleine abgegriffene Pocketkalender hatte Kindlein ein ganzes Jahr lang gute Dienste geleistet. Das war schon eine Weile her. Nun blätterte er darin herum wie im Tagebuch eines Unbekannten. Fast jede der dünnen Seiten enthielt kleine Eintragungen. Waren es belanglose oder wichtige, private oder berufliche gewesen? Nach sieben Jahren war das nicht mehr zu beurteilen, sie waren ihm fremd, sagten ihm nichts mehr. Was war das für eine Zeit gewesen, dieses Jahr 1999? Er konnte sich nicht erinnern. Hinten auf die letzten beiden Seiten hatte er Namen und Telefonnummern notiert, aber auch davon waren ihm kaum noch welche ein Begriff. Wer war Christian Z.? Warum hatte er sich die Nummer einer gewissen Ulrike Wild aufgeschrieben? Und weshalb hatte er die von Georg Schell erst eingetragen und dann wieder durchgestrichen? Wer war der Mann überhaupt gewesen?

Thorsten Montags und Stephan Denglers Telefonnummern standen am Anfang der Liste. Vermutlich waren sie unter den Nummern schon lange nicht mehr zu erreichen. Das Telefon lag direkt vor ihm auf dem Tisch. Ein Griff also, und er würde es wissen. Nur, was sagen? An dem leichten Flattern der zerfledderten Kalenderseiten erkannte er, dass er nervös war. Dann klingelte das Telefon. Er schrak derart heftig zusammen, dass ihm das kleine Ding aus der Hand fiel.

Es war Morgenthaler, und es war ein kurzes, aber aufschlussreiches Telefonat. Zuerst berichtete sein Kollege im Schnelldurchlauf von den Ereignissen im Odenwald, dann bat er Kindlein, so rasch wie möglich einige Recherchen anzustellen. Er sollte feststellen, ob es in Mannheim noch immer eine Maklerfirma mit dem Namen »Immo-Biehl« gab, und dabei auch gleich nachfragen, ob dort ein gewisser Bernhard Voss arbeitete. Des Weiteren sollte er in ihren Akten nachschauen, weil Morgenthaler vermutete, dass der Name Tobias Schlegel bei ihren Ermittlungen irgendwie schon einmal eine Rolle gespielt hatte. Und zu guter Letzt musste die Familie Bahlbach befragt werden, ob Frank Bahlbach oder ein Teil seiner Familie in irgendeiner Weise mit dem Ort Hollerbach in Verbindung gestanden hatte. Auch die Firmenunterlagen sollten dahingehend geprüft werden. Aber das war Job der Kollegen der Wirtschaftskripo und hatte Zeit bis zum nächsten Tag.

Kindlein tauschte seinen schwarzen Anzug gegen Alltagskleidung aus und fuhr direkt ins Präsidium. Er war froh, etwas zu tun zu haben. Der vergeigte Abend mit Frau Schilling und die Beisetzung Bahlbachs ein paar Stunden zuvor steckten ihm noch in den Knochen.

Er hatte die halbe Nacht wach gelegen und sich gefragt, an welchem Punkt gestern Abend die Stimmung umgeschlagen war und was der Grund dafür gewesen sein konnte. Schließlich war er zu dem Ergebnis gekommen, dass er zu viel und womöglich zu intensiv über seinen Beruf geredet hatte. Das konnte sie abgeschreckt haben. Langweiler, die keine anderen Gesprächsthemen fanden, gab es zuhauf.

Im Büro kümmerte er sich als Erstes darum, die Adresse dieser Immobilienfirma ausfindig zu machen. Es gab sie noch, aber wie erwartet war sonntags niemand dort. Der Inhaber hieß Thomas Biehl, und Kindlein fand heraus, dass es in Mannheim und Umgebung nur vier Personen dieses Namens gab. Er telefonierte alle durch, konnte aber nur zwei erreichen, die beide jedoch nichts mit dieser Firma zu tun hatten.

Dann nahm er sich die Akten zu ihrem Fall und die Vernehmungsprotokolle von Tielmann und Stein vor. Eine Person namens Schlegel tauchte nirgends auf. Auch die Liste derer, die Bahlbach in dem Video genannt hatte, gab nichts her. Morgenthaler musste sich getäuscht haben. Er hatte den Namen sicher in irgendeinem anderen Zusammenhang gehört.

Er überlegte, ob er zuerst bei Anita Bahlbach oder erst einmal bei den Eltern anrufen sollte. Beide Telefonate würden unangenehm werden. Außerdem war er nicht sicher, ob die Beerdigungsfeierlichkeiten schon beendet waren. Es war besser, diese Angelegenheiten am nächsten Morgen zu erledigen und zuerst bei den Eltern und dann bei Frau Bahlbach vorbeizufahren.

Er schlug die Akten zu und brachte sie zum Regal. Als er den ersten Ordner dort hineinstellte, fiel ihm eine dünne grüne Mappe auf, die zwischen zwei anderen Ordnern klemmte und offensichtlich noch nicht abgeheftet worden war. Er ging damit zum Schreibtisch und blätterte kurz darin herum. Es war die Mappe, die sein Kollege Seiters am ersten Tag ihrer Ermittlungen angefertigt hatte. Er hatte sich damals enorme Mühe gemacht, hierin alle möglichen Informationen über vermisste Personen zusammenzutragen. Kindlein erinnerte sich, wie er und Morgenthaler sich über manche der Anzeigen amüsiert hatten, und überflog deshalb mehr zum Spaß als aus Interesse die einzelnen Seiten. Dabei stieß er recht bald auf einen Eintrag, der seine Aufmerksamkeit schließlich doch weckte. Fred Seiters hatte darin von einer Vermisstenmeldung im Odenwald berichtet, und der damals Gesuchte war ein Mann namens Tobias Schlegel gewesen. Morgenthaler hatte demnach Recht gehabt. Der Name war tatsächlich schon mal aufgetaucht. Kindlein konnte es kaum glauben. Diese Meldung hatte er Morgenthaler nur ein Mal und nur so nebenbei vorgelesen, und sie hatte zu dieser Zeit auch schon nichts mehr mit ihrer Arbeit zu tun gehabt. Er griff zum Handy. Diese Neuigkeit musste Morgenthaler sofort erfahren. Aber wann genau wurde der Mann überhaupt als vermisst gemeldet? Er überflog den Bericht noch einmal kurz. Laut dem Datum war es an einem Samstag, also einen Tag, nachdem Bahlbach das letzte Mal gesehen worden war. Auch daran erinnerte sich Kindlein: Morgenthaler war empört darüber gewesen, wie schnell Leute Vermisstenmeldungen aufgaben und wie schnell manch eine Polizeidienststelle solche Anzeigen aufnahm. Dann fand Kindlein Schlegels Geburtsdatum. Er stutzte. Schließlich drehte er sich um, warf einen Blick auf das Regal hinter sich und las die Beschriftung auf den Klebeetiketten der Ordner: Bahlbach, Frank, geb. 03.10.1971.

Morgenthaler brauchte einige Schritte, bis er richtig aufrecht gehen konnte und sein Magen sich wieder erholt hatte. Die Fahrt auf Noras Trike war die Hölle gewesen. Sie waren sofort, nachdem die Mosbacher Kollegen in Hollerbach das Regime übernommen hatten und die wichtigsten Fragen geklärt waren, losgefahren. Nora hatte richtig Gas gegeben. Zweimal hatte Kindlein versucht, ihn telefonisch zu erreichen, aber der Handyempfang war im Odenwald derart schlecht gewesen, dass sie ihr erstes Gespräch bald wieder beenden mussten. Das zweite war gleich nach der Begrüßung abgebrochen worden, da sein Akku leer war.

Beim Eintreten ins Büro sah er Kindlein an seinem Schreibtisch sitzen, tief über einen dicken Aktenordner gebeugt. Erst als sich Morgenthaler zweimal kräftig geräuspert hatte, blickte er auf.

»Hallo, Konrad. Mann, ist das schön, dich zu sehen. Mit unseren Telefonaten hat es ja überhaupt nicht geklappt. Du, ich habe Neuigkeiten, die dich umschmeißen werden.«

Morgenthaler machte eine abwehrende Handbewegung. »Bloß nicht, ich bin froh, endlich wieder auf meinen Füßen stehen zu können. Du kannst dir nicht vorstellen, was es bedeutet, auf dem Sozius von so einem Dreirad zu sitzen. Mein Hintern ist kaum noch zu spüren, und meine Innereien gehören eigentlich von einem Fachmann durchsortiert.«

»Und Nora? Ist mit der alles in Ordnung?«

»Ach, Nora. Der geht's blendend. Die hat alles aus der Mühle rausgeholt, was möglich ist, und dabei nicht ein Mal mit der Wimper gezuckt. Der hätte es vermutlich noch mehr Spaß gemacht, wenn ich sie nicht immerzu gebremst hätte.« Dann ging Morgenthaler zum Büroschrank rüber und sah kurz hinein. Er hatte gehofft, dass da drin noch eine Tüte mit einem Plunder liegen würde. Dass der mittlerweile schon alt gewesen wäre, hätte ihm nichts ausgemacht. Aber in dem Schrank herrschte gähnende Leere.

»Okay, Frieder, erzähl mal.«

»Gerne. Aber ich glaube, du solltest dich dazu besser hinsetzen.«

»Sitzen geht auch nicht mehr.«

»Also dann: Dieser Tobias Schlegel ist am selben Tag zur Welt gekommen wie Frank Bahlbach.«

»Hm. Das ist wirklich ein Knaller.«

»Finde ich auch. Aber halte dich fest, es kommt noch dicker.«

»Erzähl.«

»Ich hab nämlich auch noch herausgefunden, wo er geboren ist.«

»Komm, mach's nicht so spannend.«
»In Mannheim.«
Morgenthaler war für einen Moment sprachlos.
»Schon seltsam, oder?«, meinte Kindlein deshalb.
»Allerdings«, erwiderte Morgenthaler nun. »Ich meine, dass Frank Bahlbach in Mannheim das Licht der Welt erblickt hat, verwundert nicht, da seine Eltern von hier stammen. Und dass Schlegels Mutter ihren Sohn Tobias ebenfalls hier entbunden hat, obwohl sie hundert Kilometer von hier entfernt lebte, mag ja auch noch angehen. Aber dass beide Männer an ein und demselben Tag geboren sind, beide dieses eigentümliche Muttermal tragen und nun, fünfunddreißig Jahre später, zufällig auch noch Gewaltverbrechen zum Opfer fallen, die sich wiederum in einigen Punkten ähneln, ist schon sehr ... Du, Moment mal, ich glaube, da kommt gerade eine Funkmeldung rein.« Er ging zum Empfangsgerät und stellte den Lautstärkeregler höher.
Dieser Tag war wie verhext. Der Kollege, der sie anfunkte, meldete, dass man im Stadtteil Vogelstang eine männliche Leiche gefunden habe.

Schon der erste Blick vom oberen Rand der Baugrube ließ erkennen, dass der Mann einfach in den Keller des Rohbaus hineingeworfen worden war. Eine Treppe war noch nicht angebracht worden, und über die steil angelehnte Alu-Leiter hätte man den Körper nicht dort hinuntertragen und auf dem Estrich ablegen können. Außerdem lag die Leiche mit abnormal verdrehten Gliedmaßen inmitten einer ausladenden Pfütze auf dem Estrich. Der Tote war nackt und am ganzen Körper haarlos. Ein Arzt kniete neben ihm und maß die Körpertemperatur. Kollegen von Leibig tummelten sich ebenfalls da unten. Sie grasten den ganzen Bereich nach Spuren ab. Einer legte dem Leichnam an verschiedenen Körperstellen schmale Klebebandstreifen auf, riss sie anschließend wieder ab und verstaute sie in verschließbare Gefäße.
»Scheiße«, entfuhr es Kindlein, während er seinen Kopf angewidert zur Seite drehte. »Auch verstümmelt.«
Morgenthaler sah sich um und entdeckte am anderen Ende der Baustelle Jürgen Leibig, der sich gerade mit jemandem unterhielt.

Er stieß Kindlein an und bedeutete ihm, zu dem Kriminaltechniker hinüberzugehen.

»Hallo, Jürgen. Erzähl mal.«

»Tag, Konrad, Tag, Herr Kindlein. Tja, ihr habt's ja schon gesehen. Männlicher Leichnam, etwa dreißig bis vierzig Jahre alt. Von Kopf bis Fuß rasiert.« Er stockte für einen Moment. »Herrgott, Entschuldigung. Kopf und Füße sind ja nicht mehr dran. Und die Hände fehlen auch.«

Morgenthaler verzog das Gesicht.

»Und, habt ihr die Teile irgendwo gefunden?«

»Nein. Wir haben schon die ganze Baustelle und das umliegende Areal abgeklappert, aber hier liegen sie definitiv nicht. Seit wann der Mann tot ist und wann er verstümmelt wurde, weiß ich natürlich nicht. Aber Wesselin wird bald da sein.«

»Spuren, Hinweise?«

»Noch nichts. Jedenfalls nichts, was man als brauchbar bezeichnen könnte.«

»Hm. Und wer hat ihn gefunden?«

»Der Herr hier. Er baut auf dem Grundstück sein Einfamilienhaus.« Leibig deutete auf den Mann, der direkt neben ihm stand.

»Ja, ich habe ihn gefunden«, sagte der nun.

»Ah ja. Und wann war das?«

»Vor etwa zwei Stunden, kurz nachdem der Regen eingesetzt hatte, also so gegen halb neun.«

»Und dann?«

»Na, ich bin hierhergekommen. Ich wollte nachsehen, ob meine Plane noch dicht hält. Wir haben es den ganzen Monat nicht geschafft, die Decke auf den Keller zu ziehen, eben weil es laufend regnet. Dabei wollte ich vor dem Winter das erste Stockwerk fertig haben. Jedenfalls lag die Plane an einer Stelle nicht mehr über der Grube. Natürlich habe ich gedacht, dass der Wind sie abgehoben hat. Aber als ich sie wieder zurechtziehen wollte, habe ich gemerkt, dass jemand die Steine beiseitegelegt hat, die zum Beschweren gedient haben. Und dann habe ich gesehen, dass da unten jemand liegt.«

»Hm. Ist Ihnen sonst irgendwas aufgefallen?«

»Nee.«

»Reifenspuren, die zu der Baugrube führen, gibt es nicht, oder?«, fragte Kindlein nun Jürgen Leibig.

»Doch schon, aber von denen kann man nicht mehr viel erkennen. Die sind alle vom Regen verwaschen worden.«

Nach dieser Aussage blieb Kindlein und Morgenthaler nichts weiter übrig, als auf Professor Wesselin zu warten. Als der schließlich eintraf und etwas später auch eine erste Einschätzung abgab, wussten sie immerhin, dass der Mann seit etwa sechs Stunden tot war und ihm die Verstümmelungen post mortem mit einem schweren Beil oder einer Axt zugefügt worden waren. Da der Leichnam ansonsten keine äußerlichen Verletzungen aufwies, konnte Wesselin über die genaue Todesursache noch nichts sagen. Die würde erst am folgenden Tag bei der Obduktion ermittelt werden können.

»Aber der Mann ist am ganzen Körper rasiert worden. Das hatten wir auch schon bei Bahlbach. Können Sie uns dazu wenigstens was sagen?«, fragte Kindlein Wesselin schließlich.

»Nein, nur dass ich vermute, dass es sich um denselben Täter wie bei Bahlbach handelt.«

»Soso. Na gut, dann hätten wir von dem gern Namen und Anschrift, Herr Professor«, frotzelte Morgenthaler dazwischen.

»Anonymus, Region Mannheim.«

»Ach, der schon wieder.«

# 16

An diesem Morgen hatte Konrad Morgenthaler ausnahmsweise die gesamte Abteilung zusammengetrommelt, um über den neuesten Stand der Entwicklungen im Fall Bahlbach zu informieren. Ließen schon seine Ausführungen zu den Vorkommnissen in Hollerbach und den seltsamen Übereinstimmungen mit ihrem Fall alle Anwesenden aufhorchen, so erst recht sein Bericht vom Leichenfund des gestrigen Abends. Zudem sprach er die Auswirkungen an, die dieser neue Mordfall auf die Abteilung, die einzelnen Mitarbeiter und die momentane Ermittlungsarbeit haben würde.

»Sobald die ersten Befunde von Paracelsus und Leibig vorliegen, müssen wir uns aufteilen. Ich schlage vor, dass Frieder und ich weiterhin an Bahlbach dranbleiben und Bücklein zusammen mit Fred Seiters eine zweite Einheit bilden, die vorerst den neuen Fall übernimmt. Apropos Fred: Gibt es Neuigkeiten zu unserem Papier faltenden Leuteschinder, diesem Volker Berger?«

»Nein, nichts Neues, außer wenn man was übers Versteckspielen erfahren will. Wenn der wirklich eine Geliebte in dem Betrieb haben sollte, dann ist er ein wahrer Künstler auf diesem Sektor. Niemand dort weiß was. Es gibt nicht einmal Gerüchte – was sehr außergewöhnlich ist. Und auch ansonsten verhält er sich absolut unauffällig.«

»Okay. Versuch trotzdem, da weiter am Ball zu bleiben, auch wenn ihr jetzt ordentlich zu tun haben dürftet. Werner Tielmann und Johannes Stein werden als Erstes diese Maklerfirma aufsuchen. Außerdem sollten sie den Kontakt zu den Kollegen in Mosbach halten, um über deren Ermittlungen im Fall Schlegel auf dem Laufenden zu bleiben. Da wir wissen, dass er am selben Tag wie Bahlbach hier in Mannheim geboren ist, sollen die Jungs in Mosbach doch bitte klären, in welchem Krankenhaus er zur Welt kam. Notfalls müssen sie dafür in Buchen nachfragen. Dort musste Schlegel zur Ausweisbeantragung schließlich seine Geburtsurkunde vorlegen. Des Weiteren müssen wir die Jungs von der Wirtschaftskripo unbedingt darüber informieren, dass sie die Firmenaktivitäten Bahlbachs in Richtung Odenwald genauer unter die Lupe nehmen.«

Alle nickten. Dann meldete sich Bücklein zu Wort.

»Ich weiß nicht, ich hab ein ganz mieses Gefühl, Konrad. Im Fall Bahlbach und dem des jungen Mannes im Odenwald gibt es mir zu viele Übereinstimmungen, das kann kein Zufall sein. Einen der beiden finden wir vor zwei Wochen hier am Strandbad. Der andere gilt seit etwa der gleichen Zeit als vermisst und ist, nach momentaner Faktenlage, damals ebenfalls ermordet, und so wie du den Tatort geschildert hast, vermutlich sogar verstümmelt worden. Nun hat es erneut einen Toten gegeben. Hier liegen die Übereinstimmungen zu unserem ersten Opfer regelrecht auf der Hand: ermordet, verstümmelt, kahl rasiert und – entschuldige den Ausdruck – kaltblütig entsorgt. All dies lässt doch den Schluss zu, dass wir es nun mit einem Dreifachmörder zu tun haben – vielleicht einem Serienkiller.«

»Hm. So weit würde ich im Moment noch nicht gehen wollen«, antwortete Morgenthaler. »Natürlich, und da bin ich völlig deiner Meinung, liegt es nahe, dass wir alle nach demselben Täter fahnden werden. Deshalb müssen wir uns auch besonders eng aufeinander abstimmen. Aber was den Fall Schlegel betrifft, gibt es einen entscheidenden Unterschied zu den beiden anderen: Seine Leiche fehlt. Sie wurde also nicht so demonstrativ *entsorgt* wie Bahlbach und das neue Opfer.«

»Na ja, wer weiß, wo der noch gefunden wird«, entgegnete Bücklein.

»Ja, aber wie steht es mit dem Motiv? Lassen wir den Neuen mal außen vor, weil wir über den noch gar nichts wissen. Bahlbach war ein Mensch, den vermutlich viele gern umgebracht hätten. Schlegel hingegen hat wie ein Eremit gelebt. Welchen Grund sollte jemand gehabt haben, ihn umzubringen?«

»Das weiß niemand, aber laut deiner Erzählung hatte der offenbar auch einige Feinde«, gab nun Johannes Stein zu bedenken. »An seinem Wohnort war ihm zumindest keiner grün.«

»Sicher, Johannes, aber ich sehe auch zwischen dem Fall Bahlbach und dem unseres neuen Opfers einen gravierenden Unterschied. Bei Bahlbach haben die abgetrennten Gliedmaßen nicht vollständig gefehlt. Der Täter hat alles beim Opfer gelassen, bis auf die Hand.«

»Ja, und die wurde später den Angehörigen nachgesendet. Wenn das diesmal wieder der Fall ist, dann werden wir fünf Mal ausrücken müssen, um Eltern, Partner und vielleicht sogar Kinder zu beruhigen.«

»Hoffen wir es nicht.«

Bücklein war genervt. Verärgert und vor sich hin fluchend klemmte der Kollege seine Unterlagen unter den Arm und stapfte in Richtung Tür.

»Was ist denn los?«, fragte Kindlein.

Bücklein blieb stehen und wandte sich Kindlein zu. »Ach, ich könnte kotzen. Kaum geht's einem privat mal halbwegs gut, dann kommt dieser Job und versaut gleich wieder alles. Hätte es nicht einfach dabei bleiben können, dass wir *einen* Toten haben? Nein, jetzt müssen es drei sein. Das heißt, wir dürfen arbeiten bis zum Umfallen, und alles andere geht den Bach runter.«

Kindlein ahnte, was Bücklein beschäftigte. Er hatte sich offenbar gerade wieder ein frisches Hühnchen angelacht und war nun sauer, weil er wegen der Ermittlungen keine Zeit für die Kleine würde aufbringen können. Da schon alle ausgeschwärmt waren und sich außer ihnen niemand mehr im Sitzungsraum befand, dachte Kindlein, dass dies eine gute Gelegenheit wäre, Bücklein nach seiner Meinung zu dem Abend mit Frau Schilling zu befragen. Sicher, er mochte Bücklein nicht, und dessen Vorlieben, was Frauen betraf, waren völlig anders, aber immerhin, Bücklein hatte Erfahrung in Beziehungsfragen. Zuerst musste Kindlein jedoch herausfinden, ob es wirklich dieses Thema war, das den Kollegen beschäftigte.

»Du hast gerade wieder was am Laufen, oder?«

»Ja, genau so sieht's aus. Das ist ja die Scheiße. Und diesmal ist es wirklich ernst. Ich habe eine Frau kennengelernt, die einfach unvorstellbar ist. Der absolute Wahnsinn. Es hat mich endlich mal so richtig erwischt.«

»Ah ja. Wie alt ist sie denn?«

»Das ist es ja eben. Anfang dreißig. Eine richtige Frau, falls du verstehst, was ich meine. Nicht so wie sonst. Nee, diesmal ist es was völlig anderes, und ich muss mich wirklich ins Zeug legen, um bei ihr landen zu können. Ein bisschen charmant tun und weiße Zähne haben reicht da nicht. Die stellt endlich mal höhere Ansprüche.«

»Aber das klingt ja super.«

»Schon, aber du siehst ja, ich werde gar keine Zeit für sie haben. Wegen diesem Serien-Blödmann. Und bei ihr kann man abends auch nicht mal eben spontan vorbeikommen, weil sie dann ihre Kinder ins Bett bringen muss.«

Ach du Schreck, dachte Kindlein. Aber er hatte schließlich ein Anliegen und wollte seine Skepsis deshalb lieber verbergen.

»Ach so, sie ist Alleinerziehende? Eine ganz schöne Verantwortung, die du dir da auflädst, oder?«

»Ach, weißt du, Frieder. Irgendwann kommt jeder von uns in das Alter, wo es um mehr geht als ums Abenteuer. Da bist du einfach reif für echte Herausforderungen.«

»Stimmt«, heuchelte Kindlein und fand Bücklein nach dieser Aussage oberflächlicher und dümmer denn je. »Mir geht's genauso. Aber ich stelle mich einfach zu dämlich an. Ich hatte zum Beispiel gerade neulich so ein Date, bei dem wirklich alles in die Hose ging.« Er kam sich eigentümlich vor, weil das gar nicht sein Ausdrucksstil war, aber er wollte Bücklein von dem Abend erzählen, und das in einer Sprache, die dem Kollegen vertraut war.

Nachdem er seine Erzählung beendet hatte, sah Bücklein ihn einigermaßen entgeistert an.

»Sag mal, Frieder, sprichst du bei deinen ersten Dates immer über andere Frauen?«

»Äh …«

»Ich meine, hättest du deiner Herzensdame nicht wenigstens klarmachen können, dass diese Frau, bei der du dich noch entschuldigen musst, nichts anderes als eine Zeugin ist?«

Kindlein überlegte. Er hatte Bücklein nicht gesagt, um wen es sich bei dieser »Zeugin« gehandelt hatte, weil es ihm peinlich war, Frau Bahlbachs Verhör zu erwähnen. Aber dass er Ester Schilling das Gefühl vermittelt haben konnte, dass Frau Bahlbach eine ehemalige Geliebte von ihm war, die er erst kürzlich schmählich hatte sitzen lassen, dämmerte ihm erst jetzt.

»Nein«, musste er schließlich zugeben.

Sie hatten sich vorher bei den alten Bahlbachs angemeldet. Aber nun standen Kindlein und Morgenthaler vor deren Haus, und niemand öffnete die Tür. Sie warteten einige Minuten und beschlossen schließlich, doch zuerst zu Anita Bahlbach zu fahren und die alten Leute später noch einmal aufzusuchen.

Als sie in ihren Dienstwagen einsteigen wollten, machte jemand von der Straße her mit einer Fahrradklingel auf sich aufmerksam. Der Mann war zwar noch ein ordentliches Stück entfernt, aber da er ihnen zuwinkte, bestand kein Zweifel, dass es der alte Bahlbach war. Und mit jedem Meter, den er näher kam, war deutlicher zu erkennen, dass hinten an seinem Fahrrad ein blauer Anhänger hing. Als der Alte schließlich vor dem Haus anhielt und abstieg, war beiden klar, dass eine der wichtigsten Fragen, die sie sich die ganze Zeit gestellt hatten, gleich beantwortet sein würde.

»Entschuldigen Sie, dass ich zu spät komme, aber ich war noch einkaufen, und die Schlange an der Kass…«

»Kein Problem. Guten Tag, Herr Bahlbach«, sagte Morgenthaler. »Sagen Sie, ist das nicht der Kinderanhänger, mit dem Ihre Schwiegertochter immer Ihre Enkel transportiert hat?«

Der alte Mann blickte auf den Anhänger. »Ja, genau. Den hat mir mein Sohn im Frühjahr vorbeigebracht. Er hat gemeint, dass Anita ihn nicht mehr bräuchte und ich ihn gut als Transportkarren benutzen könnte. Ich muss zugeben, dass ich mich anfangs ein bisschen geniert habe, damit rumzufahren, aber inzwischen habe ich festgestellt, wie vielseitig das Ding ist. Ich möchte ihn jedenfalls nicht mehr missen. Man wird nicht jünger.«

»Eine gute Idee«, meinte Morgenthaler und sah sich das Gefährt näher an. »Ein schönes Teil übrigens. Modell Ritschie von der Firma Weber. In Blau.« Die letzten Worte betonte er auffällig und warf dabei einen vielsagenden Blick auf Kindlein. Der begrub sein rot anlaufendes Gesicht in den Händen.

Im Haus kam ihnen überraschenderweise die alte Frau Bahlbach im Korridor entgegen. Sie schien peinlich berührt, denn sie hatte im Garten gearbeitet und dabei vergessen, dass die beiden Kripobeamten noch vorbeikommen wollten. Sie entschuldigte sich und bot den beiden Plätze zum Sitzen an. Morgenthaler kam gleich auf den Grund ihres Besuches zu sprechen.

»Sagt Ihnen der Name Tobias Schlegel irgendetwas?«, fragte er direkt, bemüht, beide Eheleute anzusprechen.

»Nein, wer soll das sein?«, antwortete Frau Bahlbach.

»Bevor ich Ihnen diese Frage beantworte, muss ich Sie erst noch fragen, ob Ihr Sohn oder irgendwer aus der Familie jemals private oder geschäftliche Kontakte zu dem Ort Hollerbach im Odenwald hatte.«

Die beiden Alten sahen sich fragend an.

»Nein«, antworteten sie fast gleichzeitig. Der alte Bahlbach erwähnte noch, dass er noch nicht mal wisse, wo dieser Ort überhaupt lag.

»Das ist ein Stadtteil von Buchen. Dort lebte bis vor Kurzem ein Mann, dessen Foto ich Ihnen gern einmal zeigen möchte.«

Morgenthaler stand auf, griff in seine Gesäßtasche und holte eine platt gedrückte und reichlich deformierte Brieftasche hervor. Dann übergab er Frau Bahlbach eine ebenfalls stark aus der Form geratene Fotografie. Nachdem Frau Bahlbach sie eine Weile betrachtet hatte, ohne dabei besondere Reaktionen zu zeigen, reichte sie sie an ihren Mann weiter. Auch seinem Gesicht war nichts anzumerken.

»Ist das dieser Torsten Schlegel?«, fragte er schließlich.

»*Tobias* Schlegel. Das Bild ist schon etwas älter, aber kommt der Ihnen irgendwie bekannt vor?«

»Der sieht unserem Frank ein wenig ähnlich, finde ich«, antwortete nun Frau Bahlbach sachlich und warf dabei einen Blick zu ihrem Mann rüber.

»Findest du?«, meinte der und sah sich das Foto noch einmal genauer an. »Na ja, vielleicht hast du recht. Aber die Haare. Wie alt ist das Foto denn?«, fragte er Morgenthaler.

»Etwa zehn Jahre, würde ich vermuten.«

Der alte Bahlbach strich sich nachdenklich über das Kinn. »Nein, ich kenne den Mann nicht. Aber je länger ich hingucke, desto mehr muss ich meiner Frau zustimmen. Der junge Mann sieht unserem Frank wirklich ähnlich. Aber höchstens dem Frank der letzten Jahre.«

»Frank der letzten Jahre?«, wiederholte Morgenthaler fragend.

»Ja, Frank war bis vor etwa acht Jahren ziemlich dick. Das ist uns heute noch unangenehm, weil wir daran nicht ganz unschuldig waren. Eigentlich kann man sagen, dass er schon regelrecht fett war. Er war ein Einzelkind und zudem Sohn einer Bäckersfamilie. Da gab's in seiner Umgebung jede Menge Süßkram. Wir haben ihm nie was abschlagen können und leider wohl auch sonst zu wenig auf seine Ernährung geachtet. Das hat sich erst geregelt, als er Anita kennengelernt hat, und erst recht, als er die Firma übernahm. Der Stress und die wenige Freizeit haben dafür gesorgt, dass er innerhalb von drei Jahren mehr als dreißig Kilo abgenommen hat.«

»Verstehe.« Morgenthaler sah an sich herab.

»Vielleicht hätte Frank dem jungen Mann auf dem Foto damals sogar *sehr* ähnlich gesehen, wenn er etwas schlanker ... Gut vorstellbar, aber wie gesagt ...«

Frau Bahlbach stimmte den Worten ihres Mannes zu. Dann entstand eine kurze Schweigepause.

»Wissen Sie, was uns an diesem Tobias Schlegel, neben seiner Ähnlichkeit mit Ihrem Sohn, noch auffiel, war vor allem das hier.« Morgenthaler deutete mit dem Zeigefinger auf eine kleine Stelle der Fotografie. Der Alte betrachtete diese daraufhin längere Zeit und schüttelte dabei mehrmals den Kopf. Seinem Gesicht war anzusehen, dass ihn irgendetwas stark irritierte. Dann gab er die Fotografie seiner Frau.

»Wie gesagt, das Bild ist alt«, meinte Morgenthaler, »und leicht unscharf. Aber es ist schon ein verblüffendes Detail, oder?«

Der Alte sah Morgenthaler nun direkt in die Augen. »Und es ist ganz sicher keine Tätowierung?«

»Hm.«

»Das ist nicht zu verstehen, Herr Kommissar, überhaupt nicht«, meinte nun die Frau aufgeregt. »Das ist ja fast schon gespenstisch. In meinem ganzen Leben ist mir noch niemand begegnet, der solch ein Muttermal trug, und schon gar nicht an der Stelle. Und dann noch diese Ähnlichkeit mit Fra...« Der Frau standen nun Tränen in den Augen. Morgenthaler stieß Kindlein an und bat ihn mit einer nickenden Kopfbewegung, den alten Bahlbach nicht aus den Augen zu lassen. Schon einmal war er bei einer Vernehmung zusammengeklappt. Morgenthaler setzte sich neben Frau Bahlbach. Er wusste, dass seine nächste Nachricht sie restlos durcheinanderbringen würde, und wartete erst einmal kurz ab, bis sie sich wieder ein wenig gefasst hatte, bevor er sprach.

»Der junge Mann, von dem wir hier reden, lebte wie gesagt in diesem Ort im Odenwald. Aber er ist nicht dort geboren, sondern hier in Mannheim und zudem auch noch am selben Tag wie Ihr Sohn Frank.«

Die Frau starrte Morgenthaler nun an, als wenn er etwas verbrochen hätte.

»Das ist nicht wahr. Das kann nun wirklich nicht sein«, schrie sie fast.

»Bleiben Sie ganz ruhig, Frau Bahlbach. Das Standesamt hat mir diese Fakten gerade vorhin bestätigt. Aber wir haben bisher noch keinerlei Erklärung dafür. Ich muss Sie deshalb dringend bitten, uns behilflich zu sein, da Sie die Einzige sind, die bestimmte Fragen beantworten kann.«

Frau Bahlbach sah Morgenthaler nun abschätzend an, lehnte sich im Sessel zurück und verschränkte ihre Arme.

»Was für Fragen sollen das sein? Ob ich zwei Kinder zur Welt gebracht habe, die das gleiche Muttermal hatten? Ob ich eins davon womöglich im Odenwald ausgesetzt habe? Wollen Sie so etwas von mir hören? Hören Sie, ich habe Jahre darum gekämpft, ein Kind bekommen zu können, habe dabei etliche Fehlgeburten gehabt und bin durch ein elendes Martyrium gegangen, bis ich endlich ein gesundes Kind zur Welt gebracht habe. Meinen Sie ernstlich, ich hätte auch nur eines davon abgegeben, wenn es zwei gewesen wären? Wissen Sie überhaupt, was Sie mir da unterstellen?«

»Um Gottes willen, Frau Bahlbach, ich unterstelle Ihnen gar nichts.«

»Ich kann alles nachweisen«, schrie sie nun und stand hastig von der Couch auf. Ihr Mann saß auf seinem Sessel und wirkte wie abgeschaltet. Die Hände wie zum Beten gefaltet, presste er die

Spitzen seiner Zeigefinger kräftig gegen die Lippen. Sein Blick schweifte ins Unendliche. Irgendwann kam Frau Bahlbach zurück und warf einen Stapel Unterlagen auf den Tisch.

»Da, schauen Sie ruhig rein. Alles Originaldokumente. Von der Schwangerschaft über die Geburt bis hin zur Taufe. Ich bin keine Verbrecherin.«

»Frau Bahlbach, niemand sagt, dass …« Aber Morgenthaler kam nicht durch.

»Los, Sie sehen sich das sofort an, und zwar hier an Ort und Stelle. Ich bestehe darauf.«

»Frau Bahlbach.«

Die Frau ergriff nun das Papierhäufchen und blätterte mit zitternden Fingern darin herum.

»Hier«, sagte sie schließlich. »Ein Ultraschallbild, Herr Morgenthaler. Und falls Sie so was noch nicht gesehen haben sollten, dann vertrauen Sie dem geschulten Auge einer Frau, die etliche Male geschallt wurde, bevor ein gesundes Baby ihren Körper verließ. Deutlich ist darauf *ein* Fötus zu erkennen, unser Frank. Dann hier, die Geburtsurkunde: *ein* Kind – Frank. Und ich habe sogar eine Kopie vom Geburtsprotokoll, unterschrieben von der Hebamme und dem Chefarzt. Beide waren sie von Anfang an zugegen, weil die Geburt als Risikogeburt eingestuft wurde. Zufällig haben die gemeinsam gezählt, wie viele Babys der Arzt per Kaiserschnitt aus meinem Bauch herausgeholt hat, und beide sind schließlich auf die Zahl *Eins* gekommen. Und es blieb übrigens unser einziges Kind. Und zwar das, das mein Mann und ich gestern, fünfunddreißig Jahre später, beerdigen mussten. So, und nun nehmen Sie den Kram und verschwinden Sie so schnell wie möglich von hier.« Sie schmiss Morgenthaler die Unterlagen auf den Schoß.

Unter dem Eindruck des soeben Erlebten war beiden nicht nach Sprechen zumute, als sie zu Anita Bahlbach fuhren. Das galt vor allem für Kindlein, dem nun jene Begegnung bevorstand, die er seit Ewigkeiten aufschob.

Morgenthaler klopfte ihm irgendwann freundschaftlich auf den Schenkel und meinte: »Komm, Frieder, lass den Kopf nicht hängen. Das mit dem Kinderanhänger konnte niemand ahnen.

Nicht mal Anita Bahlbach hat gewusst, dass ihr Mann ihn an seinen Vater weiterverschenkt hat. Und dass es sich bei beiden Anhängern um das gleiche Fabrikat in derselben Farbe handelt, ist entweder Zufall oder vom Täter absichtlich so arrangiert worden. Du hast ja gesehen, das ist ein Allerwelts-Kinderanhänger, den man sogar im »Sperrmüll« kaufen kann. Und denk mal an dieses schreckliche Foto. Der Täter scheint gern mit Effekten zu arbeiten. Auch die leere Videohülle der alten Bahlbachs wird vermutlich nur dem Zweck gedient haben, die beiden Alten zu erschrecken.«

»Das glaube ich auch. Aber im Moment läuft bei mir alles schief. Und die Geschichte mit Frau Bahlbachs Verhör steckt mir noch immer in den Knochen.«

»Mann Frieder, *alles* läuft nun auch wieder nicht schief. Denk mal an das Ergebnis deiner Recherchen gestern Abend. Dadurch sind wir doch ein enormes Stück weitergekommen. Und warum in Herrgotts Namen sollen gerade *wir* unsere Mitmenschen und jede Situation immer richtig einschätzen können? Meinst du, dass ich das Gefühl habe, eben bei den alten Bahlbachs alles richtig gemacht zu haben? Wir müssen den Hinterbliebenen bisweilen auch Fragen mit grausamer Wirkung stellen, weil wir es nun einmal mit Dingen zu tun haben, die grausame Folgen hatten.«

»Mag sein«, erwiderte Kindlein knapp. Insgeheim dachte er jedoch, dass man Fragen mit verheerender Wirkung auch in anderer Absicht stellen kann als der, sachdienliche Informationen zu erhalten. Aber er hatte keine Gelegenheit, näher darauf einzugehen, da Morgenthaler gerade sein summendes Handy zum Ohr führte und die Freisprechanlage einstellte. Es war Werner Tielmann. Er hatte mit Johannes Stein die Immobilienfirma besucht und sich dort nach Bernhard Voss erkundigt.

»Der Inhaber, ein gewisser Thomas Biehl, hat sich sehr kooperativ gezeigt und sofort sämtliche Unterlagen des betreffenden Zeitraums durchgesehen. Dabei ist er auf das damals erstellte Exposé des Objekts in Hollerbach gestoßen. Und eine Randnotiz hat sich auf den Informanten bezogen, einen Bestatter aus Buchen. Der hat der Firma damals den Tipp gegeben, sich das Anwesen mal näher anzusehen. Die Besitzerin war gerade verstorben, und der Sohn hatte in der ganzen Umgebung als debil gegolten. Biehl hat damals diesen Bernhard Voss, einen seiner Mitarbeiter, nach Hollerbach geschickt, damit der mit dem neuen Besitzer einen Vermittlungsvertrag abschließt. Voss war viele Jahre bei der ›Immo-Biehl‹ beschäftigt, ist dort aber vor etwa vier Jahren aus Krankheitsgründen ausgeschieden. Biehl hat uns seine damalige Adresse gegeben.«

Morgenthaler notierte sich die Anschrift.

»Und, habt ihr euch schon mit den Mosbacher Kollegen in Verbindung gesetzt?«, fragte er schließlich.

»Ja, haben wir. Aber rechte Fortschritte im Fall Schlegel haben die noch nicht gemacht. Die verhören zurzeit noch die Dorfbewohner und diesen Galeristen, der Schlegels Werke verkauft hat. Die haben richtig zu tun, die armen Schweine.«

»Na ja, warum soll's denen anders gehen als uns. Wie sieht's denn mit Schlegels Geburtsurkunde aus? Gibt's da schon Erkenntnisse?«

»Ja, die haben trotz des Rummels, der bei ihnen herrscht, gleich recherchiert. Also, Schlegel ist tatsächlich am 3.10.1971 in Mannheim geboren, und zwar im St.-Josef-Stift.«

»Das gibt's doch gar nicht.«

»Was meinst du damit?«

»Genau dort ist auch Bahlbach geboren. Seine Mutter hat uns eben seine Geburtsunterlagen gezeigt.«

Morgenthaler wandte sich Kindlein zu. »Du, Frieder, wir müssen sofort in dieses Stift fahren. Anita Bahlbach stellen wir hinten an.«

Diese Anweisung wäre nicht mehr nötig gewesen. Kindlein hatte die Fahrtrichtung schon geändert.

»Ach so, bevor ich es vergesse, Konrad«, meinte Tielmann noch, »ich soll dir von den Mosbacher Kollegen ausrichten, dass ein gewisser Lothar Perlinger unbedingt noch mal mit dir sprechen will. Du möchtest dich doch bitte mit ihm in Verbindung setzen.«

Die junge Dame im Archiv des Krankenhauses war außerordentlich freundlich.

»Sehen Sie, das Josef-Stift archiviert alle Krankenakten dreißig Jahre lang. So handhaben wir es auch mit den Geburtsprotokollen, obwohl die eigentlich nur zehn Jahre aufbewahrt werden müssen. Aber Ihr Fall liegt nun leider noch länger zurück. Tut mir wirklich leid.«

»Vielen Dank. Aber sagen Sie, ist es vielleicht möglich, mit dem Chefarzt der geburtshilflichen Abteilung zu sprechen?«, fragte Morgenthaler.

»Selbstverständlich. Aber Dr. Frey, der damalige Chefarzt, lebt schon seit Jahren nicht mehr. Und ich weiß nicht, ob Sie ein Gespräch mit dem neuen weiterbringt.«

»Nein, natürlich nicht. Aber wie sieht es mit den Hebammen aus? Ist von denen noch eine im Haus beschäftigt? Ich weiß zum Beispiel von einer Frau Helene Trab. Arbeitet die vielleicht noch hier?«

»Oh, da bin ich leider völlig überfragt. Vielleicht sollten Sie da besser mit der leitenden Hebamme sprechen.«

Die Frau griff zum Telefonhörer und wählte eine Nummer.

»Woher kennst du denn die Namen der Hebammen hier?«, fragte Kindlein Morgenthaler leise.

»Die kenne ich natürlich nicht. Bis auf den. Weil der auf Bahlbachs Geburtsprotokoll stand.«

Die Dame aus dem Archiv übergab Morgenthaler den Hörer.

Auch die Frau am Telefon war sehr zuvorkommend. Sie konnte sich gut an die ehemalige Kollegin erinnern, da sie viele Jahre miteinander gearbeitet hatten. Und sie wusste sogar ihre Adresse.

Helene Trab wohnte in Vogelstang, dem Stadtteil, in dem am Tag zuvor der enthauptete Leichnam gefunden worden war. Der Plauener Weg gehörte zu einem Wohngebiet, dessen Straßen nach Regionen und Ortschaften der neuen Bundesländer benannt waren. Hier in der »Zone«, wie einige die Gegend nannten, hatte tatsächlich vieles Ähnlichkeit mit den übelsten Auswüchsen architektonischer Verwirrung des ehemaligen Arbeiter- und Bauernstaates. Aber Frau Trabs Wohnung lag immerhin in einem der schöneren Plattenbauten, war hell und hatte sogar eine Küche, in die ein Tisch hineinpasste.

Sie war eine kleine zierliche Person und erst neunundfünfzig, wie sie mitteilte. Vor einem Jahr war sie aus ihrem Beruf ausgeschieden, da sie vierzig Berufsjahre absolviert hatte und noch etwas vom Leben haben wollte.

»Es waren grauenhafte Jahre. Ich möchte eigentlich gar nicht mehr daran denken.«

»Grauenhaft?«, meinte Morgenthaler. »Ich dachte immer, dass Hebamme ein schöner Beruf sei.«

»So? Von wem haben Sie denn diese Information? Aus einer Broschüre des Krankenhausträger-Verbandes? Wissen Sie, wie viele Jahre ich im Schichtdienst gearbeitet habe, wie viel Verantwortung ich hatte, wie viel ich dabei verdient habe und wie hoch heute meine Rente ist? Egal, Sie sind sicher aus einem anderen Grund hier. Darf ich den erfahren?«

»Selbstverständlich, Frau Trab. Ich weiß nicht, ob Sie etwas von dem Mordfall Frank Bahlbach gehört haben. In der Presse wurde sehr ausführlich darüber berichtet.«

»Ja, ich habe in der Zeitung darüber gelesen. Das war doch dieser Tote, der am Strandbad aufgefunden wurde, oder?«

»Richtig. Mein Kollege und ich sind mit dem Fall betraut und dabei auf etwas gestoßen, das uns verwirrend erscheint. Es geht um seine Geburt.«

»Oh.«

»Ja, aus den Geburtsunterlagen geht nämlich hervor, dass *Sie* damals die Hebamme waren, die ihn ans Licht der Welt brachte.«

Da Morgenthaler nichts weiter sagte, Frau Trab aber offenbar dachte, dass noch etwas folgen würde, entstand eine kurze Zeit des Schweigens.

»Stimmt das?«, fragte er schließlich.

»Gut möglich, dass ich das war. Aber wissen Sie, wie viele Entbindungen ich in meinem Leben durchgeführt habe? Abertausende. Und die Geburt dieses Mannes dürfte schon ein paar Tage zurückgelegen haben, nehme ich an.«

»Fünfunddreißig Jahre.«

»Sehen Sie.«

Kindlein sah, dass Morgenthaler mit dieser Antwort haderte. Er konnte sie hingegen nachvollziehen. Wie sollte sich die Frau nach so langer Zeit gerade an das Bahlbach-Baby erinnern? Dann sah er, dass Morgenthaler in seine Gesäßtasche griff und seine durchgesessene Brieftasche hervorzog.

»Ich weiß, was Sie meinen, Frau Trab«, sagte Morgenthaler dabei. »Auch ich bin schon eine Weile in meinem Beruf und kann mich weiß Gott nicht an jeden meiner Fälle erinnern, geschweige denn an jede Person, die damit in Verbindung gestanden hat. Aber mitunter hilft uns ja unser assoziatives Gedächtnis, längst Vergessenes wieder gegenwärtig werden zu lassen. Ich zeige Ihnen deshalb mal ein Foto.«

Morgenthaler überreichte der Frau die stark mitgenommene Fotografie von Schlegel. Frau Trab betrachtete sie kurz und sah Morgenthaler dann fragend an.

»Wer soll das sein?«

»Ein junger Mann, der ebenfalls im St.-Josef-Stift zur Welt kam. Und zwar am selben Tag wie Bahlbach. Auch er ist Opfer eines Gewaltdelikts geworden. Aber zudem, und das ist der größte Zufall, besaß er ein Muttermal an genau der gleichen Stelle wie Herr Bahlbach.«

Die Frau betrachtete sich das Bild daraufhin noch einmal gründlicher und nickte.

»Deshalb möchte ich Sie fragen, ob Sie sich an solch eine Übereinstimmung bei zwei Babys, die am gleichen Tag bei Ihnen zur Welt kamen, erinnern können.«

Frau Trab sah Morgenthaler nun direkt in die Augen.

»Nein, daran kann ich mich nicht erinnern, Herr Kommissar. Aber wir haben, wie gesagt, immer in drei Schichten gearbeitet. Es kann deshalb durchaus sein, dass eine meiner Kolleginnen aus einer anderen Schicht an diesem Tag eine Entbindung hatte, bei der das Baby auch solch ein Muttermal trug.«

»Hm«, machte Morgenthaler. »Wie oft kommt es denn vor, dass zwei Babys von verschiedenen Müttern gleiche oder ähnliche äußere Merkmale besitzen?«

»Die Natur ist da unberechenbar, würde ich sagen. Normalerweise kommen gleiche Merkmale nur bei eineiigen Zwillingen vor, aber natürlich ähneln sich selbst Babys unterschiedlicher Eltern in manchen Punkten hin und wieder. Da kommen durchaus mal zwei kurz hintereinander zur Welt, die zum Beispiel ein Muttermal oder ein Feuermal oder sonst was an der gleichen Stelle des linken Oberschenkels tragen. Das ist alles schon da gewesen.«

Morgenthaler sah enttäuscht aus. Eine Frage hatte er dennoch.

»Aber wie häufig ähneln sich solche Kinder dann später noch, zum Beispiel im Erwachsenenalter? Der Mann auf diesem Foto sieht Bahlbach tatsächlich zum Verwechseln ähnlich, das haben sogar seine Eltern bestätigt.«

Die Frau sah sich das Foto noch einmal an. Dann gab sie es Morgenthaler zurück.

»Die Frage kann ich Ihnen nicht beantworten. Hebammen haben mit ihren Schützlingen ja nicht allzu lange Kontakt. Schon gar keine fünfunddreißig Jahre.«

»Klar. Haben Sie vielen Dank für Ihre Auskünfte.«

»Keine Ursache«, antwortete die Frau. Dann biss sie sich auf die Unterlippe und wandte ihren Blick von Morgenthaler ab. Irgendetwas schien ihr nun doch noch durch den Kopf zu gehen, denn während sie in Richtung Wohnzimmerfenster starrte, machte sie den Eindruck, als wenn sie eine Frage formulieren wollte.

Kindlein und Morgenthaler waren schon fast in der Diele, als sie hörten, wie sich die Frau mehrmals räusperte und nach ihnen rief. Sie drehten sich zu ihr um. Noch immer stierte sie in Richtung Fenster.

»Ähm, sagen Sie, wie hieß denn der junge Mann auf diesem Foto eigentlich?«

»Tobias Schlegel.«

»Ah ja«, antwortete sie leise. »Danke.«

Schweigend liefen die beiden nebeneinander den Treppenflur hinunter. Als sie schließlich fast im Erdgeschoss angelangt waren, hielt es Kindlein nicht mehr aus.

»Was machen wir jetzt, Konrad? Ich meine, dieser Besuch hier war quasi für die Katz. Und ehrlich gesagt, habe ich mich zwischendrin mehrmals gefragt, was uns die Erinnerungen oder Nichterinnerungen einer Hebamme bringen sollen. Aber manchmal gerät man einfach in so merkwürdige Fahrwasser und wird dann abgetrieben. Sollen wir als Nächstes vielleicht mal diesen Bernhard

Voss aufsuchen, diesen Makler? Vielleicht bringt uns das ja ein Stück weiter.«

»Ja, das wäre keine schlechte Idee, aber wir sollten jetzt erst einmal zu Frau Bahlbach fahren. Wir müssen unbedingt wissen, ob ihr Mann irgendwelche Beziehungen zum Odenwald gepflegt hat. Und wenn ja, welche. Das hat Vorrang. Und um noch mal auf die Hebamme zurückzukommen: Ich glaube nicht, dass wir da schon fertig sind. Das habe ich so im Gespür. Hast du gemerkt, wie paralysiert die zum Schluss schien? Irgendwas ging der noch durch den Kopf. Dass sie nach Schlegels Namen gefragt hat, erschien mir merkwürdig.«

»Inwiefern?«

»Ich weiß es nicht. Vielleicht weil sie ansonsten wenig gefragt hat. Als Frau vom Fach war sie mir vor allem zu wenig an dem Phänomen interessiert, mit dem wir es hier zu tun haben.«

»Na ja, du hast ja gehört, wie lieb sie ihren Beruf hatte. Außerdem gibt es Leute, die nicht gern fragen. Fragen führen zu Erkenntnis. Jeder Erkenntnis folgen jedoch weitere Fragen. Fragen sind demnach die Strafe für Erkenntnis! Das wissen sogar die, die sonst nichts wissen, und vermeiden deshalb Fragen. Stammt diese Weisheit nicht sogar von dir?«

Morgenthaler setzte diesem Einwand nichts entgegen. Beide verließen das Haus und stiegen in den weißen BMW ein. Und schon wieder machte sich Morgenthalers Handy bemerkbar.

»O Mann«, stöhnte er. »Ich frage mich manchmal, wie wir eigentlich gearbeitet haben, als es diese Dinger noch nicht gab.«

Diesmal war es Wesselin. Der Professor bat beide, dringend zu ihm nach Heidelberg zu kommen. Bei der Obduktion des Leichnams aus der Baugrube hätten sich eigentümliche Aspekte ergeben, die er schnellstmöglich mit ihnen persönlich besprechen und vor allem direkt am Leichnam demonstrieren müsse. Als Morgenthaler ihn bat, sich an Bücklein zu wenden, da der diesen Fall bearbeitete, drängte Wesselin geradezu darauf, dass *sie* vorbeikämen. Seine Befunde würden nämlich in besonderer Weise auch den Fall Bahlbach betreffen und ihn zudem in ein absolut neues Licht rücken.

Da sie auf die A 6 zufuhren, brauchten sie die Richtung nicht mehr zu ändern, um zum Mannheimer Kreuz zu gelangen. Und von dort war es ein Katzensprung nach Heidelberg.

Kaum dass Kindlein und Morgenthaler den Sektionssaal des Rechtsmedizinischen Instituts betreten hatten, bat Wesselin seinen Assistenten, den Leichnam zur Seite zu drehen.

»Sehen Sie das da, meine Herren?«, fragte der Professor und deutete mit dem Zeigefinger auf eine Stelle am oberen Ende des Gesäßes. Die beiden Ermittler betrachteten sich das Areal um das Kreuzbein herum und nickten.

»Das sieht aus wie Grübchen«, meinte Kindlein.

»Das sind Grübchen. Und zwar zwei ausgesprochen tiefe. Und sehen Sie sich mal die Lage an. Sie befinden sich in gleicher Höhe. Jeweils eines links und rechts des Analfaltenendes.« Dann wurde der Leichnam wieder auf den Rücken gedreht, wobei sich der Sektionsschnitt weitete und die organlose Körperhöhle offen einsehbar war, ein Anblick, bei dem sich Kindlein kurz abwenden musste.

»Ich weiß nicht, wie es Ihnen in Ihrem Beruf geht«, fuhr Wesselin fort, »aber ich habe mitunter mit Phänomenen zu tun, die derart selten sind, dass ich kaum und höchstens mal alle paar Jahre mit ihnen konfrontiert werde. Und dann, plötzlich, wiederholen sich genau solche Dinge innerhalb kürzester Zeit. Mit diesen Grübchen ging mir das so.«

»Hm. Ja, solche Erlebnisse haben wir durchaus auch, aber was heißt das?«, fragte Kindlein.

»Lassen Sie mich Ihnen eine Frage stellen, Herr Kindlein. Haben Sie sich schon Gedanken darüber gemacht, warum der Täter dem Leichnam Kopf, Hände und Füße abgetrennt hat, diese Teile dem Opfer aber nicht beigelegt hat?«

Kindlein zuckte mit den Schultern. »Womöglich aus dem gleichen Grund, weshalb er es bei Bahlbach mit der Hand getan hat. Vielleicht will er demnächst wieder Angehörige des Opfers erschrecken. Keine Ahnung.«

»Okay«, meinte Wesselin. »Noch ein Punkt. Diesmal zur Leiche insgesamt. Ich weiß, dass Ihnen das seltsam erscheinen wird, aber als der Leichnam hier reinkam und wir ihn zum ersten Mal richtig hingelegt hatten, hatte ich sofort das Gefühl, dass er und ich uns schon einmal begegnet sind. Und obwohl ihm der Kopf fehlte, war der erste Name, der mir spontan einfiel – Bahlbach.«

Kindlein verdrehte die Augen.

»Aber den hat der Pfarrer gestern unter die Erde gebracht«, mischte sich Morgenthaler nun ein.

»Genau, und jetzt liegt sein Zwillingsbruder hier auf meinem Tisch.«

»Sein was?«

»Sein Zwillingsbruder.«

Dann herrschte für kurze Zeit Schweigen.

Schließlich deutete Wesselin auf den Leichnam.

»Der Mann ähnelt Bahlbach äußerlich auf frappante Weise. Zudem bin ich fest davon überzeugt, dass der Täter Kopf und rechte Hand entfernt hat, um die Verwandtschaft der beiden zu kaschieren. Hätte er allerdings nur diese beiden Teile entfernt, dann wäre uns das womöglich auffällig erschienen. Der Täter beschloss deshalb, die andere Hand und die Füße ebenfalls zu entfernen, sodass es eher wie eine sadistisch motivierte Maßnahme aussieht. Und sicher wäre seine Rechnung aufgegangen, wenn da nicht diese eindrucksvollen Grübchen wären, von denen er ganz offensichtlich nichts wusste.«

»Klingt plausibel und ist durchaus möglich«, meinte Morgenthaler nachdenklich.

Kindlein war anderer Ansicht. »Aber wir waren gerade heute Morgen bei Bahlbachs Mutter. Und die hat uns eindrucksvoll bewiesen, dass Bahlbach ihr einziger Sohn war.«

»Dann hat diese Frau Ihnen nicht die Wahrheit gesagt«, entgegnete Wesselin.

Kindlein blickte nun empört drein. »Aber sie kann eindeutige Dokumente vorweisen. Sogar Ultraschallbilder, die während ihrer Schwangerschaft gemacht wurden. Also, mit Verlaub, etwas mehr als Sie momentan für den Beweis Ihrer These vorbringen können.«

»Das mag richtig sein Herr Kindlein, mir bleibt noch die DNA-Analyse. Wenn Sie viel wertvolle Zeit verlieren möchten, weil Sie meinem Urteil nicht trauen, dann warten Sie einfach auf das Ergebnis dieser Tests. Möchten Sie etwas weniger Zeit verlieren, dann kommen Sie morgen wieder, wenn der exhumierte Leichnam Bahlbachs neben dieser Leiche hier auf dem Seziertisch liegt. Im Falle, dass Sie jedoch sofort tätig werden wollen, bleibt Ihnen nichts anderes übrig, als meiner jahrzehntelangen Erfahrung zu vertrauen.«

»Gut, ich verstehe. Entschuldigen Sie bitte meinen kritischen Ton. Aber warum gleich eine Exhumierung? Reichen Ihnen nicht ein paar Haare von Bahlbach? Die können wir Ihnen jederzeit besorgen.«

»Nein, Herr Kindlein, Sie haben es vielleicht noch nicht ganz verstanden. Es geht hier nicht mehr darum, zu beweisen, dass es sich bei den beiden Toten um Zwillinge handelt.«

»Sondern?«

»Vor allem darum, herauszufinden, wer wer ist. Oder sind Sie sich nun, nach meinen Ausführungen, noch absolut sicher, dass gestern tatsächlich Herr Bahlbach begraben wurde? Ich nicht.«

Kindlein fasste sich an den Kopf. Die Tragweite von Wesselins Äußerung war immens. Ihre gesamten Ermittlungen im Fall Bahlbach hatten bisher auf der Tatsache beruht, den Mörder eines Mannes zu suchen, dessen Identität zweifelsfrei feststand. Auch Morgenthaler sah nun richtig blass aus.

»Scheiße«, entfuhr es beiden fast gleichzeitig.

»Stimmt, meine Herren. Aber ich habe leider noch etwas, das verwirrend sein dürfte.«

Morgenthaler schüttelte den Kopf. »Ich fürchte, das spielt nun auch keine Rolle mehr. Machen Sie ruhig weiter«, sagte er.

»Es ist nämlich unwahrscheinlich, dass der Mann, der hier vor uns liegt, von fremder Hand getötet wurde. Es ist eher anzunehmen, dass er sich selbst das Leben genommen hat.«

Beide Ermittler blickten nun mit verwundertem Gesichtsausdruck auf den Leichnam.

Kindlein verdrehte wieder die Augen. »Klar. Klassischer Suizid. Erst den Kopf ab, dann die Hände, und wenn man's richtig machen will, auch noch die Füße.«

Wesselin reagierte nicht auf diese Äußerung, was auch eine Wirkung hatte. Kindleins Kopf nahm eine puterrote Farbe an.

»Ich muss Ihnen etwas zeigen«, sagte Wesselin nur. Dann führte er sie an einen der Edelstahltische und hob ein grünes Baumwolltuch ab. Darunter lag, in voller Länge ausgebreitet, ein kompletter Verdauungstrakt. Der Geruch war grauenhaft. Speiseröhre, Magen und Därme waren der Länge nach aufgeschnitten. In einer Ecke des Tisches stand eine Petrischale, in der sich ein knappes Dutzend länglicher Metallstifte befanden. Wesselin nahm die Schale an sich und hielt sie hoch.

»Neun Stück davon haben wir aus dem Gastrointestinaltrakt des Toten herausgeholt. Es sind Schrauben ohne Kopf, sogenannte Stockschrauben, vier Millimeter stark und etwa zwanzig Millimeter lang. Sie sehen selbst, dass es im Grunde längliche Stifte sind. An einem Ende sind sie mit einem metrischen Gewinde versehen, um zum Beispiel eine Mutter aufzunehmen, und am anderen verfügen sie über ein Holzgewinde. Letzteres ist selbstschneidend, denn die Gewindekanten sind wellig geschliffen und messerscharf.«

»Um Gottes willen. Und die hat er etwa geschluckt?«, fragte Morgenthaler.

»Ja, das hat er. Und sie haben Magen- und Darmperforationen unglaublichen Ausmaßes erzeugt. Er ist also unter unvorstellbaren Schmerzen verblutet.«

»Das ist ja grauenerregend. Warum wählt denn jemand so einen qualvollen Tod?«

»Keine Ahnung. Im Grunde nur, wenn er ihm weniger übel erscheint als das Schicksal, das ihm bevorsteht.«

»Sag mal, Konrad, was denkst du?«, fragte Kindlein, als er und Morgenthaler sich wieder auf dem Weg nach Mannheim befanden. Er stand noch völlig unter dem Eindruck dessen, was sie soeben im Rechtsmedizinischen Institut erfahren hatten. »Ich meine, es kann doch nicht sein, dass wir plötzlich zwei Leichen haben, die eineiige Zwillinge sind, obwohl wir heute Morgen noch den Beweis in der Hand gehalten haben, dass eines der Opfer als Einzelkind auf die Welt gekommen ist. Das ist doch völlig paradox.«

»Tja, normalerweise funktioniert das nicht.«

»Eben. Wenn Bahlbach und dieser Mann auf dem Sektionstisch

tatsächlich Zwillinge wären, so müssten sie am selben Tag am selben Ort geboren worden sein. Der Tote aus der Baugrube wäre demzufolge also am 3.10.1971 im Mannheimer St.-Josef-Stift geboren, genau wie Bahlbach – und genau wie Schlegel.«

»Stimmt.«

»Ja, aber überleg doch mal: Bahlbach ist vor mehr als zwei Wochen ermordet worden. Schlegel hat zu etwa gleicher Zeit in seinem Haus den Tod gefunden. Beide sahen sich auffällig ähnlich. Der Mann auf dem Sektionstisch verstarb gestern gegen Mittag. Er soll Bahlbachs Zwillingsbruder sein. Das sieht ja fast danach aus, als ob die drei Männer Drillinge wären. Da nun aber nicht nur Bahlbach, sondern auch Schlegel Einzelkinder verschiedener Mütter waren, müsste der Tote aus der Baugrube infolgedessen von einer *dritten* Mutter auf die Welt gebracht worden sein. Ich weiß nicht, wie du das siehst, aber ich habe mir Drillingsgeburten immer völlig anders vorgestellt.«

Morgenthaler nickte nur. Er sah aus dem Fenster und schien intensiv über etwas nachzudenken.

»Spinnt Wesselin demnach einfach nur wieder?«, fragte Kindlein. »Ich weiß langsam nicht mehr, ob man ihm überhaupt noch trauen kann. Die Todeszeitbestimmung bei Bahlbach war schon ein Flop, und nun kommt er uns mit einer Geschichte, die völlig irreal ist.«

Morgenthaler drehte sich zu ihm herum und sah ihn an.

»Ich bin nicht sicher, ob du in dieser Sache recht hast, Frieder. Hast du dir schon mal überlegt, was eigentlich wäre, wenn Wesselins Berechnungen neulich *doch* gestimmt haben sollten? Rein hypothetisch. Was wäre dann?«

»Tja, dann könnten wir noch mal von vorn anfangen. Dann müssten wir erst einmal in Erfahrung bringen, wer der Tote am Strandbad überhaupt war, weil es dann nämlich nicht Bahlbach sein kann.«

»Richtig. Und dann?«

»Du bist gut. Was dann? Tja, dann wäre alles im Eimer. Dann würden uns die alten Bahlbachs, die Ehefrau, der Betrieb, die Belegschaft der Firma und alle anderen nicht mehr als Informanten, Zeugen oder Verdächtige zur Verfügung stehen. Sie hätten mit dem Opfer schließlich nichts mehr zu tun. Eigentlich wäre all unsere Arbeit umsonst gewesen. Im Grunde könnten wir unsere Ermittlungen auch sofort einstellen. Aber das ist natürlich Quatsch, weil Bahlbach eindeutig identifiziert wurde. Und all die seltsamen Präsente, die die Familie nach dem Auffinden dieser Leiche zugestellt bekommen hat, zeugen ebenfalls davon, dass der Täter ganz gezielt mit *Bahlbach* und seiner Sippe abrechnen will und nicht mit irgendwem. Denk allein an das Video.«

»Gut. Aber was wäre, wenn der Tote am Strandbad dennoch nicht Bahlbach war, sondern ein anderer? Einer, der ihm aufs Haar glich, aber schon vier oder fünf Tage lang tot war?«

»Also doch ein Zwillings- oder gar Drillingsbruder? O Konrad, du hast eine Fantasie. Ich bin froh, dass die alte Frau Bahlbach uns nicht zuhört.«

»Wir brauchen Fantasie. Also los.«

»Tja, dann müsste es sich tatsächlich um einen Bruder gehandelt haben.«

»Gut, nehmen wir Schlegel, weil der zu etwa dieser Zeit gestorben ist und Bahlbach immerhin ähnlich sah. Wie könnte sich das abgespielt haben?«

»Keine Ahnung. Es ist doch deine Theorie. Ich glaube ja nicht an diese Mehrlingsgeschichte.«

»Trotzdem.«

»Hm. Von Schlegel haben wir nur ein Foto. Wir wissen noch gar nicht, inwieweit er Bahlbach wirklich glich, und bei dem Leichnam in Heidelberg weiß das nur der liebe Herr Professor. Aber gut, ich lass mich auf diesen Diskurs ein. Da Schlegels Leiche bisher nicht gefunden wurde, wäre es rein theoretisch denkbar, dass man ihn im Odenwald erschlagen und später am Mannheimer Strandbad abgeladen hat. Okay?«

»Okay.«

»In dem Fall müssten Bahlbach und der Tote im Heidelberger Sektionssaal zu dieser Zeit noch gelebt haben. Wobei Bahlbach seither aber verschwunden ist.«

»Hm. Und was wäre, wenn Bahlbach und der Tote von gestern ein und dieselbe Person sind?«

»Das wäre schön, weil wir es dann nur mit zwei Toten zu tun

hätten und nicht mit drei. Andererseits hieße das, dass Bahlbach nun auf Wesselins Obduktionstisch liegt. Keine schöne Vorstellung. Außerdem müsste man sich fragen, wo er sich die letzten Wochen aufgehalten hat. Und warum man ihn nicht zuerst getötet hat. Warum erst Schlegel? Warum überhaupt Schlegel? Und was sollten dann diese Aktionen gegen die Familie Bahlbach?«

Morgenthaler sah wieder aus dem Beifahrerfenster. Er schaute rüber in Richtung Bergstraße. In der Ferne war rechter Hand der »Glatzkopp«, der alte Wasserturm von Seckenheim, zu sehen. Ähnlich wie bei Seeleuten, die nach monatelanger Fahrt in den Heimathafen einfuhren, versetzte sein Anblick Kindlein immer in eine »Zurück-daheim-Stimmung«, unabhängig davon, wie lange er weg gewesen war und wie weit er sich von Mannheim entfernt hatte.

Da Morgenthaler seinen letzten Ausführungen nichts hatte folgen lassen, fragte er ihn: »Du glaubst Wesselin, oder?«

Morgenthaler atmete tief aus. »Ich weiß nicht, was ich glauben soll. Ich weiß nur, dass er völlig recht hat, wenn er meint, dass man die Leichen nicht nur miteinander vergleichen, sondern vor allem auf ihre Identität hin überprüfen sollte. Ich denke sogar, dass Spurenmaterial aus Hollerbach in den Vergleich mit einbezogen werden sollte. Bin jedenfalls gespannt, was noch alles auf uns zukommt.«

Morgenthalers Gedankenspiele gefielen Kindlein nicht. Immer wenn Morgenthaler an etwas zweifelte, war es gut, über seine Einwände noch einmal nachzudenken.

»Gut, also was sollen wir jetzt machen? Bis morgen warten? Bis der Professor mit seinen Untersuchungen weitergekommen ist?«

»Nein, auch in diesem Punkt hat Wesselin recht. Es wäre Zeitverschwendung, auf etwas zu warten. Wir müssen aktiv bleiben. Wir fahren noch mal zu dieser Hebamme.«

»Äh? Und warum das?«

»Die Frau hat noch was zu bieten. Das habe ich gespürt. Und nach dem, was Wesselin uns eben berichtet hat, würde es mich geradezu wundern, wenn das nicht der Fall wäre.«

Kindlein schüttelte den Kopf.

»Mann, Konrad. Was soll diese Frau außer dem, was sie uns schon erzählt hat, denn noch wissen?«

»Siehst du, das möchte ich in Erfahrung bringen.«

»Nanu, ich kann mir gar nicht vorstellen, wie ich Ihnen noch weiterhelfen könnte«, war das Erste, was die Frau sagte, als sie bei ihr an der Wohnungstür standen. Schon unten an der Gegensprechanlage hatte ihre Stimme verwundert geklungen.

Da auch Kindlein nicht so recht wusste, was sie hier verloren hatten, war er gespannt, welchen Grund Morgenthaler für ihren Besuch angeben würde.

»Wir wollen die Wahrheit hören, Frau Trab. Nichts weiter. Wenn nicht hier, dann im Rechtsmedizinischen Institut in Heidelberg. Da ist nämlich etwas entdeckt worden, was einmalig auf der Welt sein dürfte. Da liegt der zerstückelte Leichnam eines Menschen, dessen Zwillingsbruder gestern beerdigt wurde, ein eineiiger Zwilling, der eine andere Mutter hatte als sein Bruder. Schon merkwürdig, oder? Und ab morgen werden beide Brüder nebeneinander auf dem Seziertisch liegen. Ich schätze mal, das wird dann das erste Mal nach fünfunddreißig Jahren sein, dass die beiden wieder nebeneinanderliegen. Sollen wir gemeinsam dorthin fahren und uns mit dem Leiter des Instituts ein wenig unterhalten?«

Die Frau atmete schwer aus. Dann hielt sie die Hände vor das Gesicht und sagte irgendetwas Unverständliches.

»Ich kann Sie nicht verstehen, Frau Trab«, sagte Morgenthaler in strengem Ton.

Sie nahm ihre Hände beiseite.

»Ich habe geahnt, dass Sie noch mal herkommen würden.«

Kindlein sah Morgenthaler verblüfft an.

»Hm. Ich glaube, das sollten Sie uns genauer erklären«, erwiderte Morgenthaler daraufhin.

»Das kann ich nicht.«

»Ich denke schon. Aber viele können das tatsächlich erst auf dem Präsidium. Sollten Sie auch zu denen gehören, dann …«

Die Frau schlug die Hände vors Gesicht. »O Gott.«

»Ja, der darf Ihnen ruhig helfen. Die Hauptsache ist, dass Sie reden und nicht er.«

Sie nickte ein paarmal, und dabei erschlaffte ihr Körper.

»Setzen Sie sich«, sagte sie leise und wies ihnen zwei Sessel zu. Morgenthaler winkte ab. Für Kindlein war dies das Zeichen, dass es hier nicht mehr um eine bloße Befragung ging, sondern um die Vernehmung einer Person, die sich verdächtig gemacht hatte.

»Tut mir leid. Ich habe immer gewusst, dass ich einen verhängnisvollen Fehler gemacht habe. Als ich von Frank Bahlbachs Ermordung erfahren habe, habe ich mich damit beruhigt, dass es immer wieder vorkommt, dass ein Mensch, dem man auf die Welt geholfen hat, später auf solch eine Art stirbt. Erst als Sie von Tobias Schlegels gewaltsamem Tod gesprochen haben, wusste ich, dass etwas weit Schlimmeres passiert sein muss. Und der Anblick des Fotos hat mich tief erschüttert. Mir war in dem Moment klar, dass ich nun endgültig in der Pflicht stehe. Ich habe mich nur nicht gleich getraut.«

»Schön, dass Sie das mit der Pflicht erkannt haben, Frau Trab. Aber wir würden gern mehr hören als oberflächliche Reuebekenntnisse. Meinen Sie, da lässt sich was machen?« Morgenthalers Ton blieb scharf.

Die Frau setzte sich hin und nahm einen großen Schluck Mineralwasser. Dann nahm sie ihre Brille ab, rutschte an die Tischkante heran, legte ihre Hände auf die Tischplatte, faltete sie bedächtig und begab sich in eine aufrechte Sitzposition. Schließlich begann sie zu erzählen.

»Ich war vierundzwanzig Jahre alt, schon einige Zeit im Beruf, aber eben noch jung. Bis dahin hatte ich zwar noch nicht allzu viele, aber doch genug Entbindungen durchgeführt, um zu wissen, dass das Schicksal den Frauen oft üble Streiche spielen kann und seine Gunst mitunter sehr ungerecht verteilt.« Sie atmete schwer durch, und ihr war anzusehen, dass ihr das Reden schwerfiel.

»So auch an diesem 3. Oktober 1971. Ich hatte allein Nachtdienst. Das St.-Josef-Stift war damals wie heute ein kleines Krankenhaus, mit geringer Aufnahmekapazität in der geburtshilflichen Abteilung. In dieser Nacht jedenfalls, ich werde sie nie vergessen, kam eine Risikoschwangerschaft herein, eine Frau in reiferem Alter, die schon etliche Fehlgeburten hinter sich hatte und bei der mit Komplikationen unter der Geburt zu rechnen war.«

»Klingt nach Frau Bahlbach. War sie es?«

»Ja, es war Frau Bahlbach. Sie war vorher schon mehrmals bei uns gewesen, hatte alle Voruntersuchungen regelmäßig bei uns machen lassen und war immer zu mir in die Schwangerschaftsvorbereitung gekommen. Das war damals gerade so im Kommen. Kurz und gut: Wir alle kannten sie schon lange. Ihr ging es überhaupt nicht gut. Sie hatte heftige und extrem lange Eröffnungswehen, deren Abstände schon sehr kurz waren, die aber dennoch nicht dazu führten, dass der Muttermund sich öffnete. Es war abzusehen, dass bei ihr ein Kaiserschnitt notwendig werden würde. Ich wollte sie ans CTG anschließen, kam aber nicht dazu, da plötzlich diese blöde Kuh reinkam: ein siebzehn Jahre junges Weibsstück, geschwängert von irgendeinem Bauern in dem Käsekaff, aus dem sie stammte. Ihren Dialekt konnte man kaum verstehen, aber ihr Geschrei war in der ganzen Abteilung zu hören. Man habe sich sofort um sie zu kümmern, forderte sie unaufhörlich. Sie habe schließlich schon Fruchtwasser verloren, stärkste Schmerzen und Unterleibskrämpfe. Schließlich schrie sie ohne Unterlass. Es war schrecklich. Ich habe sie in den zweiten Kreißsaal gelegt und den Chefarzt verständigt, damit der sich um Frau Bahlbach kümmerte. Dann überschlugen sich die Ereignisse. Dieses Früchtchen saß schreiend und fluchend im Entbindungsstuhl, schlug mit den Fäusten auf ihren Bauch ein oder drückte mit aller Kraft darauf herum. Ständig lief mehr und mehr Fruchtwasser aus der Frau. Dabei versuchte sie, mit sämtlichen Bauchmuskeln ihr Kind rauszupressen. Sie gebärdete sich wie eine Verrückte, die panisch etwas von sich streifen wollte, das sie ekelte oder bedrohte. Und während ich ziemlich lange versuchte, diese Bekloppte von ihrem Wahnsinn abzubringen, und sie letztlich nur mithilfe einer Beruhigungsspritze ruhigstellen konnte, ist Frau Bahlbach im anderen Kreißsaal unbemerkt kollabiert. Als der Chef zu ihr kam, muss sie schon einige Zeit komatös gewesen sein. Ihr Uterus war eingerissen, und sie hatte große Mengen Blut verloren. Kurz und gut: Während ich es bei der Blöden zu meinem Erstaunen mit einer Zwillingsgeburt zu tun hatte, hat der Chef nebenan per Notsectio ein totes Kind entbunden.«

An dieser Stelle unterbrach sich die Frau und starrte vor sich hin. Ihr war anzusehen, dass sie überlegte, wie sie ihre Erzählung fortsetzen sollte. Sie beugte sich vor, nahm das Glas mit dem Wasser in die Hand und setzte zum Trinken an.

»Dieses junge Ding, von dem Sie reden, hieß Schlegel, richtig?«, meinte Morgenthaler und suchte dabei ihren Blick.

»Richtig«, antwortete sie ohne ein Zeichen von Überraschung.

»Egal, erzählen Sie weiter.«

»Tja, wie Sie schon sagten: Sie hieß Schlegel, Anni Mathilda Schlegel. Ich werde diesen Namen und diese Person nie vergessen. Der Ort, aus dem sie stammte, lag im Odenwald und hieß Ich-weiß-nicht-wie. Vermutlich wollte sie aus Scham so weit wie möglich von dort entfernt entbinden, und aus irgendeinem Grund hatte es sie ausgerechnet nach Mannheim verschlagen. Auf jeden Fall wirkte die Spritze noch immer. Sie hatte die Entbindung quasi verpennt und lag friedlich schlafend in ihrem Bett. Dr. Frey und ich standen derweil völlig erschöpft und deprimiert neben Frau Bahlbach, deren Narkose noch nachwirkte. Wenn sie erwachte, würde kein Baby auf ihrem Bauch liegen, würde keines nach ihr schreien. Am nächsten Morgen würde ihr Mann kommen, und sie würden gemeinsam weinen. Und eine Woche später würde sie die Klinik allein verlassen. Tja, und da kamen wir auf das Thema Ungerechtigkeit zu sprechen. Frau Bahlbach, eine warmherzige freundliche Frau, Bäckersfamilie, gute Bildung, gut situiert, Kinderwunsch seit beinahe zwanzig Jahren, etliche Fehlgeburten und nun eine Totgeburt, hatte nicht nur wieder mal ein Kind verloren, sondern würde niemals mehr in ihrem Leben gebären können. Ein Kind hätte es gut gehabt bei ihr. Nebenan eine rotzfreche Göre ohne Manieren, ohne Schulabschluss, ohne Bildung und Beruf, gerade mal siebzehn, ohne Partner, aus armseligen Verhältnissen stammend. Sie hatte nicht mal gewusst, dass sie Zwillinge austrug. Ihre Kinder waren gesund zur Welt gekommen, würden aber unter Bedingungen aufwachsen, die fragwürdig waren.«

Die Frau nahm wieder einen Schluck von ihrem Mineralwasser. Diesmal zitterte ihre Hand stark, als sie das Glas zu den Lippen führte.

»Und da haben Sie Gott gespielt, richtig?«, sagte Kindlein mehr feststellend als fragend.

Sie stellte das Glas ab und sah ihn mit müden Augen an.

»Na ja, wenn Sie damit den meinen, der gerecht sein will, dann nennen Sie es von mir aus so. Wir haben es einfach nicht ertragen können, verstehen Sie. Es war so unglaublich unfair. Es war unfair gegenüber Frau Bahlbach und auch gegenüber den Zwillingen. Als Anni Schlegel ausgeschlafen hatte, haben wir ihr erzählt, dass eines ihrer Babys unter der Geburt verstarb. Und soll ich Ihnen was sagen? Die war, ob Sie es nun glauben oder nicht, auch noch froh, dass nur eins überlebt hat. Und Sie können sich nicht Frau Bahlbachs Freude vorstellen, als wir ihr berichten konnten, dass sie ein gesundes Baby zur Welt gebracht hat.«

Kindlein schüttelte den Kopf.

»Ich weiß, was Sie gerade denken, junger Mann. Aber haben nicht auch Sie schon mal Dinge getan, die moralisch zweifelhaft sind? Und waren Sie da nicht auch felsenfest davon überzeugt, absolut richtig zu handeln, weil das Resultat am Ende einen weit höheren Wert hat als irgendeine Moral, die Sie daran hindern könnte?«

Kindlein räusperte sich und blickte dann etwas beschämt zu Boden.

»Auf jeden Fall ist es eine tragische Geschichte«, unterbrach Morgenthaler, »vor allem, wenn man ihren Ausgang kennt – für den Sie im Übrigen nichts können, Frau Trab. Aber sagen Sie, haben Sie das alles vorher schon mal irgendjemand anderem erzählt?«

Sie überlegte nicht lange, bevor sie antwortete.

»Ja, das habe ich. Vor etwa zwei Jahren kam eine Frau zu mir, die angab, ehemals Dr. Freys Geliebte gewesen zu sein. Und der hätte ihr angeblich von dem Fall berichtet. Da Dr. Frey zu der Zeit noch nicht lange tot war, konnte und wollte ich das nicht nachprüfen. Ich wollte seine Familie weder mit dieser Geschichte konfrontieren noch mit der Existenz einer Geliebten belasten. Außerdem drohte die Frau damit, mich anzuzeigen, sodass ich mich schließlich genötigt sah, ihr alles zu erzählen.«

»Hat sie Ihnen gesagt, warum sie das wissen wollte?«

»Kann sein, aber ich erinnere mich nicht. Ich wollte sie so schnell wie möglich wieder loswerden. Diese Geschichte hat mich mein ganzes Berufsleben lang begleitet. Und es war noch ein Jahr bis zur Rente. Ich wollte mir einfach nichts mehr verscherzen.«

Nun weinte sie. Aber Morgenthalers Gesicht blieb versteinert.

»Hm. Können Sie sich an die Frau erinnern? Wie sah sie aus, wie alt war sie?«

»Sie war recht attraktiv, blond, etwa Mitte dreißig.«

»Wie groß?«

»So wie ich ungefähr. Einssechzig bis einsfünfundsechzig, eher schlank, aber bei Weitem nicht so dünn wie ich. Sie war sehr gut gekleidet.«

Kindlein sah Morgenthaler an. Sie wussten beide, von wem die Rede war.

»Trug sie eine altmodische Armbanduhr?«, fragte Morgenthaler.

»Das weiß ich nicht. Ich hatte andere Sorgen.«

# 17

Petzold hatte Mühe, seine Pfeife in Gang zu bringen. Sie war mitten in Morgenthalers Berichterstattung ausgegangen und dann offenbar so kalt geworden, dass sie nun nicht ohne Weiteres wieder brennen wollte. Erst nachdem er den Tabak im Pfeifenkopf mehrere Male mit einem Stopfer niedergedrückt und ausreichend Qualm erzeugt hatte, tat sie es wieder. Der Rauch hatte diesmal eine leichte Vanillenote. Dennoch ging Kindlein zum Fenster und öffnete es einen Spalt.

»Mein lieber Spitz, das ist ja eine verrückte Geschichte. So was ist mir in meiner ganzen Laufbahn noch nicht untergekommen. Da denkt man, man hat schon alles erlebt, und dann … verrückt. Eine Person bestimmt das Schicksal zweier Menschen bei ihrer Geburt, trägt dieses Geheimnis fünfunddreißig Jahre lang mit sich herum, und zum Schluss kommen die beiden fast zur gleichen Zeit auf bestialische Weise ums Leben. Dieser Frau muss es jetzt richtig schlecht gehen. Ich hoffe nur, ihr habt ihr nicht auch noch erzählt, auf welche Weise das zweite Opfer starb.«

»Nein«, meinte Morgenthaler. »Selbstverständlich nicht. Es kann nicht unsere Aufgabe sein, ständig jemanden unglücklich zu machen. Wir haben unser Kontingent dahingehend für heute schon erschöpft. Und wir selbst haben dabei auch nicht wenige Blessuren davongetragen, das kannst du uns glauben.«

»Klar, Konrad, natürlich glaube ich das. Aber stellt euch die arme Frau vor, wie sie demnächst die Zeitung aufschlägt und auf einen Artikel stößt, der sich mit dem Toten aus der Baugrube auseinandersetzt. Im Moment geben wir ja nichts an die Presse raus, aber irgendwann …«

»Ja, das ist schlimm. Aber uns steht heute noch eine Aufgabe bevor, die mindestens ebenso schlimm ist, nämlich Bahlbachs Eltern darüber zu informieren, dass ihr Sohn morgen früh exhumiert wird. Wir können uns also über das Seelenheil dieser Frau nicht allzu viele Gedanken machen. Apropos, ist das mit der Exhumierung jetzt eigentlich amtlich?«

»Ja, Wesselin hat vorhin mit Driesmann telefoniert. Morgen früh wird Bahlbach wieder in Heidelberg liegen.«

»Siehst du. Und das erklär mal den beiden Alten. Ich gehe da jedenfalls ungern ohne Arzt hin.«

Petzolds Pfeife wollte offenbar doch nicht so recht brennen, jedenfalls legte er sie beiseite und steckte seine Hände in die Hosentaschen. Kindlein fiel ein Stein vom Herzen.

»Das ist ein ziemlich verzwickter Fall, oder?«

Morgenthaler nickte. »Verzwickt sind unsere Fälle oft, aber bei dem hier waren schon von Anfang an sämtliche Voraussetzungen unklar. Im Grunde werden wir erst morgen erfahren, an welchem Fall wir die ganze Zeit eigentlich gearbeitet haben. Am Mord an einem Mann, der noch gar nicht tot war, oder an dem eines Mannes, der zwar tot war, aber mit den Kreisen, in denen wir recherchiert haben, nie etwas zu tun hatte.«

»Moment mal. Das verstehe ich jetzt nicht so ganz. Ich glaube, das musst du mir erst genauer erklären«, antwortete Petzold und griff wieder nach seiner Pfeife.

Kindlein mischte sich eilig in das Gespräch ein.

»Nein, ich werde es Ihnen erklären, Herr Petzold. Sehen Sie, eigentlich hätte Bahlbach laut rechtsmedizinischem Befund bei seinem Auffinden schon erheblich länger tot sein müssen, als sich aus den Aussagen seiner Angehörigen errechnen ließ. Deswegen liegt nun der Schluss nahe, dass es sich bei dem Leichnam vom Strandbad gar nicht um ihn gehandelt hat, sondern um Tobias Schlegel. Der konnte nämlich durchaus schon am Mittwoch umgebracht worden sein, also zwei Tage bevor Bahlbach das letzte Mal gesehen worden war. Somit handelt es sich bei der gestern gefundenen Leiche womöglich um Frank Bahlbach. Sollte das zutreffen, ist das natürlich in doppelter Hinsicht tragisch. Denn da er bei seinem Auffinden erst sechs Stunden tot war, muss er gestern, zum Zeitpunkt seiner eigenen Beisetzung, noch am Leben gewesen sein.«

Petzold hielt die Pfeife noch immer kalt in der Hand. »Puh. Das ist ja mal ein starkes Stück. Und warum habt ihr damals nicht gleich Konsequenzen aus diesen widersprüchlichen Todeszeitangaben gezogen, Konrad?«

»Weil …«

»Weil ich so borniert war«, unterbrach Kindlein Morgenthaler hastig, »und weder Professor Wesselin noch Konrad geglaubt habe.«

»Quatsch, Frieder«, entgegnete Morgenthaler und wandte sich Petzold zu. »Welche Konsequenzen hätten wir denn daraus ziehen sollen, Ludwig? Es gab einen Toten, und der war eindeutig identifiziert. Hätten wir den Fall zu den Akten legen sollen, weil wir Fehler in der Chronologie entdeckt haben? Für uns hieß das Opfer Bahlbach, und alles andere war lediglich seltsam. Außerdem hat der Täter anschließend immer wieder dessen Familie in Beschlag genommen, sodass allein die Vorstellung, dass es sich bei dem Toten nicht um Bahlbach handeln könnte, völlig absurd gewesen wäre.«

»Natürlich. Das war auch keine Kritik. Ich frage mich nur, was dieser Täter dann überhaupt von der Familie Bahlbach wollte. Und wo war Bahlbach selbst eigentlich die ganze Zeit? Und warum bringt jemand einen harmlosen Sonderling aus dem Odenwald um und lädt ihn dann am Mannheimer Strandbad ab? Und weshalb liegt dann gute zwei Wochen später sein Zwillingsbruder in einem Kellerrohbau?«

»Tja, das sind genau die Fragen, die uns auch bewegen. Deshalb wird Frieder diesen Makler aufsuchen, und ich werde zu Frau Bahlbach fahren. Und wenn ich ganz großes Glück habe, dann ist die sogar bereit, ihren Schwiegereltern die Nachricht von der Exhumierung zu überbringen.«

Petzold räusperte sich und ging langsam in Richtung Bürotür. Dann drehte er sich noch einmal um. »Ihr wisst aber, dass das noch nicht alles ist, oder? Wenn eure These von den vertauschten Toten nämlich stimmt, dann wird schon bald irgendwer diesen Eltern die Frage beantworten müssen, auf welche Art der echte Frank Bahlbach ums Leben kam. Und derjenige wird sie dann wohl auch darüber aufklären müssen, dass der nicht einmal ihr leiblicher Sohn war. Grauenhaft.«

Kopfschüttelnd verließ er das Büro und ließ die beiden allein zurück.

Kindlein ergriff sofort einen der beiden Fensterflügel und wedelte damit frische Luft in den Raum. »Klingt ermutigend, oder?«

Morgenthaler zuckte mit den Schultern. »Na ja. Aber er hat recht.«

Kindlein nickte. Dann zog er sein Jackett an, griff in eine der Außentaschen und holte dort sein kleines Notizbüchlein hervor. Darin hatte er die Adresse von Bernhard Voss notiert.

»Sag mal, Konrad, hast du eigentlich schon Kontakt zu dem Typ in Hollerbach aufgenommen, diesem …«

»Perlinger?«

»Genau. Tielmann hat doch gemeint, dass der dich noch mal sprechen wollte.«

»Nein, ich bin noch nicht dazu gekommen. Aber das mache ich jetzt gleich. Bin mal gespannt, was der zu erzählen hat. Irgendwas hat der mir nämlich verheimlicht, als wir im Haus seines Kumpels gestanden haben und ich ihn auf Schlegels Kontakte nach Mannheim angesprochen habe.«

Morgenthaler griff nach dem Telefon und gab eine Nummer ein. Kindlein beobachtete ihn neidisch. Trotz der Flut an Informationen, die sie in der letzten Zeit aus allen möglichen Richtungen erhalten hatten, hatte sich Morgenthaler ganz nebenbei die Telefonnummer von diesem Perlinger gemerkt. Und er selbst stand da und suchte in seinem Notizbuch mühselig nach der Adresse von diesem Makler. Die Welt war ungerecht.

Morgenthaler drückte die Mithörtaste, und nach zwei Freizeichen meldete sich eine dünne Männerstimme am anderen Ende der Leitung. Kindlein kannte Perlinger nicht, aber diese hauchig brüchige Stimme passte gut zu Morgenthalers Beschreibung. Der Mann begann sofort zu reden.

»Wissen Sie, Herr Kommissar, ich habe neulich in Tobis Haus ziemlich unter Strom gestanden. Passiert einem ja nicht jeden Tag, dass man sich in so 'ner Situation befindet. Und da habe ich einfach nicht genau gewusst, ob ich Ihnen bestimmte Dinge erzählen kann. Außerdem hab ich gedacht, dass Sie mir sowieso nicht glauben würden, weil ich hier doch so 'nen Rabatz gemacht habe. Die Geschichte mit der Mannheimer Mafia und so. Sie verstehen, was ich meine, oder?«

»Na ja, noch nicht so ganz. Und ich kann selbstverständlich erst dann was dazu sagen, wenn ich weiß, worum es überhaupt geht«, antwortete Morgenthaler in neutralem Ton.

»Klar. Entschuldigung. Aber ich bin momentan fix und fertig.

Ich hoffe einfach nur, dass Sie dieses Schwein schnappen. Tobi war 'n super Kumpel und ein richtig Netter, das können Sie mir glauben. So 'nen Freund kriegt man nicht wieder.«

»Das verstehe ich, Herr Perlinger«, sagte Morgenthaler. Seine Stimme klang nun milde. »Aber glauben Sie mir: Wir haben vor allem dann gute Chancen, den Täter zu finden, wenn wir über Ihren Freund umfassend informiert sind. Und vertrauen Sie uns, denn auch wir wollen den Täter fassen, weil uns schrecklich leidtut, was Tobias Schlegel widerfuhr.«

Dann entstand eine kurze Pause. Der junge Mann schien sich erst sammeln zu müssen. Schließlich begann er wieder zu sprechen, nachdem er sich mehrmals geräuspert hatte.

»Ja, aber das, was ich Ihnen erzählen will, hat schon wieder mit Mannheim zu tun. Und ich sehe ja, dass inzwischen keiner mehr Lust hat, mir zuzuhören, vor allem wenn ich mit dieser Stadt anfange. Die in Mosbach haben jedenfalls die Augen verdreht.«

»Ein bisschen verständlich, oder?«

»Ja, okay, aber diesmal ist alles anders. Die Geschichte mit dem Verbrecherring ist für mich passé, ehrlich.«

»Herr Perlinger, ich höre Ihnen zu. Also, fangen Sie doch einfach mal an.«

»Ich habe Ihnen ja erzählt, dass Tobi 'n richtiger Bastelfreak war und mit seinen Metallkunstwerken auch 'n bisschen Kohle verdient hat. Aber das war natürlich nicht gerade viel, was dabei rüberkam. Na, jedenfalls hat er vor so ungefähr anderthalb Jahren Besuch von irgend so 'ner Tussi bekommen. Das hat er mir später alles erzählt. Die hat gemeint, dass sie in einer Heidelberger Galerie Werke von ihm gesehen hat und sein künstlerisches Porzellan so enorm fände. Auf jeden Fall hat sie ihn gefragt, ob er von seiner Kunst denn gut leben könne. Blöde Frage, finde ich, weil sie sich doch nur in seiner Bude hätte umzusehen brauchen. Egal. Sie hat ihn jedenfalls gefragt, ob er sich vorstellen könnte, 'ne kleine Rolle als Schauspieler anzunehmen. Nicht als richtiger Schauspieler bei irgend so 'nem Shakespeare oder so was, sondern als Darsteller in kleinen Videoclips. Es gäbe auch gutes Geld dafür.«

»Hm. Und was hat das nun mit Mannheim zu tun?«

»Ganz einfach. Die Tante kam aus Mannheim.«

»Ah ja. Erzählen Sie weiter.«

»Tobi war wie gesagt 'n Freak. Und irgendwie hatte er ja auch wirklich 'ne Künstlerader. Auf jeden Fall war er total scharf auf den Job. Und als ihm die Frau erklärt hat, was er in diesen Clips so tun soll, hat er erst recht zugestimmt. Er sollte einfach nur in guten Klamotten durch die Mannheimer Tulpenstraße laufen und dort in die Puffs und Sexklubs reingehen.«

»Lupinenstraße, meinen Sie.«

»Von mir aus. Jedenfalls irgend so 'ne Rotlichtmeile. Wie gesagt, in die Dinger sollte er hineingehen und sich dabei filmen lassen. Die Klamotten wollte sie ihm besorgen. Dann sollte er mit ein paar von den Damen Händchen haltend durch Mannheimer Straßen und Parkanlagen schlendern, den verliebten Gockel mimen, sie dabei umarmen und 'n bisschen knutschen. Und die Tussi wollte das dann alles auf Video aufnehmen. Eine Szene sollte an einem Strand spielen, und Tobi sollte irgend 'nen Karren ans Ufer schieben, bis zum Rand voll mit Sektflaschen. Und da sollte er mit 'n paar gekauften Mädels Party feiern, sich mit ihnen 'n bisschen im Sand tollen – nix Dolles, sondern nur so Ringelpiez mit Anfassen, falls Sie verstehen, was ich meine. War 'n super Job. Zweitausend Eier wollte sie ihm dafür zahlen. Mann, Tobi war natürlich Feuer und Flamme und hat ihr angeboten, dass sie ihn sogar bei 'nem Nümmerchen mit so 'ner Dame filmen dürfe, wenn sie noch 'n paar Lappen drauflegt und die Rechnung dafür übernimmt. Das fand die Trulla total spitze und war gleich bereit, die Kohle zu zahlen.«

»Hm. Das ist ja eine seltsame Geschichte. Und hat die Frau mal erwähnt, wozu sie diese Aufnahmen brauchte?«

»Tja, das habe ich Tobi auch gefragt, aber den hat das nicht interessiert. Vielleicht, weil es letztlich ja doch nicht zu dem Geschäft kam.«

»Wie? Hat sie einen Rückzieher gemacht, oder was?«

»Nein, nicht sie. *Er* hat sich nicht darauf eingelassen. Er fand die Bedingungen nicht akzeptabel.«

Morgenthaler schaute nun etwas irritiert drein.

»Also, Sie müssen schon entschuldigen, wenn ich das jetzt nicht so ganz verstehe, Herr Perlinger. Ich dachte, das war so ein super Job, gut bezahlt und so weiter?«

»Schon. Und die Frau war sogar bereit, noch mal was draufzulegen. Aber Tobi hatte seine Prinzipien. Er wollte sich auf keinen Fall von seinem Bart und seinen Haaren trennen, nicht für alles Geld in der Welt. Das war aber ihre Bedingung. Die wollte ihn kurzhaarig und bartlos filmen.«

»Moment. Wenn ich richtig verstehe, dann hätte Tobias Schlegel einen Batzen Geld bei einem recht bequemen Job verdienen können, war aber nicht bereit, sich dafür die Haare schneiden und den Bart abrasieren zu lassen? Soll das ein Scherz sein?«

»Nein, so war er nun mal. Tobi, der Oberfreak: 'n Sturkopf mit Hippie-Seele, der seine Ideale für nichts in der Welt verraten, geschweige denn verkauft hätte. Die schicken Klamotten hätte er gerade noch akzeptiert, aber keine Spießerfrisur. Niemals.«

»Das kann doch nicht wahr sein.«

»Doch.«

Morgenthaler schüttelte den Kopf.

»Nun gut. Hat Ihr Freund denn mal erwähnt, wie diese Frau aussah?«

»Nein. Ich hab auch nicht danach gefragt. Aber nach dem, was mir Tobi erzählt hat, muss sie eher klein gewesen sein. Sie hat ihm nämlich leidgetan, hat er gemeint, weil sie anfangs trotz ihrer Größe wohl ziemlich tough daherkam, aber nach seiner Absage regelrecht in sich zusammengefallen ist. Hat unheimlich geheult und was von einem Projekt gefaselt, das sie nun nach langer Planung vergessen kann. Sie hat noch 'n paarmal versucht, ihn zu überreden. Aber Tobi ist hart geblieben – keine Haare, kein Job.«

Nachdem das Gespräch beendet war und er den Hörer aufgelegt hatte, saß Morgenthaler erst einmal da und grübelte. Kindlein lag eine Frage auf der Seele.

»Das war dieselbe Frau, oder? Die mit dem Kinderanhänger und die, die bei der Hebamme war, stimmt's?«

»Ja, ich denke, davon können wir ausgehen.«

»Hm. Und wenn ich richtig verstanden habe, dann wollte sie, dass Schlegel Bahlbachs Äußeres annimmt, und ihn alias Bahlbach in kompromittierenden Situationen filmen. Und ganz offensichtlich hatte sie vor, dieses Filmmaterial in irgendeiner Weise gegen den echten Bahlbach einzusetzen.«

»Sieht ganz danach aus. Wir müssen diese Frau unbedingt finden.«

Kindlein nickte.

»Aber was hatte die denn konkret vor? Frau Bahlbach eifersüchtig machen? Es ist immerhin ein starkes Stück, wenn der Ehepartner den Wagen seiner Kinder dazu missbraucht, um mit anderen Frauen eine feuchtfröhliche Strandorgie zu feiern. Aber ist das nicht ein bisschen zu viel Aufwand? Du hast ja gehört, was der Spaß kosten sollte. Wollte sie Bahlbach demnach nicht eher erpressen? Oder ihn in jeder Hinsicht ruinieren, indem sie mittels fingierten Beweismaterials seine tatsächlich begangenen Schweinereien öffentlich macht? Weiß sie also von seinen Exzessen? Ist sie womöglich selbst Opfer seiner Übergriffe gewesen und steht demnach auf der Liste derer, die er in diesem Video aufgezählt hat? Haben wir diesen Personenkreis also doch noch nicht gründlich genug untersucht?«

Morgenthaler zuckte mit den Schultern.

»Schon wieder viele Fragen, Frieder – die gleiche Antwort: Ich weiß es nicht. Komm, lass uns aufhören, darüber nachzudenken. Es liegt noch genug unangenehme Arbeit vor uns.«

Kindlein war froh, den Auftrag mit dem Makler erledigen zu dürfen. Unter den neuen Bedingungen und mit der Nachricht im Gepäck, dass ihr Mann morgen wieder ausgegraben wird, hätte er Anita Bahlbach nun erst recht nicht begegnen wollen.

Jemanden zu befragen, der einem völlig unbekannt war, war erheblich einfacher. Man stellte sich einfach vor dessen Tür, klingelte und wartete, bis geöffnet wurde – auch wenn das ziemlich lange dauern konnte, wie hier bei diesem Bernhard Voss.

Aus dessen Wohnung drangen lange Zeit nur leise, aber seltsam klingende Schnauf- und Piepgeräusche nach draußen in den Hausflur, und erst nach mehrmaligem Läuten waren von dort Schritte zu hören. Schließlich öffnete ihm eine junge Dame in weißer Hose und weißem Kasack. Eine Krankenschwester.

Morgenthaler schnürte es für einen Augenblick die Kehle zu, als er von Anita Bahlbach ins Wohnzimmer geleitet wurde. Schon vom Korridor aus hatte er gesehen, dass dort der alte Bahlbach saß. Er überlegte, wie er unter diesen unerwarteten Bedingungen am besten vorgehen sollte. Frau Bahlbach hatte bewiesen, dass sie in Grenzsituationen den Kopf bewahren konnte, aber der Alte war nicht belastbar.

Dann ging der alte Bahlbach auf Morgenthaler zu und reichte ihm die Hand.

»Herr Morgenthaler, ich möchte mich gern bei Ihnen entschuldigen. Meine Frau ist an der Grenze ihrer Leidensfähigkeit angelangt. Sie hat das heute Morgen nicht böse gemeint. Und was mich betrifft, so möchte ich mich nun endlich für Ihren Einsatz bedanken, den Sie neulich Abend gezeigt haben, als Sie wegen Franks Hand bei uns waren.«

Morgenthaler dankte, wunderte sich aber über die plötzlich so direkte Art des alten Herrn.

»Ich bin so froh, dass mein Schwiegervater bei mir ist«, beteuerte Frau Bahlbach. »Er ist mir im Moment eine große Stütze. Und meinen Kindern geht es nur deshalb so gut, weil er sich so rührend um sie kümmert.«

»Hm.« Morgenthaler dachte, dass er den Alten vielleicht doch falsch eingeschätzt hatte. Er beschloss dennoch, in seiner Gegenwart erst einmal das am wenigsten Verfängliche anzusprechen.

»Ich habe hier noch mal eine Liste all derer dabei, die in irgendeiner Weise mit Frank in Verbindung gebracht werden konnten. Ich möchte die gern hierlassen. Es ist eine umfangreiche Liste, weil sie *alle* Betriebsangehörigen beinhaltet, unabhängig davon, ob sie noch dort arbeiten oder nicht. Die seit seiner Übernahme Ausgeschiedenen oder Gekündigten sind rot unterstrichen. Denken Sie beim Durchlesen bitte genau über diese Menschen nach, vielleicht fällt Ihnen ja gemeinsam noch etwas dazu ein.«

»Ja, das werden wir tun«, antwortete der alte Bahlbach. »Aber Sie haben eigentlich etwas anderes auf dem Herzen, oder?«

Morgenthaler war noch immer nicht wohl in seiner Haut.

»Sie sind nicht deshalb hier, um uns eine Liste zu bringen, das merke ich. Es sind weit unerfreulichere Botschaften, die Sie überbringen müssen. Und ich denke, dass Sie eigentlich mit meiner Schwiegertochter allein sprechen wollten. Aber Anita und ich haben uns vorhin genau über diesen Punkt unterhalten. Wir müssen meine Frau schützen. Sie verkraftet das alles nicht. Und ich bin neulich nicht wegen der Hand zusammengeklappt, sondern ihretwegen. Sie macht mir mehr Sorgen als so ein Fund. Ich habe mich schon am ersten Tag ausgeweint. Meiner Frau wird das in diesem Leben nicht mehr gelingen. Deshalb nehmen Sie bitte keine Rücksicht.«

Morgenthaler dachte eine Weile darüber nach. Die alte Frau Bahlbach hatte sich in Bezug auf ihren Mann ähnlich besorgt gezeigt. Wer schützte hier also wen? Da er nicht wusste, welche seiner Hiobsbotschaften am leichtesten wog, begann er mit dem Bericht der Hebamme. So nach und nach kam er auf die Konsequenzen zu sprechen, die sich daraus ergaben. Die ganze Zeit ließ er dabei vor allem den Vater nicht aus den Augen, besonders, als er den zweiten Leichenfund erwähnte. An dieser Stelle kamen dem armen Mann dann doch die Tränen. Schließlich sprach Morgenthaler den Besuch bei Wesselin an und verkündete die Nachricht von der bevorstehenden Exhumierung des Leichnams vom Strandbad.

»Wir tun das aus ermittlungstechnischen, aber auch ethischen Gründen, Herr Bahlbach. Jeder der beiden verdient, als der beerdigt zu werden, der er wirklich war.«

Der Alte weinte nun richtig.

»Soll Frank demnach auch als der beerdigt werden, der er wirklich war?«, fragte er schließlich mit leiser, gebrochener Stimme.

»Ja, Herr Bahlbach, Frank wird als Frank Bahlbach beerdigt, da er als Sohn der Eheleute Bahlbach auf dieser Welt gelebt hat.«

Das Gesicht des Alten entspannte sich daraufhin. Aber Morgenthaler wusste, dass den beiden noch etwas Furchtbares bevorstand. Er überlegte deshalb lange, wie er den nächsten Schritt einleiten konnte.

»Uns fiel auf, dass beide Brüder die gleichen Leidenschaften besaßen. Jeder von ihnen hat, unabhängig davon, wie er aufwuchs, in seinem Leben einen Hang zu kreativer Tätigkeit entwickelt. Beide arbeiteten gern mit ihren Händen und hatten außerordentlichen Spaß an der Auseinandersetzung mit Material. Bei einem von ihnen fanden wir solch einen Gegenstand.« Morgenthaler zog ein kleines durchsichtiges Tütchen aus seiner Hosentasche und legte es auf den Tisch. Beide nahmen das Tütchen nur kurz in die Hand und betrachteten den Inhalt. Der alte Mann nickte schließlich.

»An die Dinger kann ich mich erinnern. Frank hat sie bei einem Versand bestellt, als er so etwa siebzehn oder achtzehn Jahre alt war. Die Teile heißen Stabschrauben oder so ähnlich. Er brauchte sie für eines seiner Projekte. Dummerweise hat er bei der Bestellung eine falsche Mengenangabe gemacht, hat Stück und Päckchen miteinander verwechselt. Und so kamen eines Tages hundert Päckchen dieser Schrauben bei uns an. Na ja, Frank hat uns das zu spät gebeichtet, sodass wir sie nicht mehr zurückschicken konnten und selbstverständlich auch die ganze Bestellung bezahlen mussten.«

»Und was haben Sie dann mit dieser Unmenge an Stockschrauben gemacht?«

»Frank hat sie in seiner Werkstatt gelagert.«

»Also hier in seinem Haus?«

»Nein, in dem Alter hat Frank doch noch bei uns gewohnt. Aber da war kein Platz für einen Hobbyraum. Er hat sich damals eine Werkstatt hinten auf dem leer stehenden Areal unseres Bäckereibetriebes eingerichtet. Darauf steht ein altes, aber recht solide gemauertes Gartenhäuschen mit einem schallisolierten Keller, da Frank eine Zeit lang Schlagzeug gelernt hat.«

Kindlein fühlte sich beklommen. Die Krankenschwester hatte ihn in die Wohnung des Maklers gelassen und sehr detailliert von ihm berichtet. Der Mann war sterbenskrank und hatte nicht mehr lange zu leben. Vor fünf Jahren hatte Bernhard Voss die ersten Symptome einer neuromuskulären Krankheit ausgebildet. Bei ihm hatte die amyotrophe Lateralsklerose in den Beinen begonnen und sich dadurch bemerkbar gemacht, dass er beim Laufen immer eingeknickt war. Bald war die Muskellähmung höher gewandert, sodass er nur noch an Krücken laufen konnte und schließlich seinen Beruf aufgeben musste. Im Laufe der Jahre waren weitere fürchterliche Ausfälle der Muskulatur hinzugekommen, bis der Stimmbildungsapparat und schließlich sogar die Atemmuskeln ihre Funktionen aufgaben. Seit einem Dreivierteljahr war er komplett bettlägerig, musste künstlich ernährt und inzwischen auch maschinell beatmet werden. Seit einem Monat wurden ihm starke Sedativa verabreicht, sodass eine Kommunikation mit ihm nicht mehr möglich war. Ein Pflegedienst versorgte ihn in drei Schichten. Von der Krankenschwester erfuhr Kindlein außerdem, dass die Kosten dafür von der Pflegeversicherung und der Schwester des Mannes getragen wurden. Die kam auch sporadisch zu ihm, um bei seiner Versorgung zu helfen und ihn ein wenig zu unterhalten.

Gerade als Kindlein die Wohnung verlassen hatte und unten aus der Haustür ging, meldete sich Morgenthaler.

»Frieder, du musst sofort zu Bahlbachs Firma kommen. Kann sein, dass wir gleich einen großen Schritt tun. Ich warte im Foyer auf dich. Bring deine Taschenlampe mit.«

Morgenthaler stand mit einem hünenhaften, breitschultrigen Mann in Uniform vor dem Tresen der Rezeption. Beide unterhielten sich angeregt miteinander, als Kindlein die Eingangshalle der Firma betrat.

»Prima, dass du schon da bist!«, rief Morgenthaler aufgeregt. »Das ist Herr Liese, er ist hier Wachmann. Er holt den Schlüssel.«

Herr Liese begrüßte Kindlein kurz und förmlich und lief dann mit zackigem Schritt in Richtung Aufzug.

»Welchen Schlüssel?«, fragte Kindlein, als sich die Fahrstuhltür hinter dem Mann geschlossen hatte.

»Den von der dunkelgrünen Tür unten im Parkdeck«, erwiderte Morgenthaler. »Wir müssen auf das Gelände hinter dem Firmengebäude. Dafür gibt es nur einen Schlüssel, und der liegt oben im Chefsekretariat.«

Kindlein erinnerte sich vage an die Tür. Sie war ihnen bei ihrem ersten Besuch aufgefallen. Dahinter sollte sich ein unbenutztes Areal befinden, auf dem die Firma demnächst Silos errichten wollte. Dann berichtete Morgenthaler von seinem Besuch bei Anita Bahlbach und den Erkenntnissen, die er gewonnen hatte. Auch Kindlein berichtete. Dann kam ihm wieder dieser Makler in den Sinn. Schon auf dem Weg von Neckarau in die Firma hatte Kindlein an nichts anderes denken können als an den armen Kerl und daran, wie froh man sein konnte, gesund zu sein. Von einem Tag auf den anderen war es möglich, dass sich so etwas änderte.

Kindlein sah auf die Uhr. Ihr Wachmann ließ sich Zeit. Morgenthaler hatte es sich in einem der Klubsessel vor der großen Fensterfront des schummerig ausgeleuchteten Foyers bequem gemacht. Er döste vor sich hin. Es war spät, und der Tag war lang gewesen.

»Was ist denn mit diesem Wachmann los?«, fragte er in Morgenthalers Richtung.

Der hielt seine Augen geschlossen, als er antwortete.

»Hm. Keine Ahnung.«

Dann war das Geräusch der sich öffnenden Aufzugstür zu vernehmen. Der Mann hatte es offenbar endlich geschafft.

»Ich habe ewig danach suchen müssen«, rief er, während er auf sie zulief. In einer Hand hielt der Hüne einen großen glänzenden Bartschlüssel. »Da, wo Sie gesagt haben, habe ich ihn nicht gefunden.«

»Oje, tut mir leid. Ich hab nur weitergegeben, was mir der alte Herr Bahlbach gesagt hat. Und der hat gemeint, dass Frau Beierlein für den Schlüssel zuständig sei«, meinte Morgenthaler, während er sich mühsam aus dem Sessel erhob.

»Genau das haben Sie gesagt. Aber im Nebenraum befand er sich nicht. Und erst nachdem ich auch das große Büro durchsucht hatte, konnte ich ihn endlich finden. Er hing an einer Hakenleiste, direkt neben der Tür.«

Kindlein erinnerte sich, dass sie schon dort gewesen waren. Ihn verwunderte nun nicht mehr, dass der Mann so lange gebraucht hatte. Sollte er das Mobiliar beider Räume auf den Kopf gestellt haben, dann musste er ordentlich zu tun gehabt haben – armer Kerl.

»Umgekehrt wäre es also besser gewesen«, bemerkte Morgenthaler leicht spitz, als er den Schlüssel an sich nahm.

Herr Liese sah ihn fragend an. »Wie, umgekehrt?«

»Na, zuerst das Büro zu durchsuchen und dann den Nebenraum.«

Das Gesicht des Mannes wirkte nun leicht angesäuert. »Das

verstehe ich jetzt nicht. Sie haben doch eben selbst wiederholt, dass der Schlüssel im Büro von Frau Beierlein liegen sollte. Ist doch klar, dass ich dann zuerst bei ihr suche und nicht bei Frau Dreher.«

»Dreher?«, fragte Morgenthaler. »Wer ist denn das?«

Nun sah der Hüne völlig entgeistert auf Morgenthaler herab. »Das ist die Chefsekretärin.« Dann sah man, dass der Riese nachdachte. Schließlich langte er sich an den Kopf. »Aber stimmt, die können Sie noch nicht kennen. Die war ja bis gestern im Urlaub.«

Nachdem sie die dunkelgrüne Tür des Parkdecks geöffnet hatten, blickten Kindlein und Morgenthaler auf ein nahezu vollständig zugewuchertes Grundstück. Von der Türschwelle aus führte ein enger Trampelpfad direkt hinein in ein Dickicht aus Gräsern, Sträuchern und wilden Stauden. Die beiden schalteten ihre Taschenlampen ein und folgten dem Verlauf des schmalen Weges. Nach einigen hundert Schritten fiel das Licht ihrer Lampen auf das kleine Gartenhaus, von dem der alte Bahlbach gesprochen hatte. Es war tatsächlich alt, aber in gutem Zustand. Einzig der Lack auf den Fensterläden blätterte hier und dort ein wenig ab. Die Tür war nicht verschlossen.

Als sie sich im Inneren des Hauses umsahen, fiel ihnen zunächst nichts Außergewöhnliches auf. An einer Wand lehnten mehrere zusammengeklappte Gartenstühle, die sich alle noch in brauchbarem Zustand befanden. Davor war ein Tisch mit der Platte nach unten auf dem Boden abgelegt worden, sodass die Beine nach oben zeigten. Ansonsten wurden in dem Raum Gartengeräte und Pflanzgefäße gelagert.

»Ich suche diese Päckchen mit den Stockschrauben, Frieder. Der alte Bahlbach hat gemeint, dass sie hier sein müssten. Sein Sohn hat die irgendwann mal in großen Mengen gekauft. Außerdem soll das Haus unterkellert sein. Siehst du hier einen Kellereingang?«

»Nein, aber vielleicht befindet der sich außerhalb.«

»Komm, lass uns nachsehen.«

Beim Verlassen des Hauses bemerkte Kindlein dicht neben der Tür einen Gegenstand, den er vorher nicht gesehen hatte. Als er ihn anstrahlte, erkannte er, dass es ein violetter Plastikeimer mit einem weißen Deckel war.

»Warte mal, Konrad. Sieh mal.«

Kindlein bückte sich und hob den Deckel an.

»Mein Gott, was soll das denn sein?«

Morgenthaler hielt den Strahl seiner Taschenlampe in den Eimer.

»Kondome. Papiertaschentücher. Alles benutzt, wie man sieht. Und ich bin sicher, dass der Kram von Bahlbach stammt. Offenbar hat er einige seiner Opfer hierher gelockt.«

Kindlein verzog das Gesicht. »Vergewaltigung mit Kondom? Ich weiß nicht.«

»Tja, muss ja nicht jedes Mal grob zugegangen sein. Vergewaltigung setzt nicht immer körperliche Gewalteinwirkung voraus. Und von Bahlbach wissen wir schließlich zur Genüge, dass er mit erheblich diffizileren Druckmitteln arbeiten konnte. Da war es ihm ohne Probleme möglich, Kondome einzusetzen. Es war sogar besser für ihn. Wegen der späteren Beweislage, falls ihn doch mal eine angezeigt hätte.«

»Bäh.«

Die beiden verließen das Haus und liefen zur rechten Außenseite. Dort fanden sie, was sie suchten. Eine helle Sandsteintreppe führte in steilem Winkel zu einem Kellerraum hinunter. Der Zugang wurde von einer schweren Holztür verschlossen, die nur mit einem Vorhängeschloss versehen war. Als sie davorstanden, erkannten sie, dass es nur ein einfaches Modell war, und Morgenthaler brach es ohne Mühe auf. Als sich die Tür kurz darauf quietschend öffnete, strömte ihnen ein warmer und schwerer Geruch entgegen.

Ihre Taschenlampen beleuchteten den Raum nur spärlich, sodass sie kaum etwas erkennen konnten. Kindlein fiel jedoch ein alter Drehschalter direkt neben der Tür auf. Probehalber drehte er ihn herum, und mit einem Mal war der Raum hell erleuchtet. Es gab also Strom.

Die Wände des großen Raumes waren mit dickem Styropor und die Decke mit Eierkartons verkleidet. Die Akustik war deshalb entsprechend dumpf. Gegenüber der Türseite befand sich die einzige Wand, die nicht isoliert worden war und auch kaum noch Verputz besaß. Sie bildete die Stirnseite des Raumes und war beiden von Bahlbachs Video her bekannt. In Kopfhöhe befand sich das kleine vergitterte Fenster, und in die Wand selbst waren zwei stabile Metallringe eingelassen. An jedem hing eine starkgliederige Eisenkette, an deren loses Ende eine breite Metallschelle angebracht worden war.

Sowohl diese Wand als auch der Boden davor waren nass. Jemand hatte den gesamten Bereich erst kürzlich abgespült. Ein Teil des Bodens war mit kleinen Pfützen bedeckt. In der Mitte des Raumes befand sich ein Abfluss, in dem das lose Ende eines Schlauches hing. Er war an einen Wasserhahn angeschlossen, der sich an der linken Wand des Raumes über einem Spülbecken befand. In diesem lag eine Axt, deren Stiel mit Blut besudelt war. Auf dem dunklen nassen Boden hatten sie es nicht gleich wahrgenommen, aber nun sahen Kindlein und Morgenthaler, dass auch das Wasser in den Pfützen von Blut gefärbt war.

In der rechten Ecke des Kellerraumes standen die übereinandergestapelten Holzkisten, die sie ebenfalls von der Aufzeichnung her kannten. Jetzt war zu erkennen, dass es sich um alte Weinkisten handelte. Aus irgendeinem Grund waren sie trocken geblieben, und die unterste war aufgebrochen worden – eines der Holzbrettchen stand beinahe rechtwinklig ab. Dahinter war die blutverschmierte Pappe eines Kartons zu erkennen, in den grob ein Loch hineingerissen worden war. Auf dem Boden, direkt vor dem Loch, deutete eine inzwischen rotbraun gewordene Lache darauf hin, dass hier jemand viel Blut verloren hatte. Inmitten der Lache lagen mehrere silbrig glänzende Metallstifte.

»Grauenhaft. Denkst du auch, was ich denke?«, fragte Morgenthaler.

»Ich denke, dass Wesselin recht hatte. Der Mann muss sich in einem fürchterlichen Elend nicht mehr anders zu helfen gewusst haben.«

In der gegenüberliegenden Ecke stand der Toilettenstuhl, an den Bahlbach in dem Video festgezurrt gewesen war. Links neben der Kellertür befand sich ein Kühlschrank und rechts davon ein fahrbarer Tisch, auf dem ein Fernsehgerät stand.

Morgenthaler ging zuerst zu dem Kühlschrank. Auf dem lag ein Stapel Zeitungen, den er vorsichtig durchblätterte. Es handelte sich ausschließlich um Ausgaben, in denen mehr oder minder ausführlich über den Tod Frank Bahlbachs berichtet worden war. Die entsprechenden Artikel und Abbildungen waren mit Leuchtmarker gekennzeichnet worden.

Als wenn er geahnt hätte, was sich in dem Kühlschrank verbarg, bückte sich Morgenthaler erst gar nicht. Stattdessen öffnete er die Tür mit weit ausgestrecktem Arm – und auch nur einen Spaltbreit. Dann schloss er sie gleich wieder. Für einen kurzen Moment war sein Blick auf die tief eingerissenen Fingernägel einer kalkweißen Hand gefallen. Ein Gesicht hatte ihn aus halb geöffneten trüben Augen angestarrt.

»Und, was ist da drin, Konrad?«

»All das, was unserer zweiten Leiche fehlte.«

»O Mann.«

Dann betrachteten sie den Rolltisch. Hinter dem Fernsehgerät stand ein Videorekorder, daneben lagen mehrere übereinandergestapelte Kassetten ohne Aufschrift.

Kindlein steckte das oberste der Bänder in den Rekorder und schaltete das Fernsehgerät ein. Zuerst sahen sie nur auf eine schwarze Fläche, aber alsbald erschienen auf der Mattscheibe Menschen in dunkler Trauerkleidung. Sie liefen geschlossen hinter einem auf Hochglanz polierten dunklen Sarg her, der von sechs Männern getragen wurde. Und als die Kamera durch die Reihe der Trauernden schwenkte, erkannten sie Gesichter, von denen ihnen fast alle vertraut waren. Schließlich erschien sogar Kindlein auf dem Bild. Er war nur kurz zu sehen, da er etwas abseits des Trauerzuges stand und das Ereignis lediglich aus der Ferne betrachtete.

»Ach du Scheiße. Das ist ja Bahlbachs Beerdigung. Aber ich kann mich gar nicht erinnern, dass da jemand gefilmt hat«, meinte Kindlein irritiert.

»Tja, diese Kameras sind heutzutage unheimlich klein. Aber sieh mal da«, sagte Morgenthaler und deutete auf den Bildschirm. »Dieser Jemand konnte damit offensichtlich ausreichend gut fokussieren. Gerade eben, als der Sarg ins Grab hinabgelassen wurde, hat er gezielt die Gesichter der alten Bahlbachs ins Visier genommen. Zeig mal, was auf dem nächsten Band drauf ist.«

Kindlein wechselte die Kassette.

Nach kurzer Zeit erschien ein völlig verwackelter Schwarz-Weiß-Film. Es gab keinen Ton, aber rasante Wechsel der Blickrichtungen und Schärfeeinstellungen ließen erkennen, dass die Kamera sich in Bewegung befand. Dann stand das Bild plötzlich, und es war nur noch eine leichte Unruhe zu bemerken, als das Objektiv ein einzelnes Motiv im Hintergrund scharf stellte. Plötzlich befand sich ein Briefkasten im Zentrum des Bildes. Kurz darauf erschien dahinter eine Gestalt, und als die Kamera diese fokussierte, war zu erkennen, dass es sich um Morgenthaler handelte. Er lief ein wenig geduckt. Es regnete. Kurz darauf machte die Kamera einen Schwenk. Morgenthaler befand sich nun auf der obersten Stufe der Eingangstreppe zu Bahlbachs Haus. Anita Bahlbach öffnete die Haustür, und das Kameraobjektiv begann sofort, sie scharf zu stellen. Nun stand ihr Gesicht im Bildmittelpunkt. Schließlich zoomte das Objektiv sie so nah heran, dass vor allem ihre vor Entsetzen geweiteten Augen und ihre glänzenden Tränen die Bildaussage bestimmten.

»Der Kindergeburtstag. Der hat dein Eintreffen gefilmt.«

»Und vor allem Frau Bahlbachs Panik. Spul mal zurück, Frieder. Am besten ganz an den Anfang.«

Kindlein ließ das Band zurücklaufen, und als es stoppte, startete er den Rekorder erneut.

Ein paar Sekunden später sah man ein kleines Mädchen. Immer wieder verließ es den Bildrand, da die Kamera bei dieser Aufnahme ganz extrem wackelte. Dann tauchte plötzlich ein Arm auf. Die Hand hielt ein Päckchen. Schließlich nahm die Kleine es an sich, und die Kamera schwenkte mit rasender Geschwindigkeit herum. Dann war das Bild schwarz.

»Der hat alles gefilmt. Sogar die Übergabe der Videokassette an das Kind.«

»Aber wie, Konrad?«

»Keine Ahnung. Er wird die Kamera irgendwo versteckt haben. In seiner Jacke oder einer Tasche, was weiß ich.«

»Ja, und warum?«

Morgenthaler zuckte mit den Schultern. Dann schien ihm etwas aufzufallen. Er bückte sich.

»Sieh mal, die Geräte hängen an einem Verlängerungskabel. Das heißt, man kann den Rolltisch ganz nah dort rüberschieben.« Er deutete auf die Wand mit den Eisenketten.

»Hm. Und dann?«

»Dann kann sich der Delinquent diese Aufzeichnungen sogar in angekettetem Zustand aus nächster Nähe betrachten.«

Morgenthalers Annahme bestätigte sich auf fürchterliche Weise.

Nachdem die Kriminaltechniker und einer von Wesselins Assistenten ihre Arbeit in dem Kellerraum aufgenommen hatten, waren die beiden Ermittler mit den Videokassetten ins Präsidium gefahren. Dort hatten sie sich im Vorführraum zunächst zwei der Bänder angesehen. Danach hatten sie dringend eine Pause gebraucht.

»Der hat ja tatsächlich alles aufgezeichnet. Der hat jede Übergabe seiner Päckchen auf Band aufgenommen und immer genau festgehalten, was daraufhin geschah. Die Szene, wie der alte Bahlbach mit dem Rettungswagen abtransportiert wird, ist herzzerreißend. Vor allem weil der Film haargenau zeigt, wie das Päckchen vorher gegen die Verandatür knallte. Als wenn sich darin keine Hand, sondern Abfall befände. Und niemand hat bemerkt, dass jemand all diese Aktionen aufnahm. Selbst wir haben nichts davon mitbekommen. Der hat ja sogar gefilmt, während Leibigs Männer und ich Bahlbachs Haus auf den Kopf gestellt haben. Das muss er von der Straße her gemacht haben, vermutlich aus einem Auto heraus. Und es schienen ihm einige Details besonders wichtig zu sein. Vor allem, wie Frau Bahlbach im Wohnzimmer saß und von dir befragt wurde. Das war die längste Szene. Aber verstehst du, warum er sogar festgehalten hat, wie das verpackte Kochbuch über den Gartenzaun der alten Bahlbachs fliegt und auf dem verregneten Rasen liegen bleibt?«

»Das hat mich auch gewundert, Frieder. Ich vermute fast, dass es ihm in dem Fall nur darum ging, glaubhaft zu machen, dass er das Videoband dort abgelegt hat.«

»Aber da war doch gar keines drin.«

»Das spielte keine Rolle. Er wollte eine Wirkung erzielen, wie mit all den Aufnahmen. Du weißt ja noch, wie wir ihn entdeckt haben und verfolgen wollten. Da war er schon ein paarmal an Frau Bahlbachs Haus vorbeigeschlichen. Und man sieht ja auf den entsprechenden Aufnahmen, dass er die Kamera dabei jedes Mal auf das Haus gehalten hat. Vermutlich, um jenen Moment einzufangen, wo sich die ganze Geburtstagsparty panisch auflöst. Dass das nicht passierte, hat an Frau Bahlbachs starken Nerven gelegen. Aber er hat damit gerechnet und wollte genau diesen Augenblick festhalten.«

Kindlein sah Morgenthaler skeptisch an.

»Du meinst also, alle diese Aufnahmen hat er vor allem gemacht, um den Schrecken, den seine Präsente auslösen, aufzuzeichnen?«

»Ja, der Täter hat Filme gedreht, die das Leid der Angehörigen dokumentieren, und hat sie seinem armen Opfer in dem Keller vorgeführt. Es ging ihm darum, den Mann zu quälen, Frieder. Auch die Zeitungen, die wir da unten gefunden haben, dienten diesem Zweck.«

Dann betrachteten sie die anderen beiden Bänder. Beim ersten musste Kindlein schon nach kurzer Zeit den Vorführraum verlassen. Eine Person, die man nicht erkennen konnte und deren Hände in dicken schwarzen Latexhandschuhen steckten, rasierte mit äußerster Sorgfalt den Körper eines kahl geschorenen Leichnams. Mit stoischer Ruhe trennte sie sodann den Kopf ab und machte sich anschließend über die Beine her.

Als Kindlein wieder in den Vorführraum zurückkam, saß Morgenthaler kopfschüttelnd da und grübelte.

»Ich glaube, spätestens nach dieser Aufnahme dürfen wir annehmen, dass es sich bei dem Mann, der in dem Keller festgehalten wurde, um Frank Bahlbach handelte. Der Leichnam, der auf dem Band zerlegt wurde, ist eindeutig Tobias Schlegel gewesen.«

»Wie kannst du dir da so sicher sein? Der Tote war doch völlig kahl rasiert, und außer in ihren Frisuren und Schlegels Bart haben sich die beiden doch in nichts unterschieden.«

»Doch, im Kleidungsstil, Frieder. Im Hintergrund lag eine verwaschene Jeans auf dem Boden. Ich habe sie auch erst bei der zweiten Durchsicht der Szene gesehen, da nur ein Stück von ihr abgebildet war.«

»O Mann.«

»Tja, vor allem ist mir nun klar, worum es dem Täter bei all seinen Aktionen wirklich ging. Sie dienten einzig und allein dem Zweck, möglichst schockierende Aufnahmen zu drehen. Es ging ihm gar nicht darum, den Familienmitgliedern ernsthaft Schaden zuzufügen. Ich würde sogar behaupten, dass er es nicht mal auf Tobias Schlegel abgesehen hatte. Es waren die Filme, die ihm wichtig waren. Sie sollten Bahlbach psychische Qualen extremster Art bereiten.«

Kindlein nickte nur. Ihm war plötzlich nicht mehr nach Sprechen zumute. Und da Morgenthaler das merkte, fuhr er fort.

»Stell dir vor, du wirst in einem Keller festgehalten und erfährst, dass du für tot erklärt wurdest. Dir werden entsprechende Zeitungsartikel vorgelegt, und du siehst Fernsehnachrichten, die über deinen Tod berichten. In den Augen der Welt und deiner Angehörigen bist du Opfer eines bestialischen Mordes geworden. Dann werden dir Aufnahmen gezeigt, bei denen sich die Menschen, die du liebst und die dich lieben, in tiefer Trauer befinden. Diesen Menschen wird obendrein Leid zugefügt. Deine Frau und scheinbar auch deine armen alten Eltern erhalten zudem ein Video, in dem du all deine Schweinereien, die du in deinem Leben begangen hast, offenbarst. Und das sind keine Kleinigkeiten, die du darin beichtest, sondern Vergehen, die sie schockieren und deren Geständnis dein Ansehen für alle Zeiten in den Dreck zieht. Schließlich erlebst du die Zerstückelung eines Menschen, der genauso aussieht wie du und der sogar über deine persönlichen Merkmale verfügt. Und während du das ansehen musst, prophezeit dir dein Gegenüber womöglich, dass *dein* Ende noch erheblich schlimmer aussehen wird. Schließlich wirst du Zeuge deiner eigenen Beerdigung. Du erfährst zu Lebzeiten, wie deine Angehörigen deinen Tod betrauern, siehst Aufnahmen von den weinenden Augen deiner Kinder, den bestürzten Gesichtern deiner Eltern. Dir wird also die einzige Gnade verwehrt, die jedem noch so ruchlos Verstorbenen zuteilwird, nämlich nicht mehr Zeuge sein zu müssen, wie Leid und Unglück über deine Liebsten hereinbrechen und dein Tod sie schmerzt. Du kannst sie nicht mal trösten. Du musst sie mit all den Qualen, die sie durchleiden, allein lassen und dabei auch noch zusehen. Es ist eine bitterböse Strafe, Frieder. Grauenhaft.«

Kindlein wurde wieder flau im Magen. Er ging deshalb noch mal raus auf den Gang und stellte sich ans offene Fenster. Morgenthaler folgte ihm kurz darauf.

»Das ist Psychofolter der gemeinsten Art. Vermutlich liefen diese Videos auch noch von morgens bis abends. Unvorstellbar«, sagte Kindlein. »Und es stimmt: Der Mann in dem Keller muss Bahlbach gewesen sein, da nur die allerunterste der Holzkisten geöffnet worden ist. Nur er hat wissen können, wo sich diese schrecklichen Schrauben befinden, und wird die Kiste in einem Anfall von Wahnsinn aufgerissen haben.«

Morgenthaler verzog skeptisch sein Gesicht. »Ich vermute leider etwas anderes. Aber dieser Gedanke mit der Kiste ist mir noch gar nicht gekommen.«

»Was meinst du?«

»Ich denke, Bahlbach ist durch diese Filme nicht wirklich in den Wahnsinn getrieben worden. Er wird sich das Leben zwar sicher deshalb genommen haben, weil er das alles nicht mehr ertragen konnte. Aber er hat diese Schrauben keinesfalls im Affekt oder im Anflug geistiger Umnachtung geschluckt.«

»Warum denn sonst?«

Morgenthaler bedrückte die Antwort, das war zu erkennen.

»Er hat sie vermutlich geschluckt, um uns auf diesen Ort aufmerksam zu machen – damit wir seinen Peiniger finden.«

»He, weißt du, was du da sagst?«, entfuhr es Kindlein, und er sah Morgenthaler entsetzt an. »Das ist doch widerlich. Da läuft es einem ja eiskalt den Rücken runter.«

»Mag sein, Frieder, mag sein. Aber überleg doch. Bahlbach hätte sich mit den scharfen Dingern genauso gut die Pulsadern aufschneiden können. Das wäre ein erheblich humanerer Tod gewesen.«

Kindlein schüttelte sich.

»Puh. Über so was habe ich mir überhaupt noch keine Gedanken gemacht.«

»Das glaube ich dir gern. Aber wir müssen uns zudem noch über etwas anderes Gedanken machen.«

»Und das wäre?«

»Der Schlüssel für die grüne Tür. Der hängt immer im Chefsekretariat. Wer hat dazu in aller Regel Zugang?«

»Na ja. Alle Betriebsangehörigen, denke ich.«

»Alle? Bist du sicher? Also, ich weiß nicht. Technisch gesehen wohl schon, aber wie sieht die Realität aus? Geht ein Arbeiter mal eben so ins Sekretariat des Firmenchefs, um sich gezielt einen ganz speziellen Schlüssel zu holen? Der hat doch auf der Chefetage gar nichts verloren. Nein, es muss jemand sein, der genau weiß, dass dieser Schlüssel zu der grünen Tür im Parkdeck gehört, der zudem weiß, wo er hängt, und der sich nicht verdächtig macht, wenn er das Sekretariat des Firmenleiters betritt.«

»Also jemand aus der Führungsetage.«

»Zum Beispiel.«

Kindlein dachte nach. »Was ist mit Berger? Stell dir mal vor, der hätte in dem Laden tatsächlich eine Geliebte, und eines Tages wird diese von Bahlbach in der für ihn üblichen Manier belästigt. Hätte er dann nicht ein ausreichendes Motiv?«

Morgenthaler wirkte skeptisch. »Dann schon. Aber seine unbedingte Loyalität zu Bahlbach spricht eher dafür, dass er nicht der Täter ist.«

»Hm. Aber es gab in der Firma Menschen, die nicht zum Kreis der Erlauchten gehörten, die aber immerhin wussten, was Bahlbach in dem Häuschen so alles trieb. So jemand könnte ihn doch dorthin gelockt haben. Zum Beispiel unter dem Vorwand, ihm ein wenig Spaß zu bereiten. Und so jemand brauchte noch nicht mal zu wissen, wo sich der Schlüssel befand, da Bahlbach ihn schließlich selbst besorgt hätte.«

»Hm«, machte Morgenthaler und strich sich über seinen Schnurrbart. »Aber klar. Du hast völlig recht. Der Vorwand war wichtiger als der Schlüssel. Es hätte schließlich niemandem genutzt, nur den Schlüssel zu haben. Der Mörder hätte Bahlbach vor allem einen äußerst triftigen Grund nennen müssen, damit er ihm zu dem Häuschen folgte. Ganz besonders an diesem Freitag. Das haben wir schon mal erörtert, weißt du noch?«

Kindlein nickte. Obwohl er noch immer weiß war wie die Wand, schloss er das Fenster.

»Komm, Konrad. Ein Band haben wir uns noch nicht angesehen.«

Die letzte der sechs Videokassetten enthielt einen Film, der, wie die Zerstückelungsszenen, von einem Stativ aus aufgenommen worden war. Aber diesmal war zudem Ton zu hören, wenn auch sehr undeutlich, da laute, aber dauerhafte Hintergrundgeräusche die Klangqualität stark beeinträchtigten.

»Hm. Hört sich an, als wenn sich in der Nähe eine stark befahrene Straße befände oder der Wind gegen den Mikrofonkopf blasen würde«, meinte Morgenthaler.

»Außerdem ist das schon wieder eine Beerdigung. Was soll das denn?«

»Keine Ahnung. Lass uns weitersehen.«

In dem Film standen zwei schwarz gekleidete Personen neben einem offenen Grab. Ein Pfarrer las aus der Bibel vor, und die beiden einzigen Trauergäste hörten mit gesenkten Köpfen seiner Predigt zu. Es waren ein Mann und eine Frau. Der Mann saß, das Gesicht von der Kamera weggewandt, auffällig schief in einem altmodischen, schweren Kassenrollstuhl. Auf seinem Schoß lag ein Strauß weißer und roter Blumen, den er nicht festhielt. Seine Arme hingen schlaff seitwärts am Rollstuhl herab, und wiederkehrende leichte Windböen brachten das kunstvoll zusammengestellte Bouquet durcheinander. Die Frau stand hinter ihm und hielt mit einer Hand ihre Kopfbedeckung fest, einen Hut mit breiter Krempe und einem schwarzen Schleier, durch den ihr Gesicht nicht zu erkennen war. In der anderen Hand hielt sie einen Strauß langstieliger Margeriten.

»Gott, was für ein trauriges Begräbnis«, stellte Kindlein fest, als der Film ganz plötzlich abbrach und nur noch ein graues Flimmern auf dem Bildschirm zu sehen war.

»Ein Elend«, bestätigte Morgenthaler. »Diese Tristesse schlägt einem richtig aufs Gemüt. Hast du eine Ahnung, wer da beerdigt wurde?«

Kindlein schüttelte den Kopf. »Nein, aber ich glaube, es wäre nicht verkehrt, das herauszufinden, genauso wie die Namen der beiden Trauergäste.«

»Ich werde Leibig Bescheid sagen, dass er das Band seinem Spezialisten anvertraut, der soll mal sehen, ob er mit dem Ton was machen kann. Wäre gut, wenn wir zudem in Erfahrung brächten, auf welchem Friedhof sich die Szene abgespielt hat.«

Kindlein nickte, aber dann platzte es plötzlich aus ihm heraus.

»So ein verdammter Dreck. Wie lange ermitteln wir nun schon, Konrad? Und das Einzige, was wir bisher herausgefunden haben, ist, wer die Opfer in dem Mordfall sind. Über den Täter wissen wir nichts – rein gar nichts.«

*Bin ich ein schlechter Mensch?*

*Ich habe jemandem das Leben genommen, der nichts dafür konnte, dass sein Bruder ein verkommenes Stück Scheiße war. Glaube mir, Marianne, ich zünde täglich eine Kerze für Tobias an und denke an ihn. Ich weiß, das hilft ihm nicht, aber mir scheint, es ist das Mindeste, was ich ihm schulde.*

*Mitunter jedoch, wenn mich Wut und Trauer so richtig packen, denke ich, dass er derjenige war, der alles hätte verhindern können. Hätte er unser kleines Spiel mitgespielt, wäre Bahlbach vernichtet worden, für alle Zeiten. Er hätte dann niemals an diesem elenden Kongress teilgenommen und hätte dir also auch niemals angetan, was er dir antat. Und du? Du würdest noch bei mir sein.*

*Tobias war ein Idiot. Mit allem war er einverstanden – und zum Schluss scheiterte unser schöner Plan an einer Frisur und einem zerzausten Bart. Ein Irrwitz, zumal er wegen seines Starrsinns letztlich sein Leben und jedes Haar seines Körpers verlor.*

*Dennoch: Ich bin kein schlechter Mensch. Jedenfalls war ich es nie. Ich habe mich mein Leben lang an die Regeln gehalten, habe mich stets bemüht, rechtschaffen zu sein. Meine Arbeit habe ich ordentlich und zuverlässig ausgeführt und bin im Privaten nie auffällig geworden. Ich war immer eher zurückhaltend und habe mich lieber kleingemacht, als mich zu brüsten. Sicher, Menschen habe ich ungern an mich herangelassen, und eine innige Verbindung zum anderen Geschlecht habe ich auch nie eingehen können. Aber mit dir bekam alles eine neue Form, begann alles anders zu werden. Du hast mir gezeigt, wie die Liebe und das Leben funktionieren, warst der Sonnenschein, der mich erfrischt, belebt und dazu ermuntert hat. Deine ungeheure Vitalität, deine Kraft und dein Humor haben sich auf mich übertragen und tief in mir Schlummerndes in Bewegung gesetzt. Nicht alles konnte ich abstreifen, doch mehr als ich je für möglich gehalten hätte. Es waren unfassbar schöne Jahre. Ihr Ende tat so weh – wird immer wehtun.*

*Es war so einfach, Bahlbach zu dem Häuschen zu führen. Er hat wirklich geglaubt, dass einer der Firmenangehörigen Waren aus dem Betrieb entwendet und dort im Keller gelagert hat. Allein dafür, dass er mir dieses Märchen abgekauft hat, habe ich ihn noch mehr gehasst. Ich hab an mich halten müssen, ihn nicht gleich an Ort und Stelle totzuschlagen. Und es hat mich furchtbare Überwindung gekostet, sein dämliches Auto nicht gegen einen Baum zu fahren.*

*Aber in den letzten beiden Tagen haben sich Dinge in mir verändert. Als ich in den Keller kam, um ihm den Mitschnitt von seiner Beerdigung vorzuführen, und ihn in seinem Blut liegen sah, habe ich für einen Moment Mitleid mit ihm empfunden. Nur einen kurzen Augenblick, und auch nur, als ich erkannte, auf welche Art er sich das Leben genommen hatte – aber immerhin. Er muss Höllenqualen erlitten haben. Ich habe mich gleich wieder fassen können, war sogar so geistesgegenwärtig, ihn von allem zu befreien, was auf seine Herkunft deutete, und habe ihn sofort weggeschafft. Aber mir fehlt seither jener abgrundtiefe Hass, der mich ein Jahr lang begleitet, gestützt und schließlich dazu angetrieben hat, ihn in diesen Keller zu locken. All meine Rache- und Mordgelüste haben sich verflüchtigt. Was geblieben ist, ist dieses schale Gefühl von Leere. Hinzugekommen ist einzig die Scham. Nicht weil ich gequält und getötet habe, sondern weil ich nichts verändert habe. Weil ich nach alldem nur wieder dort angelangt bin, wo ich vor Jahren stand – einsam inmitten einer Welt ohne dich und nicht mehr die Person, die ich durch dich geworden war. Ich habe also nicht nur dich verloren, sondern auch mich selbst.*

# 18

Im Vorführraum zu schlafen war noch unbequemer, als sie angenommen hatten. Nun, nach drei Stunden Schlaf auf den nach hinten geklappten Ruhesesseln, schmerzte beiden der Rücken. Morgenthaler versuchte, mit Streck- und Dehnübungen gegen Muskelversteifungen und Müdigkeit anzukämpfen. Dabei knurrte sein Magen derart laut, dass Kindlein sich sofort bereit erklärte, in der Kantine ein Frühstück aufzutreiben – obwohl es auch ihm nicht gut ging. Er hatte schlecht geträumt. Ständig war er aufgewacht, weil er über einen Friedhof spaziert und dabei über Grabsteine gestolpert oder in offene Grablöcher gefallen war. Und jedes Mal, mitten im Sturz in eines der Löcher, hatte er zu seinem Entsetzen beobachten müssen, wie die Lettern auf dem entsprechenden Grabstein zu tanzen begannen und sich völlig umformierten, sodass schließlich sein Name auf dem Stein stand.

Morgenthaler gähnte noch einmal kräftig, lief dann aber entschlossen zur Tür.

»Gut, dann gehe ich jetzt mal in unser Büro rüber und rufe bei Paracelsus an. Nicht dass der noch großartige Aktionen startet, um den Leichen Namen zuzuordnen. Und ich sage Leibig, dass sein Kollege sich auf die Videos stürzen soll, vor allem auf das von der Beerdigung.«

Als Kindlein später mit einem Tablett das Büro betrat, merkte er erst beim zweiten Hinsehen, dass sich in dem Raum ein Besucher befand. Vor Morgenthalers Schreibtisch sitzend, war der Mann nicht sofort zu erkennen, denn neben dem Stuhl stand eine große Kentia-Palme, die die Sicht auf ihn versperrte. An der Stimme erkannte Kindlein, dass es Herr Bahlbach war. Kindlein stellte das Tablett ab und sah auf die Uhr, es war kurz nach sieben. Der Tonfall des Alten war ernst.

»Wissen Sie, Frau Gerber hat über zwanzig Jahre bei uns gearbeitet. Und ich erfahre erst jetzt, durch Ihre Liste, dass ihr vor zwei Jahren gekündigt wurde. Ich bin völlig entsetzt. Darüber hätte mein Sohn mit mir sprechen müssen. Ich frage mich, was in ihn gefahren ist. Er hat in der Firma wie ein Berserker gewütet. So haben wir ihn nicht erzogen. Er hat Leute einfach gefeuert, die ich seit ihrer Jugendzeit kenne, weil sie bei mir gelernt haben. Sie alle haben sich um die Firma verdient gemacht. Einige Namen haben Sie ja neulich schon erwähnt, als Sie mich anriefen. Da habe ich noch gedacht, dass es sich um Einzelfälle handelte, Fälle, in denen mein Sohn einfach nicht anders handeln konnte. Aber auf *dieser* Liste steht eine Unzahl weiterer Namen, unter anderem von Menschen, die Familie haben. Die brauchen doch einen sicheren Arbeitsplatz. Ich weiß nicht, was Frank sich dabei gedacht hat.«

»Vielleicht kannte Ihr Sohn diese Menschen einfach nicht so gut wie Sie. Kann sein, dass er so handelte, weil diese emotionale Bindung nicht vorhanden war«, meinte Kindlein.

Der Mann sah ihn entrüstet an. »Emotionale Bindung, wenn ich das schon höre. Nein, junger Mann, seien Sie mir nicht böse, aber es gibt auch noch den Anstand, und der steht meines Erachtens über der Frage, ob ich jemanden lange oder weniger lange kenne oder ob ich ihn mag oder nicht. Man hat doch Verantwortung. Ich kann nicht einfach Leute entlassen, weil sie nicht in mein Konzept passen.«

Da er merkte, dass er den Mann erzürnt hatte, wollte Kindlein das Gesagte abmildern. »Aber das hat Ihr Sohn bestimmt auch nicht getan. Ich denke, es wird ihm nicht leichtgefallen sein. Vielleicht war der ökonomische Druck ein Beweggrund. Das hört man doch allenthalben.«

»So, meinen Sie? Ich habe mich gestern mal mit Franks sogenanntem Produktionsleiter unterhalten, weil ich gedacht habe, dass ich mich mit diesem Kerl irgendwie absprechen müsste. Der hat einen derart gut dotierten Posten, dass ich mich schon frage, wie dieser ökonomische Druck ausgesehen haben soll. Und an seinen Qualifikationen hat er mich auch gleich zweifeln lassen. Dieser Mensch vertritt doch allen Ernstes die Auffassung, dass alle in der Produktion Tätigen von Grund auf faul und dumm sind, und untermauert diese schwachsinnige These mit der Feststellung, dass sie sonst ja mehr aus sich gemacht hätten. Das muss man sich mal vorstellen: Der hält also nicht nur nichts von den Leuten, denen er vorsteht, sondern auch nichts von dem, was sie tun. Warum leitet der die Produktionsabteilung dann überhaupt? Und warum hat Frank ihn überhaupt eingestellt? Um allen die Freude an der Arbeit zu verderben?«

Darauf fand Kindlein keine Antwort.

»Und um noch mal auf Frau Gerber zurückzukommen«, fuhr der Alte schließlich fort. »Gerade sie hat sich in einer Weise für den Betrieb eingebracht, die mehr als außergewöhnlich war. Ich behaupte sogar, dass die Firma nur durch ihren Einsatz das werden konnte, was sie heute ist. Sie hat die gesamte Außendienstarbeit gemacht, hat um Kunden geworben, den Einkauf übernommen, mit Banken verhandelt und den Betrieb sogar in Schulen vorgestellt, damit wir gute Lehrlinge bekommen. Sie war unsere gute Fee, unser Firmenschatz. So jemandem kündigt man nicht. Niemals.«

»Die Zeiten haben sich geändert, Herr Bahlbach, leider«, sagte nun Morgenthaler.

»Ich weiß. Aber finden Sie, dass sie sich zum Guten geändert haben, wenn Leute gefeuert werden, die sich für das Wohl ihrer Firma starkmachen? Diese Frau hat dem Betrieb sogar in Zeiten den Rücken gestärkt, als es ihr privat richtig dreckig ging und eine besonders üble Scheidungsgeschichte sie monatelang in Beschlag nahm. Nur ein einziges Mal war sie nicht präsent. Das war bei der Hochzeit meines Sohnes. Und das nur, weil sie damals im Krankenhaus lag und eine künstliche Herzklappe eingesetzt bekam. Aber selbst vom Krankenbett aus hat sie unermüdlich Kontakte zu unseren Kunden und Zulieferern gehalten.«

Morgenthaler schüttelte den Kopf. »Es tut mir leid, dass diese Nachricht Sie so erschüttert hat, Herr Bahlbach. Ich bin über diese Entwicklungen auch nicht froh, das können Sie mir ruhig glauben. Aber auch ich muss mit meiner Arbeit vorankommen und Sie deshalb fragen, ob Ihnen oder Ihrer Schwiegertochter zu einer der anderen Personen auf der Liste noch etwas eingefallen ist.«

»Nein, Anita kennt ja fast niemanden aus dem Betrieb, und *mir* hat es schon gereicht, dass ich Frau Gerbers Namen darauf entdecken musste. Ich hole es nach, Herr Morgenthaler, noch heute. Aber ich hätte in der Sache eine Bitte an Sie. Darf ich?«

»Um was geht es denn?«

»Ich muss mich unbedingt mit Frau Gerber in Verbindung setzen. Haben Sie vielleicht eine aktuelle Telefonnummer oder Adresse von ihr? Ich habe nämlich versucht, sie anzurufen, nur ist die Nummer, die ich habe, nicht mehr gültig.«

Morgenthaler kramte aus der Schublade seines Schreibtisches eine gelbe Mappe hervor und schlug sie auf. Nach kurzem Suchen hatte er gefunden, was er brauchte.

»Hm. Das sieht schlecht aus. Ich habe hier lediglich ein Besuchsprotokoll meines Kollegen Seiters vorliegen. Demzufolge ist Frau Gerber vor einem Jahr von Mannheim weggezogen. Und ihre Nachmieterin hat keine Angaben zu ihrem neuen Wohnort machen können. Tut mir leid.«

»Schade. Na ja.«

»Aber ich hätte auch noch eine Frage an Sie. Die betrifft die Chefsekretärin. Wie hieß sie doch gleich?«

»Fräu… äh, Frau Beierlein. Die ist übrigens auch so eine gute Seele, ohne die gar nichts geht. Warum fragen Sie? Sie wird doch nicht auch …?«

Morgenthaler war anzusehen, dass er dem Alten die Wahrheit, nämlich dass der Frau zwar nicht gekündigt, sie aber von seinem Sohn ins Abseits gestellt worden war, verschweigen würde.

»Nein, nein, sie ist noch da. Ich brauchte diese Information nur um meinen Bericht vervollständigen zu können. Sie wissen ja, die Bürokratie.«

Nachdem Kindlein und Morgenthaler ausgiebig gefrühstückt hatten, begaben sie sich wieder in den Vorführraum. Leibig hatte versprochen, seinen Kollegen sofort auf die Videos anzusetzen. Der war auch tatsächlich mitten in der Arbeit, als die beiden eintraten. Mit einem Kopfhörer saß er vor einem gewaltigen und kompliziert aussehenden Mischpult.

Auf der Leinwand, am gegenüberliegenden Ende des Raumes, lief gerade das Beerdigungsvideo, und über große Standlautsprecher konnten Kindlein und Morgenthaler mitverfolgen, wie sich dessen Tonqualität veränderte. Was anfangs noch unter starkem Rauschen verborgen blieb, kam allmählich an die Oberfläche. Die Stimme des Pfarrers war nun gut zu vernehmen. Hin und wieder wurde seine Predigt allerdings noch immer durch störende Geräusche unterbrochen, die der Techniker nicht wegfiltern konnte. Streckenweise war dem Wortlaut deshalb gut zu folgen, aber an vielen Stellen blieben entscheidende Informationen aus, sodass es nicht möglich war herauszuhören, wer dort unter die Erde gebracht worden war.

»Ich glaube, das können wir vergessen, oder?«, fragte Morgenthaler den Mann am Mischpult.

»Also ich kann hier nicht mehr tun. Kann aber sein, dass die beim LKA bessere Geräte haben. Soll ich's mal dahin schicken?«, gab der Mann zur Antwort.

»Das dauert dann wieder.«

»Kann sein.«

Kindlein hatte beim Betrachten der Aufzeichnung unweigerlich an die Träume denken müssen, die ihn vor ein paar Stunden immer wieder aus dem Schlaf gerissen hatten. Die Vorstellung, in so ein kaltes Grab hineinzufallen, war ihm ohnehin unangenehm, aber nun ganz besonders, da ihm wegen des Schlafmangels ein wenig kühl war. Er rieb sich die Hände und die Oberarme. Dann kam ihm eine Idee. Er sprach den Techniker sofort darauf an.

»Sagen Sie mal, kann man das Bild so einstellen, dass die umliegenden Grabsteine deutlicher zu erkennen sind?«

Der Techniker nickte und bediente ein paar Regler. Das Bild veränderte sich, und einige der Grabsteine hoben sich deutlich vom Hintergrund ab. Kindlein bat, das Band anzuhalten und das Bild einzufrieren. Dann ging er zur Leinwand und deutete mit einem Finger auf einen der Steine.

»Sieh mal, Konrad. Klar zu entziffern. Der Name eines Verstorbenen.« Er zeigte auf den nächsten Stein, dessen Inschrift ebenfalls deutlich lesbar war. »Und da haben wir noch einen.«

Morgenthaler strahlte über das ganze Gesicht, sprang von seinem Sessel auf und buffte Kindlein in die Seite.

»Mann, Frieder, du bist ja richtig in Form. Super Idee«, sagte er, drehte sich zu dem Techniker herum und bat ihn, nacheinander Grabstein für Grabstein scharf zu stellen. Dann wandte er sich wieder Kindlein zu. »Los, komm, die Namen schreiben wir uns sofort auf.«

Vom Sterberegister des Standesamtes erhielten sie die Auskunft, dass all diese Verstorbenen, deren Namen sie sich notiert hatten, auf dem Mannheimer Zentralfriedhof beerdigt worden waren. In der Hoffnung, die Grabstelle anhand ihrer Namensliste und einer Standbildaufnahme des Videos zu finden, machten sie sich sofort auf den Weg.

Der Stadtteil, in dem sich der alte Zentralfriedhof Mannheims befand und den er mit seiner enormen Ausdehnung maßgeblich beherrschte und prägte, hieß tatsächlich Wohlgelegen. Kindlein hatte dieses Kuriosum schon häufig zu allerhand Gedankenspielen angeregt, vor allem, da sich genau gegenüber dem Friedhof die Haupteinfahrt zur Universitätsklinik befand. Jedes Mal, wenn er die Röntgenstraße entlangfuhr, fragte er sich, wie man auf diese makabre Namensgebung gekommen sein konnte. Vielleicht, und den Gedanken fand er amüsant, war die Versorgung im Klinikum in früheren Zeiten derart miserabel gewesen, dass die Mannheimer einen Liegeplatz auf dem Friedhof einem Bett in diesem Krankenhaus vorzogen: *Besser für immer Wohlgelegen als monatelang darniedergelegen.* Es hätte seinem Bild von diesem Völkchen und dessen spöttisch-trockenem Humor entsprochen, der mitunter zwar ein wenig spitz, aber nie wirklich boshaft war.

Nachdem sie das fünfunddreißig Hektar große Areal einmal durchlaufen hatten, war ihnen klar, dass sie ohne Hilfe aufgeschmissen waren. Sie waren deshalb froh, einem der Friedhofswärter zu begegnen. Der alte, braun gebrannte Mann war gerade dabei, verwelkte Kränze und Blumengebinde von einem der Gräber zu entfernen und auf einen Karren zu werfen. Als sie ihm die Standbildfotografie zeigten, deutete er auf eine Stelle, die sich nicht weit von ihrem Standort entfernt befand. Morgenthaler fragte ihn, ob er den Pfarrer auf dem Bild ebenfalls kennen würde. Der Mann wusste sofort, um wen es sich dabei handelte, nannte ihnen den Namen des Geistlichen und sogar die Gemeinde, in der er seinen Dienst verrichtete.

Das Grab war keineswegs so unscheinbar, wie die beiden nach der Stimmung, die das Video vermittelte, erwartet hatten. Es war schlicht geschmückt, aber die wenigen frischen Blumen zeugten davon, dass sich jemand um seine Pflege kümmerte und die Verstorbene nicht vergaß. Anstelle eines Grabsteines stand hier noch immer ein einfaches Holzkreuz, auf dem ein emailliertes Schild mit dem Namen der Toten angebracht war. Sie hieß Marianne Voss und wäre einen Monat nach ihrem Tod vierzig Jahre alt geworden.

»Der Mann in dem Rollstuhl. Dass ich nicht gleich auf Bernhard Voss gekommen bin. Ich weiß schließlich von seiner Krankenschwester, dass er vor einem Jahr schon nicht mehr laufen konnte. Mit entsprechender Hilfe konnte er aber durchaus noch bei einer Beerdigung anwesend sein. Es wäre jedenfalls ein arger Zufall, wenn wir es plötzlich zweimal mit dem Namen Voss zu tun hätten«, wiederholte Kindlein nun schon zum dritten Mal, als sie den Neckar überquert hatten und in Neckarau ankamen.

Die Matthäus-Kirche war eines der herausragenden Bauwerke des Stadtteils, und deren Sandsteinturm war ihnen jedes Mal aufgefallen, wenn sie zu den alten Bahlbachs fuhren. Nachdem sie einige Male an der Tür des Pfarrhauses geklingelt hatten, öffnete ihnen ein Mann die Tür, der erheblich älter, aber auch größer und kräftiger war, als es auf dem Video den Anschein hatte. Erst an seiner Stimme war zu erkennen, dass es sich um dieselbe Person handelte, die an Frau Voss' Grab aus der Bibel gelesen hatte.

Drinnen, im gemütlich eingerichteten Pfarrhaus, kam Morgenthaler gleich auf den Grund ihres Besuches zu sprechen.

»Wir würden gern von Ihnen wissen, ob Sie sich noch an diese Beerdigung erinnern können.« Er zeigte dem Pfarrer den Abzug des Standbilds. »Die Verstorbene hieß Marianne Voss. Sie haben Sie letztes Jahr im Oktober beigesetzt, und die beiden Personen auf dem Foto waren die einzigen Trauergäste.«

Der Pfarrer schaute nur kurz auf das Bild und nickte dann.

»Ja, an diese Beerdigung kann ich mich erinnern. Es gibt nur selten traurigere Begräbnisse als dieses. Außerdem ist es nicht die Regel, dass Angehörige so ein Ereignis auf Film festhalten. Aber die Verstorbene hatte Verwandte im Ausland, denen Herr Voss versprochen hatte, eine Aufnahme der Beisetzung zuzusenden.«

»Ah ja, dann nehme ich an, dass die Verstorbene Herrn Voss' Ehefrau war, richtig?«

Der Pfarrer strich sich nachdenklich durch den Bart. Dann zog er die Schultern hoch.

»Hm. Also, ich meine, dass es seine Schwester war. Aber vermutlich ist es sowieso am besten, wenn ich meine Notizen hole. Einen Moment bitte.«

Der Mann verließ kurz den Raum, kam aber schon bald wieder zurück. In einer Hand hielt er ein kleines Buch mit rotem Ledereinband.

»Nein, bei der Verstorbenen handelte es sich nicht um seine Frau. Es war tatsächlich seine Schwester. Sie kam durch einen Autounfall ums Leben. Sehen Sie.« Der Pfarrer legte das Buch geöffnet vor sie auf den Tisch und tippte mit einem Finger auf den Namen. »Frau Marianne Voss, geborene Voss.«

»Verstehe«, meinte Kindlein. »Dann war die Frau, die neben Herrn Voss am Grab stand, also seine andere Schwester.«

»Andere Schwester?«

»Na ja, denn eine lebt noch. Das weiß ich, weil die für einen Teil seiner Pflegekosten aufkommt. Er ist inzwischen nämlich bettlägerig und ein schwerer Pflegefall.«

Der Pfarrer schüttelte den Kopf.

»Nein, nein. Jetzt erinnere ich mich besser. Es war nämlich ausgesprochen mühselig, sich mit Herrn Voss zu unterhalten. Aufgrund seiner Krankheit konnte er kaum noch sprechen. Aber er wiederholte mehrfach, wie traurig es sei, die einzige Schwester durch solch ein Unglück verloren zu haben.«

Kindlein gefiel die Antwort des Pfarrers nicht.

»Ein Irrtum ist ausgeschlossen?«

»Ja, absolut«, entfuhr es dem Pfarrer entschlossen. »Ich sagte ja schon, dass die Verstorbene eine geborene Voss war. Und außerdem gab es da noch dieses eigenartige Anliegen von Herrn Voss' Begleiterin. Als ich meine Predigt beendet hatte, kam sie nämlich auf mich zu und stellte mir eine äußerst befremdliche Frage. Sie fragte mich allen Ernstes, ob es möglich sei, dass sie Frau Voss posthum heiraten könne.«

»Äh?«

»Sehen Sie, junger Mann. Jetzt stellen Sie sich mal vor, wie verwirrt ich erst war. Ich bin weiß Gott nicht prüde, nur weil ich

Geistlicher bin, aber bei der Frage blieb mir doch die Spucke weg. Ich bin auch nicht gegen die Ehe Gleichgeschlechtlicher, aber eine posthume Heirat ist weder von Rechts wegen zulässig, noch wäre sie aus ethischen Gründen verantwortbar. Für eine Eheschließung sollte – und muss vor allem – das Einverständnis *beider* Partner unabdingbare Voraussetzung sein.«

»Hm. Das ist wirklich ein außergewöhnliches Anliegen. Haben Sie denn irgendeine Vorstellung, wer diese Frau gewesen sein könnte?«

»Keine Ahnung. Bis zu dem Moment, als sie mir diese Frage stellte, dachte ich, dass sie eine Art Betreuerin oder Krankenschwester sei, die Herrn Voss zu der Beerdigung begleitete. Er selbst war ja nicht mal in der Lage, den Rollstuhl in Bewegung zu setzen.«

»Und wie sah sie aus?«, wollte Kindlein wissen.

»Sie trug die ganze Zeit diesen dunklen Schleier. Ich hab keine Ahnung.«

»Sagen Sie mal«, fragte nun Morgenthaler, »haben Sie zufällig den Leichnam der Verstorbenen gesehen?«

»Nein, Herr Voss wollte keine offene Aufbahrung. Er hatte Angst, dass der Unfall und die Organentnahme Spuren hinterlassen hatten, die seine Schwester entstellt haben könnten.«

»Organentnahme?«

»Ja, sie war Organspenderin.«

»Hm. Und wer war für diese Aufzeichnung des Begräbnisses verantwortlich?«

»Na, die verschleierte Frau. Sonst war ja niemand da.«

»Tja, jetzt sind wir zwar nicht gerade *viel* weiter gekommen, aber immerhin ein Stück«, stellte Kindlein fest, als sie wieder in ihrem BMW saßen.

»Das würde ich auch sagen, Frieder. Wir müssen uns jetzt nur überlegen, wie wir weiter vorgehen. Von nun an steht für uns vor allem diese verschleierte Dame im Fokus. Sie hat die Beisetzung gefilmt. Das bedeutet, dass sie mit aller Wahrscheinlichkeit auch die anderen Videos aufgezeichnet haben dürfte, die wir im Keller des Gartenhauses gefunden haben. Wenn wir diese Frau finden, können wir uns eigentlich nicht mehr weit vom Täter entfernt aufhalten. Und vielleicht hatte der Pfarrer ja gar keinen so schlechten Riecher mit seiner Vermutung, dass sie Voss' Betreuerin war.«

»Eine Betreuerin, die seine Schwester heiraten wollte?«

»Warum nicht?«

»Aber was ist mit dieser angeblichen Schwester, die nach wie vor für seine Pflege bezahlt?«

»Keine Ahnung. Aber vielleicht können wir das alles bei diesem Pflegedienst erfahren, von dem Voss versorgt wird. Hast du eine Adresse von dem Laden?«

Kindlein kramte in seiner Jacketttasche sein kleines Notizbuch hervor und fand recht schnell, wonach er suchte.

Das Büro des Pflegedienstes lag nicht weit von der Matthäus-Kirche entfernt, mitten im Zentrum von Neckarau. Die Inhaberin war eine groß gewachsene, nadeldünne, resolute Erscheinung, die sich, kaum dass sich die beiden vorgestellt hatten, vor Morgenthaler postierte und ihm dreist in den Bauch kniff.

»Da müssten Sie mal was machen, Herr Kommissar«, sagte sie mit dunkler Stimme.

Kindlein sah Morgenthaler zum ersten Mal leicht erröten.

»Ich weiß, aber wir sind nicht meinetwegen hier. Es geht um einen Ihrer Patienten. Sein Name ist Bernhard Voss. Wir haben hier ein Foto, auf dem er abgebildet ist. Es ist ziemlich genau ein Jahr alt. Daneben steht eine Frau. Wir vermuten, dass es sich bei ihr um eine Art Krankenschwester handelt, die ihn zu diesem Begräbnis begleitet hat. Der Schleier verbirgt ihr Gesicht, ich weiß. Aber ich wollte Sie dennoch fragen, ob Ihnen die Person vielleicht vom äußeren Erscheinungsbild her bekannt ist. Oder können Sie herausfinden, wer Herrn Voss an diesem 14. Oktober des letzten Jahres betreut hat?«

Die Frau betrachtete sich die Standaufnahme des Videos eingehend und gab sie schon bald an Morgenthaler zurück.

»Nein, ich erkenne darauf niemanden. Aber ich sehe mal in unseren Unterlagen nach.«

Sie ging zu einem Karteischrank und zog dort nach kurzem Suchen einen Hängeordner hervor. Den klappte sie auf, schüttelte aber alsbald den Kopf.

»Also, laut Pflegebericht wurde er an diesem Tag erst abends betreut. Hier steht, dass er auf die zuständige Kollegin einen sehr deprimierten Eindruck gemacht hat. Auf Fragen nach den Gründen soll er jedoch nicht reagiert haben.«

»Hm. Klar, nach einer Beerdigung ist man nie gut gestimmt. Aber was ist mit dieser Kollegin, die Sie eben erwähnten? Hätte die, obwohl sie Herrn Voss erst abends betreute, zuvor auch noch mit ihm auf dieser Beerdigung gewesen sein können?«

»Sicher. Das hätte sie natürlich tun können. Aber die Kollegin, von der wir hier sprechen, ist erheblich kleiner als die Frau auf dem Foto und, sagen wir mal – korpulenter.« Bei dieser Bemerkung hob sie eine Augenbraue und bedachte Morgenthalers Bauch erneut mit einem kurzen, aber kritischen Blick. Sie sah so aus, als wollte sie jeden Moment wieder hineinkneifen. Morgenthaler zog den Bauch ein und wich einen Schritt zurück.

»War einen Versuch wert. Aber wie steht es denn mit Herrn Voss' Pflegekosten? Von einer Ihrer Mitarbeiterinnen haben wir gehört, dass ein Teil davon von seiner Schwester bezahlt wird. Ich würde gern erfahren, ob das noch immer der Fall ist und ob Sie über diese Frau vielleicht etwas wissen.«

»Um was geht es denn genau?«

»Na ja, zum Beispiel, ob Sie sie in der letzten Zeit mal gesehen haben.«

»Ich glaube, das ist mindestens ein Jahr her.«

»Ah ja. Aber sie bezahlt noch immer regelmäßig für seine Pflege?«

»Warten Sie.« Die Frau blätterte nun wieder in ihrem Ordner. »Ja, pünktlich jeden Monat. Seit gut drei Jahren. Anfangs nur für sporadische Pflegedienste, ziemlich bald jedoch für sehr umfangreiche und seit acht Monaten für kontinuierliche.«

»Hm. Von dieser Mitarbeiterin wissen wir aber auch, dass Herr Voss ab und an Besuch von seiner Schwester erhält. Ist denn eine der Kolleginnen, die ihn häufiger betreuen, anwesend?«

Die Frau zuckte mit der Schulter und verschwand dann kurz hinter einer weißen Tür, die an die Empfangsdiele angrenzte. Als sie zurückkam, folgte ihr eine junge Frau in weißer Berufskleidung. Auf Anfrage Morgenthalers bestätigte die, dass Herr Voss zeitweilig Besuch von seiner Schwester erhielt.

»Können Sie die Frau beschreiben?«

»Sie hat sehr langes, schon ziemlich graues Haar und ansonsten ... schwierig. Etwas spießig vielleicht.«

»Wie alt schätzen Sie sie? Und wie groß etwa?«

»Puh, ich glaube, dass sie schon so um die fünfzig sein könnte. Und sie ist so groß wie die Chefin«, sagte die junge Frau, wobei sie auf die Leiterin des Pflegedienstes deutete. Die sah ihre Angestellte irritiert an.

»Fällt Ihnen noch etwas ein?«

»Na ja, ich weiß nicht, ob das wichtig ist. Aber sie ist immer sehr schnell da, wenn wir sie mal brauchen. Und das ist mitunter wirklich hilfreich. Gut, sie hat es auch nicht weit, weil sie schräg gegenüber von der Wohnung ihres Bruders wohnt.«

Die Leiterin baute sich nun mit verschränkten Armen vor Morgenthaler auf und fixierte ihn.

»Also nichts für ungut, Herr Kommissar, ich habe Herrn Voss' Schwester zwar schon seit über einem Jahr nicht mehr gesehen, habe sie aber völlig anders in Erinnerung als meine Mitarbeiterin.«

Die junge Krankenschwester blickte kurz etwas verdattert, schwieg aber, offensichtlich um es sich mit ihrer Chefin nicht zu verscherzen.

»So, wie denn?«, fragte Morgenthaler.

»Die Person, die ich meine, ist erheblich kleiner, auf jeden Fall unter einssiebzig. Und als ich sie das letzte Mal gesehen habe, hatte sie ordentlich abgenommen. Könnten Sie übrigens wirklich auch mal vertragen.«

»Ja, nun ist es aber gut.«

»Ich meine ja nur. Außerdem ist sie blond, eine attraktive Erscheinung und immer recht gut gekleidet. Ich glaube, sie hat grüne Augen. Altersmäßig würde ich sie auf etwa Mitte dreißig bis vierzig schätzen.«

Kindlein und Morgenthaler warfen sich vielsagende Blicke zu. Die Beschreibung war ihnen hinlänglich bekannt.

»Das klingt alles äußerst interessant, muss ich sagen«, antwortete Morgenthaler. Dann wandte er sich beiden Frauen zu. »Ich verstehe nur nicht, wie sich Ihre Beschreibungen ein und derselben Person derart gravierend voneinander unterscheiden können.«

»Also, ich auch nicht«, antwortete die Leiterin und sah die Kollegin giftig an.

Die junge Frau zog kühl die Schultern hoch. »Vielleicht hat Herr Voss ja zwei Schwestern. Die, die ihn besucht, sieht jedenfalls so aus, wie ich sie beschrieben habe.«

Morgenthaler hielt nun auch ihr das Foto hin. »So etwa?«

Die junge Frau betrachtete es sich kurz. »Da sieht man ja gar nichts. Na ja, die Größe könnte hinkommen.«

»Hm. Seit wann versorgen Sie denn Herrn Voss?«, fragte Morgenthaler.

»Seit Ende letzten Jahres. Genauer gesagt seit November.«

»Aha, und ihre Kolleginnen?«

»Verschieden. Aber inzwischen bin ich am längsten bei ihm«, antwortete sie und sah ihre Chefin an, als wenn sie sich für diese Antwort auch gleich entschuldigen wollte.

»Na ja«, mischte sich die Leiterin mit einem überzuckerten Säuseln in der Stimme ein, »die personelle Fluktuation. Sie wissen schon. Ist alles nicht mehr so leicht.« Dabei verfärbte eine leichte Röte ihre Wangen.

Die junge Schwester äußerte sich nicht dazu, was genug besagte.

»Und Sie?«, sprach Morgenthaler die Leiterin daraufhin direkt an. »Wann waren Sie das letzte Mal bei Herrn Voss?«

»Ich? Äh … was soll ich da?«

»Na ja, er ist Ihr Kunde. Ich dachte, dass man sich da hin und wieder mal zeigt und sich vom Zustand seines Patienten ein Bild macht – oder ein Gespräch mit den Angehörigen führt.«

Die Röte verwandelte sich nun in ein tiefes Purpur.

»Gut«, meinte Morgenthaler, als er feststellte, dass von beiden Frauen nichts mehr kam. »Denken Sie bitte noch mal genau nach. Es ist jetzt wirklich wichtig. Gibt es sonst noch irgendetwas in Bezug auf Herrn Voss' Schwester, das Ihnen beiden aufgefallen ist? Es können auch Kleinigkeiten sein, Dinge, die Sie nicht für erwähnenswert halten. Egal, was es ist, es könnte von Bedeutung sein.«

Den Frauen war anzusehen, dass sie ernsthaft nachdachten. Es war die Leiterin, der schließlich noch etwas einfiel.

»Als ich sie das letzte Mal gesehen habe, kam sie mit dem Fahrrad gefahren. Und ich war ziemlich erstaunt, weil hinten an ihrem Rad ein Kinderanhänger hing. Da ich wusste, dass sie kinderlos ist, habe ich sie auf das Gefährt angesprochen. Und wissen Sie was? Sie hat ihren Hund damit transportiert. Der arme Kerl hatte ein Hüftleiden und war gerade operiert worden. Dank diesem Ding konnte sie mit ihm aber wenigstens ins Grüne fahren.«

»Praktisch«, sagte Morgenthaler lapidar, verzog seinen Mund zu einem bitteren Lächeln und warf Kindlein erneut einen kurzen vielsagenden Blick zu.

»Genau. Das habe ich auch gedacht.«

»Tja, ich glaube, wir wissen jetzt genug. Wir haben nun nur noch ein winziges Problem: Diese Frau, von der wir gerade sprechen, ist seit fast einem Jahr tot.«

Die Leiterin schlug sich die Hand vor den Mund. »Ach Gott. Dann war das auf dem Bild etwa *ihre* Beerdigung? Das habe ich nicht gewusst. Das Herz, nicht wahr?«, entfuhr es ihr spontan.

»Wie?«

»Na ja, man konnte das Klicken von Frau Gerbers künstlicher Herzklappe ja nicht überhören. Ticktack, ticktack.«

Nun stand Morgenthaler der Mund offen, und er schlug sich an die Stirn. *Die Familie in Almenhof – das Mädchen – die altmodische Armbanduhr – ticktack, ticktack.*

»*Wessen* Herzklappe?«, fragte er mit sich beinahe überschlagender Stimme.

»Frau Gerbers. Herrn Voss' Schwester.«

»Wie, sie hieß gar nicht Voss?«

»Nein, Gerber, Marianne Gerber.«

Morgenthaler griff, ohne zu zögern, zu seinem Handy. Kindlein zog er dabei zu sich heran, damit der mithören konnte. Und kaum dass der Teilnehmer sich gemeldet hatte, begann er auch schon zu sprechen.

»Hallo, Herr Bahlbach. Sie haben mir heute Morgen von einer

gewissen Frau Gerber berichtet. Und Sie haben dabei auch ihre Scheidung erwähnt. Wissen Sie zufällig noch ihren Mädchennamen?«

»Ja, Voss, warum?«

Morgenthaler ballte eine seiner kräftigen Hände zur Faust und streckte den Daumen in die Höhe.

»Hat sie diesen Namen irgendwann mal wieder angenommen?«

»Nicht zu meiner Zeit. Aber gut vorstellbar, dass sie es getan hat. Ihre Ehe war die reine Hölle.«

»Und wie sieht Frau Gerber aus?«

»Klein, blond, adrett, nicht ganz schlank. Quirlige Person.«

»Danke, Herr Bahlbach, das reicht schon.«

Nach dem Gespräch wählte Morgenthaler sofort eine weitere Nummer an. Es war die des Kollegen Seiters.

»Hallo, hier Konrad. Hör zu, Fred. Du hast, gemeinsam mit Bücklein, vor geraumer Zeit einige Personen besucht, denen Bahlbach gekündigt hat. Da seid ihr auch bei einer Frau Gerber gewesen. Das weiß ich, weil es davon eine Besuchsnotiz gibt. Erinnerst du dich vielleicht?«

»Puh, das waren viele, die wir besucht haben.«

»Laut eurem Protokoll war ihre Nachmieterin da und hat behauptet, dass Frau Gerber nicht mehr in Mannheim lebt. So habt ihr das damals jedenfalls notiert.«

»Ah, genau. Jetzt erinnere ich mich trübe.«

»Immerhin. Aber jetzt denk mal genau nach. Habt ihr zufällig mitbekommen, wie diese Frau hieß?«

»Klar«, kam es aus Seiters' Mund geschossen, »die Frau hieß Boss, das stand auf ihrem Türschild.«

»Voss vielleicht?«

»Boss, Voss. Ja, in dem Dreh.«

»Und wie sah sie aus?«

»Oje. Keine Ahnung. Irgendwie farblos, würde ich sagen. Ein Mauerblümchen.« Dann folgte eine kurze Pause. »Tut mir leid, Konrad, aber es gibt so Leute. Zu denen fällt einem nichts ein.«

# 19

Durch die schmiedeeisernen Streben des verschnörkelten Gitterzauns war das Grundstück gut zu überblicken. Von dem altertümlichen Eingangstor, vorn an der Straße, bis hin zur sandsteinfarbenen Eingangstreppe des schmucken Hauses verlief ein schmaler, mit behauenen Granitplatten gepflasterter Pfad. Mit leichtem Schwung wand er sich durch einen vernachlässigten, aber sattgrünen Rasen. Um den Stamm eines Zwetschgenbaums lag das längst abgeworfene Obst herum, verfaulte und verschimmelte unansehnlich. Die ersten herabgefallenen Blätter waren auf der Sitzfläche einer kleinen Gartenbank liegen geblieben. Im Gras lagen zwei faustgroße, stark genoppte bunte Gummibälle, und auf der untersten Stufe der Haustreppe stand ein bis zum Rand hin gefüllter Wäschekorb. Oben auf dem überdachten Treppenabsatz, direkt vor der massiv wirkenden Haustür, lag ein aufgespannter Regenschirm auf der Seite. Es schien sich jemand im Haus aufzuhalten, denn zwei Fenster der untersten Etage standen weit offen. Musik drang leise nach draußen.

Morgenthaler betrachtete das dunkel emaillierte Metallschild auf dem Sandsteinpfeiler und bediente den Klingelknopf.

»M. Voss. Frau Gerbers Geburtsname. Die Frau ist längst tot, und noch immer hängt hier ihr Namensschild.«

»Vielleicht heißt ihre Nachmieterin zufällig auch Voss.«

»Glaubst du an solche Zufälle? Frau Voss ist seit einem Jahr tot, und wer nun hier wohnt, trägt einen anderen Namen. Welchen, werden wir gleich erfahren.« Morgenthaler drückte die Klingel erneut.

»Muss jedenfalls eine seltsame Person sein, denn wer ein Haus bezieht, bringt meist als Erstes sein eigenes Namensschild an und lässt nicht das der verstorbenen Vormieterin hängen.«

»Und hilft auch nicht bei der Pflege des Bruders der Vormieterin. Aber du siehst ja, dass bisher viel Seltsames passiert ist. Würde mich nicht wundern, wenn es so weiterginge«, meinte Morgenthaler und klingelte noch einmal.

»Scheint niemand da zu sein«, sagte Kindlein irgendwann.

»Hm. Ich hätte wetten können.« Morgenthaler setzte zu einem letzten Versuch an. Kurz bevor er den Klingelknopf berührte, legte ihm Kindlein jedoch die Hand auf den Arm.

»Sieh mal. Da drüben.« Er deutet auf den Zwetschgenbaum. Hinter dem Stamm des Baumes kam eine grauhaarige, in die Jahre gekommene Boxerhündin zum Vorschein. Sie fixierte die beiden und trabte schließlich in gemächlichem Tempo auf sie zu. Am Zaun angekommen, streckte sie ihren Kopf durch die Streben, stupste Kindlein mit ihrer feuchten Nase an.

»Okay, Frieder, ich glaube, wir müssen was unternehmen«, sagte Morgenthaler und lief eilig davon. Kindlein sah, dass er zu ihrem Auto ging.

Als Morgenthaler zurückkam, hatte er einen Bund Dietriche dabei.

»Du willst doch nicht etwa …?«, entfuhr es Kindlein.

»Doch«, antwortete Morgenthaler knapp. Nach wenigen Versuchen mit verschiedenen Formen und Größen öffnete er schließlich das Eisentor. Die Hündin machte keinerlei Anstalten, ihn daran zu hindern. Und selbst auf dem Weg zum Haus war sie eher daran interessiert, von Kindlein gestreichelt zu werden, als daran, die beiden Eindringlinge zu verscheuchen.

Oben auf dem Treppenabsatz schob Morgenthaler den Schirm beiseite und versuchte sich gleich am Sicherheitsschloss der schweren Haustür. Kindlein war nicht wohl dabei, aber Morgenthaler ließ sich nicht abbringen.

»Fred Seiters ist hier einer Frau begegnet, die etwas zu verbergen hat, denn sie gibt sich als Frau Voss aus. Zusammen mit deren Hund hält sie sich hier in diesem Haus auf. Haare und Speichel dieses Hundes spielen im Mordfall Bahlbach eine bedeutende Rolle, und Frau Voss selbst ist uns im Zuge unserer Ermittlungen mehrmals als mögliche Tatbeteiligte aufgefallen. Sie kannte Bahlbach. Unter ihrem Ehenamen Gerber hat sie lange Jahre in dessen Firma gearbeitet, bevor sie schließlich vor zwei Jahren gefeuert wurde. Nun, nach ihrem Tod, wird ihr kranker Bruder regelmäßig von ebenjener Frau pflegerisch mitversorgt, die nach ihr hier in diesem Haus wohnt. Das macht nur jemand, der dem kranken

Mann ausgesprochen zugetan ist. So jemand begleitet ihn garantiert auch zur Beerdigung seiner einzigen Schwester, wenn er auf Hilfe angewiesen ist, um dorthin zu gelangen. *Sie* hat am Grab von Frau Voss gestanden und ist somit auch jene Frau, die den Pfarrer auf die posthume Heirat ansprach. Sie war demnach nicht nur irgendeine gute Freundin der beiden Geschwister, sondern weitaus mehr. Sie war Frau Voss' Lebenspartnerin. Herr Voss, also ihr ›Schwager‹, ist ebenfalls eine interessante Person. Immerhin hatte er einstmals Kontakt zu Tobias Schlegel – einem unserer Opfer. Ich finde, das rechtfertigt viel.«

Die Tür ging auf.

Vorsichtig betraten die beiden einen hellen Treppenflur. Aus einem der angrenzenden Zimmer drang klassische Musik. Ein Pianist erzeugte dunkle satte Akkorde auf seinem Instrument, während die Streichinstrumente des Orchesters unisono ein äußerst melancholisch klingendes Thema vortrugen. Es war ein langsamer Satz, und Kindlein war sicher, ihn schon einmal gehört zu haben.

Der erste Raum, den sie betraten, war vollständig leer geräumt. Hier gab es weder Möbel noch irgendwelche anderen Gegenstände, mit denen sich ein Mensch normalerweise umgab. Einzig ein altmodisches Blumenstillleben hing einsam an einem schmalen Streifen Wand zwischen zwei Fenstern. Mehrere helle Areale auf dem Parkettboden zeugten davon, dass an diesen Stellen vor noch nicht allzu langer Zeit Schränke gestanden hatten.

Auch der nächste Raum war ausgeräumt. Drei in einer Ecke des Zimmers übereinandergestapelte Stühle waren alles, was von der Möblierung übrig geblieben war.

»Verstehst du das?«, fragte Kindlein, während sie zur Diele zurückliefen.

Morgenthaler zuckte nur mit den Schultern. Dann betraten sie einen der anderen Räume, die vom Treppenhaus abgingen. Es war die Küche, und von hier kam auch die Musik. Ein altes Transistorradio spielte. In der Küchenzeile klaffte eine breite Lücke, die bei näherer Betrachtung der Standort einer Geschirrspülmaschine gewesen sein musste. Die Küche war enorm groß und ehemals als Wohnküche konzipiert gewesen, denn eine weiß gestrichene Eckbank erinnerte noch an einen großzügig bemessenen Sitz- und

Essbereich, dem nun allerdings Tisch und Stühle fehlten. Die Sitzflächen der Bank waren mit einem festen dunkelblauen Stoff bezogen, der an einer Stelle auffällig zerlöchert war, sodass dort Polstermaterial hervorquoll. Der Terrazzoboden hingegen war in bestem Zustand und, wie alles, was sie bis dahin in dem Haus gesehen hatten, sauber und gepflegt.

»Siehst du irgendwas, das Aufschluss über die Person gibt, die hier wohnt?«, fragte Morgenthaler schließlich

»Nein.« Kindlein öffnete den Kühlschrank und warf einen Blick hinein. »Das Einzige, was ich sehe, ist, dass es ihr finanziell nicht gerade gut zu gehen scheint. Hier stehen eine angefangene Packung Billigmargarine und ein Glas Erdbeerkonfitüre einer mindestens genauso preiswerten Marke. Ansonsten herrscht gähnende Leere.« Kindlein sah, dass neben dem Kühlschrank, auf einer Arbeitsplatte, ein Brotkasten stand. In den schaute er auch hinein.

»Puh, das Brot ist uralt.«

Sie entdeckten eine Tür, die die Küche mit einem weiteren Zimmer verband. Kindlein schaltete das Radio aus.

Dieser Raum war zu ihrer Überraschung eher übermöbliert. An einer Seitenwand standen dicht nebeneinandergedrängt drei billige Kleiderschränke aus Resopal, und in einer Ecke lag eine mit Bettwäsche bezogene Matratze. Mitten im Raum stand ein hoher Tisch. Er schien als Schreibtisch benutzt zu werden, denn er war übersät mit irgendwelchen Dokumenten, Mappen und Zeitungsausschnitten. Auf dem Boden, an die massiven Tischbeine angelehnt, standen dicke schwarze Kunstleder-Alben, die eine Fotosammlung zu beherbergen schienen.

In einer Ecke der hinteren Wand entdeckte Morgenthaler eine in Altrosa lackierte Kommode. Davor stand ein Stuhl.

»Das sieht ja eigentümlich aus.« Er meinte damit den Gesamteindruck, denn auf der Kommode stand ein weit geöffnetes kleines Apothekerschränkchen. Die Regalböden waren herausgenommen worden, sodass er völlig leer war. Innen an der Rückwand hing die gerahmte Fotografie einer milde lächelnden blonden Frau. Direkt vor dem Schränkchen standen zwei dicke weiße, links und rechts davon mehrere schlanke rote Kerzen.

»Die Frau auf dem Bild muss Marianne Voss sein«, meinte Morgenthaler.

Kindlein sah sich das Foto an und nickte.

»Ja, nun stehen wir ihr endlich gegenüber – unserer Unbekannten. Schon ein seltsames Gefühl, oder?« Dann atmete Morgenthaler tief durch. »Weißt du, an was mich das ganze Arrangement hier erinnert? An eine Gedenkstätte oder einen Altar. Hier hat sich jemand einen Schrein errichtet, weil er Marianne Voss nicht vergessen kann, ihrer in tiefer Trauer gedenkt und mit ihr Zwiesprache hält.«

Kindlein nickte wieder.

Schweigend ging Morgenthaler zu dem großen Küchentisch und begann vorsichtig das darauf liegende Sammelsurium zu durchwühlen. Das Erste, was er in der Hand hielt, war ein Zeitungsausschnitt.

»Schau mal, das stammt vom 28. September vor einem Jahr. Ein Autounfall mit Todesfolge auf der A 656. Das Opfer war eine neununddreißigjährige Frau.«

Er wühlte weiter. Dann hielt er einen weiteren Zeitungsartikel in der Hand und las kurz drüber.

»Hier haben wir es. Ein grüner Opel Corsa. Er ist plötzlich, ohne äußeres Zutun, von der Fahrbahn abgekommen und hat sich dann mehrmals überschlagen. Die Frau wurde gleich nach Eintreffen der Rettungseinheiten ins Mannheimer Klinikum gefahren. Sie erlitt schwere Schädelverletzungen.«

Er legte die Artikel beiseite und las einen beschrifteten weißen DIN-A4-Bogen auf. Nachdem er einige der verfassten Zeilen gelesen hatte, gab er ihn an Kindlein weiter.

»Ein Dankschreiben, Frieder.«

Es stammte vom April dieses Jahres, und dem Briefkopf zufolge kam es von einer Organspende-Organisation. Es war an Bernhard Voss gerichtet, und Kindlein war erstaunt, wie formell und nüchtern es gehalten war und wie schlicht vor allem der Dank ausfiel, den ihm die Organisation dafür aussprach, dass seine Schwester Marianne am 3. Oktober letzten Jahres mehrere Organe gespendet hatte.

»Dünn, oder?«

»Sehr dünn. Ich habe mir so was immer ein wenig herzlicher vorgestellt. Hier sind übrigens noch mehr Fotos von Frau Voss«, meinte Morgenthaler.

Kindlein betrachtete die Abzüge. Auf jeder der Fotografien war eine gut gelaunte und offenherzige Person zu sehen, die zudem weitaus jünger wirkte, als sie tatsächlich war. Leider sah man auf den Fotos keine anderen Personen.

»Und Mahnungen, Frieder. Haufenweise«, ergänzte Morgenthaler. »Frau Voss hat seit fünf Monaten ihre Miete nicht bezahlt. Die letzte Zahlungserinnerung stammt von diesem Monat. Ihr Vermieter weiß offenbar nicht, dass sie schon seit einem Jahr tot ist.«

»Hm. Und was soll das sein?« Kindlein griff nach einer blauen Mappe. »›Schwein Bahlbach‹ steht da drauf. Klingt interessant.«

»Schlag mal auf, Frieder.«

»Da ist eine handgeschriebene Liste drin. Darauf sind sämtliche Namen notiert, die Bahlbach in dem Video aufsagen musste«, stellte Kindlein fest.

Morgenthaler nahm die Mappe an sich und überflog die Auflistung.

»Hm. Inklusive dem von Marianne Voss. Aber auf dem Band ist sie mit keinem Wort erwähnt worden.«

»Vergewaltigt oder gekündigt?«

Morgenthaler überging die Frage. Er legte den Papierbogen beiseite und entnahm der Mappe ein weiteres Dokument. An dessen obere rechte Ecke waren mit Büroklammern mehrere Fotografien angeheftet worden.

»Das ist ja der Hof von Tobias Schlegel«, meinte er erstaunt, als er die Fotos durchsah. »Und auf einigen kannst du Schlegel selbst erkennen.«

Kindlein betrachtete sich die Fotos kurz. »Wahnsinn. Was soll das denn?«

»Der ist beobachtet worden«, sagte Morgenthaler. »Und zwar über einen ziemlich langen Zeitraum hinweg. Und auf dem Blatt hier sind kleine Notizen hingeschrieben worden. Hinter jedem steht ein Datum. Der wurde über einen Zeitraum von mehr als drei Jahren in unregelmäßigen Abständen observiert.« Morgenthaler fand noch mehr Blätter in der Mappe. »Auch Bahlbach und seine Familie wurden beobachtet. Sogar der blaue Kinderanhänger wird erwähnt. Und kennst du das hier?« Morgenthaler deutete mit dem Finger auf eine Zeile.

»Die Adresse von dieser Hebamme«, meinte Kindlein.

»Genau.«

»Und Bernhard Voss war für all dies hier der Informant. Er hat den Chef seiner Schwester gekannt. Und als er damals in Hollerbach war, hat er Schlegels Ähnlichkeit mit ihm bemerkt und den beiden Frauen davon erzählt.«

»So sieht es aus, Frieder. Aber an dieses Blatt ist noch ein Zeitungsausschnitt angefügt worden. Auf dem hat jemand das Unfalldatum von Marianne Voss mit Markierstift umkreist. Und es sind Satzteile in dem Artikel verändert worden. Aus dem Wort Unfall wurde *Vergewaltigung* gemacht. Und statt ›ohne Fremdverschulden‹ heißt es nun ›durch Bahlbachs Schuld‹.«

»Das ist die Antwort auf meine Frage von vorhin, oder?«, fragte Kindlein.

»Komm, lass uns weitersuchen. Wir müssen wissen, wer hier wohnt.«

Morgenthaler bückte sich und hob eines der schweren Fotoalben auf.

Kindlein hatte ebenfalls etwas entdeckt, das seine Aufmerksamkeit erregte. Neben einem der Resopalschränke hing ein beigefarbenes Sommerkleid über einer Art Gestell oder Ständer. Durch den Schlitz des Kleides hindurch war eines der Gestellbeine zu erkennen. Er ging darauf zu und schob das Kleid beiseite.

»Sieh mal, Konrad.«

Morgenthaler schaute zu ihm rüber, und als er erkannte, was Kindlein entdeckt hatte, lief ein Strahlen über sein Gesicht.

»Das Stativ. Super. Wir kommen der Sache näher. Guck doch mal, ob du auch noch die Videokamera findest.«

Kindlein öffnete einen der klapprigen Schränke. Auf einer gefährlich durchhängenden Messingstange hing eine Unzahl von Kleidungsstücken dicht aneinandergepresst. Sie alle hatten eine mehr oder minder dunkle Farbe und kamen ihm ausgesprochen langweilig, aber auch sonderbar bekannt vor. Er zog zwei Bügel auseinander und betrachtete die Garderobe näher. Es waren ausschließlich Jacketts, zu denen entweder eine gleichfarbige Hose oder ein Rock gehörten. Plötzlich stieß er mit seinem Fuß gegen etwas, das vor dem Schrank stand. Er schaute zu Boden. Vor ihm stand ein Paar dunkelbrauner auf Hochglanz polierter Damenslipper mit vergoldeter Schnalle. Kindlein hob einen der Schuhe auf und sah sich die Sohle an.

»Schau mal. Größe zweiundvierzig«, sagte er laut.

Morgenthaler antwortete nicht. Er war mit weit geöffneten Augen in eines der Fotoalben vertieft.

Kindlein sah sich noch einmal den Inhalt des Schrankes an. Und als er wieder zwei der Bügel auseinanderzog, juckte es ihn plötzlich an der Nase. Er ließ die Kleidungsstücke los und kratzte sich. Als das Jucken nachließ, haftete ein kleines dünnes Haar an seinem Daumen. Es schien von dieser Hündin zu stammen. Ein kräftiges Schütteln seiner Hand reichte nicht – das Haar blieb hartnäckig am Daumen hängen. Also streifte er es an seiner Hose ab. Als er sah, dass es nun am Hosenstoff hängen blieb, versuchte er, es mit den Fingern wieder aufzulesen. Dann warf er erneut einen Blick in den Schrank und riss schließlich seinen Körper herum.

»Konrad, ich weiß jetzt, wer hier wohnt«, sagte er.

»Ich auch«, antwortete Morgenthaler und hielt eine Fotografie in die Höhe.

*Alles hat sich geändert, Marianne.*

*Kannst du dich erinnern, als Bernhard das erste Mal von seinem Besuch im Odenwald gesprochen hat? Wie er Tobias so ganz plötzlich gegenübergestanden hatte? In dem alten Bauernhaus? Das ist lange her. Wir hatten sofort einen Plan – aber der war Mist. Danach haben wir noch vieles geplant. Wir haben dabei immer viel gelacht und uns vorgestellt, was Bahlbach für ein Gesicht ziehen würde, wenn alles über ihm zusammenbrechen würde.*

*Ich habe dieses Gesicht gesehen, Marianne. Neulich, in dem Keller, da habe ich es gesehen. Da war tatsächlich alles über ihm zusammengebrochen. Aber es war ein Gesicht, bei dem einem das Lachen vergeht. Seiher gibt es für mich keinen Grund mehr, auf irgendwas stolz zu sein.*

*Natürlich, ich war immer schon verzagt und bin zu einem genügsamen prüden Duckmäuser erzogen worden. Somit ist es enorm, dass ich es geschafft habe, die Erniedrigung des Menschen, den ich geliebt habe, nicht genauso hinzunehmen wie meine eigene. Aber das wiegt nichts auf. Es wiegt vor allem nicht auf, dass wir unsere Liebe immer im Verborgenen halten mussten, weil ich so unsäglich feige war. Über diesen Schatten konnte ich nie springen – nicht mal, als es wirklich wichtig gewesen wäre.*

*Ich schäme mich unsäglich, denn noch in den letzten Stunden deines Lebens habe ich dich verleugnet. Ich habe in diesem Krankenhaus niemandem gesagt, dass du meine Liebe, mein Ein und Alles, die Gefährtin meines Lebens bist. Selbst als es nur noch um dich, um dein Überleben, deinen Tod ging, habe ich mich geniert, zu uns zu stehen – noch immer, weil ich Angst hatte, dass es jemand im Betrieb erfährt. Erst jetzt – und das ist so unendlich grausam – weiß ich zudem, dass die Ärzte niemals getan hätten, was sie taten, wenn sich dein Lebenspartner vehement gegen ihr Vorhaben gestellt hätte.*

*Und es gibt noch eine Niederlage, die ich offenbaren muss: Ich habe dir versprochen, mich immer um Bernhard zu kümmern, weil wir wollten, dass er bei sich zu Hause sterben darf. Aber ich kann inzwischen weder die Miete für dein Haus noch Bernhards Pflegekosten bezahlen. Das Inventar des Hauses ist bis auf das letzte Möbel verkauft, meine Ersparnisse sind aufgebraucht, und Kredite bekomme ich nicht mehr. Ich habe verloren – wir alle haben verloren, Marianne: du, Bernhard und ich.*

*Nun liegt auch der Schirm nicht mehr da, wo ich ihn hingelegt habe, und vor dem Tor steht das Auto der beiden Kriminalbeamten. Sie sind im Haus. Nun werden sie alles erfahren. Und dass deine Kaya eine Seele von Hund ist, die die beiden nicht daran hindern wird, wissen wir beide.*

*Die Krankenschwester habe ich nach Hause geschickt. Bleibt mir nur, mich von Bernhard zu verabschieden. Ich werde ihn für dich küssen und umarmen. Und dann?*

*Dann würde ich gern so wunderbar schweigen können wie er und mich nur noch mit dir unterhalten.*

»Da wäre ich niemals drauf gekommen, nie im Leben«, bemerkte Kindlein fassungslos, als sie aus dem Haus liefen.

»Die beiden waren ein Paar, Frieder, und das vermutlich über viele Jahre. Der Tod von Marianne Voss hat sie fürchterlich traumatisiert. Zudem war auch sie eine Getretene. Und wer getreten wird, tritt irgendwann zurück. Dann kam Frau Voss' Unfall, ausgelöst durch die vorangegangene Vergewaltigung, und schließlich ihr elender Tod. Wieder war Bahlbach Täter und Verursacher. Das hat sie völlig gebrochen und zu einer eiskalten Mörderin werden lassen.«

»Nun gut, den Hass auf Bahlbach kann ich nachvollziehen. Aber Tobias Schlegel hatte mit alldem doch überhaupt nichts zu tun.«

»Tja, er hatte das Pech, der Zwilling eines Unmenschen zu sein, ein Zwilling, von dem niemand wusste, weder er selbst noch sein Bruder – nicht einmal seine eigene Mutter. Er war das ideale Medium, um Bahlbach zu zerstören.«

»Irrsinn. Und nun?«

»Sie muss sich hier in der Nähe aufhalten. Nach den verheerenden Regengüssen der letzten Zeit lässt niemand sein Fenster offen stehen, wenn er für längere Zeit aus dem Haus geht. Hat die junge Krankenschwester nicht behauptet, dass Voss' Wohnung schräg gegenüberliegt?«

»Natürlich«, entfuhr es Kindlein, und er schlug sich dabei an den Kopf. »Die ist drüben bei Voss.« Er deutete auf ein graues trostloses Mietshaus aus den fünfziger Jahren.

Beide schauten zur anderen Straßenseite rüber. Im zweiten Stockwerk, hinter einem der Fenster, war für Augenblicke das Gesicht einer Frau zu erkennen. Für einen kurzen Moment hatte sie die beiden fixiert. Dann verschwand sie hinter den Gardinen.

So schnell sie konnten, rannten Kindlein und Morgenthaler auf die andere Straßenseite. Und als sie das Haus erreicht hatten, drückte Morgenthaler sofort auf sämtliche Knöpfe der Klingelanlage. Sekunden vergingen. Er drückte noch einmal alle Knöpfe. Wieder verstrich Zeit. Schließlich surrte es im Türschloss.

Oben angelangt, klopfte Morgenthaler sofort kräftig gegen Voss' Tür.

»Bitte öffnen Sie. Hier ist die Kriminalpolizei.«

Sie erhielten keine Antwort. Beide zogen ihre Waffen. Dann lauschten sie. Stille.

»Da ist was faul, Konrad«, meinte Kindlein.

»Wieso?«

»Hier darf es nicht ruhig sein. Ich hör das Beatmungsgerät nicht.«

»Ach du Scheiße.«

Morgenthaler nahm Anlauf und sprang mit angezogenen Armen gegen das Türblatt. Die Zarge krachte laut, und die Tür sprang weit auf. Kindlein folgte mit der Waffe im Anschlag. Da er sich in der Wohnung auskannte, rannte er sofort zur hintersten Tür des schmalen Korridors. Morgenthaler folgte ihm und öffnete auf dem Weg nach und nach jede der anderen Türen.

Schon beim Eintreten in das Zimmer des Kranken sah Kindlein, dass sie zu spät gekommen waren. Voss lag mit aufgerissenen Augen in seinem Bett. Nase und Kinn waren schon spitz und kreideweiß. In dem Raum gab es keinerlei Geräusche, und als Kindlein zu der Beatmungsmaschine rübersah, fiel ihm der auf dem Boden liegende Stecker auf. Dann hörte er Morgenthaler schreien.

»Nein, tun Sie das nicht!«

Kindlein hastete sofort in den Korridor zurück. Morgenthaler verschwand gerade hinter einer der geöffneten Zimmertüren. Als Kindlein die Tür erreicht hatte und in den Raum hineinstolperte, sah er Morgenthaler auf der Frau liegen. Mit einer Hand drückte er ihren rechten Arm auf den Boden, und mit der anderen stopfte er ihr mit aller Kraft ein Tuch in den stark blutenden Mund. Ihr Kopf lag in einer sich rasch ausdehnenden roten Lache, und ihre weit geöffneten Augen starrten Kindlein ängstlich an.

»Frieder, wir brauchen einen Rettungswagen. Frau Beierlein hat sich soeben die Zunge abgeschnitten.«

# 20

Das Gelb verwandelte sich in ein tiefdunkles Orange, als die Abendsonne ein letztes Mal ihr Licht auf die Fassade des Hauses warf. Kindlein saß schon eine Weile in seinem Auto und wartete mit Herzklopfen auf den richtigen Augenblick. Noch war er zu nervös. Er drehte den Rückspiegel zu sich hin und begutachtete den Sitz seiner Krawatte. Da war alles in Ordnung. Noch einmal durchdachte er sein Vorgehen. Erst würde er Frau Bahlbach beruhigen, würde ihr erklären, dass er nicht beruflich käme – sie hätte deshalb auch keine unangenehmen Nachrichten zu erwarten. Dann würde er sie bitten, ins Haus treten zu dürfen. Und als Nächstes … Es hatte keinen Sinn. Es gab Dutzende nicht einkalkulierbarer Faktoren, die den Verlauf eines Gesprächs beeinflussen konnten. Und er wurde dadurch, dass er versuchte, einen Plan aufzustellen, nicht ein Stück ruhiger. Er musste es auf sich zukommen lassen.

Er atmete dreimal tief durch und griff schließlich beherzt rüber zum Beifahrersitz. Als seine Hand den Blumenstrauß ergreifen wollte, sah er, dass sich gegenüber von Frau Bahlbachs Haus soeben die Fahrertür eines protzigen Ami-Schlittens öffnete. Kindlein beschloss, doch noch ein wenig zu warten, wenigstens, bis der Fahrer ausgestiegen war und sich weit genug entfernt hatte.

Der Mann, der dem dicken Schlitten entstieg, war offensichtlich auch auf dem Weg zu einer Frau. Er war auffällig gepflegt gekleidet und hielt ein Blumenbouquet in der Hand, das Kindleins in jeder Hinsicht übertraf. Dann ging der Mann mit kraftvollen Schritten zur anderen Straßenseite rüber, strich sich noch einmal durchs Haar und klingelte – an Frau Bahlbachs Tor.

Kurz darauf lief Frau Bahlbach mit freudigem Lächeln die Stufen der Eingangstreppe hinunter und eilte dem Besucher mit fliegenden Schritten entgegen. Kaum dass der Mann durch das Tor getreten war, hatte sie auch schon seine Höhe erreicht und sprang ihm in seine weit geöffneten Arme. Eng ineinander verschlungen drehte sich das Paar einige Male im Kreis. Kindlein stand der

Mund offen. Ihm hatte eine halbe dieser Körperdrehungen gereicht, um das Gesicht des Mannes zu erkennen, aber er brauchte dennoch einen Moment, um fassen zu können, was er sah. Dieser Mann, mit dem Frau Bahlbach heftigste Küsse austauschte, dem sie liebkosend das Gesicht streichelte und den sie ganz offensichtlich nicht loslassen wollte, war niemand anderer als ausgerechnet der Kollege Bücklein. Und mit einem Mal war Kindlein alles klar: Bücklein war mehrere Tage Polizeischutz für Frau Bahlbach gewesen. Demnach war *sie* jene reife Frau mit den zwei Kindern.

Fassungslos schüttelte Kindlein den Kopf. Dann steckte er den Schlüssel ins Schloss und startete sein Auto.

Unten am Stephanienufer hielt er an, stellte den Motor aus und lehnte sich tief in den Fahrersitz zurück. Er spürte, dass er völlig ruhig wurde, so ruhig wie schon lange nicht mehr. Dann dachte er nach. War es nicht Frau Bahlbachs Recht, sich zu amüsieren? War es nicht sogar ein Glück, dass sie so schnell wieder jemanden gefunden hatte? Und schließlich: Selbst ein Bücklein konnte sich ändern.

Er sah zu den Wiesen des Rheinufers. Es war Oktober, hier tummelte sich niemand mehr im Gras. Was war wohl aus der türkischen Familie, was aus dem jungen Pärchen geworden? Er tagträumte, stellte sich vor, dass die beiden sich noch immer dort räkelten. Irgendwann unterbrachen sie ihren Liebesreigen, durch seine Blicke gestört. Sie schauten zu ihm rüber. *He, du da, was glotzt du so? Hast du niemanden, dem du deine Blumen schenken kannst?*

*Doch,* antwortete er. *Doch, ich hab jemanden.* Und schließlich sah er zwei große hellbraune Augen, die ihn über den Rand einer Teetasse hinweg anstrahlten. Dann startete er sein Auto. Sein Herz begann wieder heftig zu pochen, und seine Ruhe war dahin.

Danksagung

Nun, da ich das Manuskript beendet und wieder ordentlich lange dafür gebraucht habe, könnte ich mehrere Dinge tun. Ich könnte mich beispielsweise zurücklehnen und sagen: »Das war's«, oder mich gleich auf das nächste Projekt stürzen. Genauso gut könnte ich mal nachgucken, ob meine Frau noch bei mir im Haushalt wohnt und wie groß unsere Tochter inzwischen geworden ist. Sollten die beiden mich noch kennen, könnte ich, im festen Glauben, dass dieser Krimi ein Bestseller wird, sofort einen Kredit aufnehmen, mit den beiden zu den Fidschi-Inseln fliegen und Urlaub machen. Ich habe mich aber dazu entschlossen, erst mal in mich zu gehen und darüber nachzudenken, wer außer mir Schuld daran trägt, dass »Brüderchen komm stirb mit mir« überhaupt geschrieben wurde und veröffentlicht wird.

Bücher brauchen Leser; nur dann entstehen neue Bücher. »Mannheimer Dreck« fand erfreulich viele Leser, und bei denen möchte ich mich an dieser Stelle aus tiefstem Herzen bedanken. Besonders überrascht hat mich die enorme Resonanz, die meinem Erstling folgte. Unter r.m.mittl@arcor.de nehme ich auch zukünftig gern Kritik und Anregungen entgegen.

Bücher müssen an den Leser gebracht werden. Ein Dank geht deshalb an den regionalen Buchhandel, der sich nicht zu fein war, mein Krimi-Debüt in seine Regale zu stellen und mit zum Teil beachtlichem Fleiß dafür zu werben.

Bücher entstehen durch Menschen, die Manuskripte in Lesbares verwandeln. Im besten Fall sind das nette, wohlwollende Menschen. Mit solchen hatte ich es auch diesmal wieder zu tun. Dr. Christel Steinmetz vom Emons Verlag und meine Lektorin, Dr. Marion Heister, seien hier nicht nur ausdrücklich genannt, sondern ihnen sei auch ganz herzlich für ihre Mühe, ihre Hilfsbereitschaft und ihre kritischen Anmerkungen gedankt.